Oliver Clements

Der Spion der Königin

GOLDMANN
Lesen erleben

Oliver Clements

Der Spion der Königin

Historischer Roman

Aus dem Englischen
von Peter Pfaffinger

GOLDMANN

Die amerikanische Originalausgabe erschien 2020 unter dem Titel
»The Eyes of the Queen« bei Leopoldo & Co/Atria Books, New York.

MIX
Papier aus verantwortungsvollen Quellen
FSC
www.fsc.org
FSC® C014496

Penguin Random House Verlagsgruppe FSC® N001967

1. Auflage
Deutsche Erstveröffentlichung Dezember 2021

Umschlaggestaltung: UNO Werbeagentur GmbH
Umschlagmotiv: © FinePic®, München
Redaktion: Beate De Salve
LS · Herstellung: ik
Satz: Uhl + Massopust, Aalen
Druck und Bindung: GGP Media GmbH, Pößneck
Printed in Germany
ISBN: 978-3-442-49200-8
www.goldmann-verlag.de

Besuchen Sie den Goldmann Verlag im Netz

Für meine Mutter, Andrea Valeria, die zu ein und derselben Zeit in multiplen Parallel-Realitäten lebte, und das in einer Vielzahl von Universen, die in ihrem Bewusstsein eine Einheit bildeten. Sie manipulierte ihre Wirklichkeit, schnitt das Überschüssige weg und meißelte die Gestalt der Realität zurecht. Sie war eine große Bildhauerin, und ihr Modell war das Leben selbst.
Stets bezeichnete sie die Astrologie als die poetische Schwester der Astronomie und vertrat damit eine Meinung, der John Dee ganz gewiss beigepflichtet hätte.
Dass ich ihr Schüler bin, wird mir immer eine Ehre sein.

Leopoldo Gout

Teil 1

1

Saint-Marceau, Paris, 24. August 1572

Es beginnt so, wie er es schon immer erwartet hat: mit einem Glockenschlag mitten in der Nacht.

»Bei allem, was heilig ist, was ist denn jetzt schon wieder?«, fragt seine Frau seufzend. »Ich habe die ganze Nacht kein Auge zugetan, und jetzt geht bald die Sonne auf!«

»Pst«, flüstert er. »Bis zum Morgen ist es noch lange hin. Schlaf weiter. Das hört bald auf.«

Aber es hört nicht auf. Die Glocke läutet weiter, düster und aufdringlich. Nach einer Weile lässt Francis Walsingham seine hochschwangere Frau, die kurz vor der Geburt steht, im Bett zurück, tapst zum Fenster und späht über das bescheidene Dach seines Nachbarn hinweg nach Norden zur Stadt hinüber, von wo das Dröhnen kommt.

»Das sind die Glocken von Saint-Germain«, erklärt seine Tochter. Sie liegt wach in ihrem eigenen Bett, das sie am Fußende des elterlichen Lagers aufgestellt haben.

»Du hast gute Ohren«, murmelt er.

»Was ist denn los?«, will sie wissen. »Ich hatte einen Albtraum nach dem anderen.«

Er beschwichtigt sie mit vagen Worten und tastet nach seinem Wams.

»Francis?«, fragt seine Frau.

»Ich bin wieder zurück, bevor es hell wird«, verspricht er und tritt in den Flur hinaus. Dort begegnet er seinem Gehilfen Oliver Fellowes, der bereits in Wams und Hose gekleidet ist und nun mit einer Kerze in die Dunkelheit leuchtet. Der Sohn seines alten Freundes John Fellowes ist mit seinen zwanzig Jahren ein vergleichsweise junger Mann – Walsingham selbst ist doppelt so alt –, hat rötliche Haare und einen sauber gestutzten Bart.

»Das trifft sich gut, Oliver«, beginnt Walsingham. »Wurdest du auch geweckt, oder kommst du gerade heim?«

Obwohl ihm das Glockenläuten Angst einjagt, bringt Fellowes ein Lachen zuwege.

»Ich habe gearbeitet, Sir«, lügt er.

Walsingham lacht nun ebenfalls. Es ist das letzte Mal für lange Zeit, doch das ahnt er noch nicht.

»Was, glaubt Ihr, könnte das verheißen?«, fragt Fellowes.

»Nichts Gutes.«

Sie steigen die schmale Treppe hinunter. An deren Fuß wartet der Pförtner auf sie, ein stämmiger Franzose, der dem reformierten Glauben angehört. In einer Hand trägt er eine Laterne, mit der anderen entriegelt er die Haustür. Als sie in die warme Augustluft treten, starren alle drei hinauf in die von Sternen gesprenkelte Dunkelheit über Paris.

»Ein Feuer ist das nicht«, bemerkt der Pförtner. »Einen Brand kann man nachts auf Meilen sehen – und riechen.«

»Aber etwas leuchtet dort. Wird vielleicht das Fest irgendeines Heiligen gefeiert?«

»Morgen ist Sankt Bartholomäus«, erklärt der Pförtner, »aber damit hat das nichts zu tun.«

»Wegen Coligny kann es nicht sein, oder?«, fragt Fellowes mit leiser Stimme. »Doch nicht so schnell?«

Das war auch Walsinghams erste Befürchtung: dass Gaspard de Coligny, der Führer der protestantischen Hugenotten in Frankreich, seinen Verletzungen erlegen sein könnte. Vor zwei Tagen wurde ein Attentat auf ihn verübt. Von einem Dachfenster aus hat jemand mit einer Hakenbüchse auf ihn geschossen. Die Kugel streifte aber nur den Ellbogen und zerfetzte einen Finger. Niemand rechnete mit tödlichen Folgen, bis die Wunden sich entzündeten.

Und falls er doch gestorben ist?

Nun, wenn es tatsächlich so gekommen ist, kann niemand wissen, was das alles nach sich ziehen wird. Werden die Hugenotten auf Rache an den Katholiken sinnen? Oder werden jene den Protestanten vorauseilen und einen Schlag gegen sie ausführen? Paris ist ein einziges Pulverfass. Die ganze Christenheit ist ein Pulverfass.

»Nein«, hält Walsingham dem jungen Mann entgegen. »Hör zu, meine Tochter hat recht. Die Glocke, die wir gerade gehört haben, ist die von Saint-Germain, der Kapelle des Königs. Die Katholiken würden doch nie um Coligny trauern.«

Fellowes stimmt ihm zu, weiß aber auch, dass sie dadurch nicht klüger sind als zuvor.

In diesem Moment erklingt eine weitere Glocke, gleich darauf eine dritte.

O Gott, denkt Walsingham, *da wird ein Signal ausgesandt.*

Ihn beschleicht ein flaues Gefühl. Es ist so weit. Der Fall, den sie am meisten gefürchtet haben, ist eingetreten.

Er wendet sich an den Pförtner. »Bitte schickt jemanden zu Sir Philip; er muss sofort geweckt werden. Und alarmiert auch Tewlis und seine Männer. Sorgt dafür, dass sie kein offenes Feuer anzünden und die Frauen in den Häusern bleiben.«

Mit einem Grunzen bekundet der Pförtner sein Einverständnis und läuft los, um erst Walsinghams Stellvertreter, Sir Philip Sidney, zu wecken und dann Tewlis, den Kommandanten seiner Wachmänner.

»Bevor es hässlich wird, müssen wir eine kleine Aufgabe erledigen«, erklärt Walsingham, als er wieder mit Fellowes allein ist. »Kannst du uns zwei Schwerter besorgen und noch andere Waffen, wenn du welche zur Hand hast? Und beeil dich. Wir treffen uns im Stall.«

Fellowes zieht fragend eine Augenbraue hoch. »Soll ich auch einen Trupp Wachmänner alarmieren?«

»Nein, das sollten am besten nur wir zwei erledigen. Bloß nicht zu viel Aufmerksamkeit.«

Fellowes starrt ihn erschrocken an. »Geht es um Mistress Cochet?«

Fast hätte Walsingham gegrinst.

Aha, denkt er, *noch einer, der den Reizen der schönen Isobel Cochet erlegen ist.*

Laut sagt er: »Nein. Sie ist doch hoffentlich im Louvre-

Palast geblieben. Was auch immer geschieht, dort ist sie in Sicherheit.«

Richtig, denkt er bei sich. *Isobel Cochet wird nichts passieren, wo immer sie auch hingehen und was immer auch geschehen mag.*

Zumindest hofft er das, denn schließlich ist er derjenige, der sie in den Louvre geschickt hat, damit sie ihm dort als sein Ohr an der Tür und als sein Auge am Schlüsselloch dient. Wenn ihr etwas zustößt, wird er, Francis Walsingham, vor ihre sechsjährige Tochter treten und ihr eröffnen müssen, dass ihre Mutter tot ist – so wie es einst seine Pflicht war, Isobel beizubringen, dass ihr Mann in seinen Diensten getötet wurde.

Es dauert nicht lange, und er trifft Fellowes unter dem misstrauischen Blick eines Pferdeknechts in dem von Fackeln erhellten Stall wieder. Zufrieden stellt er fest, dass sein Befehl ausgeführt worden ist. Er schnallt sich den ungewohnten Schwertgurt um, lockert die Waffe in der Scheide und führt dann, gefolgt von Fellowes, sein Pferd ins Freie.

Sir Philip Sidney ist nun ebenfalls wach, trägt allerdings keine Kappe. Mit etwas zerzaustem Haar steht er im Hof und blickt verwirrt drein. »Was ist los?«

»Ihr müsst in der Residenz das Kommando übernehmen«, erklärt ihm Walsingham kurz. »Oliver und ich müssen für eine Stunde weg. Ihr werdet schon wissen, was zu tun ist, falls es länger dauert.«

Alles verbrennen und die Residenz des Botschafters räumen. Natürlich, Sir Philip Sidney weiß Bescheid. Aber dann legt er die Stirn besorgt in Falten.

»Kann nicht ich an Eurer Stelle losreiten?«, fragt er, obwohl er die Antwort bereits kennt.

Walsingham steigt auf sein Pferd. »Sehr freundlich von Euch, Sir Philip, aber das ist …«

Er bricht ab. Alle drei wissen über die Umstände Bescheid.

»Bereit?«, fragt Walsingham, an Fellowes gewandt.

Der junge Mann nickt.

Es ist zwar noch dunkel, als sie das Tor öffnen, doch im Osten ist der Himmel bereits blutrot und grün gerändert. In Paris läuten inzwischen sämtliche Glocken. Und dann geht es los. Kaum haben sie den Weg in Richtung Petit Pont eingeschlagen, fällt hinter ihnen das Tor wieder zu.

In Saint-Marceau, einem bescheidenen, größtenteils von Reformierten bewohnten Gebiet, das Walsingham sich von seinem Gehalt gerade noch leisten kann, sind die Straßen von aufgeschreckten Bürgern gesäumt, mit ihren weißen Nachthemden helle Schemen in dieser Düsternis. Von den Glocken aus dem Schlaf gerissen, sind sie vor ihre Türen geeilt und fragen aufgeregt, was da los sei.

Die Nachricht trifft früh genug ein. Walsingham und Fellowes sind noch keine hundert Schritt geritten, als ein einzelner Reiter so schnell angeprescht kommt, dass die Wachmänner an der Porte Saint-Marcel auseinanderspringen.

»Sie haben Coligny umgebracht!«, brüllt er. »Die Katholiken! Sie haben ihn einfach aus dem Fenster geworfen. Jetzt sind sie auf dem Weg hierher. Rennt! Rennt! Um der Liebe Gottes willen, lauft um euer Leben! Die bringen euch alle um!«

Er hält nicht an, sondern jagt weiter, während hinter ihm aufgeregtes Geschrei ertönt und die Ersten in ihren Häusern verschwinden.

Walsingham gibt seinem Pferd die Sporen und treibt es im Galopp auf die Brücke zu. Fellowes bleibt dicht an seiner Seite.

»Wohin reiten wir, Sir?«, fragt er. »Was machen wir jetzt?«

»Zur Notre-Dame!«, ruft Walsingham. »Mit einem Priester sprechen!«

Im zunehmenden Tageslicht rollen Menschenmassen auf sie zu. Die Pferde drohen zu scheuen, und Walsingham klammert sich am Hals seines Tieres fest.

»Kehrt um, die Katholiken kommen!«, rufen die Leute, doch Walsingham und Fellowes kämpfen sich weiter durch die immer dichter werdende Menge und passieren das erste Tor.

Eine Falle, das muss eine Falle sein!

All seine Instinkte raten Walsingham dazu, schleunigst zu fliehen, zumal sich die Straße weiter vorne zwischen den hohen Häusern verengt.

Immer noch läuten die Kirchenglocken, und immer noch wälzen sich Männer und Frauen zu Hunderten an ihnen vorbei. Einige tragen ihren Sonntagsstaat, andere nichts als ihre Nachthemden, und jeder hat gerettet, was er an sich reißen konnte. Meistens sind es Säuglinge, die sich die Menschen kurzerhand über die Schulter gelegt haben, die Gesichter angstverzerrt und tränenüberströmt.

»Sie haben ihr die Hände abgehackt!«, schreit eine

Frau. »Sie haben meiner Mutter die Hände abgehackt!« Sie reckt ihre eigenen in die Höhe und scheint sich darüber zu wundern, dass sie noch da sind.

»Das sind Metzger!«

»Diebe!«

»Bestien!«

Mit der Gewalt eines Sturms steigt Wut in Walsingham auf. Wie können diese Leute sich als Christen auf ihre Glaubensbrüder stürzen und sie wie Schweine abschlachten? Er wünscht sich, er wäre daheim in England und weit entfernt von diesen papistischen Barbaren mit ihrer unstillbaren Blutgier und ihrem irrsinnigen Aberglauben. Allerdings hat er einen Aufruhr wie diesen schon lange befürchtet.

Schweigend und mit vor Anspannung bleichem Gesicht reitet Fellowes an seiner Seite.

Sie riechen es, bevor sie die Brücke erreichen: Blut. Mit seinem penetranten Geruch nach Kupfer füllt es sämtliche Winkel. Die Pferde scheuen, stampfen und werfen die Köpfe zurück.

»Los, weiter!« Walsingham treibt sein Ross – und auch Fellowes – an. »Wir müssen über die Brücke, bevor sie gesperrt wird.«

Doch sie kommen zu spät. Die Straße leert sich bereits, und am südlichen Ende des Petit Pont wird das Eisentor geschlossen. Die Stadt ist abgeriegelt. Jetzt kann nur noch Gott den darin Gefangenen helfen.

Fellowes zögert. Vielleicht hofft er, dass Walsingham umkehrt, doch der ist noch nicht bereit aufzugeben.

»Wir versuchen es durch den Fluss«, bestimmt er. Ohne

eine Antwort abzuwarten, reitet er voran, ostwärts durch die Rue de la Bûcherie, wo das alte Blut zwischen den Pflastersteinen immer noch einen derart üblen Gestank verbreitet, dass der Geruch nach neuem darin untergeht.

»Hier hinein«, befiehlt Walsingham an einem Durchgang, woraufhin sie absteigen und die Pferde in einen Hof führen, der einigermaßen gepflegt wirkt. Dort binden sie die Tiere an einen Pfosten und eilen auf der anderen Seite wieder hinaus.

Inzwischen ist es so hell, dass sie mühelos erkennen können, wie auf der Insel mitten in der Seine, der Île de la Cité, mehrere Männer im Schatten des höchsten Turms von Notre-Dame eine Frauenleiche in den Fluss stoßen. Sie ist nackt und hat nur einen Arm. Als sie versunken ist, blicken die Männer auf und winken ihnen mit dem abgehackten Arm der Frau zu. Dann wenden sie sich lachend ab und entfernen sich. Im Gehen grölen sie ein Lied, dessen Inhalt Walsingham nicht versteht, und schwingen den Arm, als wäre er eine Monstranz, die man bei einer Prozession vor sich herträgt, während sie schon wieder nach einem neuen Opfer Ausschau halten.

Walsingham kämpft gegen einen Brechreiz an.

In dieser Gegend ist das Seine-Ufer verwahrlost und schlammig. Aber immerhin entdecken sie in einem Holzschuppen mit durchhängendem Vordach ein Boot, das jemand ans Ufer gezerrt und unter einer Plane versteckt hat. Sein Eigentümer zieht wohl gerade mit dem Pöbel durch die Straßen von Paris.

Als sie im Boot ein Ruder und eine Stange finden, steht Walsinghams Entscheidung fest.

Misstrauisch beäugt Fellowes die schnell fließenden braunen Fluten. »Seid Ihr Euch da wirklich sicher, Master?«

Walsingham nickt grimmig. »Es muss sein.«

Beherzt packen sie zu und wuchten das Boot ins Wasser. Sobald sie hineingeklettert sind, übernimmt Walsingham die Stange, während Fellowes das Ruder ergreift. Zunächst dreht sich das Boot nur in der Strömung. Das Wasser ist einfach zu tief für die Stange, sodass Walsingham trotz aller Bemühungen den Grund nicht erreicht. Und obwohl Fellowes das Ruder in der Manier eines venezianischen Gondoliere bedient, driften sie westwärts auf die Brücke zu.

Dann sehen sie etwas im Wasser treiben. Erst halten sie es für einen toten Hund, aber nein, es ist ein Mensch. Ein nackter, dicker Mann mit von Peitschenhieben zerfetztem Rücken. Rechts über ihnen erleuchtet nun die Sonne die gezackte Linie der Dächer der großen Kathedrale und der anderen Häuser der Île de la Cité.

»Los, weiter«, drängt Walsingham seinen Gefährten.

Gott sei Dank sieht niemand von der Brücke aus, wie sie unter den Bögen hindurchwirbeln und dabei einen riesigen Pfeiler schrammen. In der jäh einsetzenden Dunkelheit ergreift Walsingham eine ins Mauerwerk zementierte Eisenkette. Im nächsten Moment wühlen sie sich durch den Schlamm. Es stinkt nach Exkrementen. Das Boot ziehen sie hinter sich her ans Ufer, dorthin, wo die Schatten am tiefsten sind. Sie können nur hoffen, dass sie es bei ihrer Rückkehr wiederfinden werden. Walsingham wünscht sich, er hätte etwas gegessen.

Vom Ufer aus führen Stufen hinauf zum Domgelände, doch bevor sie die erklimmen, bleibt Walsingham abrupt stehen.

»Reiß einen Streifen von deinem Hemd ab«, befiehlt er Fellowes. »Beeil dich.«

Ihm ist aufgefallen, dass die Männer in den Straßen alle eine Armbinde tragen, ein schlichtes weißes Tuch, das sie sich um den rechten Oberarm geknotet haben – vermutlich ein Erkennungszeichen. Außerdem hat sich jeder ein weißes Kreuz auf die Mütze geheftet.

Nun, Letzteres kann Walsingham nicht auf die Schnelle beschaffen, aber er und Fellowes reißen jeweils einen Streifen von ihren Hemdschößen ab und binden sie einander um. Als sie fertig sind, mustern sie ihr Werk prüfend.

»Sehe ich wie ein Katholik aus?«, fragt Walsingham.

Fellowes bringt ein Lachen zuwege. »Ausreichend. Aber, Sir …«

Er fasst Walsinghams Arm, doch da dieser bereits weiß, wie die Frage lauten wird, lässt er ihn erst gar nicht zu Wort kommen.

»Mir ist klar, dass das wahnsinnig wirken muss, Oliver, aber es geht um England! Diese Kathedrale ist der Schlüssel zur Zukunft des Landes. Wir *müssen* hinein.«

»Welche Art von Schlüssel meint Ihr?«, will Fellowes wissen.

Walsingham ist bewusst, dass er seinem Spion mehr schuldet als vage Andeutungen, doch Geheimhaltung ist bei ihm zur Gewohnheit geworden. Es fällt ihm schwer, dem Jungen mehr zu verraten, und er muss sich förmlich dazu zwingen.

»Wichtige Informationen«, sagt er hastig, denn er weiß, dass er nicht mehr weitersprechen wird, wenn er jetzt innehält. »Einträge aus dem Logbuch von Admiral da Silva.«

Fellowes' Augen weiten sich. Schon will er den Namen des portugiesischen Admirals ungläubig wiederholen, da beißt er sich doch noch auf die Zunge. In diesem Moment sieht er sehr kindlich aus – ein Knabe mit aufgeklebtem Bart.

»Ist es … das, was wir suchen?«, fragt er leise.

Walsingham nickt stumm, als wäre jedes laut ausgesprochene Wort eines zu viel.

Nach einem kurzen Moment verschwindet der Ausdruck von Verständnislosigkeit aus Fellowes' Miene. »Wie … wie seid Ihr daran gekommen?«

Damit meint er zweierlei: *Wie habt Ihr dieses Wissen erlangt, ohne dass ich etwas davon mitbekommen habe?* Und: *Sind die Einträge verlässlich*?

»Darüber können wir später sprechen«, wiegelt Walsingham ab. »Aber erst gilt es, Paris endgültig hinter uns zu lassen.«

Das scheint den Jungen zu überzeugen. Er nickt.

»Los, weiter.«

Sie machen sich auf den Weg nach oben. Bald stoßen sie auf Blut, das sich auf den ausgetretenen Steinstufen gesammelt hat und den beiden Männern entgegenfließt. Es bleibt ihnen nichts anderes übrig, als durch das Blut hindurchzuwaten. Oben erwartet sie eine Art Hölle – ein Haufen aus aufeinandergetürmten nackten Leichen, aus denen das Blut sickert. Das schiere Gewicht des Stapels sorgt dafür, dass aus den zuunterst liegenden Toten alle Flüssigkeit herausgepresst wird.

Erst jetzt bemerken die beiden Männer, dass das ganze Domgelände zwischen ihnen und der Treppe zur Kathedrale ein einziger Schlachthof ist, in dem Männer mit muskulösen Armen im Blutrausch Fleischermesser, Holzfälleräxte und Hellebarden schwingen. Sie hacken auf Lebende wie auf Tote ein und trennen mit hingebungsvollem Eifer Glied für Glied von den Körpern, als gälte es, die Dame ihres Herzens zu beeindrucken.

Am oberen Ende der Stufen, über dem Bereich, in dem sich das Gemetzel abspielt, stehen die versammelten hohen Geistlichen der Kathedrale Notre-Dame de Paris. Sie alle tragen rote Gewänder, wie sie an hohen Feiertagen üblich sind, und halten ihre Monstranz in die Höhe, während die Messdiener die Rauchfässer schwingen und der Chor das *Te Deum* anstimmt. Nur kann man hier den Weihrauch wegen des Blutes nicht riechen, und den Chor sieht man nur – in dem Gebrüll ist kein Laut zu hören.

»Gott im Himmel«, stöhnt Fellowes und presst sich die Hand vor den Mund.

Aus den umliegenden Straßen werden noch mehr Opfer herbeigezerrt, an den Haaren herangeschleift, an der Nase, an den Füßen … Einige sind schon tot, andere schreien, kreischen, keuchen, zucken noch – alle nackt. Um das Domgelände herum sind Berge aus Leichen angehäuft. Aus allen sickert und tröpfelt es unentwegt, sodass jede ihren eigenen sich immer weiter ausbreitenden karmesinroten Rock bekommt.

Irgendwann spürt Walsingham, dass seine Füße feucht

werden. Er blickt an sich hinab und erkennt, dass er in einer riesigen Blutlache steht.

»Los, weiter«, knurrt er.

Sie setzen sich in Bewegung, bahnen sich ihren Weg durch diese Raserei. Walsingham weiß schon jetzt: Er wird das Keuchen der Metzger und das Geräusch ihrer Messer beim Eintauchen in menschliches Fleisch nie mehr vergessen. Nie wieder wird er die Gesichter all derer vergessen, die er hier sieht, und nie den Leichenhausgeruch nach Blut, Exkrementen und Schweiß.

Nun, da sie sich der Treppe zur Kathedrale nähern, kann er allmählich den Chor hören – es ist ein Danklied zu Ehren Gottes –, und in seiner Nase mischt sich der Geruch von Blut mit dem des Weihrauchs.

Als sie oben ankommen und in die Kathedrale treten, bleibt das nicht unbemerkt. Ein Mann, der tatsächlich Metzger ist und im Küchentrakt des Louvre arbeitet, hat sich eine Pause gegönnt, um sich mit dünnem Rotwein aus einem flachen Fläschchen zu stärken, wie er das jeden Morgen tut. Heute stechen ihm die zwei Männer ins Auge, die sich gegen den Strom all der anderen zur Kathedrale hinbewegen. In einem von ihnen glaubt er den früheren englischen Botschafter am Königshof zu erkennen, der sich damals geweigert hat, Pferdefleisch zu essen.

Er stupst seinen Gefährten an und greift nach seinem Hackmesser. Die Klinge ist verfärbt von getrocknetem Blut, der Griff verklebt von Schleim und Fleischresten. Gemeinsam laufen die beiden los und hinterlassen bei jedem Schritt blutige Fußabdrücke.

Durch eine schmale Pforte, die in das massive Westportal eingelassen ist, betreten Walsingham und Fellowes das Gotteshaus. Kaum ist die Tür hinter ihnen donnernd ins Schloss gefallen, umfängt sie Grabesstille. Hier scheint es niemanden zu geben, bis plötzlich – wie aus dem Boden gestampft – ein Priester vor ihnen auftaucht. Er hat schmale Lippen und ein Gesicht so glänzend wie ein frisch aufgegangener Vollmond.

Walsingham taucht seine Finger in das Weihwasserbecken und bekreuzigt sich nach Art der Katholiken; Fellowes tut es ihm gleich. Das scheint den Priester zu beruhigen. Aus dem Augenwinkel bemerkt Walsingham in diesem Moment einen roten Fleck an Fellowes' Stirn.

Der Türgriff, denkt er. *An der Pforte muss Blut geklebt haben.*

Dem Priester erklärt er, dass er gern in der Kapelle der heiligen Clothilde beten würde.

Der Geistliche hebt bedauernd die Arme. »Die ist geschlossen, Monsieur.«

Als Walsingham eine Münze aus der Tasche zieht, wird die Kapelle immerhin geöffnet, wenn auch nur für einen Moment.

Der Priester führt sie zu der Seitenkapelle links von ihnen. Natürlich hinterlassen sie auf den Steinplatten Fußabdrücke. In der Kapelle werden ihnen das Denkmal eines seit Langem toten Stiftsherrn und ein kostbares Buntglasfenster gezeigt. Der kleine Altar ist mit einem Tuch bedeckt, ansonsten aber leer.

»Was machen wir jetzt?«, flüstert Fellowes erneut.

Unterdessen bleibt der Pfarrer einfach stehen, bis er die nächste Münze einstecken darf.

»Kannst du ihn ablenken?«, bittet Walsingham seinen Gefährten. »Nur kurz, denn sonst müssen wir ihn töten.«

In diesem Moment hören sie die Pforte, durch die sie eingetreten sind, mit einem lauten Knall zufallen. Jemand ist gekommen oder gegangen.

Fellowes tritt näher an den Geistlichen heran. Beide sprechen Latein, Fellowes nicht allzu gut.

»Beichte?«, fragt er.

Die Augen des Priesters leuchten auf. So folgt Fellowes ihm ins Hauptschiff, wo Walsingham sie nicht mehr hören kann.

Beim Verlassen der Kapelle bemerkt der junge Mann noch, dass sein Dienstherr sich vor dem Altar auf die Knie sinken lässt. Ein Versteck für Geheimbotschaften.

Während Fellowes seinerseits vor dem Priester niederkniet, besinnt er sich der alten Worte. Stockend sagt er sie auf. Dem Ritus folgend segnet der Geistliche ihn, dann beginnt er mit dem Verhör. Seit dem Tod der katholischen Königin Mary Tudor hat Fellowes keine Beichte mehr abgelegt, aber das kann er dem Priester wohl kaum anvertrauen. So erfindet er einfach irgendetwas.

Doch der Mann Gottes hört gar nicht erst hin. Er möchte in den richtigen Sünden herumwühlen, denjenigen, derer Fellowes sich zutiefst schämt. Und so wird der junge Mann wieder einmal daran erinnert, wie zudringlich das heilige Sakrament der Beichte ist.

»Wollust, mein Sohn?«

Fellowes will schon den Kopf schütteln, als es ihm einfällt: *Mein Gott, Isobel Cochet!*

Anscheinend kann der Priester seine Gedanken lesen.

»Eine Frau?«, drängt er.

Fellowes kann nicht anders, als zu nicken. Was hat der Mann denn erwartet? Doch plötzlich hört er im Kirchenraum hinter sich Schritte, schwere Stiefel auf den Steinplatten.

»Wer ist sie?«, hakt der Priester nach, und aus seinem Mund schlägt Fellowes ein ekelhafter Geruch nach Knoblauch, Fleisch und Wein entgegen. »Ist sie verheiratet?«

»Nein!« Fellowes lacht. »Sie ist Witwe.«

»Eine *Witwe*?«, ruft der Priester angewidert. Über alte Damen möchte er offenbar nichts hören.

Fellowes will schon erklären, dass Isobel Cochet alles andere als das ist, doch kaum hat er angefangen zu überlegen, was für ein Mensch sie eigentlich ist, kann er plötzlich keinen klaren Gedanken mehr fassen. Vor seinem geistigen Auge sieht er nur noch ihr schnell aufblitzendes Lächeln, den Schwung ihrer Oberlippe, diesen fragenden Ausdruck in ihren Augen. Und zugleich entdeckt er noch viel mehr an ihr: die weiche Rundung ihrer Kehle, ihre Schultern, ihre Hüften, ihre Art zu lachen. Und dann der Geruch, den sie im Vorübergehen verströmt!

Mein Gott, denkt er und läuft feuerrot an, während er sich an eine lose Strähne ihres dunklen Haares in der Frühlingssonne am Flussufer erinnert.

Nur ein paarmal hat er sie zu Gesicht bekommen, stets in Begleitung Walsinghams und immer im Louvre. Nein, einmal ist er ihr in der Residenz des englischen Botschafters begegnet, in Saint-Marceau, und dann noch einmal an jenem Flussufer. In dem Moment, da er sie zum ersten Mal sah, hat sich sein Leben verändert, denn seitdem ist ihm immer bewusst, dass sie irgendwo dort draußen ist, manchmal ganz nah, manchmal weiter entfernt. Ein Magnet, um den er sich dreht – ach, wenn sie das nur wüsste! Aber es ist ihm nur allzu bewusst, dass es außer ihm noch andere Männer geben muss, die sie verehren, vermutlich eine ganze Bruderschaft. Nun, er kann es ihnen nicht verübeln.

Seine Gedanken kehren in die Kirche zurück. Er fragt sich, ob er das heilige Sakrament stört, wenn er seine Kleider richtet, und gelangt zu dem Schluss, dass jetzt nicht die Zeit dafür ist.

Der Priester möchte nun wissen, ob Fellowes beim Gedanken an diese Frau seinen Samen vergießt wie Onan in der Bibel. Nun, wäre er nicht in einer Kirche, würde der junge Mann wohl lachen.

»Oliver?«

Das ist Walsingham. Fellowes dreht sich zu ihm um.

»Wir müssen gehen«, mahnt sein Dienstherr.

»Warte!«, bellt der Priester und packt Fellowes mit verblüffend stählernem Griff am Handgelenk.

Doch dessen Aufmerksamkeit richtet sich jäh auf etwas ganz anderes. Von hinten nähern sich Walsingham zwei Männer.

»Master!«, warnt er.

Walsingham wirbelt herum.

Wütend reißt Fellowes sich von dem Priester los, schlägt ihn mit einem Fausthieb zu Boden und zückt sein Schwert. Ja, mitten in einer Kirche! Und warum auch nicht? Schließlich hat Walsingham es auch getan.

Die zwei Männer, denen sie sich gegenübersehen, sind

mit Blut bedeckt. Derjenige mit dem Hackmesser trägt Holzschuhe. Der andere hat sich eine lederne Schmiedeschürze umgebunden und schwingt eines jener Messer, wie sie in Schlachthöfen benutzt werden. Beide haben sich Stofffetzen um den rechten Arm gebunden, die inzwischen blutgetränkt sind.

»Ich kenne dich!«, ruft der Mann mit den Holzschuhen und dem Hackmesser Walsingham zu. Dieser hat den anderen zwar nie gesehen, kann sich aber denken, was er vorhat.

»Ein heiliger Ort«, sagt Walsingham aufs Geratewohl und erinnert so alle daran, wo sie sich gerade befinden.

Auch wenn nicht ganz klar ist, was er damit meint, genügt es, um den Kerl mit dem Hackmesser zu verwirren. Hilfe suchend blickt er den Priester an.

»Das sind Engländer«, nuschelt der Geistliche, der immer noch auf dem Boden liegt. Aus seiner Nase rinnt Blut. »Hugenotten.«

In seinem ganzen Leben hat Fellowes noch nie einen Menschen verletzt, geschweige denn getötet. Doch der Mann in den Holzschuhen stürzt sich derart schnell auf ihn, dass ihm keine Wahl bleibt. Geistesgegenwärtig springt er zurück und zieht dem anderen die Klinge seines Schwerts vom rechten Knie bis übers Gesicht. Der Mann, ein Linkshänder, hatte zweifellos gehofft, Fellowes überrumpeln und ihm den Schädel spalten zu können, doch stattdessen gräbt sich ihm nun die Klinge des jungen Burschen tief ins Handgelenk. In hohem Bogen wirbelt das Hackmesser durch die Luft und klirrt, unerreichbar für ihn, zu Boden. Der Mann kreischt vor Schmerzen.

Mit einem Satz zur Seite weicht Fellowes aus und lässt den anderen noch zwei Schritte weiterstolpern, doch dann jagt er ihm die Schwertspitze mitten in die Leber. Heulend biegt der Mann den Rücken durch, nur um jäh nach vorne zu klappen und auf die Knie zu fallen, eine völlig unerwartete Bewegung, mit der er Fellowes das Schwert fast aus der Hand zieht.

Als sein Kumpan mit der Schmiedeschürze das sieht, hetzt er in wilder Flucht davon.

»Du verfluchter Hund!«, knurrt Walsingham und jagt ihm nach.

Auch Fellowes nimmt die Verfolgung auf, doch der Mann ist zu schnell – und er rennt um sein Leben. Haken schlagend wie ein Hase flieht er durch das Kirchenschiff. Schließlich stürzt er durch die Pforte ins Freie.

Unmittelbar vor Fellowes und Walsingham fällt sie wieder zu.

Sie wechseln einen Blick.

»Habt Ihr es?«, fragt Fellowes. »Das, weswegen Ihr gekommen seid?«

Walsingham tätschelt sein Wams und nickt.

»Dann schnell weiter.«

»Aber nicht hier entlang.«

»Nein.«

Sie laufen los in Richtung Altar. Zu ihrem Leidwesen hat sich der Priester unterdessen berappelt und schreit nach Leibeskräften. Auch wenn die meisten Geistlichen draußen stehen und das Gemetzel beobachten, sind noch genug da, die sicher herbeieilen werden, um nachzusehen, was der Grund für die Störung ist.

»Können wir ihn nicht einfach töten?«, fragt Fellowes, der allmählich auf den Geschmack zu kommen scheint.

»Das wirst vielleicht du tun müssen«, erwidert Walsingham. »Schließlich bin ich der Botschafter Ihrer Majestät am Hof von König Charles. Wenn ich hier ertappt werde …«

Allein schon die bloße Vorstellung scheint unerträglich zu sein.

»Ich fürchte, das ist noch die geringste unserer Sorgen«, meint Fellowes mit einem hastigen Blick über die Schulter, denn soeben ist die Pforte an der Westseite aufgeflogen, und Männer strömen herein. Draußen ist ein Tumult zu hören.

»O Gott.«

Sofort rennen die beiden los. Irgendwo hinter der Sakristei oder in einem der Querschiffe muss es eine Seitentür geben.

Hinter ihnen ertönt ein Ruf, und gleich darauf steigert sich das Trappeln zu einem Donnern. Die Horde von Franzosen jagt durch das Längsschiff hinter ihnen her.

Herrgott, denkt Walsingham, *schlimmer kann es kaum kommen.*

Womöglich überleben sie das nicht und werden nie erfahren, ob es das Risiko wirklich wert war.

In der Apsis bleiben sie direkt unter der Turmspitze stehen, zu beiden Seiten ein Rosettenfenster. Durch das südliche flutet Sonnenlicht herein, von Norden her dagegen weht kalte Luft heran.

Die Seitenpforte, sie ist offen! Sie hetzen darauf zu.

»Kannst du schwimmen?«, fragt Walsingham.

»Nicht einen Zug.«

»Ich auch nicht. Dabei habe ich immer versprochen, es zu lernen.«

Atemlos treten sie an der im Schatten liegenden Nordseite der Kathedrale nach draußen. Auch dort stapeln sich Leichen, nur dass hier die Toten von mehreren Frauen und Jungen inspiziert werden, während zwei Männer darauf warten, sie auf einen Karren zu verladen. Ungefähr zwanzig Schritt weiter erspähen sie eine Häuserreihe und dahinter wieder den Fluss.

»Gib dich möglichst natürlich«, befiehlt Walsingham.

Fellowes wäre um ein Haar ein unbeherrschtes Lachen entschlüpft. Sosehr er sich auch bemüht, ungekünstelt zu wirken, fällt ihm das doch schwer. Außerdem erregen sie mit ihrem steifen Gang erst recht Aufmerksamkeit. Die Jungen beim Leichenhaufen mustern sie. Auch wenn Walsingham und Fellowes ihre Schwerter gezückt haben, erkennen die Knaben Anzeichen von Schwäche auf Anhieb.

Walsingham zupft an seiner Armbinde. Die anderen sollen sehen, dass auch er dieses Symbol der Katholiken trägt. Mit dem Kinn deutet er auf den Leichenberg.

»Protestantengesindel!«, knurrt er. Dann zuckt sein Blick unwillkürlich zurück zur Seitenpforte. Der erste der Verfolger kommt dort bereits heraus. Dem Aussehen nach könnte er der ältere Bruder des Toten sein.

Erneut beginnen sie zu rennen.

Die Straße, die sie hinunterstürmen, beschreibt einen Bogen in Richtung Westen. Vier- bis fünfstöckige Kaufmannshäuser neigen sich wie zum Gruß einander zu. Ein

Inbild des Friedens, könnte man meinen. Und das ist es normalerweise auch, doch heute ist eine Kette quer über die Straße gespannt. Gehalten wird sie von fünf oder sechs Männern, alle mit dem weißen Kreuz am Hut.

Noch mehr Männer durchkämmen systematisch die Straße. Manche Häuser räumen sie leer, andere lassen sie links liegen. Im Augenblick zerren sie zwei vor Panik schreiende Frauen und drei Kinder aus einem der Gebäude. Eine der Frauen klammert sich verzweifelt an den Türpfosten, während ein Mann auf sie einschlägt.

Auf Walsingham oder Fellowes achtet in diesem Augenblick niemand, sodass sie unbemerkt an der Kette vorbeischlüpfen und in einen offenen Hauseingang verschwinden können. Als Erstes schließen sie die Tür hinter sich. Hier gibt es einen massiven Riegel, den sie sicherheitshalber vorlegen. Im Inneren empfängt sie Düsternis. Einmal mehr wechseln sie stumm einen Blick. Es gibt nichts zu sagen.

Weiter nach hinten!

Sie eilen durch den schmalen Flur. Offensichtlich sind sie in das Haus eines Tuchhändlers eingedrungen. In einem der Räume türmen sich seine Waren und verschiedene Truhen bis an die Decke, daneben stehen Pulte und Bänke für die Lehrlinge. Eine niedrige Tür führt in einen von hohen Mauern begrenzten Hinterhof mit einem Boden aus Backsteinen; an seinem Ende steht eine Latrine: zwei Sitze, unter den Löchern ein Schacht bis zum Fluss hinunter – zu eng für einen Mann. Sie sitzen in der Falle.

Schließlich findet Fellowes das treffende Wort: »Scheiße.«

Er kann nicht anders, als Walsinghams Wams anzustarren. Darunter, das weiß er, hat sein Dienstherr die Dokumente verstaut. Sie müssen sie loswerden. Nicht auszumalen, was wäre, wenn die Papiere den Franzosen in die Hände fielen. England wäre ihnen auf Gedeih und Verderb ausgeliefert.

Doch Walsingham, der ahnt, was sein Helfer denkt, schüttelt den Kopf. »Noch nicht. Erst wenn wir nicht anders können.«

Das Dach.

Sie stürzen zurück ins Innere. Schon hämmern ihre Verfolger gegen die Eingangstür. Von der Decke rieselt Staub, und durch die Ritzen zwischen Tür und Rahmen dringt mit jedem Schlag mehr Licht.

Hastig erklimmen sie die Treppe. Ein Stockwerk, zwei, dann gibt es nur noch Leitern für die Bediensteten. Sie klettern weiter, Walsingham voran. Je höher sie kommen, desto niedriger werden die Decken, desto schmaler die Fenster und desto geringer der Komfort. Als sie schließlich den Dachboden erreichen, herrscht völlige Dunkelheit.

Fellowes zieht die Leiter zu sich empor und zertrümmert damit die Dachziegel mit einer solchen Wucht, dass ihnen die Trümmer und Splitter um die Ohren fliegen. Licht flutet herein. Es offenbart zwei Kinder, die wimmernd in einer Ecke hinter einer Matratze kauern und sie aus übergroßen Augen anstarren. Auf dem Speicher riecht es nach Mäusen und frischem Urin.

Keiner sagt ein Wort.

Walsingham ist der Erste auf dem Dach. Ein herrlicher Morgen kündigt sich an, obwohl in Saint-Marceau im Süden der Stadt ein Feuer ausgebrochen ist und der Rauch den Himmel verhüllt. Er denkt an seine Frau, an sein Kind und an all die anderen in der Residenz. Bei Sir Philip Sidney sind sie sicher gut aufgehoben. Kompetent genug ist er ja.

Walsingham kriecht weiter bis zum First. Tief unter ihm geht das Gemetzel weiter. Während viele Männer ihre Opfer aus deren Häusern schleifen – einige lebendig, einige tot –, warten noch mehr darauf, dass die Kerle, die sie aus der Kathedrale gejagt haben, durch die Haustür brechen.

»Bring die Leiter!«, befiehlt Walsingham.

Sein Gefährte stemmt sie in die Höhe und reicht sie durch das Loch. Als auch er hinaufgeklettert ist, lehnen die beiden sie an die Mauer des noch höheren Nachbarhauses und steigen eilig auf dessen Dach. Von dort aus sehen sie auf das Nordufer des Flusses, auf die Paläste und Burgen sowie auf die Kirche Saint-Gervais, deren Glocken immer noch läuten und zu deren Füßen das Blutbad unvermindert weitergeht. Menschen werden gejagt. Noch mehr Leichen werden aufeinandergestapelt, andere einfach ins Wasser geschleudert.

Hoch über der nächsten Gasse bilden die Dächer erneut eine schmale Spalte. Ein kräftiger Mann könnte sie mit einem Sprung überwinden, doch die beiden benutzen lieber die Leiter. Die ist allerdings ein schiefes, mehr schlecht als recht zusammengenageltes Gebilde – eher für eine Magd oder vielleicht ein schmächtiges Bürschlein geeignet –, das furchtbar knarzt und bedenklich durchhängt, als die zwei Männer darauf über die Gasse hinwegkrabbeln. Und so kommt es, wie es kommen muss: Walsingham rutscht ab und kann sich gerade noch an einer Sprosse festhalten. Das Schwert geht dabei verloren. Es wirbelt durch die Luft und schlägt fünfzig Fuß unter ihm auf den Pflastersteinen auf. Zwei Männer, die soeben zusammen ein Fläschchen leeren, springen erschrocken auseinander und starren nach oben. Schreiend laufen sie dann zur großen Straße und schlagen Alarm.

Mit Mühe und Not hangelt sich Walsingham zum Dach auf der anderen Seite der Gasse hinüber. Dort ist an einer schlaffen, durchgewetzten Schnur Wäsche zum Trocknen aufgehängt. Es gibt eine Luke, doch die erweist sich als von innen verriegelt. Die Dachschindeln sind unter ihren Händen nicht nur glühend heiß, sondern zudem über und über mit Vogelkot bedeckt. An den Stellen, an denen man es am wenigsten erwarten würde, flattern Tauben auf. Trotzdem kämpfen sich Walsingham und Fellowes weiter voran.

Erleichtert atmen sie schließlich auf und beglückwünschen einander gerade zu ihrer Findigkeit, als sie einen ersten Schuss donnern hören und eine Kugel über ihre Köpfe hinweg durch die warme Luft pfeift. Sie blicken zuerst einander an und dann nach hinten, nur um erschrocken zusammenzufahren, denn schon wieder erfolgt ein Donnerschlag, der die Mauer in Walsinghams unmittelbarer Nähe bersten und rote Ziegelsplitter auf sie herabregnen lässt. Auf dem Dach hinter ihnen haben sich drei Männer aufgebaut, und noch mehr kommen nach. Über ihren Köpfen schweben Rauchschwaden.

Einen von den Kerlen erkennt Fellowes. Er war schon

in der Kirche mit dabei und scheint der Anführer zu sein. Inzwischen hat er eine Axt mit kurzem Griff aufgetrieben.

Walsingham und Fellowes erreichen ein weiteres Dach und schlittern auf der anderen Seite die Schräge hinunter – bis ihnen eine Mauer den Weg versperrt. Hier endet die Häuserreihe.

»Herrgott, was jetzt?«

Die Leiter nützt ihnen nun nichts mehr. Außerdem hören sie das Poltern von Männerstiefeln auf den Dächern.

Fellowes beugt sich über den Rand. Schwindel ergreift ihn, und mit einem Schlag wird ihm schlecht. Das sind gut und gerne fünfzig Fuß zur Straße hinunter und in den sicheren Tod.

»Wir müssen in den Speicher einbrechen«, keucht Walsingham, und sogleich machen sie sich daran, mit bloßen Händen Dachziegel herauszustemmen. Dabei reißt sich Fellowes eine tiefe Wunde in die Handfläche. Er stößt einen Fluch aus, lässt sich aber nicht aufhalten.

Die Sonne brennt auf sie herunter, und sie können selbst hier oben das Blut in der Straße riechen. Oder ist es am Ende das von Fellowes?

Hektisch zerren sie weiter an den Ziegeln, doch die sind fest miteinander verbunden. Schließlich gelingt es Fellowes mit einem Tritt, eine kleine Lücke zu schaffen. Unterdessen geben die sich nähernden Franzosen einen weiteren Schuss ab.

Sie ducken sich gegen das Dach, sehen aber nirgends Anzeichen eines Treffers. Doch plötzlich dröhnen Männerstimmen in ihren Ohren – und die klingen ausgesprochen nah. Durch eines der Häuser sind Verfolger nach oben gelangt und aufs Dach gestürmt – es ist das, auf dem die Wäsche hängt. Immerhin haben die beiden inzwischen die Lücke so weit vergrößert, dass sie sich durch das dunkle Loch auf den Dachboden darunter zwängen können.

Fellowes fordert Walsingham auf, als Erster hinabzusteigen.

»Ich halte sie auf Abstand«, verspricht er. »Sie können immer nur einer nach dem anderen kommen.«

Es ist ein kluger Vorschlag, doch Walsingham will nichts davon wissen. »Erst du.«

Nach kurzem Zögern gehorcht Fellowes und windet sich durch das Loch. Da er nichts sieht, muss er sich seinen Weg zwischen den verrußten Dachsparren ertasten. Überall ist das Quieken aufgeschreckter Ratten zu hören. Er lässt sich auf die Bodendielen sinken und krabbelt auf Händen und Füßen weiter. Dabei stößt er auf Matratzen aus Stroh und Rosshaar, auf einen zerbrochenen Topf und auf einen einzelnen Schuh – und auf Tauben, die durch ein offenes Fenster ins Freie flattern.

Einen Moment später lässt sich Walsingham herabfallen und taumelt ein paar Schritte weiter.

»So langsam werde ich zu alt für das alles«, murmelt er.

Der Abstieg beginnt. Fellowes geht voran. Sie scheinen sich im Haus eines wohlhabenden Rechtsgelehrten zu befinden. Federbetten, an den Wänden Gemälde und selbst in den oberen Etagen richtige Treppen. Die ganze Familie ist versammelt, doch alle drängen sich an den verrammelten Fenstern und spähen durch Ritzen in den Holzläden auf die Straße hinunter. Erschrocken fahren sie herum und schreien auf, als sie die verschmutzten, blutverschmierten Männer mit Armbinden bemerken, von denen einer ein Schwert trägt. Im Vorbeilaufen hebt Walsingham beschwichtigend die Hand, ehe er und Fellowes weiter die Treppe hinunterpoltern.

Das gesamte Erdgeschoss dient als Kontor. Eine ganze Wand wird von Regalen eingenommen, die von oben bis unten mit Papierrollen gefüllt sind. Hier halten sich zwei Männer in schlichten Anzügen auf. Als die zwei Gestalten hereingestürmt kommen, drücken sich die beiden Anzugträger erschrocken an die Tür. Eine Armbinde trägt keiner von ihnen, doch beide haben eine Waffe: Der eine zückt ein hübsch gestaltetes und völlig nutzloses Schwert, der andere ein primitives, aber durchaus brauchbares Küchenmesser. Zum Zeichen des Friedens hebt Walsingham beide Hände. Die Männer starren ihn mit offenen Mündern an.

Er weiß selbst nicht, warum, doch Fellowes denkt, dass sie vielleicht doch noch ungeschoren davonkommen können, wenn sie es schaffen, durch die Hintertür auf die Straße zu fliehen, das kleine Boot wiederzufinden und entweder den Fluss zu überqueren oder sich stromabwärts nach Issy treiben zu lassen. Doch dann hört er von irgendwo über sich ein Getöse, erstickte Schreie und das Donnern von die Treppe hinabtrampelnden Stiefeln.

Abrupt fährt er herum und rennt zum hinteren Teil des Gebäudes; Walsingham folgt ihm. Als sie durch ein kleineres Kontor laufen, empfängt sie ein Schoßhündchen mit schrillem, wütendem Kläffen. Weiter geht es durch eine verlassene Küche, wo es nach Speck riecht, und von dort durch die Hintertür in den Hof, bis sich eine Backsteinmauer vor ihnen auftürmt. Davor liegt ein Stapel Brennholz.

Fellowes klettert hinauf, womit er das Gebilde zum Einsturz bringt. Walsingham stößt einen grässlichen Fluch aus, als ihn eines der Scheite am Schienbein trifft.

Unterdessen zieht sich Fellowes an der Mauer hoch, bis er rittlings darauf sitzt. Auf der anderen Seite strömen Männer vorbei, die zu Fuß von der Brücke kommen und zum Nordufer unterwegs sind ... oder umgekehrt. Einige bleiben stehen, um sie zu beobachten. Fellowes deutet auf seine Armbinde.

»Hugenottengesindel«, ahmt er Walsingham nach.

Die Männer scheint das nicht zu überzeugen. Immer noch stehen sie da und starren. Ausnahmslos alle tragen Waffen und wirken sehr gefährlich. Es ist eindeutig, dass sie nach einem weiteren Opfer Ausschau halten.

»Oliver!«

Es ist Walsingham, der das ruft. Er steht immer noch im Garten, den Arm nach Fellowes ausgestreckt.

In das Poltern der Stiefel im Haus mischen sich gebrüllte Rufe und das Kreischen von Pulten, die über den Boden geschoben werden. Der Lärm kommt näher. Fellowes beugt sich zu Walsingham hinunter, um ihn zu sich nach oben zu ziehen. Der tobende Schmerz in der verwundeten Hand hat sich mittlerweile bis zum Ellbogen ausgebreitet. Gleichwohl hilft er Walsingham, bis sein Gefährte auf der anderen Seite hinunterspringen kann.

Just in diesem Augenblick kommt der Mann, den sie in der Kathedrale verfolgt haben, aus dem Haus geschossen. Er bemerkt Fellowes und jagt sofort, vor Wut und Hass brüllend und wild mit der Axt fuchtelnd, auf ihn zu. Viele andere folgen ihm.

Hastig schwingt Fellowes das Bein über die Mauer und landet neben Walsingham. Gemeinsam sehen sie sich ungefähr zehn neugierigen französischen Katholiken gegenüber, jeder mit einer Binde um den Arm und einem Kreuz auf dem Hut. Und jeder mit einer Waffe. Sie haben, wie es vielleicht nicht anders zu erwarten war, einen Halbkreis um die zwei Engländer gebildet und drängen sie zurück zur Mauer.

Aber von ihnen geht gar nicht die eigentliche Gefahr aus. Die viel größere Gefahr nähert sich hinter der Mauer.

»Master Walsingham«, flüstert Fellowes, »wir sollten jetzt wohl langsam unser letztes Gebet sprechen.«

»Oliver«, beginnt Walsingham, »es tut mir leid, ich hätte dich da nie hineinziehen dürfen. Es war überhaupt nicht nötig …«

In diesem Moment erscheint der Franzose aus der Kathedrale über ihnen auf der Mauerkrone. Immer noch vor Wut schäumend schlägt er mit seiner Axt nach ihnen. Fellowes duckt sich unter dem Hieb hinweg.

Wenn ich noch einen töten kann, denkt er, *dann bitte diesen.*

Doch bevor er zu einer Bewegung ansetzen kann, ertönt ein Knall. Der Kopf des Mannes schnappt zurück, und die Axt fliegt ihm aus der Hand. Als sein Kopf wieder nach vorne schnellt, prangt mitten auf seiner Stirn so etwas wie ein drittes Auge. Dann verschwindet er hinter der Mauer.

Walsingham und Fellowes fahren herum. Auf der Brücke, etwa fünfzig Yards von ihnen entfernt, ist eine geschlossene Kutsche aufgetaucht, die von gut zwanzig Reitern eskortiert wird. Auf dem Kutschbock steht neben dem Fahrer ein Mann mit einer Pistole in der Hand. Der aus der Mündung seiner Waffe ziehende blasse Rauch kennzeichnet ihn als den Schützen.

Durch die Menge auf der Straße geht ein ehrfürchtiges Raunen, dann weicht sie langsam zurück, während diejenigen, die im Hof hinter der Mauer stehen, laut darum streiten, wer als Nächster über ihre Krone spähen soll. Doch das erübrigt sich, als die Reiter auf sie zusprengen und die Randalierer zerstreuen.

»Gott sei Dank!« Walsingham seufzt erleichtert.

Die Reiter, allesamt in protziger blau-gelber Livree und mit Helmen, Brustplatten, Spießen, Hellebarden und Pistolen ausgerüstet, gehören König Charles' persönlicher Leibwache an. Mit Rufen und Gesten fordert der Hauptmann nun alle auf, sich von Walsingham und Fellowes zu entfernen.

Dem jungen Mann stehen Tränen der Dankbarkeit in den Augen. In seinem ganzen Leben war er noch nie so froh, einen Soldaten zu sehen.

»Aber was, in Gottes Namen, machen sie hier?«, fragt er, als sie auf die Gruppe zugehen. »Und warum wollen sie uns retten? Woher wissen sie überhaupt, wer wir sind?«

»M'sieur«, begrüßt der Hauptmann Walsingham und tippt sich lässig an den Helm.

»Ich stehe in Eurer Schuld«, erklärt der Engländer. »Und vor allem in der Eures Schützen.«

Erst jetzt merkt Fellowes, dass er am ganzen Körper zittert.

»Dankt nicht mir«, entgegnet der Hauptmann und deutet auf die Kutsche. »*Ihr* müsst Ihr danken.«

»*Ihr?*«

Fellowes späht zur Kutsche hinüber. Ein Fenster wird geöffnet, und ein in roten Samt gehüllter Arm winkt ihnen zu – eine Geste, die Freude, ja Heiterkeit ausdrückt. Der Arm ist lang und schmal; er gehört zu einer Frau.

Fellowes und Walsingham wechseln einen Blick.

»Großer Gott im Himmel!« Fellowes seufzt.

Es ist Isobel Cochet.

2

Paris am selben Tag, 24. August 1572

Mistress Cochet schlägt ihre Kapuze zurück, womit sie offenbart, dass sie ihre Haube verloren hat und ihr Haar – es ist dunkelbraun mit einem Stich ins Rötliche – dem Netz entkommen ist. Fellowes' Mund fühlt sich plötzlich ganz trocken an, denn ihre Schönheit ist von solcher Art, dass alle Männer – aber auch Frauen, Kinder und sogar Hunde oder Pferde – abrupt stehen bleiben, um sie anzustarren, und sich zu ihr hinwenden wie Blumen zur Sonne. Sie warten darauf, von ihrem Lächeln erwärmt zu werden, sich in ihren braunen Augen zu verlieren und durch ihre Aufmerksamkeit in höhere Sphären emporgehoben zu werden, und sei es auch nur für einen Moment.

Und nun sitzt Fellowes, Knie an Knie, neben ihr auf der Bank einer Kutsche. Obwohl sich noch ein anderer Mann in ihrer Gesellschaft befindet und sie alle erschüttert zum Fenster auf die Straße hinausstarren, wo sich entsetzliche Szenen abspielen, ist ein kleiner Teil von Fellowes vollkommen auf seine Kniescheibe fixiert.

»Woher wusstet Ihr, dass wir es sind?«, fragt Walsingham.

»Ich habe Euch auf der Mauer gesehen«, antwortet sie. »Da habe ich mir gedacht: *Himmel, diesen Hintern kenne ich doch. Gehört er nicht Master Walsingham?*«

Walsingham läuft rot an. »Das … war nicht sehr würdevoll«, gibt er zu.

Sie macht eine wegwerfende Handbewegung, die ihre Armreife klirren lässt. Den Rest ihres Körpers bedeckt ein dunkelblaues Leinenkleid mit jenen berüchtigten roten Ärmeln, und an den Füßen trägt sie feine spitze Reitstiefel mit hohen Absätzen. Sie sind so glatt poliert, dass sie wie frische Kastanien glänzen.

»Manche Dinge sind es einfach nicht wert, dass man sich allzu lange damit befasst«, erwidert sie.

»Aber wohin wolltet Ihr?«, erkundigt sich Walsingham. »Und wie seid Ihr in diese Kutsche gelangt? Und an eine Leibgarde aus königlichen Truppen?«

»Ich habe die Königinmutter dazu überredet, sie nach Saint-Marceau zu schicken – für den Fall, dass die Meute bereits die Residenz erreicht hat. Und da habe ich mir gedacht, dass auch ich dort sein sollte, wenn etwas passiert.«

Walsingham lehnt sich, leise lachend, zurück. Endlich kann er glauben, was er sieht. »Mein Gott, Isobel, mein Gott! Ich wusste ja, dass Ihr in der Lage seid, auf Euch selbst zu achten, aber nicht, dass Ihr auch für uns sorgen könnt. Seid Euch meiner Dankbarkeit versichert.«

Sie bedenkt ihn mit einem zerstreuten Lächeln. Obwohl sie die ganze Zeit zum Fenster hinausblickt, zuckt sie zusammen, als mit einem Mal eine Hand gegen den Laden pocht. Eine Stimme knurrt einen Befehl, und gleich darauf ertönt das Donnern von Pferdehufen. Nur mühsam halten Soldaten die Menge zurück, als das Tor am südlichen Ende der Brücke für die Kutsche geöffnet wird.

»Was ist denn geschehen?«, fragt Walsingham.

»Das kann noch niemand genau sagen«, antwortet Isobel. »Aber entweder die Königinmutter oder der Kardinal von Lothringen hat gestern Abend den Befehl ausgegeben, dass Coligny in der Nacht ermordet werden soll. Die Attentäter haben ihn aus seinem Bett gezerrt und zum Fenster hinausgeworfen. Danach hat die Leibgarde des Königs die Hugenotten aus dem Palast getrieben und sie samt und sonders in den Straßen niedergemetzelt – und zwar mit Hellebarden –, sogar die Frauen und Kinder! Dazu wurden alle Glocken der Saint-Germain-Kirche geläutet, und ganz Paris war auf den Straßen. So hat es begonnen.«

»Und so war es geplant?«

Sie schüttelt zweifelnd den Kopf. »Da bin ich mir nicht sicher. Der Anfang natürlich schon. Die königliche Leibgarde… bei Gott, Ihr hättet sie sehen sollen! Trotzdem glaube ich …«, sie weist mit einer weit ausholenden Geste auf die Menschenmasse auf der Straße, »…dass diese Auswüchse völlig unerwartet kamen. Es herrscht einfach so große Angst – schaut nur. Die Leute sind fast erleichtert darüber, dass sie anderen das antun können, bevor es ihnen selbst so ergeht.«

Mein Gott, denkt Walsingham. *Sie hat recht, es ist tatsächlich Erleichterung.* Laut sagt er: »Ich fürchte, dies ist der Beginn von etwas Schrecklichem. Etwas, was die ganze Christenheit verschlingen wird. Katholiken werden Protestanten umbringen, und Protestanten werden Katholiken umbringen. Nur wird diesmal kein Publikum danebenstehen und zusehen. Alle müssen ihre Rolle spielen, und alle werden Blut an den Händen haben.«

Fellowes hört kaum hin. Er starrt auf Isobels Hals, auf die Stelle, wo ihr Puls so lieblich unter der Haut schlägt.

»Aber was habt Ihr überhaupt in Paris getan, Master Walsingham?«, fragt sie. »So fern der Heimat …«

Walsingham macht eine kleine Handbewegung, die sie sofort versteht: *Das brauchst du nicht zu wissen, und es ist wirklich besser, wenn du nichts ahnst.*

Da sieht Fellowes Stahl in ihrem Auge aufblitzen, einen winzigen Splitter nur. Aber natürlich ist sie nicht daran gewöhnt, dass ihr Einhalt geboten wird. Sie wirft ihm einen scharfen Blick zu und versucht sofort, den harten Ausdruck zu verbergen – mit einem Lächeln, das dafür sorgt, dass Fellowes weiche Knie bekommt. Er stammelt irgendetwas über Dankbarkeit dafür, dass sie ihm das Leben gerettet hat, und schwört ihr, dass er ohne Frage dasselbe für sie tun würde, sollte sich je die Gelegenheit dazu bieten.

Sie schenkt ihm ein sanftes, belustigtes Lächeln, bei dem ihn allerdings das Gefühl beschleicht, von irgendetwas ausgeschlossen zu sein, wie ein Kind von einem Gespräch zwischen Erwachsenen.

Walsingham tätschelt ihm den Arm. »Nun, Oliver, es

besteht die Möglichkeit, dass du dein Versprechen schon bald einlösen wirst.«

Erleichtert wendet Fellowes sich ihm zu. Fürs Erste muss er sich nicht mehr beim Anblick von Isobel Cochets Haut nach ihr verzehren.

»Sir?«

»Wenn wir in der Residenz eintreffen, möchte ich, dass du das Kommando über Tewlis und die Hälfte seiner Männer übernimmst und dich bereithältst, den Trupp zu dem Kahn bei Issy zu führen.«

Fellowes starrt ihn verdattert an. »Ihr kommt nicht mit?«

»Nein. Ich werde hier in Paris bleiben und das Meine tun, um die Residenz so lange wie möglich zu halten. Falls noch mehr Leute kommen.«

Jetzt lässt Fellowes den Kopf hängen. »Könnte nicht Sir Philip meine Aufgabe übernehmen?«, schlägt er vor. »Oder Tewlis selbst? Mein Platz ist hier, Sir, an Eurer Seite.«

Obwohl die Vorstellung, so viele Tage an Isobel Cochets Seite zu verbringen, kein schlechter Trost wäre …

Doch nun ergreift Isobel das Wort.

»Ich bleibe ebenfalls in Paris«, verkündet sie.

Jäh fühlt sich Fellowes aus allen Träumen gerissen.

»Seid Ihr sicher?« Walsingham runzelt die Stirn. »Macht Ihr Euch keine Sorgen um die kleine Rose? Und wird Rose sich nicht Euretwegen grämen?«

Ein Schatten huscht über Isobels Gesicht. »Meine Tochter ist bei meinem Vater«, erklärt sie mit leiser, bekümmerter Stimme. »Sie ist in Sicherheit, aber … ich werde ihr eine

Nachricht überbringen lassen, und zwar durch Euch, wenn ich Euch darum bitten darf, Master Fellowes.«

Sie kennt tatsächlich seinen Namen!

Fellowes errötet. »Aber natürlich. Ich würde mich freuen.«

Walsingham wirft ihm einen prüfenden Blick zu, kommt aber nicht mehr dazu, etwas zu sagen. Durch das Fenster sehen sie, wie mehrere Männer eine verzweifelt schreiende nackte Frau an den Haaren in ein Feld schleifen.

Isobel schließt sofort den Vorhang und ruft dem französischen Hauptmann etwas zu, worauf dieser die Kutsche zum Stehen bringt. Gleich darauf donnert über ihnen ein Schuss. Der Kopf eines der Männer auf dem Feld fliegt zur Seite, dann kippt der Kerl um.

»Was für ein Schütze!«, schwärmt Fellowes.

»Er ist Schotte«, bemerkt Isobel. Es klingt, als hätte sie einen neuen Hutmacher entdeckt.

»Das ist das erste Mal in meinem Leben, dass ich einen Grund habe, für die Allianz zwischen Schottland und Frankreich dankbar zu sein«, murmelt Walsingham.

Drei Reiter jagen den Vergewaltigern nach. Zwei töten sie mit ihren Schwertern oder verwunden sie so schwer, dass sie so gut wie tot sind; die anderen fliehen über die Felder. Von oben kracht ein weiterer Schuss und trifft einen der Kerle am Gesäß. Die Reiter geben sich gar nicht erst damit ab, ihm den Gnadenstoß zu versetzen, sondern kehren zurück.

Nun, da sie gerettet ist, setzt die Frau sich auf und versucht, ihre Brüste zu bedecken.

»*Allons-y!*«, ruft der Hauptmann, worauf die Kutsche langsam losrumpelt.

Weiter vorne liegt die Residenz. Um sie herum hat sich eine kleine Menschenmenge gebildet, die sogleich zurückweicht, als die Königsgarde auftaucht. Vor dem Tor hält die Kutsche an. Laut ruft Walsingham nach Sir Philip Sidney. Dieser hat kaum sein hübsches Gesicht über den Wall gereckt, als er in schallendes Gelächter ausbricht. Dann verschwindet er wieder. Gleich darauf wird das Tor geöffnet. Walsingham hilft Isobel noch beim Aussteigen, dann bedanken sie sich erneut bei dem Hauptmann und dem Schützen.

Der Hauptmann deutet mit dem Kinn auf den Kutschbock und schnippt mit den Fingern.

»*Écossais*«, sagt er.

Der Schotte mustert sie mit unbeteiligtem Blick von seinem Sitz aus. Er ist ein hochgewachsener Mann mit langen Gliedern, einem breiten, von Sommersprossen übersäten Gesicht und vermutlich rotem Haar, das jetzt allerdings unter dem Helm verborgen ist. Die Hakenbüchse, die er neben sich liegen hat, ist eindeutig länger als die meisten Waffen ihrer Art.

»Wo habt Ihr gelernt, so zu schießen?«, erkundigt sich Walsingham.

Von dem Redeschwall, der sich daraufhin über ihn ergießt, versteht er kein Wort. Ein Ortsname? Eine Beleidigung? Eine Drohung? Wer kann das schon wissen.

»Nun«, brummt Walsingham. »Bitte nehmt das als Zeichen meiner Dankbarkeit an.«

Er kramt eine Münze aus seinem Geldbeutel, einen

Angel, und reicht sie dem Mann. Insgeheim verflucht er sich allerdings, denn ein *Angel* entspricht dem Lohn für drei Wochen Arbeit, und er wird darüber Rechenschaft ablegen müssen. Wortlos ergreift der Mann die Münze, und sie verschwindet in einer der Taschen seines Wamses.

»Gut«, murmelt Walsingham einigermaßen verdrossen. »Gehabt Euch wohl.«

Der Mann nickt, sagt aber nichts mehr. Als Walsingham sich abwendet und in den Hof zurückkehrt, spürt er immer noch den eisigen Blick auf sich ruhen, doch er ist dankbar dafür, einmal mehr in Sicherheit zu sein.

Im Hof der englischen Residenz, einem Quadrat von fünfzig Schritt Länge und Breite, wimmelt es jetzt von Karren, Pferden, Hunden und Menschen. Alle Leute laufen hektisch durcheinander, während sie begierig darauf warten, dass das Tor geöffnet wird und sie sich auf den Weg zu dem Kahn bei Issy machen können. Über einer brennenden Windmühle ganz in der Nähe und auch über einem Lagerfeuer – es geht jeweils um die Vernichtung von belastenden Dokumenten – steigt Rauch auf und verhüllt den Himmel.

Walsingham tritt an Fellowes heran, der emsig damit beschäftigt ist, Dokumente zu erstellen, von denen sie wollen, dass sie den Flammen nur teilweise zum Opfer fallen – darunter ein Brief von Sir John Hawkins, in dem die Geschwindigkeit beim Bau eines noch unbekannten vom Marinekommandanten in Auftrag gegebenen Schiffs um das Fünffache überschätzt wird.

»Oliver«, raunt er seinem Gehilfen ins Ohr. »Ich bin nicht dazu gekommen, mir dieses Dokument hier anzuschauen, aber du weißt selbst, welche Mühe es uns gekostet hat, in seinen Besitz zu gelangen. Und darum wirst du auch begreifen, wie ernst es mir damit ist.«

Fellowes nickt.

»Es ist wohl das Beste, du kehrst auf kürzestem Wege nach London zurück und sorgst dafür, dass es Lord Burghley ausgehändigt wird. Niemandem sonst, hast du verstanden? Nicht Leicester, nicht Derby und schon gar nicht Smith. Nur Burghley – und auch nur dann, wenn er allein ist.«

Walsingham reicht Fellowes das in gewachste Tücher gewickelte Päckchen.

»Ich weiß immer noch nicht, woher es stammt«, beschwert sich sein Gehilfe.

Walsingham lächelt. »Darüber werden wir in London bei einer warmen Mahlzeit und einem süßen Getränk sprechen. Bewahre es bis dahin in der Nähe deines Herzens auf, ja?«

Fellowes nickt erneut, es folgt ein letztes Händeschütteln.

»Wir sehen uns in London, Sir.«

»Gott segne dich, Oliver.«

Sie bemerken Isobel Cochet erst, als sie schon fast neben ihnen steht.

»Master Fellowes, verzeiht bitte die Störung, aber darf ich fragen, ob ich noch auf Euer freundliches Angebot, mir zu helfen, zurückkommen kann? Ist es wohl möglich, mit Eurer Gruppe nach England zurückzukehren?«

Fellowes ist entzückt, Walsingham verblüfft.

»Mir ist nicht aus dem Kopf gegangen, was Ihr über Rose gesagt habt«, fährt sie fort. »Eine Sechsjährige sollte wirklich nicht von ihrer Mutter getrennt sein.«

Und so ist es beschlossene Sache.

Fellowes freut sich über alle Maßen. Sogleich bietet er ihr an, ein Pferd für sie zu besorgen.

Walsingham überlässt die beiden sich selbst und macht sich auf die Suche nach seinen eigenen Angehörigen. Schließlich findet er sie zusammen mit anderen Frauen und Kindern in dem beim Tor abgestellten Wagen. Er gibt ihnen einen letzten Kuss.

»Wir werden uns wohlbehalten zu Hause in London wiedersehen«, verspricht er.

Danach eilt er weiter zu Tewlis. Er reicht ihm die Hand und salutiert den zum Abmarsch bereiten Soldaten. Dann wird das Tor geöffnet. Mühelos halten die noch verbliebenen französischen Soldaten die wenigen Menschen davor zurück. Ein erster Fuhrmann gibt seinem Ochsen die Peitsche, und sein Gefährt setzt sich in Bewegung. Nun schlägt ein weiterer Fuhrmann auf sein Tier ein, und auch sie zuckeln davon. Walsingham bemerkt den Blick seiner Frau und wirft ihr eine Kusshand zu.

Oliver Fellowes reitet jetzt neben Isobel Cochet. Die beiden bieten einen schrecklich schönen Anblick, und obwohl Walsingham gerade so düster gestimmt ist, kann er sich einfach nicht vorstellen, Gott würde zulassen, dass einem solchen Paar etwas geschähe.

Und doch. Und doch.

»Gott mit dir, Oliver«, murmelt Walsingham. »Sei gesegnet.«

Als der Konvoi in der Ferne verschwunden und das Tor wieder geschlossen ist, zieht Walsingham sich in seine Kammer zurück. Auf Knien betet er dort für die Sicherheit seiner Frau und seiner Kinder sowie dafür, dass sein Plan dank der Gnade Gottes zum Vorteil Englands aufgehen möge.

Später kommt Sir Philip Sidney zu ihm, um sich nach seinem Wohlergehen zu erkundigen.

»So gut, wie man es sich erhoffen kann«, lautet Walsinghams Antwort.

Der Konvoi – zwei Karren, acht Pferde – kommt vorbei an einer Gruppe von Männern in schlichten schwarzen Kleidern, mit jenen auf die Hüte geklebten weißen Kreuzen und um die Arme gebundenen weißen Tüchern. Sie haben sich an einer Stelle versammelt, an der die Frauen normalerweise ihre Wäsche auswringen, doch heute wurde hier jemand ermordet, dessen Leiche jetzt zwischen ihnen auf dem Boden liegt. Als die Engländer vorbeiziehen, blicken die Männer auf und beobachten sie, um dann ihr Opfer einfach liegen zu lassen und sich dem Konvoi anzuschließen.

Die Straße führt westwärts, vorbei an Windmühlen, Zwiebel- und Kohlfeldern über tief gelegenes Gelände, das im Winter versumpft und über dem die Gerüche von den Färberhöfen und Gerbergruben in der Luft liegen. Zu einer anderen Zeit würde man sich wohl vor frei laufenden Tieren wie Hunden oder Schweinen fürchten, vor verwilderten Kindern mit Steinen in den Händen oder vor Wegen mit Schlaglöchern, die so tief sind, dass ein Mann bis zur Brust darin verschwinden kann. Heute dagegen ängstigt man sich vor den Horden von Männern und sogar Frauen mit auf die Hüte geschmierten Kreuzen, die am Wegesrand lauern und darauf aus sind, die vorüberziehenden Engländer anzuspucken, ihnen unflätige Flüche entgegenzuschleudern und Gewalt anzudrohen. Sie lachen über die zu Tode erschrockenen englischen Frauen und Kinder, hüten sich aber vor Tewlis und seinen vier Soldaten mit den rauchenden Pistolen. Niemand will der Erste sein, der stirbt.

Doch Fellowes weiß: Bald werden die ersten Schüsse fallen. Furcht krallt sich um sein Herz.

»Haltet die Lunten am Glühen!«, befiehlt Tewlis seinen Leuten. »Und schießt zuerst auf große Männer, die trefft ihr eher.«

Sie reiten weiter. Die Menge wird immer dichter und rückt näher. Nervös verdrehen die Pferde die Augen und legen die Ohren flach an. Die Leute stimmen einen Gesang an, dessen Inhalt Fellowes lieber nicht kennen würde. Er spürt, dass Mistress Cochet, die gerade an Mistress Walsinghams Seite reitet und mit ihr spricht wie eine Mutter mit ihrer Tochter, ihn aus den Augenwinkeln beobachtet. Er beschließt, beide zu beeindrucken.

Ein übel riechender Gegenstand fliegt durch die Luft.

»Kümmert euch nicht darum!«, ruft er. »Kümmert euch einfach nicht darum!«

Die Menge johlt und rückt näher heran. Jemand vollführt mit dem am Ellbogen abgehackten weißen Arm eines Säuglings obszöne Gesten. Noch mehr schließen sich der Menge an. Es wird immer schwerer, in einer geordneten Reihe zu bleiben.

Ein Nachttopf fliegt durch die Luft, doch die Leute ducken sich darunter hinweg. Dann feuert ein Soldat einen Schuss ab, worauf die Menge zurückweicht.

Ganz ruhig, ganz ruhig, um der Liebe Gottes willen.

Fellowes verfällt in einen Zustand fast völliger Ruhe, und auf einmal klingt alles gedämpft, als hätte er Werg in den Ohren. Die Leute wirken so verschwommen wie hinter billigem Buntglas. Isobel Cochet beobachtet ihn jetzt eindringlich.

Oliver lächelt, sie ebenfalls.

Die Provokationen werden fortgesetzt, bis sie am späten Nachmittag endlich Issy erreichen und der erste Stein Fellowes knapp über dem rechten Auge trifft. Ein Knall, und plötzlich ist er vom Blut halb blind. Ein Soldat schießt einen Jungen mitten in der Menge nieder. Die Meute weicht zurück wie das Meer bei Ebbe, nur um sofort wieder nach vorne zu wogen. Alle Männer zücken ihre Schwerter, und die Soldaten richten ihre Pistolen auf die Horde. Vor ihnen tauchen die brodelnden Fluten der Seine auf und am Ufer eine Fähre, deren Führer an Bord wartet.

Ein weiterer Stein und noch einer. Ein Schuss, dann eine ganze Salve. Die Menge stiebt auseinander, aber nur kurzzeitig. Mehr Steine. Faustgroße Brocken. Schreie. Ein brüllendes Kind. Noch ein Schuss, diesmal aus einer französischen Pistole. Ein Soldat taumelt, heulend umklammert er seinen schlaff herabhängenden Arm.

Fellowes spürt einen plötzlichen Schlag. Sein Pferd scheut, stellt sich auf. Er gleitet aus dem Sattel und lässt das Pferd los. Das Tier jagt, wild ausschlagend, davon.

Tewlis hat die drei ihm verbliebenen Männer fächerförmig aufgestellt, doch noch haben sie nicht nachgeladen.

»An Bord!«, brüllt Fellowes. »An Bord! Schnell!«

In Issy ist das Ufer bebaut, der Wasserstand des Flusses niedrig und der Landungssteg von gleicher Höhe. Fellowes rennt hinüber zu den Frauen und Kindern, um ihnen aus den Karren zu helfen. Das Gelände hier ist mit Gras und Steinen bedeckt.

Mistress Cochet sitzt immer noch im Sattel und wendet ihr Pferd unentwegt hin und her. Männer zerren an ihrem Umhang. Sie hält eine Peitsche in der Hand und verteilt präzise Hiebe, dennoch werden die Kerle sie bald zu sich herabreißen.

Aber zunächst hilft Fellowes Mistress Walsingham über den Steg. Da sie vor Angst und Entsetzen wie erstarrt ist, nimmt er sie schließlich auf die Arme und trägt sie. An Bord der Fähre übergibt er sie dem Schiffer, kehrt auf der Stelle um und rennt zu Isobel Cochet zurück, obwohl seine Sohlen auf den glitschigen Planken immer wieder wegrutschen.

Gleich darauf jagt er die Böschung hinauf. Ein Hieb streift ihn an der Schulter. Händen, die nach ihm hauen, weicht er aus. Dann schlägt er selbst zu und trifft irgendetwas. Gut.

Isobel sitzt noch immer auf ihrem Pferd. Das Tier ist in Panik. Jetzt beträgt der Abstand kaum mehr zehn

Schritt, doch ein Mann hat sie am Saum ihres Kleides gepackt, ein anderer am Stiefel. Sie prügelt mit der Peitsche auf beide ein.

Von hinten zieht Fellowes einen der Männer zu Boden und schleudert ihn von sich. Dann hebt er einen Arm und stellt sich vor, wie sie – gehalten von seiner Hand – sanft zu Boden gleiten wird, wie von Flügeln getragen.

Tatsächlich lässt sie sich fallen, und einen Moment lang sind ihre Gesichter einander sehr nahe. Unter anderen Umständen würde er sie vielleicht küssen, aber …

Etwas stimmt einfach nicht.

In seiner Brust breitet sich eine mächtige Hitze aus. Er hat das Gefühl, erdrückt zu werden. Er kann nicht mehr atmen, sich nicht mehr rühren.

Er öffnet den Mund, um zu schreien, will Mistress Cochet wegstoßen, denn sie ist ihm jetzt zu nahe. Einen Arm hat sie um ihn geschlungen, und die andere Hand hält ein …

Ein Messer.

Er presst eine Hand an seine Brust. Blut. Er blickt ihr ins Gesicht. Sieht Trauer, Mitleid, Bedauern.

»Nicht kämpfen«, sagt sie. »Umarme es so, wie du mich umarmen würdest.«

Eine blaue Klinge. Ein Stilett. Es war verborgen, aber wo?

Er taumelt, fällt. Dunkelheit hüllt ihn ein, das Leben schwindet.

Das Leben. Fort.

3

Mortlake, England, 25. August 1572

Dr. John Dee kann nicht schlafen. Als er irgendwann doch einnickt, träumt er von Engeln und hat beim Aufwachen das Wort *biathanatos* auf den Lippen.

»Was sagst du?«, fragt seine Mutter und hält sich eine Hand ans Ohr.

»Gewaltsamer Tod«, antwortet er mit lauter Stimme.

»Mit solchen Gedanken darfst du dich nicht befassen«, erwidert sie. »Vor allem jetzt nicht, so kurz vor diesem wichtigen Bewerbungsgespräch.«

»Das ist richtig«, stimmt er ihr zu.

Er bricht von seinem Brot ein Stück ab, taucht es in sein Ale und schiebt es sich in den Mund. Während er bedächtig kaut, denkt er über den Traum nach, den er in der vergangenen Nacht hatte. Vor nicht allzu langer Zeit ist ihm klar geworden, dass Träume verschlüsselte Botschaften von einem anderen Ort darstellen. Überbracht durch Engel?

Die Leute grinsen, wenn er darüber spricht, aber von Christen wird schließlich verlangt, dass sie noch abwegigere Dinge glauben. Und er ist sich sicher, dass er seine Theorie beweisen könnte, hätte er nur die richtige Grammatik für diese Mitteilungen oder den Schlüssel zu ihrer Dechiffrierung.

Durch die offene Tür ist der Fluss zu sehen. Heute Morgen wirkt er besonders ekelhaft, aber die Flut hat ihren Höhepunkt erreicht, und die stinkende Fracht wird bald wieder stromabwärts nach London zurückfließen, wohin sie ja auch gehört.

Zerstreut beobachtet Dee seine Mutter, die sich jetzt am Backofen zu schaffen macht und wie besessen die Asche auskehrt. Dabei sinnt er weiter über seine Träume nach. Zu ihrer Bedeutung hat er eine ganze Reihe von Theorien, doch wie so viele seiner Gedanken entziehen sie sich bisher jedem Beweis.

Seine Mutter fegt noch immer den Backofen aus.

Jetzt steht er auf, stellt sich hinter sie und schiebt sie behutsam vom Herd weg.

Bestürzt und verwirrt starrt sie ihn an.

»Alles ist gut, Mutter«, beschwichtigt er sie. »Alles ist gut. Lass uns noch eine Weile zusammensitzen.«

Sie lässt sich zur Bank neben der Tür führen. Beide sind an den Geruch gewöhnt. Himmel, sie selbst riechen ja genauso!

Dee drückt seine Mutter sanft auf die Bank nieder. Sie gibt ein leises Maunzen von sich und lässt endlich ihren aus Weißdornzweigen geflochtenen Feger los. Er schiebt ihn beiseite.

Sie hat vergessen, wer ich bin, denkt er.

Just in diesem Moment klopft es dröhnend an der Tür.

Seine Mutter neigt den Kopf. »Ist das die Königin?«, flüstert sie, die Augen so glänzend wie frisch geprägte Münzen.

»Heute nicht, glaube ich«, erwidert Dee, geht aber nicht zur Haustür, um nachzuschauen, wer dort steht. Er weiß es längst.

»Weil sie schon einmal hier war, weißt du?«, fährt seine Mutter fort. »Sie wollte zu meinem Sohn. Zu meinem Sohn John.«

Mit einem Ohr hört er ihr zu, mit dem anderen lauscht er nach den Stimmen, die jetzt vor dem Haus erklingen. Er schätzt, dass er noch bis zwanzig zählen kann, ehe die Männer vor der Tür bei ihnen im hinteren Teil des Hauses auftauchen.

»Ich muss jetzt weg, Mutter. Geh nicht zur Tür.«

»Steckst du in Schwierigkeiten?«

»Das werde ich, wenn du die Leute reinlässt.«

»Dann lasse ich sie nicht herein«, verspricht sie lächelnd.

Er gibt ihr einen sanften Kuss auf die Haube, dann wendet er sich ab und greift nach seinem Reisesack – prall mit klobigen Gegenständen gefüllt und schwer –, nimmt sein grünes Wams an sich und schlüpft durch die Hintertür hinaus, um durch den Garten zum Fluss zu rennen.

Das Klopfen wird noch lauter.

»Schon gut, schon gut«, brummelt seine Mutter. »Ich komme ja schon.«

Der Mann an der Haustür ist groß und breit. Sein feistes

Gesicht ragt über einem Hals hervor, der so dick ist, dass drei Hände vonnöten wären, wollte man ihn erdrosseln. Die Augen dagegen liegen eng beieinander, und der Schädel ist so glatt poliert, dass er glänzt. Er hält einen massiven Stock aus Eichenholz in der Hand, und unter einem breiten Ledergürtel, der seinen hervorquellenden Bauch kaum zu bändigen vermag, steckt ein abgenutzter Knüppel.

Hinter ihm steht noch ein Mann. Er ist schmaler, geschmeidig und sieht aggressiv aus, scharf wie eine Klinge.

»Wohnt hier ein John Dee?«, fragt der Erste.

Dees Mutter schüttelt den Kopf. »Den kenne ich nicht.«

»Du hirnrissige alte Kuh!«, knurrt der Mann. »Er ist dein Sohn.«

Sie runzelt die Stirn. »Nein, wenn hier jemand hirnrissig ist, dann du, weil ich nämlich keinen Sohn habe.«

»Und ob du einen hast. Er heißt John Dee. Und er lebt in diesem Haus!«

Jetzt scheint es ihr wieder einzufallen. »Du hast recht!«, ruft sie. »Ich *habe* einen Sohn. Und das hier ist tatsächlich sein Haus.«

»Ist er daheim?«

»O nein. Er ist nicht da. Er ist unterwegs nach Cambridge zur Universität. Dort will er den Dekan von Saint-John-the-Evangelist sprechen. Der hat ihm nämlich eine Stelle als Lehrer angeboten.«

Der Dicke zeigt ein zahnloses Grinsen. Höflich dankt er ihr und wünscht ihr zum Abschied Gottes Segen, ehe die zwei weiterziehen.

Kaum hat die alte Witwe die Tür hinter ihnen geschlossen, gestattet sie sich jenes schlichte, zufriedene Lächeln, das stolzen Müttern vorbehalten ist.

Mistress Dees Sohn winkt unterdessen in dem Dörfchen Mortlake ein Boot zu sich ans Themse-Ufer und folgt bald den mit den Wellen auf und ab tanzenden Kotfladen nach London. Mit seinem Reisesack auf den Knien sitzt er auf der Bank und achtet darauf, dass seine Siebensachen nicht vollgespritzt werden. Sein Gepäck besteht aus einem zweiten Leinenanzug, drei Büchern, einem Astrolabium, dem von seinem Freund Mercator angefertigten Globus und einem von ihm selbst gebauten Instrument, das er hütet wie seinen Augapfel.

Schönes Wetter und Glück bringen ihn zwei Tage später noch vor Sonnenuntergang nach Cambridge, wo er genau in dem Moment am Aussätzigenhaus vorbeikommt, als die Glocke von *Little Saint Mary's* die Ausgangssperre einläutet. Die Nacht verbringt Dee bei seinem Freund James Pewlit, der in der Jesus Lane ein Haus hat. Dieser hat seine Beziehungen spielen lassen, damit Dee am nächsten Tag im College vorsprechen kann. Gleichwohl sitzt er mit Dee bis in die frühen Morgenstunden zusammen und erörtert gemeinsam mit ihm die Regeln von Proportion und Perspektive in Bezug auf wirklichkeitsgetreue Karten. Viele Kelche Wein werden getrunken, Papierbögen vollgeschrieben und Ideen wieder verworfen, bis sie neben Mistress Pewlit und deren Neugeborenem ins Bett fallen und das, was von der Nacht übrig geblieben ist, verschnarchen, um am nächsten Morgen verkatert und stinkend aufzuwachen.

Zu Mittag steht Dee dennoch nach einem reichhaltigen Frühstück an einem Vortragspult, ihm gegenüber der streng dreinblickende Rektor, der Dekan und mehrere Gelehrte des Saint John's College. Er weiß selbst, dass sein Anzug sich bestenfalls noch zum Verbrennen eignet, und wünscht sich, er hätte sich Zeit für einen Besuch beim Barbier genommen. Dennoch findet er, dass diese Männer keinerlei Anlass haben, ihn derart unerbittlich anzustarren.

Nur der Dekan, der Einzige, der unter all diesen vertrockneten Greisen noch geistig rege ist, vermag Dees Gedanken zum Einfluss des Mondes auf die Gezeiten zu folgen und bekundet dies gelegentlich mit einem Nicken oder einem Kommentar, meistens sogar an der richtigen Stelle. Die Mehrheit jedoch zeigt sich unbeeindruckt, erst recht von Dees Instrument, das zugegebenermaßen etwas primitiv aussieht, aber was kann man bei einem selbst gebauten Modell anderes erwarten?

Dieses Gerät hält er nun hoch, um ihnen vorzuführen, wie es das Ansteigen und Absinken der Gezeiten an jedem beliebigen Strand der Welt vorhersagt.

»Ihr wollt uns erzählen, dass dieses *Ding*, dieses Skrotum aus Messing und Leder, die Höhe der Flut sogar im weit entfernten China voraussagen kann?«, fragt der Rektor.

»Die Höhe *und* die Uhrzeit«, bestätigt Dee. »Und, ja, dafür verbürge ich mich mit meinem Leben.«

»Nun, das wird hoffentlich nicht nötig sein«, schmunzelt der Dekan.

Nervöses Lachen. Königin Mary die Blutige ist erst

seit fünfzehn Jahren tot, und der Tod auf dem Scheiterhaufen ist für alle in diesem Raum immer noch so gegenwärtig wie Rauch in der Luft.

»Stellt Euch nur die Vorteile vor, die das jeder Nation bescheren würde, die diese Weitsicht besäße!«, schwärmt Dee. »Neben dem Nutzen für die Wissenschaft bietet es auch vielfältige Anwendungsmöglichkeiten im Handel, bei der Erforschung der Welt und natürlich auch im Militärwesen, was wiederum … Nun, dies sind dunkle Zeiten für unser Land, wie jeder weiß. Aber haltet Euch nur vor Augen, was wäre, wenn die Spanier mit einer solchen Wohltat gesegnet wären!«

Der Dekan murmelt zustimmende Worte, doch die vertrockneten Stockfische neben ihm stehen auf der Seite des Rektors und zeigen sich auch dann unbeeindruckt, als Dee seine Ansprache beendet und der Dekan sich bedankt.

»Dr. Dee«, beginnt er. »Wir alle wissen, dass es unter den Lebenden weder jemanden gibt, der auf dem Gebiet der angewandten Mathematik eine größere Begabung bewiesen hat als Ihr, noch jemanden, der in so regem Austausch mit hochgelehrten Herren aller Länder steht.«

Er deutet mit dem Kinn auf Mercators Globus.

»Und wir alle wissen, dass Eure Mitgliedschaft in unserem Kreis nicht nur eine Auszeichnung wäre, sondern ihn auch um dringend benötigte wissenschaftliche Sorgfalt bereichern würde …«

Dee spürt das »Aber« seit dem Moment, da der Dekan den Mund geöffnet hat.

»Aber?«, fragt er.

Einen Moment lang herrscht unbehagliches Schweigen. Der Dekan beugt sich zum Rektor, worauf dieser sich hochstemmt. Er ist von massiver Gestalt, hat kurz geschnittenes graues Bürstenhaar, und seine Mundwinkel zeigen permanent nach unten.

»Aber schaut Euch doch selbst an, Dr. Dee«, schnaubt der Rektor. »Ihr scheint mir kaum dafür geeignet zu sein, einen Schweinestall auszumisten, geschweige denn die Klügsten unter den jungen Köpfen unseres Landes zu unterrichten.«

Dee tut den Einwand mit einer wegwerfenden Geste ab.

»Nichts als einige Gefahren am Wegesrand, die jedem, der von Mortlake kommt, begegnen könnten.« Wie um seine Aufrichtigkeit zu beteuern, presst er sich eine Handfläche gegen die Brust, doch es geht ihm auch darum, einen Weinfleck zu verbergen. »Außerdem habe ich gar nicht den Wunsch, Unterricht zu erteilen, sondern möchte vielmehr selbst lernen und Wissen durch den wechselseitigen Austausch erwerben.«

Die spöttische Miene des Rektors erstarrt zu einer Fratze.

»Aber es gilt doch auch, Euren Ruf zu bedenken«, fährt er fort, und plötzlich überläuft es Dee heiß und eiskalt zugleich. Es hat doch gar nicht so schlecht angefangen – und jetzt das!

»Meinen Ruf?«

»So, wie er gegenwärtig ist.«

»Wovon sprecht Ihr?«

»Dr. Dee, wart Ihr oder wart Ihr nicht wegen des Vorwurfs der Hexerei und des Verrats im Tower eingesperrt?«

»Die Beschuldigungen wurden böswillig erhoben und dann von der Königin höchstpersönlich zurückgenommen, möge Gott sie schützen.«

»Gewiss, aber danach hat sie Euch vom Hof verbannt!«

»Bloß wegen eines Missverständnisses.«

»Ihr habt dem Ratsherrn der Königin, dem Earl of Leicester, ins Gesicht geschlagen. Und das nennt Ihr ein Missverständnis?«

»Er hat Ihre Majestät beleidigt.«

»Trotzdem …«

Dee hat nicht übel Lust, dem Rektor ebenfalls einen Hieb zu versetzen, so wie damals dem Earl of Leicester, doch der Dekan tritt dazwischen.

»Dr. Dee!«, ruft er. »Sir! Niemand bewundert Eure Gelehrtheit so sehr wie wir. Und das Gleiche gilt hinsichtlich Eurer Leidenschaft fürs Lernen und Unterrichten, aber …«

»Aber?«

»Aber wir sind zu dem betrüblichen Urteil gelangt, dass Euer Name unwiderruflich befleckt ist. Und wir können nicht den Ruf dieser Universität aufs Spiel setzen, indem wir Magie und Wissenschaft unter dasselbe Joch spannen.«

All das hat Dee schon einmal gehört, nur wurde es damals noch deutlicher ausgedrückt: Er sei ein Gefährte der Höllenhunde, ein von bösen und von Gott verfluchten Geistern besessener Verschwörer, ja, ja.

Er dankt den Herren weder für ihre Geduld, noch nimmt er sich die Zeit, auf Worte des Bedauerns zu warten oder sich höflich zu verabschieden. Er dreht sich einfach um, schnappt seine Weltkugel und sein Modell der Himmelskörper und stürmt aus dem Raum, dem Haus und über den Vorplatz.

Eine viertägige Reise und eine einstündige Demütigung – und wofür?

Verflucht! Er war auf diese gottverdammte Stelle angewiesen, und es tut ihm leid wegen seines Freundes Pewlit, denn der hat den Dekan doch dazu überredet, ihn wenigstens zu einem Vorstellungsgespräch einzuladen.

Und jetzt? Sollte er vielleicht ein paar Bücher verkaufen?

Er besitzt bereits neunhundertzwölf Bände. Sein Haus in Mortlake ist damit so vollgestellt, dass er einen weiteren Raum anbauen musste, aber er benötigt jedes Einzelne davon und noch mehr, um sein Werk zu vollenden.

Dee leert den Inhalt seines Geldbeutels auf seine Handfläche: fünf Shilling und drei Pence.

Zurück in die karge Behaglichkeit seines Elternhauses – oder ein Nachmittag im *Swan with Two Necks*?

Er entscheidet sich für das *Swan*.

Dee sitzt an einem Tisch, vor sich eine Pastete gefüllt mit verschiedenen gebratenen Fleischstückchen. Gerade hat er seinen zweiten Krug Ale bestellt, als zwei Männer mit einem gedrungenen Hund an einer kurzen Leine ins Gasthaus treten. Jeder hier kennt sie, vielleicht nicht diese spezifischen, aber doch im Allgemeinen. Manche betrachten sie als mögliche Freunde, die meisten hingegen als Gestalten, deren Aufmerksamkeit man lieber nicht auf sich zieht.

Dr. Dee seufzt. Er weiß schon jetzt, wie es weitergehen wird.

Und tatsächlich: Es dauert nur einen Augenblick, bis sie ihn ausfindig gemacht haben und sich ihren Weg zu ihm bahnen. Das ist ein weiterer Beweis für seine Theorie, nach der jedes Element im Universum – am meisten womöglich ein Mensch – eine Kraft ausstrahlt, die sich auf alle anderen Elemente auswirkt – am meisten vielleicht auf andere Menschen -, ohne sie physisch zu berühren. Entwickelt hat er diese Hypothese aufgrund der Beobachtung seines Magneten, der andere Gegenstände sowohl anziehen als auch abstoßen kann, ohne sie zu berühren. Wie sich herausstellt, hat er diese zwei Männer den ganzen Weg von Mortlake bis hierher angezogen.

»John Dee«, beginnt der Untersetzte, der an einen Bullen erinnert. »Ihr seid verhaftet. Der Grund dafür sind Eure Schulden bei Seiner Gnaden dem Bischof von Bath und Wells in Höhe von fünf Mark, acht Shilling und sechs Pence.«

Der Betrag erscheint ihm viel zu hoch.

»Darf ich wenigstens meine Pastete aufessen?«, fragt Dee. »Es ist Schwanenfleisch darin. Das habe ich bisher nur ein einziges Mal in meinem Leben gegessen, und das war vor vielen Jahren.«

Eine schöne Erinnerung, halb verblasst.

Der Bulle – er heißt Bill, wie sich bald herausstellt – erklärt sich einverstanden und bestellt selbst einen Krug Ale für sich und den Burschen mit den eng beieinanderliegenden Augen, der sich Dee als Robert Tunk vorstellt.

»Dann werde ich Euch Bob nennen«, meint Dee. »So

ist es netter, versteht Ihr? Bill und Bob. Bob und Bill. Was haltet Ihr davon?« Er lacht.

Das Bier wird gebracht. Die beiden lassen sich Dee gegenüber nieder und beobachten ihn schweigend dabei, wie er sich über den Rest seiner Pastete hermacht.

Das könnte ungemütlich werden, denkt Dee – aber nach einer Flasche von einem Getränk, bei dem es sich um französischen Kognak handelt, wie der Wirt hoch und heilig schwört, sind die drei dicke Freunde.

»Wisst ihr was?«, fragt Dee in die Runde. »Wisst ihr was? Die Kerle behaupten – also der Rektor, die ganzen Schweinehunde, alle zusammen … Sie behaupten, sie seien … Gelehrte. Wahrscheinlich weil sie Griechisch sprechen, während sie mit ihren Lustknaben rammeln. Ich weiß es nicht. Ist mir auch egal. Was ein Mann tut, geht nur ihn was an. Und seinen Gott. Das ist meine Meinung. So bin ich eben. Also erzählt mir nichts übers Lernen. Über Mathematik. Über … über … *Sachen* eben. Wenn man sich den Arsch einfetten lässt wie ein … wie ein Biber … und ihn nach oben reckt für ein … für irgendeinen Hundsfott … na, zum Beispiel für den Earl of Leicester. Also kommt mir nie, nie, nie mit gutem Ruf!«

Als es nach drei solcherart verbrachten Stunden auf den Sonnenuntergang zugeht, schläft der Bulle mit dem polierten Schädel auf dem Tisch, während der andere hoffnungslos verwirrt vor sich hin stiert und der Hund sich die Hoden leckt.

»Habt ihr was für den Heimweg?«, fragt Dee, plötzlich nüchtern.

»Hä?«

»Einen Karren. Oder vielleicht sogar eine Kutsche? Ihr wollt doch gewiss nicht, dass wir zu Fuß nach London ziehen? In der Guildhall werden sie erwarten, dass ich gepflegt aussehe, oder?«

Sie haben weder Karren noch Pferd, aber als die Männer so weit wachgerüttelt sind, dass sie eine weitere Flasche für den Weg kaufen können – »gegen die Kälte« –, und die Rechnung beglichen haben, treiben sie einen Säumer auf, der in seinem Eselskarren immerhin so viel Platz hat, dass es für die drei bis nach Bishop's Stortford reicht, und das für ein Entgelt, das Bill nach einigem Kramen in seinem Geldbeutel bezahlen kann. Als sie endlich unterwegs sind, sitzt Dee aufrecht da, während Bob und Bill eng umschlungen auf dem Boden des über Stock und Stein holpernden Karrens schnarchen. Der Säumer schweigt, doch Dee hat einen hübschen Bariton und schmettert sämtliche Lieder, die er in Flandern gelernt hat, bis der Säumer ihn bittet aufzuhören.

Und der Hund? Den haben sie in Cambridge vergessen.

Zwei Nächte später haben sie das Ludgate-Gefängnis fast erreicht.

»Ein letzter Schluck?«, schlägt Dee vor.

Bob und Bill stimmen zu. In den letzten zwei Tagen ist ihre Haltung Dee gegenüber freundlicher geworden. Ihr Knurren hat sich – je nach Tageszeit und Ale-Verbrauch – erst in verdrehte Augen, dann in Gelächter und schließlich in kräftige Klapse auf den Rücken verwandelt. Am Ende glaubt Dee, dass er ihr Maskottchen geworden ist und ihnen den Hund ersetzt. Könnte er sich am

Hoden lecken, wäre ihm die Maskerade wohl vollständig gelungen.

Dee kennt den Wirt im *The Bull*: ein Mann namens Chidiock Tunstal mit gegabeltem rotem Bart und einem dermaßen dicken Bauch, dass es aussieht, als würde er gleich mit einem Stierkalb niederkommen.

»Bringt uns ein Ale, Chidiock!«, ruft Dee. »Und dazu irgendwas mit einer fettigen Teigtasche drum herum!«

Als das Bier vor ihnen steht, erklärt Dee an seine Gefährten gewandt, wie gut es sich trifft, dass sie den letzten gemeinsamen Abend im *The Bull* verbringen.

»Denn du, Bill, kommst mir vor wie einer, der unter einem Erdzeichen wie dem Stier geboren wurde. Und ich muss sagen, das Gleiche trifft auch auf dich zu, Bob, obwohl du mehr von einem Steinbock hast. Auf euer Wohl.«

Sie trinken. Keiner ist an Astrologie interessiert, da keiner weiß, in welchem Jahr oder Monat er geboren wurde, ganz zu schweigen von dem Tag. Aber das Wissen darum, dass er ein Steinbock oder ein Stier ist, sorgt dafür, dass jeder seinen Anteil am Gespräch hat.

Ein Augenblick genügt, und schon hat Dee die zwei gegeneinander aufgehetzt. Ein Kinderspiel. Er braucht nur Bemerkungen fallen zu lassen wie: »Mars im Aszendenten, würde ich sagen – für immer und ewig eine der Ursachen von Unheil und Zerstörung«, und: »Ich erkenne das Herz des Skorpions in deinem Horoskop«, und bald schon sehen die beiden im anderen das Allerschlechteste. John lenkt das Gespräch auf einen Geldbeutel, der einmal im Dorf Rotherhithe vermisst wurde.

»Gibt es eigentlich ein Sternzeichen für Diebe, Doktor?«, erkundigt sich Bill.

Wenig später wird erst mit einem Glas geworfen, dann mit einem Krug. Hocker werden umgestoßen, schließlich eine ganze Bank. Dee rettet den noch halb vollen Ale-Krug just in dem Moment, da die Tischbeine sich unter dem Gewicht der Streithähne nach außen spreizen. Eine kurze Weile steht er da und schaut zu. Es ist wirklich verblüffend zu sehen, wie hemmungslos diese zwei erwachsenen Männer übereinander herfallen. Sie treten, beißen, verkrallen sich ineinander, wälzen sich über die verdreckten Binsen auf dem Boden. Ihre Hiebe sind voll konzentrierter Wut, und bei jedem Treffer sind ihre Grunz- und Klatschlaute zu hören.

Dee weicht zurück, bis er sich wenig später mit fünf Shilling, drei Pence und einem leeren Ale-Krug auf den Stufen vor dem Billingsgate-Markt wiederfindet.

Es ist eine milde Nacht. Am Himmel hängt ein schwerer gelber Mond, der auf der düsteren Oberfläche des Stroms kaum einen Widerschein erzeugt.

Dee treibt einen Bootsmann auf, der sich bereit erklärt, ihn für einen Shilling durch die Strudel unter der Brücke und dann stromaufwärts zu bringen. Er ist ein netter alter Bursche, der schon immer an und auf der Themse gelebt hat; außerdem hat er nichts gegen Dees Gesang.

Eine Stunde später – es ist kurz vor Mitternacht – hat Dee Mortlake wieder erreicht und wischt sich mit dem langen Gras aus dem Garten vor seinem eigenen Haus den Staub von den Stiefeln.

»Bist du das, John?«, ruft seine Mutter durch die Tür.

4

Sheffield Castle, 29. August 1572

Ihr dritter Mann, James Hepburn, der vierte Earl of Bothwell, hat ihr gezeigt, wie es geht.

»Ganz leicht, dann gibt es auch keine Blutergüsse an deinem hübschen Hals, verstehst du?«

Und nachdem sie die schreckliche Angst abgelegt hatte, die sie befiel, sobald er die Hände um ihren Hals schloss und Dunkelheit ihr Gesichtsfeld an den Rändern trübte, musste sie zugeben, dass die Wirkung wirklich aufregend war.

»Das ist aber nicht das Einzige, was ich dir zeigen werde«, sagte er.

Und er hatte recht. Es war beileibe nicht das Einzige.

Doch jetzt ist er tot, denkt sie, *oder irgendwo eingekerkert – also so gut wie tot.*

Und damit ist sie es auch. Manchmal, wenn sie in Tutbury, Sheffield, Chatsworth oder einer anderen von den vielen Burgen ist, zwischen denen sie hin und her geschafft wird, denkt sie daran.

Jetzt ist sie allerdings zu verwöhnt, um sich für andere Methoden zu erwärmen, denn nichts versetzt sie in eine derart übermächtige Ekstase wie diese eine Technik. Darum hat sie dem Mädchen beigebracht, wann und wie es seine Finger einsetzen muss – »Nur hier … und hier, wenn ich dir das Zeichen gebe« –, und es erfüllt seine Aufgabe recht regelmäßig, auch wenn sie sich auf Anweisung ihres Beichtvaters darum bemüht, die Sache auf ein einziges Mal am Tag zu begrenzen.

Aber, bei Gott, ihr ist so schrecklich langweilig!

Außer dem Stricken zusammen mit Lady Elizabeth Talbot gibt es nichts, worauf sie sich freuen kann.

Also gut, warum dann nicht gleich jetzt?

»Margaret?«

Margaret Formby weiß, was ihre Herrin will. Sogleich legt sie den Stickrahmen beiseite und eilt zu ihr hinüber, während Mary sich schon auf dem großen Bett positioniert.

Margaret ist ein kräftiges Mädchen von herber Schönheit. Am Anfang war ihr unwohl dabei, und sie hatte Angst davor, das zu tun, worum sie gebeten wurde, aber sie hat es gelernt. Ihr Druck ist zum richtigen Zeitpunkt fest und dann wieder zart, wenn es nicht der richtige Zeitpunkt ist.

Mary kippt den Kopf zurück und sieht Regenschlieren auf dem Glas des Fensters hinter ihr. Jetzt wünscht sie sich, sie hätte es öffnen lassen, denn dann hätte sie vielleicht den Ausblick auf die Landschaft genießen können. Da ihr beides momentan nicht möglich ist, erlaubt sie Margaret, ihr unter die Strumpfhose zu fassen, und gibt sich ganz der Wonne des Augenblicks hin.

Nachdem eine gewisse Zeit vergangen ist, in der man vielleicht das erste Gesetz des Rosenkranzes hätte beten können, muss Margaret so weitermachen, wie sie es geübt haben. Früher hat ihr der Earl oft ein kurzes, dickes Stück Silber in den Anus geschoben, das er gerne sein »anderes *membrum virile*« nannte und das er dann immer langsam herauszog, wenn sie drauf und dran war, in Verzückung zu geraten. Beim allerersten Mal fiel sie tatsächlich in Ohnmacht.

Er hat mich verwöhnt, sagt sie sich, *wie so viele andere Frauen auch*.

»Jetzt! Jetzt!«

Margaret drückt zu. Mary kann nicht atmen, und das Licht verblasst. Am Rand ihres Gesichtsfelds tauchen Würmer auf. Ihr wird heiß, und Wogen der Verzückung fließen durch ihren Körper. Genau so stellt sie sich die Wonnen des ewigen Lebens vor, die reinste Seligkeit. So wird es sein, wenn sie endlich von den Heerscharen der Engel durch die Lüfte und in den Himmel getragen wird.

Doch dann wird das Vergnügen immer brutaler und schlägt, bis ins Extreme getrieben, in Schmerz um. Ihr Verstand fällt in sich zusammen; ihr Körper tötet sich selbst.

Ruckartig fährt sie hoch und schleudert Margaret von sich. Keuchend schnappt sie nach Luft. Ihr Gesicht ist dunkelrot angelaufen; ihr ganzer Körper steht in Flammen. Sie fühlt sich ausgehöhlt, fällt in sich zusammen.

Margaret weiß nie, ob es wirklich das ist, was Mary will.

»Hau ab!«, bellt Mary, denn in diesem Moment erträgt sie ihren Anblick einfach nicht.

Dann zieht sie ihre Strumpfhose wieder hoch und die Röcke hinab unters Knie. Nun, da sie wieder Luft bekommt, ihre Fassung wiedererlangt hat und sich nicht mehr fühlt, als würde sie zerfließen, steht sie auf. Immer noch pochen ihre Schläfen.

Margaret hat sich wieder über ihre Stickarbeit gebeugt.

Die Zeit scheint Gestalt anzunehmen, schwerer und schwerer zu werden. Mary spürt sie überall, spürt, wie sie nach unten gedrückt wird. Sie wird erdrückt, von der Zeit und der Verzweiflung.

Sie kehrt zum Bett zurück und fällt darauf. Mit dem Gesicht nach unten bleibt sie liegen und lässt die Tränen fließen.

Später an diesem Nachmittag empfängt sie ihren Kerkermeister, Sir George Talbot, den Earl of Shrewsbury. Der kommt mit nicht weniger als vier Wachmännern, jeder mit einem Schwert bewaffnet und in höchster Alarmbereitschaft, als fürchteten sie, von ihr angegriffen zu werden.

»Gott schenke Euch einen guten Tag, Eure Majestät!«, begrüßt er sie und verbeugt sich tief – eine Geste, mit der er den Eindruck erwecken will, nichts weiter als ihr Beschützer zu sein.

Heute trägt er eine Hose aus feinem Tuch, ein Wams mit edlem Stickmuster und ein breites, mit Pelz besetztes Cape, das vorne den Blick auf eine perlengeschmückte, doch überraschend bescheidene Schamkapsel freigibt, die es nicht vermag, Marys Aufmerksamkeit zu fesseln.

»Euch ebenfalls, Sir George.«

»Ich darf hoffen, dass es Euch gut geht? Ihr wirkt etwas bedrückt.«

Bedrückt? *Bedrückt?* Schon öffnet sie den Mund, um ihn abzukanzeln, doch dann erwidert sie stattdessen: »Ich fühle mich wohl, bin nur etwas müde.«

Er wirft Margaret einen Blick zu, die prompt mitten im Sticken innehält. Natürlich ist sie eine Spionin. Wird sie ihm *alles* verraten?

Wen zum Teufel kümmert das?

»Was begehrt Ihr, Sir George?«, fragt Mary.

Jetzt kann er es ansprechen, und das ist gut so.

»Die Königin erteilt Euch die Genehmigung, unseren Grund zu betreten.«

Sie freut sich darüber, will das aber nicht zeigen.

»Euren Grund betreten? Aber, Sir George, ich werde wohl kaum irgendwohin aufbrechen, wenn ich den Zweck nicht kenne.«

»Die Königin gestattet Euch, Euren Falken in ihren Park mitzunehmen.«

Jetzt legt sie den Kopf schief. Das ist allerdings eine gute Nachricht.

»Meinen Falken? In den Park?«

Shrewsbury lächelt. »Gleich heute«, sagt er. »Am Nachmittag.«

Das ist auch kein besserer Zeitvertreib, als sich selbst zu befriedigen, sagt sie sich, hält aber den Mund.

Sie trägt grob gerippte Seide und Leinen, denn es ist ein schwüler Tag. Heute reitet sie auf einem eleganten Rotschimmel und benutzt einen roten Ledersattel. Sie hat ihren Falken dabei, dessen Kopf von einer Lederhaube bedeckt ist.

An ihrer Seite, wenn auch etwas hinter ihr, wie es sich für seinen Stand gehört, reitet Sir George. Seine ganze Aufmerksamkeit gilt den Kronen der Eichen und Ulmen, die in einer Entfernung von etwa fünfhundert Schritt das hintere Ende des Parks markieren. Von dort, so vermutet er, werden die Vögel kommen. Die Spitze seiner Zunge nimmt sich auffällig rosa zwischen den von einem Bart umrahmten Lippen aus, aber wahrscheinlich hat er selbst keine Vorstellung davon, wie er aussieht. Er und Bess of Hardwick? Sie bezweifelt das.

Aber an Vögeln hat sie kein Interesse. Im Augenblick gilt ihre ganze Aufmerksamkeit etwas ganz anderem, und sie glaubt, der Falke – ein Merlin – spürt ihre Anspannung. Diese Feinfühligkeit hebt ihn von den Menschen ab, insbesondere von dem erbärmlichen kleinen Jäger neben ihr, der so eifrig darum buhlt, ihr zu gefallen. Fiebrig hüpft der Falke von einem Fuß auf den anderen, darum bemüht, unbemerkt zu bleiben, obwohl die Vögel rundherum schon jetzt um ihr Leben flattern. Der mit einer Lederkappe bedeckte Kopf von Marys Falken ruckt in einem fort hin und her, her und hin.

Als könnte man ihn abschrauben, denkt sie, und einen Moment lang stellt sie sich vor, die Faust um seinen Hals zu schließen und ihn tatsächlich umzudrehen. Sein Kopf würde wie ein Ball in ihrer Handfläche liegen. Was für ein Gesicht Sir George machen würde!

Sie reiten einen Grat entlang, der sich wie ein Damm

über den Fluss zieht. Aufgeregtes Kreischen und fliehende Vögel erfüllen die Luft.

»Sir?«

Es ist der Jäger, der das fragt. Er folgt ihnen mit den Männern der Leibgarde in einem Abstand von zwanzig Schritt.

Sir George bringt ihn mit einem bösen Blick zum Schweigen. Sie alle wissen, dass der Falke längst auf die Vögel hätte losgelassen werden müssen. Warum zögert sie es hinaus?

»Ist Euer Vogel bereit?«, fragt Sir George.

Sie antwortet nicht. Warum sollte sie auch? Wieso sollte sie ihm sagen, dass sie gar nicht hinter der üblichen Beute her ist?

Endlich erreichen sie einen Felsvorsprung, der ihnen den Ausblick auf eine Flussbiegung eröffnet, hinter der sich ein weites Waldgebiet erstreckt. Inzwischen ist kein einziger Vogel mehr am Himmel zu sehen, und den Männern um sie herum kommt es so vor, als wäre ihr das nur allzu recht. Jetzt zügelt sie ihr Pferd und erlaubt ihm zu grasen. Fast könnte man meinen, sie wolle sich den Männern bewusst präsentieren, so langsam bewegt sie sich und so zögernd fällt sie ihre Entscheidungen. Erneut lässt sie sich viel Zeit, bis sie ihrem Falken die Kappe abnimmt.

Schlagartig verwandelt sich der Vogel in ein anderes Wesen. Kein Geheimnis entgeht seinen Augen. Er dreht den Kopf hin und her wie die mechanischen Apparate, die Mary so oft in Paris besichtigt hat; hierhin, dorthin. Nun, da sie seine Augen sehen kann, verspürt sie nicht mehr den Wunsch, ihm den Kopf abzureißen. Sie möchte ihn einfach fliegen lassen, ihm die Freiheit schenken, die sie sich selbst so sehr wünscht.

Er steigt hinauf in die Lüfte. Bald schon ist er nur noch ein Punkt am Himmel, und auf einmal macht sich die Furcht in ihr breit, dass er nie wieder zurückkehren wird. Doch just in dem Moment, da sie ihn dort oben – weit vom Waldrand entfernt und hoch über dem Flussufer – kaum noch sehen kann, kommt ein blasser Vogel angeflattert. Eine Taube? Anscheinend hat sie den Falken nicht bemerkt, aber er sieht sie. Einen wütenden Schrei ausstoßend schießt er mit schier unnatürlicher Geschwindigkeit hinab, direkt auf sie zu, und – *puff!* – trifft, einer Kugel gleich, den Vogel.

Sir George entfährt ein bewundernder Ruf.

Die zwei Vögel taumeln herab. Schon stürzen sich die Hunde ins Wasser. Der Falke hockt auf der Taube und zerrt mit dem Schnabel an ihrer Brust, nur widerstrebend lässt er von ihr ab. An seiner Stelle bemächtigt sich einer der Hunde der Taube und nimmt sie vorsichtig ins Maul. Unterdessen kehrt der Falke an seinen Platz auf Marys Handschuh zurück. Sie setzt ihm die Haube wieder auf und streichelt ihm die blutbefleckte Brust. Der Hund lässt die Taube vor den Füßen des Jägers zu Boden fallen.

Der Mann macht ein verblüfftes Gesicht.

»Eine Taube?«, fragt er. Es klingt wie: *Woher ist die denn gekommen?*

»Bringt sie mir«, befiehlt Mary.

Der Jäger fasst den Vogel an der Flügelspitze, um ihn ihr mit einer Verbeugung zu überreichen. Mary nimmt ihn mit der behandschuhten rechten Hand. Unter ihren Federn hat die Taube nicht mehr Masse als eine Maus. Als der Falke sich darüber beugen will, entzieht Mary sie ihm. Die Augen der Taube sind gebrochen, und im rosafarbenen Fleisch unter dem Gefieder klafft eine Wunde.

Jetzt neckt Mary den Falken mit dem Kadaver. Der Raubvogel könnte jeden Moment danach hacken, tut es aber nicht. Mary spürt, dass Sir George, die anderen Männer und auch Margaret voller Unbehagen zuschauen, doch das kümmert sie nicht.

Dann sieht sie ihn plötzlich: einen winzigen Ring aus gekämmter Seide um den hässlichen Fuß der Taube.

Mary wendet sich von den Männern ab und schneidet das Seidenband mit der Kante ihres Rings auf, um es dann zwischen ihren Fingern zu verbergen. Schließlich dreht sie sich wieder zu den Männern um und schleudert die Taube beiseite.

»Sir George, ich bin müde«, erklärt sie. »Befehlt Euren Männern, meinen Vogel zu tragen.«

Der Ausflug ist vorbei.

Zurück in ihrem Gemach, entlässt Mary Margaret.

»Geh mir aus den Augen. Falls ich dich brauche, rufe ich nach dir.«

Sobald sie allein ist, wickelt Mary den Ring aus Seide auf und entdeckt darin ein zusammengefaltetes Stück Papier, das davon umschlossen war. Sie legt es neben die Wasserkaraffe vor dem Spiegel. Es ist unbeschriftet.

Jetzt wendet sie sich zum Bett um, unter dem sie ihren Nachttopf aufbewahrt. Er ist leer und frisch gereinigt. Sie zieht ihn hervor, kauert sich darüber und uriniert. Danach trägt sie den Topf zum Tisch und taucht Margarets Stickerei hinein. Dass Margaret ihr Werk verschmutzt und stinkend vorfinden wird, kümmert sie nicht weiter. Sie nimmt die Stickerei wieder heraus, schüttelt sie über dem Boden aus, bis sie nicht mehr tropft, und platziert sie auf dem Tisch. Mit der flachen Hand presst sie das Papier auf Margarets mit Urin getränkte Stickerei. Die warme Flüssigkeit entfaltet ihre Wirkung: Vor ihren Augen erscheint eine Zahl.

Da sie schlechte Augen hat, dauert es eine ganze Weile, bis Mary die winzigen, in das Papier geätzten Zahlen im Spiegel entziffern kann. Sie überträgt sie auf trockenes Papier.

Am Ende zerknüllt sie das Blatt vom Fuß der Taube zu einer erbsengroßen Kugel und steckt es sich in den Mund. Bei ihrem Urin – der sich jetzt blasslila verfärbt hat – handelt es sich immerhin um königlichen Harn. Sie kaut einmal und schluckt. Dem Papier folgt der winzige Seidenfetzen.

Als das erledigt ist, schiebt sie den Nachttopf an seinen Platz unter dem Bett zurück und arrangiert die Stickerei und den Spiegel so, wie sie vorher waren. Zum Schluss greift sie nach der Bibel und macht sich daran, bestimmte Worte, die sie dank der Zahlen und schon lange vorher auswendig gelernter Instruktionen findet, mit einer Nadel auszustechen. Das erfordert viel Zeit, denn sie muss immer wieder blättern: hin und her, vor und zurück. Könige; Richter; Leviticus, Verse 12, 18, 36, 4. Die so gefundenen Begriffe sind ihre Schlüsselwörter.

Da sie das System kennt, ist sie durchaus darin geübt, den Zusammenhang zwischen den einzelnen Buchstaben in den Codewörtern und jenen in dem verschlüsselten Dokument herauszuarbeiten. Das Ganze ist eine Geduldsprobe, doch bevor die Glocken die volle Stunde schlagen, hat sie die Botschaft entschlüsselt.

Jetzt lehnt sie sich in ihrem Stuhl zurück, neben ihr die Bibel, und starrt auf den durch die alten Butzenscheiben verzerrten Burghof hinaus. Sie lächelt nicht. Ihr Atem geht schnell, als wäre sie in Panik. Sie weiß, dass es die Hoffnung ist, die einen Gefangenen letztlich umbringt. Die Hoffnung auf Freiheit, die Hoffnung auf den Triumph. Sie betrachtet das von der Nadel durchstochene kleine Stück Papier.

Diese Botschaft gibt ihr Hoffnung.

Ihre Freunde geben ihr Hoffnung.

Sie wünscht sich, der eine oder andere wäre jetzt bei ihr, dann könnte sie sich mit ihm über die Botschaft, die sie gerade entdeckt hat, austauschen.

Sie haben es. Sie sind im Besitz dessen, was ihre Großcousine aus England am dringendsten haben wollte – und was nun der spanische König für sich nutzen wird. Und das alles wegen dieser dummen Schlampe Isobel Cochet und ihrer Liebe zu ihrer permanent quengelnden Tochter.

Das hier, sagt sich Mary, *wird alles ändern.*

Aber sie wird warten müssen, bis ihre Zeit kommt. Sie wird sich gedulden müssen.

Sie kaut ein paarmal und schluckt das Papier hinunter.

»Margaret!«, ruft sie dann und legt sich wieder aufs Bett.

In der Dunkelheit der Nacht hört sie Margaret im Schlaf atmen. Mary denkt an James Hepburn und an jenes silberne *membrum virile,* das er an seinem Gürtel hängen hatte. Wieder einmal sinnt sie darüber nach, woher er es hatte, wer es angefertigt haben könnte und was es ihn wohl gekostet hat. Sie überlegt, bei wie vielen Frauen er es wohl benutzt haben mag, denn so etwas trägt man doch wohl nicht einfach mit sich herum, ohne Gebrauch davon zu machen, oder?

Wo ist es jetzt?, überlegt sie. Und dann: *Woher hatte er es eigentlich?*

5

Whitehall, 1. September 1572

Ein schwerer Sommerregen prasselt auf die Schultern seines Umhangs nieder, als Francis Walsingham die Stufen zum Palast hinaufeilt. In den letzten fünf Tagen hat er kaum geschlafen. Wann immer ihm die Augen kurz zufallen, erlebt er jene schreckliche Zeit nach der Bartholomäusnacht in Paris aufs Neue. Wieder hört er diese Lieder, sieht die feixenden Gesichter der Katholiken vor sich, wie sie, lachend und tanzend, ihre blutverschmierten Äxte schwangen. Als wäre das alles ein Karneval gewesen.

Jetzt aber kommt er frisch gewaschen aus seinem Zuhause in Mortlake. Er hat sich das Kinn glatt rasiert, seinen Schnurrbart mit Öl geglättet und sein Haupthaar mit einer schwarzen Samtkappe gebändigt. Sein Wams ist sehr dunkel, der breite Kragen schneeweiß. Das Einzige, was noch an die Reise erinnert, die er über die Meerenge zwischen Frankreich und England und weiter durch Kent gemacht hat, sind seine mit Schlamm bespritzten Reitstiefel. Er will nicht zu gepflegt aussehen.

Von Süden her grollt ferner Donner. Er nimmt drei Stufen auf einmal und wird auch nicht langsamer, als die zwei vor der Tür Wache stehenden Soldaten ihre Hellebarden zum Gruß in den Boden rammen und auseinandertreten, um ihn durchzulassen. Ohne innezuhalten, marschiert er in den langen, mit Holz vertäfelten Vorraum, wo er Robert Beale, einen weiteren seiner Agenten, antrifft. Dieser steht gerade über ein Feuer gebeugt da und füttert es mit Dokumenten. Er ist ebenso nüchtern gekleidet wie Walsingham, nur ist sein Kragen deutlich schmaler. Beale fährt hoch, als er Walsingham erkennt.

»Es ist also wahr?«

Walsingham antwortet mit einem knappen Nicken und eilt weiter. Im Gehen öffnet er seinen Umhang und wirft ihn einem Bediensteten zu. Beale lässt noch die letzten Schriftstücke ins Feuer fallen, dann eilt er Walsingham hinterher. Gemeinsam schreiten sie zu einer weiteren Tür am Ende des Raumes, vor der ebenfalls zwei Hellebardiere Wache stehen.

»Die, die Glück hatten, wurden erstochen, die anderen erdrosselt.«

Beale streicht sich mit einem Finger über die Gurgel. »Gott im Himmel! Weiß die Königin es?«

»Nur zur Hälfte«, gesteht Walsingham seufzend.

»Gott schütze sie alle«, murmelt Beale.

»Gott schütze *uns*«, korrigiert ihn Walsingham.

Beale bleibt beinahe stehen. Er ist verwirrt. »Uns?« Soweit er weiß, ist Walsingham keiner, der übertreibt.

»Es hat einen Vertrauensbruch ge… Nun, ich habe ein Dokument verloren. An die anderen.«

»Etwas Heikles?«

Sie haben die vor der zweiten Tür postierten Hellebardiere erreicht, und nun muss Walsingham zeigen, was in ihm steckt, wenn sein Plan gelingen soll.

»Das möchte ich doch meinen«, sagt er. »Es war das Da-Silva-Dokument.«

Auch hier lassen die Soldaten ihre Waffen sinken und machen Platz. Gleichzeitig wird die Tür hinter ihnen geöffnet.

»Überlasst das mir«, schärft Walsingham Beale ein. »*Ich* habe diesen Fehler begangen, ich allein.«

Darauf erwidert Beale nichts. Aber er nickt, lässt Walsingham den Vortritt und weicht zurück. Plötzlich steht Walsingham allein da.

Der Raum hinter der Tür ist überaus prächtig: hohe Fenster, mit Teppichen behängte Wände, ein mächtiges Feuer in einem aus Ziegelsteinen erbauten Kamin. Doch Walsingham bemerkt nichts davon. Er ist völlig gebannt von dem bohrenden Blick der Frau, die am anderen Ende des langen Tischs auf einem hohen Stuhl thront, zu ihrer Linken und Rechten die bulligen Gestalten der Mitglieder ihres Kronrats. Die Augen dieser Frau sind von einem stechenden Blau und durchdringen ihn bis ins Innerste. Er ist dankbar, dass er den Kopf vor ihr neigen und zu Boden schauen muss.

»Master Walsingham«, beginnt die Frau. »Wir haben üble Kunde aus Paris vernommen. Sagt uns, dass die Meldung falsch war.«

Er hebt wieder den Kopf. Die Frau ist in silberne Gewänder gehüllt. Die Halskrause ist überaus hoch, und ihr feuerrotes Haar wird von einem mit Rubinen, Smaragden und Diamanten besetzten Kranz aus purem Gold gebändigt. Sie ist seine Königin.

Walsingham blickt ihr in die Augen, und einmal mehr fühlt er die machtvolle Wirkung, die diese Frau auf ihn und jeden anderen Mann im Land hat, vom Erzbischof von Canterbury bis hinunter zum niedrigsten Bratenwender. Nicht dass sie besonders schön wäre; stattdessen hat sie etwas, was keine noch so angemalte Kurtisane je für sich erhoffen kann: eine außergewöhnliche Kombination aus Zerbrechlichkeit und Stärke, aus äußerster Ernsthaftigkeit und schwarzem Humor, aus scharfem Verstand und leidenschaftlicher Sinnlichkeit, aus Seide und Stahl.

Das, denkt Walsingham, *ist genau die Mischung, die jedem Mann seine Schwäche vor Augen führt.*

Die Frage steht immer noch im Raum, also gibt er sich einen Ruck.

»Sosehr ich es auch bedaure, Eure Majestät, das kann ich nicht.«

Auf einmal kommt Bewegung in die um den Tisch versammelten Berater. Die Köpfe von drei Männern wenden sich ihr über unbeweglichen Krägen zu. Der ranghöchste unter den Herren ist Lord Burghley, der alte Fuchs, dem Walsingham so vieles verdankt. Er hat einen grauen Bart und trägt seine roten Prachtgewänder, darüber einen pflaumenblauen Umhang; um die Schultern hat er die Amtskette drapiert. So verdrießlich wie heute hat Walsingham ihn noch nie erlebt.

Ebenfalls anwesend ist Sir Robert Dudley, seines Zeichens Earl of Leicester, der in seinem senffarbenen Samtanzug einen äußerst gepflegten Eindruck macht. Mit einem Auge beobachtet er stets die Königin, allzeit bereit, abhängig von ihrer Reaktion, die eigene Taktik zu ändern.

Dann ist da noch Sir Thomas Smith, der höhnisch grinsende Minister, der in letzter Zeit so sehr abgemagert ist, dass man unter der Haut den Schädelknochen erahnen kann. Woran das liegen mag, weiß vielleicht nur Walsingham. Smith hat versucht, Engländer in Ulster, im Norden von Irland, anzusiedeln, um die Bevölkerung dort zu zivilisieren. Doch die Einheimischen haben ihm das übel genommen und nicht nur viele Einwanderer aus England umgebracht, sondern auch deren Häuser und Ländereien niedergebrannt. Und obwohl Smith die Hoffnung noch nicht aufgegeben hat, ist fast sein ganzes Vermögen bei diesem Unterfangen draufgegangen. Nun ist er ständig auf der Suche nach Geld, nach neuen Einkommensquellen, insbesondere bei der Königin, doch die entzieht sich ihm beharrlich.

Von den Mitgliedern des Kronrats fehlt nur Edward Stanley, der Earl of Derby. Sehr interessant.

Lange herrscht Schweigen. Über ihnen donnert es wieder, diesmal schon viel näher. Der Wind rüttelt an den Fensterscheiben und drückt den Rauch zurück in den Kamin.

»Nun gut«, sagt sie. »Wir sind allein.«

Das ist natürlich eine dramatische Eröffnung, doch niemand widerspricht ihr. Etwas ist geschehen, von dem alle befürchtet haben, dass es eines Tages passieren wird:

Frankreich ist den Katholiken in die Hände gefallen und die ganze Christenheit unter Philipp von Spanien vereinigt worden. Einzig das reformierte England hält stand – das einsame, isolierte und schwache England. Vielleicht hat Gott sie einfach verlassen.

»Aber die Lage ist nicht hoffnungslos, oder? Walsingham?«

Es ist Sir Thomas Smith, der das fragt. Er schenkt Walsingham ein aufmunterndes Lächeln, doch …

Ist er bereits im Bilde?

Walsingham schweigt beharrlich.

Smith hebt das Kinn. »Nun, da Master Walsingham bescheidene Zurückhaltung vorzuziehen scheint, muss wohl ich an seiner Stelle in die Trompete blasen. Er hat uns die vielleicht erstaunlichste Nachricht beschafft, die man sich nur vorstellen kann. Ist es nicht so, Master Walsingham? Etwas, was uns beweist, dass Gott Sein England nicht ganz verlassen hat. Etwas, was das Gleichgewicht der Kräfte zu unseren Gunsten verschiebt.«

Die Königin macht ein skeptisches Gesicht. »Worin besteht diese … Nachricht?«

Walsingham schließt die Augen. Er wartet.

Smith wiederum lässt sich die Worte auf der Zunge zergehen. »Es sind Ausschnitte aus dem Logbuch des portugiesischen Admirals Baltazar da Silva.«

Jetzt öffnet Walsingham die Augen und sieht, dass Smith ihn anlächelt, bemerkt aber auch ein hämisches Funkeln in dessen Augen. Offenbar glaubt dieser Mann, Walsingham soeben den Strick in die Hand gedrückt zu haben, an dem man ihn hängen wird.

Die Königin wirkt durchaus erfreut, wenn auch etwas unsicher – so als hätte man ihr zum Geburtstag eine besondere Überraschung versprochen. »Und was offenbaren diese Ausschnitte?«

Walsingham schüttelt den Kopf. »Das kann ich zu meinem großen Bedauern nicht sagen, Ma'am. Denn wie Sir Thomas vermutlich genau weiß, sind uns diese Unterlagen gestohlen worden.«

Alle reißen entsetzt die Augen auf, nicht zuletzt Smith.

»Gestohlen?«, wiederholt er. »Von wem?«

Das ist eine Posse, von der sich einige täuschen lassen, nicht aber Walsingham.

»Das ist ohne Belang«, erklärt er.

»Und ob es von Belang ist, Walsingham!«, bellt Smith. »Von erheblichem sogar! Schließlich wurden sie von einem Eurer Spione gestohlen, nicht wahr? Gebt es zu, Mann! Ihr habt versagt. Eure unsinnigen Spionagespielchen haben dazu geführt! Zu kläglichem Versagen auf der ganzen Linie!«

Smith ist vor Zorn dunkelrot angelaufen. Die Königin fordert ihn auf, sich zu beruhigen, damit auch andere gehört werden können.

»Erklärt das bitte, Master Walsingham«, verlangt sie. »Und lasst nichts aus.«

Walsingham holt tief Luft. Er weiß, dass er auf einem gefährlich schmalen Grat balanciert – auf der einen Seite wartet der Erfolg, auf der anderen die Axt, die ihm den Kopf abschlagen wird.

»Das Dokument«, beginnt er, »das aus zwei dem Logbuch von Admiral da Silva entnommenen Seiten bestand, ist erst letzte Woche in Paris zu mir gelangt. Zu verdanken habe ich das einer Quelle am Hof von Lissabon.«

»Wie ist es zu Euch gelangt?«, bohrt die Königin nach.

Francis Walsinghams Augen sind bisweilen als verhüllt beschrieben worden, und jetzt, da er den Blick auf die Königin richtet, setzt er sie mit dem größtmöglichen Effekt ein. Zu den verschlungenen Pfaden zwischen dem Whitehall-Palast in London und dem Hof von König Sebastião in Lissabon braucht er nichts zu sagen – die Königin versteht ihn auch so. Sie nickt.

»Schon gut«, sagt sie. »Fahrt fort.«

»Wegen des Tumults bin ich nicht mehr dazu gekommen, die Dokumente in aller Ruhe zu studieren oder eine Kopie anzufertigen. Darum – und auch weil ich glaubte, dass unserer Botschaft Gefahr droht – habe ich sie Oliver Fellowes anvertraut, Gott sei seiner Seele gnädig. Ich bat ihn, sie zurück nach London zu bringen, um sie Lord Burghley auszuhändigen.«

Burghley wirkt leicht überrascht.

»Leider«, setzt Walsingham seine Erklärung fort, »wurde Oliver Fellowes ermordet, bevor er Frankreich verlassen konnte, und das Dokument wurde gestohlen.«

Ein allgemeines Murmeln setzt ein. Die Anwesenden bekunden ihre Anteilnahme und ihre guten Wünsche für die Seele des Toten.

»Ihr konntet keinen einzigen Blick darauf werfen?«, fragt Leicester.

»Doch, Mylord, aber ich hatte keine Zeit, es zu entschlüsseln, bevor die Unruhen losgingen.«

»Es war *verschlüsselt*?«, fragt Burghley. Er hat seinen Hut abgenommen und zupft an seinem Bart.

Walsingham nickt. Sie alle lehnen sich nun zurück und atmen auf. Jeder weiß, was das bedeutet. Baltazar da Silva ist vor allem als Seefahrer bekannt, und die Tatsache, dass er ein verschlüsseltes Logbuch führte, lässt nur einen Schluss zu: Er ist über Gewässer gesegelt, die auf keiner Karte verzeichnet sind, und hat etwas entdeckt, was er nicht mit der übrigen Welt teilen will.

»Und was, glauben wir, *hat* er entdeckt?«, fragt die Königin im Namen aller.

Walsingham muss wohl oder übel antworten. »Die Straße von Anian, denke ich.«

»Die Straße von *Anian*? Die *Straße von Anian*? Gütiger Gott! Ihr wisst etwas über die *Straße von Anian*?«

Stimmengewirr. Zehn, zwanzig Fragen. Wie konnte das geschehen? Wie konnte er es zulassen?

Schließlich übertönt die Königin sie alle. »Die Nordwestpassage? Er hat die Nordwestpassage entdeckt?«

Seit mindestens einem halben Jahrhundert sucht jeder Seefahrer des christlichen Abendlandes die Nordwestpassage nach Cathay, nach dem Seeweg zu namenlosem Reichtum, der einzigen Möglichkeit, die spanische Vormachtstellung zu durchbrechen – ja, der einzigen Möglichkeit, Englands Sicherheit zu gewährleisten und seine Freiheit zu bewahren.

»Zumindest habe ich Anlass, das zu glauben«, erklärt Walsingham.

»Nun«, erwidert Smith mit einem höhnischen Feixen, »genau werden wir es wohl erst wissen, wenn spanische Geleitzüge vor unseren Augen durchkommen, nicht wahr?«

Die Königin starrt mit bohrendem Blick in die Runde.

»Die Spanier?«, ruft sie. »Die *Spanier* haben da Silvas Unterlagen?«

»Ich weiß nicht, wer sie jetzt hat«, gibt Walsingham zu.

»Wer hat sie denn gestohlen, Walsingham? Verratet uns das bitte.« Diese Forderung stellt natürlich Smith.

»Eine Frau namens Isobel Cochet«, antwortet Walsingham.

»Cochet?«, brummt Leicester. »Klingt nach Franzmann.«

Walsingham nickt. »Sie war mit einem verheiratet.«

»Also sind es die Franzosen, die jetzt über die Lage der Nordwestpassage Bescheid wissen? Nicht die Spanier?«

»Es tut mir leid, Eure Majestät. Ich weiß nicht, in wessen Auftrag Mistress Cochet dieser Tage arbeitet.«

»Und woran könnte das liegen?«, überlegt Smith laut. »Vielleicht daran, dass sie eine unserer am höchsten geschätzten Spioninnen ist – oder war –, Walsingham? Ist das so?«

Walsingham schweigt. Er verabscheut Smith von ganzem Herzen.

»Aber sie hat die Seiten gewechselt, nicht wahr?«, fährt Smith fort. »Und jetzt arbeitet sie für … Nun, wer weiß das schon? Jedenfalls nicht für Master Walsingham. Nicht für England. Und nicht für Euch, Eure Majestät.«

Die Königin hebt die Hand. »Lasst mich sehen, Master Walsingham, ob ich die Lage richtig erfasst habe«, beginnt sie mit stahlharter Stimme. »Unsere Schatzkammer ist leer, nicht ein Penny für einen Krieg; die spanische Flotte unter Admiral Quesada ist von Cádiz aus mit Kurs auf unsere Küste in See gestochen, um hier zu landen, unser Land niederzubrennen, unsere Religion zu unterdrücken und mich auf diesem Thron durch meine Großcousine Mary von Schottland zu ersetzen; die letzte Hoffnung auf Hilfe von den Franzosen ist geschwunden – und da habt Ihr Euch das Einzige, was uns vor der Invasion hätte bewahren können, durch die Finger gleiten lassen? Das Einzige, was es uns ermöglicht hätte, die Schiffe zu kaufen und die Männer anzuwerben, die wir für unsere Verteidigung benötigen? Das Einzige, was es uns gestatten würde, Burgen zu errichten, die fest genug sind, um eine Flotte von spanischen Galeonen zurückzuschlagen? Das Einzige, was es uns gestatten würde, Englands Freiheit zu sichern, habt Ihr Spanien *geschenkt*? Ist das *tatsächlich* so?«

Walsingham hält dem stählernen Blick der Königin stand, denkt dabei aber an Smith. Er muss ihn ein klein wenig von seiner Panik sehen lassen. Nur ein ganz klein wenig.

»Eure Majestät …«, beginnt er, ganz im Vertrauen darauf, dass jemand ihm ins Wort fällt.

Prompt tut ihm Smith den Gefallen und gebärdet sich vor der Königin als Jongleur und Possenreißer. Wenn er doch nur wirklich so unschuldig wäre …

»Und das habt Ihr mit einem Eurer albernen Spionagespielchen ermöglicht!«, schreit Smith. »Indem Ihr in einem fort zwischen Frankreich und England hin und her gesegelt seid und an beiden Küsten mit Euren Ziffern und Codes um Euch geworfen und all das getrieben habt, was Geheimniskrämer wie Ihr nun einmal tun.«

Der Earl of Leicester scheint noch Überlegungen darüber anzustellen, was ihm am meisten nützen würde, doch Lord Burghley zeigt sich bereit, Walsingham zu verteidigen – teilweise wenigstens.

»Master Walsinghams Unternehmungen haben uns zunächst einmal überhaupt zu diesem Dokument geführt«, gibt er zu bedenken.

»›Zunächst einmal‹ – was ist das denn schon?«, spottet Smith. »Was zählt, ist das, was aus einer Sache auf Dauer entsteht. Und im vorliegenden Fall ist das Ergebnis schlecht, um nicht zu sagen: erbärmlich. Ihr seid ein elender Narr, Walsingham. Ein unfähiger, elender Narr!«

»Es reicht!«, blafft die Königin.

Stille. Sie starrt Walsingham an. Der spürt seinen Herzschlag bis in den Mund. Er weiß, jetzt geht es um alles oder nichts. Vielleicht hat er die Lage von Anfang an falsch eingeschätzt. Womöglich wird die Königin gleich die Hellebardiere herbeirufen. Die werden ihn mit dem größten Vergnügen unter den Armen packen und zum Tower schleifen. Und nicht minder genüsslich werden sie danach ihren Kameraden bei Brot und Ale schildern, was sie dort mit ihm angestellt haben.

Lange betrachtet ihn die Königin prüfend. Sie sitzt über ihn zu Gericht, sinniert er, wartet darauf, dass er ihr Vertrauen in ihn rechtfertigt. Doch plötzlich überlegt er es sich anders und nimmt sein ursprüngliches Urteil über sie zurück: In Augenblicken wie diesem ist sie so berückend schön, dass einem das Herz stehen bleiben könnte.

Schließlich fängt sie an zu sprechen. »Wenn das, was Ihr sagt, wirklich geschehen ist, Master Walsingham, dann muss es um Englands willen ungeschehen gemacht werden. Ihr müsst das korrigieren, sonst gnade Euch Gott, und ich werde jemand anderes finden, der das kann.«

Walsingham wagt wieder zu atmen. Er hat tatsächlich noch eine Gnadenfrist bekommen. Bloß für wie lange? Am ganzen Körper zitternd und sich unentwegt verbeugend weicht er zurück und verlässt den Thronsaal. Draußen stolpert er fast über Nicholas Gethyn, Thomas Smith' Privatsekretär, der sich hastig von der Tür entfernt, an der er gerade gelauscht hat.

»Francis«, sagt er, »möge Gott dir einen guten Tag schenken.«

Walsingham lächelt. Gethyn ist eine Kuriosität am Hof: Groß und schüchtern, lebt er gegen seine Neigungen hier und gehört zu denjenigen, die glauben, jeder könne ihre dunkelsten Geheimnisse sehen. Nun, zufälligerweise ist Walsingham tatsächlich dazu in der Lage. Und Gethyn wiederum hat sich wider besseres Wissen dazu drängen lassen, einen großen Teil des Vermögens seiner Frau in Sir Thomas Smith' Irlandkolonie zu stecken, was wahrscheinlich zum Ruin ihrer Familie führen wird.

»Gethyn, wie geht es dir?«, erkundigt er sich. »Und deiner Frau? Euren Kindern?«

»Wir können nicht klagen, Francis. Es ist nett von dir, dass du dich erkundigst. Unsere zehn werden bald ein neues in ihre Schar aufnehmen. Ich kann mir nie ihre

Namen merken, aber ich vermisse sie alle. Und natürlich auch meine Frau. Sie lässt ihre Grüße ausrichten.«

Romilly Gethyn war eine aufregende Schönheit, erinnert sich Walsingham, allerdings zeigt sie sich nicht mehr in der Öffentlichkeit, seit sie ihr erstes Kind bekommen hat. Er nimmt sich vor, etwas für die Familie zu tun, vielleicht einen Teil ihrer Schulden bei Sir Thomas Smith zu tilgen – nur nicht gerade jetzt.

»Nicholas.« Er seufzt. »Ich habe dieser Tage so viel zu tun, dass ich gar nicht mehr weiß, wo mir der Kopf steht. Können wir unser Gespräch vielleicht ein andermal fortführen?«

Irgendwann sind sie dazu übergegangen, einander mit dem Vornamen anzusprechen.

»Aber selbstverständlich, Francis. Selbstverständlich!«

Gethyn brennt offenkundig etwas auf den Nägeln, aber was? Bestimmt hat es mit Smith zu tun, auch wenn Walsingham fürs Erste genug über diesen Mann zu wissen glaubt. Wie auch immer, er wird Beale bitten, der Sache nachzugehen.

Und Beale wartet gerade, leichenblass vor lauter Sorgen und Ängsten, im Vorraum.

»Begleitet mich doch einfach«, schlägt Walsingham ihm vor. »Ich wollte gerade zurück in die Seething Lane laufen.«

Da der Regen nachgelassen hat, willigt Beale gern ein, mit ihm zu Fuß die Prachtstraße Strand hinunterzugehen, zumal er weiß, dass Walsingham Fahrten mit dem Boot satthat. Unterwegs klärt er ihn nach bestem Wissen über die jüngsten Geschehnisse auf, obwohl er sich ziemlich sicher ist, dass sein Dienstherr besser darüber im Bilde ist als er. Unter anderem berichtet er ihm, dass die Königin seit Tagen äußerst rastlos ist.

»Mit den Schüssen auf Coligny fing alles wieder von vorne an«, endet er. »Das hat sie einfach zu sehr an James Stewarts Ermordung erinnert.«

James Stewart, der erste Earl of Moray, war Regent von Schottland, als er während eines Ritts durch Linlithgow von einem hinter einem Fenster postierten Schützen erschossen wurde. Um seine Spuren zu kaschieren, hatte der Mörder Federn über den Boden des Zimmers gestreut, und damit niemand das Mündungsfeuer und den Rauch aus dem Lauf seiner Pistole steigen sah, das Fenster mit einem dunklen Tuch verhängt.

An ihn musste Walsingham sofort denken, als er vom Attentat auf Coligny erfuhr. Andererseits war der Mann, der Stewart erschossen hat …

Walsingham bleibt abrupt stehen.

»Stewarts Mörder ist nie gefasst worden, nicht wahr?«

Beale schüttelt den Kopf. »Ein gewisser James Hamilton. Er ist ins Ausland geflohen. Frankreich, nehme ich an.«

Mein Gott, denkt Walsingham. *Mein Gott.*

Noch ein Name, den er sich merken muss: Hamilton.

Beale seufzt frustriert. »Schlimme Sache«, murmelt er. »Heutzutage kann aus dreißig Schritt Entfernung wirklich jeder auf jeden schießen. Gott sei Dank sind Pistolen und Hakenbüchsen so ungenau.«

Ja, denkt Walsingham, *nun, darum werden wir uns schon noch kümmern, und zwar bald.*

»Und wie hat die Königin die Nachricht, dass Quesada in See gestochen ist, aufgenommen?«, fragt er.

»Nicht gut«, gibt Beale zu. »Aber es sind nur fünf Schiffe, und keines davon ist groß. Es ist also nicht zu befürchten, dass eine Invasion unmittelbar bevorsteht.«

Walsingham fragt sich, ob man am Hof seinen Bericht überhaupt gelesen hat, laut dem der Ausstatter der Armee in Bilbao über einen Mangel an Heu für die Pferde klagt, die man auf die Überfahrt von Quesadas Flotte mitnehmen will. An und für sich ist das ein unbedeutendes Detail, aber Pferde bei der Armee bedeuten den Einsatz der Kavallerie, und Futtermangel bedeutet einen unerwartet großen Bedarf. Und damit lässt sich schnell ermitteln, dass in Spanien fünfzehn Schiffe vor Anker liegen, allesamt groß.

»Wie viele werden sie benötigen, falls es ihnen gelingt, Mary von Schottland zu befreien?«, fragt Walsingham Beale. »Mit ihr an der Spitze der Armee wird sich ganz Nordengland gegen uns erheben, und Schottland wird natürlich auch Truppen entsenden.«

Das ist ein wahrhaft düsteres Bild. Beale errötet, denn er nimmt an, dass Walsingham mehr weiß als er selbst – was ja auch tatsächlich der Fall ist. Nun, Beale ist ein guter Mann. Als Sohn eines einigermaßen wohlhabenden Wollhändlers aus Cambridge ist er noch dabei, sich in einer Welt, die ständig im Wandel ist, voranzutasten.

Eifrig, diskret, loyal und so scharfsinnig wie scharfäugig, wird er es noch weit bringen, sagt sich Walsingham. *Weiter jedenfalls als der arme Fellowes.*

Gütiger Gott, der arme Fellowes. Walsingham ist noch

gar nicht dazu gekommen, um ihn zu trauern oder sich mit seiner eigenen Schuld in dieser Angelegenheit zu befassen.

»Als Ihr in Paris wart, hat Lord Burghley sein Gesuch erneuert, dass Königin Mary wegen ihrer Rolle bei Norfolks Rebellion der Kopf abgeschlagen und ihm überreicht werden soll«, holt Beale ihn in die Gegenwart zurück.

Norfolk hat wenige Monate zuvor eine Rebellion angeführt. Damals versprach Königin Mary ihm ihre Hand. Im Gegenzug sollte er sie aus ihrer Gefangenschaft befreien und seine Armee in den Kampf gegen England führen, um Mary auf Elizabeths Thron zu setzen und England wieder dem Papst in Rom zu übereignen. Nur Lord Burghley war es zu verdanken, dass das Komplott vereitelt und Norfolk dem Henker überantwortet werden konnte. Königin Mary dagegen ist das Schafott bisher erspart geblieben, und jetzt schwebt ihre Gegenwart wie das Schwert des Damokles über ihren Köpfen.

»Und Königin Elizabeth ist immer noch nicht bereit, die Hinrichtung zu bewilligen?«, mutmaßt Walsingham.

»Nein. Nicht ohne hieb- und stichfeste Beweise. Und selbst dann …« Beales Stimme erstirbt.

Sie haben dieses Gespräch schon so oft geführt: Allein aufgrund der Tatsache, dass Mary von Schottland immer noch lebt, ist England ständig Bedrohungen ausgesetzt. Sie ist Spaniens Brückenkopf in England und der Dreh- und Angelpunkt jeder katholischen Verschwörung gegen das reformierte Königreich. Wäre Mary nicht mehr am Leben, würden Männer wie James Hamilton sich nicht mehr mit ihren Hakenbüchsen am Rande der Gesellschaft herumtreiben; ohne Mary als lebende Galionsfigur hätten die Spanier keinen Vorwand für einen Überfall; und ohne sie bestünde auch nicht mehr die ständige Gefahr eines bewaffneten Aufstands im Norden des Landes. Aber so zeichnen sich diese Bedrohungen mit jedem Tag immer deutlicher am Horizont ab.

»Solange diese teuflische Frau am Leben ist, wird Königin Elizabeth auf ihrem Thron nicht einen Moment in Sicherheit sein«, lässt Walsingham Beale zum wiederholten Mal wissen. »Wir müssen sie aufs Schafott bringen, egal wie.«

Es gibt Zeiten, da er Marys Hinrichtung für das einzige Ziel seines Daseins hält, für den einzigen Grund, warum er auf dieser Welt ist. Doch Königin Elizabeth ist einfach nicht dazu bereit, den Tod einer anderen von Gott gesalbten Monarchin zu billigen.

»Immerhin ist sie nach Sheffield gebracht worden«, gibt Beale zu bedenken, »und George Talbot hat die Zahl ihrer Bewacher verdoppelt.«

»Ich weiß«, murmelt Walsingham. Schließlich war er es, der das Ganze organisiert hat. Die Verschärfung der Haftbedingungen war der nächste Schritt in seinem großen Plan.

Beale verstummt für einen Moment, dann setzt er zu einer Frage an, als wäre ihm soeben etwas in den Sinn gekommen.

»Master Walsingham …?«

»Mmmm?« Der Ältere weiß schon, was jetzt kommt.

»Ist es wahr? Die Sache mit Isobel Cochet?«

Walsingham kann nur nicken.

Er hat die Neuigkeiten später an jenem schrecklichen Tag erfahren, während er noch in Paris war. Diese Nachricht war der Grund für seine überstürzte Rückkehr nach England, wo er nach seiner Landung in Sandwich Tewlis getroffen hat, den damaligen Hauptmann seiner Wache, der das Geschehen zum Teil mit eigenen Augen beobachtet hatte. Bei seiner Rückkehr nach Hause erzählte ihm seine Frau, die alles Weitere mitbekommen hatte, den Rest.

»Sie hat ihn erstochen und ist dann geflohen«, berichtete sie. »Weil so vieles gleichzeitig passiert ist, habe ich erst gar nicht verstanden, was geschehen ist, nur dass der arme Oliver das Opfer war. Armer Oliver. Und auch arme Isobel. Mein Gott, Francis! Ich hätte nie für möglich gehalten … na ja, du doch auch nicht, oder?«

Du nicht, dachte Walsingham. »Und du hast wirklich gesehen, wie sie dieses Dokument an sich genommen hat? Aus der Tasche seines Wamses?«

»O ja. Zumindest fehlte es, als … Master Tewlis zwei Männern befohlen hat, Oliver an Bord zu bringen – für den Fall, dass man vielleicht doch noch etwas für ihn tun könne. Soweit ich das gesehen habe, hatte er keine Dokumente bei sich, nur dieses große Loch im Herzen. Und … ach Gott, Francis, so viel Blut.«

Walsingham tröstete sie und kümmerte sich auch um seine Kinder, wurde dann aber in den Whitehall-Palast beordert.

Jetzt geht er mit Beale die Themse entlang und beobachtet dabei den Schiffsverkehr.

»Und wie kommt Master Hawkins voran?«, erkundigt er sich.

Admiral Hawkins verspricht schon seit einiger Zeit ein neues, flinkes Schiff, mit dem es möglich sein wird, die schwerfälligen Galeonen, wie sie die Spanier bevorzugen, zu umfahren und sie mit Schüssen aus größerer Entfernung zu durchlöchern.

Beale scheint sich nicht festlegen zu wollen. »Er hat uns gesagt, dass er keine Schiffe aus Luft bauen kann. Und dass seine neuen Modelle am meisten kosten.«

»Das heißt, wir sind immer noch ...« Er möchte den Ausdruck »wehrlos« nicht in den Mund nehmen, doch genau das meint er.

»Wenn sie wüssten, wie schwach wir sind, würden sie sofort kommen«, erwidert Beale. »Und zwar mit mehr als fünf Schiffen.«

Und genau das geschieht gerade, weshalb sie der Verlust von da Silvas Dokumenten umso empfindlicher trifft.

Als sie in der Seething Lane ankommen, vergewissert sich Walsingham als Erstes, dass die Tür zu seinem inneren Gemach nicht geöffnet worden ist, seit er es zuletzt versiegelt hat. Erst danach sperrt er die drei Schlösser auf.

Beale wiederum ist zwar Walsinghams rechte Hand, hat aber dessen fensterloses Heiligtum noch nie betreten. Jetzt blickt er sich voller Ehrfurcht um. Es sind nicht so sehr die ordentlich auf Regalen aneinandergereihten Mappen und Schachteln mit Dokumenten, die ihn in Staunen versetzen, sondern vor allem eine Serie von kunstvoll aus Gold, Bronze und Elfenbein gefertigten

Gegenständen. Auf einer kleinen Bank sind Tafeln mit den Buchstaben des hebräischen Alphabets arrangiert, ein anderes Objekt besteht aus miteinander verflochtenen Messingzylindern, die mit raffiniert geschnitzten Furchen und Knötchen übersät sind. Stirnrunzelnd starrt er sie an und versucht, irgendeinen Sinn darin zu erkennen – doch vergeblich: Für Uneingeweihte bleiben das völlig unverständliche Zeichen.

Walsingham kümmert sich nicht weiter um ihn, sondern zündet eine gläserne Öllampe an. In ihrem Licht sind eine verblüffend exakte Darstellung der Meerenge zwischen England und dem Kontinent sowie mehrerer Beale völlig unbekannter Riffe und Inseln zu sehen. Statt irgendetwas zu erklären, deutet Walsingham auf Gegenden, mit denen Beale weitaus mehr anzufangen weiß: auf den Norden Frankreichs und Paris.

»Fällt Euch dazu etwas ein?«, will Walsingham wissen.

Das ist eine Prüfungsfrage von der Art, wie Walsingham sie seinen Männern gerne stellt. Und Beale freut sich über die Gelegenheit, seine Findigkeit unter Beweis zu stellen.

»Isobel Cochet?«, rät er.

»Ja.«

Jetzt muss Beale scharf nachdenken. Es gibt keinen offensichtlichen Grund, warum Isobel all das verraten haben soll, woran sie davor geglaubt hat. Fromm ist sie nicht, soviel er weiß. Und wenn, dann ist sie höchstens eine gemäßigte Anhängerin des reformierten Glaubens. Ihr Mädchenname ist Pinkney, und sie ist in der Grafschaft Kent in der Nähe von Canterbury geboren und aufgewachsen. An ihrem Zugehörigkeitsgefühl hat es nie Zweifel gegeben. Seit mindestens fünf Jahren arbeitet sie unermüdlich und äußerst erfolgreich für Walsingham. Ihr Urteil ist schier unfehlbar. Ihrem verstorbenen Mann hat sie es zu verdanken, dass es ihr nie an Geld fehlt.

»Könnte sie erpresst worden sein?«, will Beale wissen.

Walsingham nickt. Ihre Tochter ist natürlich ein mögliches Druckmittel.

»Könntet Ihr herausfinden, wo das Mädchen jetzt ist, Robert?«

Beale fertigt sogleich eine Notiz an.

»Wer könnte sie wohl verschleppen wollen?«, setzt Walsingham nach, immer noch in seiner Rolle als Prüfer.

Laut lässt Beale alle Luft entweichen. Mit einer weit ausholenden Armbewegung deutet er auf die Karte an der Wand und meint damit: So gut wie jeder.

»Aber nicht Spanien«, sagt er nach einer Pause. »Frankreich auch nicht. Hätte man in einem von den beiden Ländern gewusst, dass wir im Besitz der Da-Silva-Dokumente waren, hätte man sofort Truppen entsandt, um sie an sich zu reißen.«

Walsingham nickt. »Druckmittel«, sagt er dann.

Beale wartet auf eine nähere Erklärung.

»Irgendein machtloser Prinz«, sinniert Walsingham. »Einer, der versucht, einen König dazu zu bringen, dass er sich für ihn einsetzt.«

»Im christlichen Abendland wimmelt es nur so von machtlosen Prinzen.«

Walsingham nickt erneut.

»Wer war noch über die Da-Silva-Dokumente im

Bilde?«, fragt Beale, ohne wirklich eine Antwort zu erwarten.

Ihm ist von vornherein klar, dass Walsingham ihm nicht im Detail schildern wird, wie er an die Dokumente gekommen ist. Walsingham ist Walsingham und bindet niemandem Dinge auf die Nase, die er nicht unbedingt wissen muss.

Abgesehen davon will er gewiss nicht riskieren, dass ein weiteres seiner Spionagenetze wegen irgendwelcher Indiskretionen enttarnt wird. Gerade in diesem Punkt ist er durch schmerzvolle Erfahrungen klug geworden, nachdem zwei seiner an höchsten Stellen platzierten Agenten umgebracht wurden, darunter Isobels Ehemann Guy de Cochet.

Walsingham tippt mit der Fingerspitze auf die Karte. Lissabon.

Vielleicht meint er einen Höfling im Castelo de São Jorge, überlegt Beale.

Aufmerksam folgt er Walsinghams Finger, der nun auf der Karte nordwärts nach Santiago de Compostela wandert.

Es geht wohl um einen Priester, vermutet Beale, *oder um einen Götzenverehrer am Schrein des heiligen Jakobus.*

Von Santiago gleitet Walsinghams Finger weiter nordwärts nach La Rochelle an der französischen Küste. Vielleicht ein Verweis auf einen Seemann, der unter dem italienischen Admiral Strozzi dient und an der Seeblockade der Stadt beteiligt ist.

Beale folgt Walsinghams Finger über die Bucht von Biskaya über die Westansteuerung bis zum Ärmelkanal, an Calais vorbei und in die Nordsee, wo er kurz bei der holländischen Stadt Den Brill verweilt.

Dann muss er einen Seebettler meinen, denkt Beale, dem sofort der Spitzname für die holländischen Kaperfahrer einfällt, die Wassergeusen, die im Auftrag der niederländischen Regierung die Blockade von La Rochelle durchbrochen haben und sich dort draußen gegen die Spanier behaupten.

Von Den Brill bewegt sich der Finger auf einmal südwärts zur französischen Stadt Reims. Reims!

Also geht es um einen englischen Priester! Einen Katholiken. Einen Gegner der anglikanischen Kirche, Gott bewahre!

Von Reims aus macht der Finger auf der Karte einen kurzen Abstecher westwärts nach Paris. Damit könnte buchstäblich jeder gemeint sein.

»So.« Beale blickt auf. »Wo ist das schwache Glied?«

Im Halbdunkel scheinen Walsinghams Augen von der Anstrengung, die das Denken erfordert, zu schwitzen. Bei der Rückverfolgung der Reise des Dokuments bleibt sein Finger über Reims in der Luft stehen.

»Wenn es eine Gefahr gibt, dann hier«, erklärt er.

»Und Isobel Cochet?«

Walsingham tippt auf die Karte. »Paris natürlich. Der Louvre.«

»Und besteht ein Zusammenhang mit der Übergabe in Reims?«

»De Guise«, brummt Walsingham.

»Der Herzog?«

Beale meint den Herzog de Guise. Abgesehen davon, dass der Führer der Katholischen Liga von Frankreich möglicherweise den ersten Anschlag auf Gaspard de Colignys Leben befohlen hat, ist er ein Eiferer, der die Protestanten mehr hasst als alles andere.

»Der Bischof«, korrigiert Walsingham.

Beim Bischof von Reims handelt es sich um den Bruder des Herzogs, der zugleich der Kardinal von Lothringen ist. Walsingham bezeichnet ihn gern als den Seelsorger ohne Seele. Isobel Cochets Meinung nach hat er womöglich den zweiten – und entscheidenden – Befehl gegeben, Coligny zu töten und obendrein das anschließende Massaker zu verantworten. Beide sind Onkel von Mary von Schottland, und beide würden vor nichts zurückschrecken, das Mary auf einen Thron verhelfen könnte … auf irgendeinen Thron, aber vorzugsweise auf den von England, auf den Mary – man darf es nur flüstern – einen sehr begründeten Anspruch hat.

Beale nickt. »In der Tat ein machtloser Prinz.«

»Zudem einer, dem nicht daran gelegen ist, dass England die genaue Lage der Straße von Anian erfährt, das steht schon einmal fest.«

Beale und Walsingham wechseln einen ahnungsvollen Blick.

»Aber jemand, der ihre Lage kennt«, fährt Walsingham fort, »wird sein Wissen dazu benutzen, König Philipp in dieser Angelegenheit zum Handeln zu zwingen. Oder eigentlich in jeder Angelegenheit.«

Beide denken an Mary von Schottland und die spanische Flotte, die unter Quesada gen Britannien segelt. Walsingham beschleicht das Gefühl, dass die Wölfe immer engere Kreise um ihre Beute ziehen.

Warum kann die Königin ihre Großcousine nicht einfach hinrichten lassen?, sinniert er. *Gewiss, sie würde sich damit die Hände schmutzig machen, aber solange Mary lebt …* Er stößt einen verdrossenen Seufzer aus.

»Nun?«, fragte Beale. »Haben wir jemanden im Bischofspalast?«

Walsingham schüttelt den Kopf. »Nicht mehr. Verrat. Sie haben ihn aufgeschlitzt, seine Innereien um ein Spinnrad gewickelt und es in Brand gesetzt.«

Beale drückt fest die Augen zu und verzieht das Gesicht. »Könnten wir jemanden damit beauftragen, Cochet ausfindig zu machen?«

»Das ist wohl möglich, aber wo soll er anfangen? Sie könnte überall und nirgends sein. Der Kardinal wird wissen, dass wir darauf angewiesen sind, sie aufzutreiben. In Reims wird er sie wohl kaum bleiben lassen. Er wird sie bestimmt im Land behalten wollen, aber seine Besitztümer sind über ganz Frankreich verteilt.« Er tippt nacheinander auf die Grenzen im äußersten Westen, Osten, Norden und Süden. »Völlig unmöglich. Die sprichwörtliche Suche nach der Nadel im Heuhaufen.«

»Und doch hat uns Ihre Majestät genau das befohlen.«

»Nun, selbst wenn es uns gelingen sollte, ihren Aufenthaltsort zu ermitteln, wen könnten wir entsenden, damit er sie herausholt?« Walsingham überlegt kurz, dann richtet er den Lichtstrahl der Laterne auf das Schreibpult, wo ein schlichtes, in Stoff gebundenes Buch liegt; eines, wie es jeder Händler für seine Gewinn-und-Verlust-Rechnungen benutzen würde. Er schlägt es auf, und zum Vorschein kommen Spalte um Spalte voller Namen.

»Wir benötigen jemanden mit etwas mehr als den gewöhnlichen Kenntnissen«, murmelt Walsingham.

Er durchblättert das Buch, bis er auf eine Seite stößt, auf der handschriftlich eine kleine Liste mit Namen und Zahlen notiert ist. Eilig greift er nach einer frisch gespitzten Feder und lässt sie die Seite hinabgleiten.

Beale kann die Namen und die dazugehörigen Zahlen erkennen. Ein Teil davon ist durchgestrichen, und er versteht auf Anhieb, was das bedeutet. So kann er deutlich lesen: 002 – Christopher Marlowe; 004 – Walter Raleigh; 006 – Francis Drake.

Dann erreicht Walsingham das Ende der Spalte. Mit einem betrübten Kopfschütteln blickt er auf. »Sagt, was wissen wir über den Bischof?«

»Erstens ist er ein de Guise, zweitens ein Geistlicher, drittens Franzose. Mal genießt er die Gnade des Königs, mal fällt er in Ungnade. Was den Papst angeht, ist es genauso. Er ist ein fanatischer Förderer der Geschicke seiner Familie, vor allem derjenigen seiner Nichte Mary. Es heißt, dass er versucht, die Inquisition in Frankreich einzuführen, aber auch ein großes Interesse am Okkulten hat. Ferner soll er ein Befürworter von etwas sein, was er den ›gegenseitigen Austausch des menschlichen Geistes‹ nennt.«

Einen Moment lang schweigt Walsingham.

»Soso«, murmelt er dann. »Der gegenseitige Austausch des menschlichen Geistes, hm? Gut, ich glaube zu wissen, was es mit dem Mann auf sich hat.«

6

Mortlake, England, 2. September 1572

»John! Wach auf, John! An der Tür sind zwei Männer!«

Das ist seine Mutter. Und er *weiß*, dass zwei Männer vor der Tür stehen. Zwei Männer und ein Hund. Bill und Bob. Bob und Bill.

»Mach nicht auf, Mutter.«

Gibt es Ärger?, wird sie fragen.

Nur wenn du aufmachst, wird er antworten.

Er bindet seine Hose zu und verschnürt sein Wams, während seine Augen über die Regale schweifen und er überlegt, was er mitnehmen und was er zurücklassen soll. Seine Bücher – alle neunhundertzwölf? Oder seine Astrolabien, seine Weltkugeln, alle selbst gebauten Vorrichtungen und Instrumente?

Mach schnell! Mach schnell!

»Sie wollen mit dir sprechen, sagen sie.«

»Darauf wette ich.«

Seine Hand landet auf Mercators Globus. Es ist nicht

zu erwarten, dass er seinen alten Freund so bald wiedersehen wird. Und wenn er ihn hier zurücklässt … Der Globus gehört zu genau der Sorte von Dingen, die irgendein Narr einschmelzen wird, um daraus ein Schmuckstück für einen noch größeren Narren anzufertigen. Also wickelt er ihn in ein Hemd, stopft ihn in seinen Reisesack und schleicht zum hinteren Fenster. Unmittelbar darunter befindet sich das Dach seiner Bibliothek.

Er steigt hinaus und balanciert, schwankend und mit weit ausgebreiteten Armen, über den First zum Giebel. Unter ihm rauscht der reichlich mit grünen Früchten behangene Apfelbaum. Von hier oben geht es gut fünf Fuß bis zur Krone hinunter.

Er wappnet sich. Es ist immer schmerzhafter, als er es sich vorstellt. Äpfel plumpsen zu Boden. Er will es ihnen schon nachtun, als der Hund, der sich neulich in Cambridge zwischen den Beinen geleckt hat, unten auftaucht.

Allmächtiger, was für ein hässliches Tier! Eines von der Sorte, die keinen Widerspruch duldet und kein Opfer aus den Fängen lässt. John weiß schon jetzt: Er wird seinen rechten Unterarm opfern und die Bestie mit der linken Faust erschlagen müssen.

Doch sein kurzes Zögern hat ihn Zeit gekostet, die er nicht hat. Prompt taucht nun auch noch Bill im Garten auf. Er hat ein blaues Auge und eine aufgeplatzte Oberlippe.

»John Dee«, sagt er, »Ihr seid verhaftet. Der Grund sind Eure Schulden bei Seinen Gnaden dem Bischof von Bath und Wells in Höhe von fünf Mark, acht Shilling und sechs Pence. Hinzu kommen zusätzliche Ausgaben.«

Zusätzliche Ausgaben? Dee klettert auf einen Ast. Er befindet sich zwar nur wenige Fuß über Bills Kopf, aber das genügt. Wenn er sich in die nächste Baumkrone retten kann, von dort in die übernächste und so weiter, bis er nahe genug am Fluss ist, kann er versuchen, die Beine in die Hand zu nehmen.

Können Hunde wie dieses Ungetüm hier schwimmen? Zuzutrauen wäre es ihm …

Sie beobachten einander.

Nun erscheint auch Bob. Er hat einen weiteren Hund dabei, einen von derselben Sorte. Weiß, aber mit derart kurzem Fell, dass die Haut rosa durchschimmert. Rote Augen und eine so lange Zunge, dass sie ihm wie ein Schal aus dem Maul hängt.

»Komm da runter, Dee!«, ruft Bob.

»Was hast du vor? Den Hund nach mir zu werfen?«

Die beiden kratzen sich am Kopf.

»Könnte ich machen«, meint Bob.

Es ist wirklich merkwürdig, hinunterzublicken und unter dem Geflecht von Zweigen den eigenen Schatten zu sehen.

Seine Mutter verfolgt die Szene von der Hintertür aus.

»Komm da runter, John!«, ruft sie. »Du verletzt dich noch!«

Bill und Bob stimmen ihr zu.

»Wenn ich runtersteige, werden die zwei für viel mehr Verletzungen sorgen!«

»Oh, aber das werden sie bestimmt nicht tun, nicht wahr, meine Herren?«

»Natürlich nicht.«

Doch selbstverständlich haben sie genau das vor. Darum verlagert John das Gewicht und schickt sich an, zum nächsten Baum hinüberzuklettern. In Momenten wie diesem wünscht er sich, er könnte fliegen wie ein Engel. Und er wünscht sich, seine Mutter ließe ihre Bäume nicht so säuberlich schneiden. Jedenfalls biegt sich der Zweig, auf dem er steht, langsam immer tiefer durch, dem wartenden Bob entgegen. Wie groß er ist! Beide Hunde knurren.

Dee überschlägt kurz seine Erfolgsaussichten, dann springt er. Doch sein Beutel, der Mercators Globus enthält, bleibt an einem Zweig hängen, und Dee wird wieder nach oben gezogen, ehe der Ast sich erneut biegt. Dee gerät unaufhaltsam ins Rutschen und kracht schließlich auf den Boden. Zuerst springen Männer und Hunde erschrocken auseinander, aber schon im nächsten Moment stürzen sie sich auf ihn. Ein Hund packt ihn am Handgelenk, der andere am Stiefel. Was für eine Kraft sie haben! Sie ziehen jeder in eine andere Richtung, als wäre er ein Knochen, um den sie sich balgen. Die zwei Männer sehen vergnügt zu.

»Komm jetzt, Dee«, brummt Bill, der ihn nun am anderen Fuß ergreift – demjenigen, an dem kein Hund hängt –, und beginnt, ihn in die Richtung des Gartentors zu schleifen. Was für eine komische Vorstellung, dass Königin Elizabeth einmal exakt hier stand …

Nun, das waren andere Zeiten.

Bob ruft seinen Hund zurück, der Dees Ärmel sofort loslässt. Der Arm tut fürchterlich weh, doch es fließt kein Blut.

»Wohin bringt Ihr ihn?«, ruft eine Stimme. Es ist nicht Dees Mutter.

»Ins Marshalsea«, antwortet Bill.

»Es tut mir leid, aber ich fürchte, ich bedarf seiner dringender als das Schuldner-Gefängnis«, fährt die Stimme fort, und nun blicken Dees Häscher auf.

Unten am Fluss schaukeln zwei Boote mit an Bord gezogenen Rudern auf den Wellen und stupsen sacht gegen das Ufer. In jedem sitzen Männer, deren Äußeres es unklug erscheinen lässt, Streit mit ihnen zu suchen.

Am Bug des ersten befindet sich ein Herr, der in einen edlen schwarzen Umhang gehüllt ist.

»Würdet Ihr ihn bitte loslassen?«

Das ist keine Frage, und selbst Bill und Bob wissen, wann Widerspruch keinen Zweck hat, auch wenn es sie noch so sehr danach drängt.

Dee blinzelt in die Sonne. Er kennt diese Stimme, sagt aber nichts.

»Er gehört uns«, protestiert Bill.

»Er ist Untertan Ihrer Majestät, der Königin«, hält ihm die Stimme vor. »Und ich erhebe in Ihrem Namen Anspruch auf diese Person. Jetzt lasst ihn los, oder ich erschieße erst Eure Hunde und dann Euch.«

Einer nach dem anderen lassen sie von Dees Gliedern ab.

Er setzt sich auf, betastet seine Rippen und verwünscht seinen Sturz.

»Fehlt dir was, John?«

»Nein, Mutter.«

»Ihr werdet für ihn zahlen müssen«, fordert Bill. »Fünf Mark, acht Shilling und sechs Pence.«

»Hinzu kommen zusätzliche Ausgaben«, ergänzt Bob.

Francis Walsingham schüttelt den Kopf. »Das werdet Ihr vom Schatzamt einfordern müssen.«

»Ich glaube, ich würde lieber diesen zwei Gentlemen ins Gefängnis folgen, wenn es Euch nichts ausmacht, Master Walsingham«, sagt Dee.

»Ihr tut, was Euch befohlen wird!«, knurrt Walsingham mit vor Zorn verzerrtem Gesicht.

Bill und Bob, ihre Hunde und seine Mutter sehen zu, wie John Dee zu Master Walsingham ins Boot klettert und sich auf der Ruderbank neben einem Mann niederlässt. Es wird sich herausstellen, dass es sich bei ihm um Robert Beale, Walsinghams rechte Hand, handelt.

Die Ruderer stoßen sich vom Ufer ab und lenken das Boot ostwärts in Richtung London. Es wird wenig gesprochen, Dee tut der Arm weh, und in seinem Stiefel prangt ein Loch. Es ist schwül an diesem Morgen. Über den Fluss treiben Nebelschwaden, Überbleibsel des gestrigen Regens.

Nach vielleicht einer Stunde legt das Boot an den Stufen unterhalb des Towers an. Unwillkürlich überläuft Dee ein Schauer.

»Es gibt nichts zu befürchten, Dee.« Beale lächelt. Er scheint es tatsächlich so zu meinen.

»Noch nicht«, ergänzt Walsingham mit einem gequälten Grinsen.

Er muss Probleme mit den Zähnen haben, denkt Dee.

In Begleitung von fünf Hellebardieren gehen sie am Tower vorbei und die Seething Lane hinunter.

»Was soll das alles, Walsingham?«, fragt Dee.

Sie sind in Walsinghams merkwürdigem Garten angelangt. Hier wachsen kniehohe Hecken, allesamt in geometrischen Mustern angeordnet, die für Dee keinen Sinn ergeben. Er weiß zwar, dass er sich einigermaßen beeindruckt zeigen sollte, aber da er auf seinen Reisen durch Europa schon einiges gesehen hat, ist er es nicht.

Walsingham eröffnet das Gespräch mit dem Eingeständnis, dass sie früher vielleicht nicht immer einer Meinung waren und er zumindest eine Teilschuld an Dees momentaner Notlage trägt, schlägt dann aber vor, dass sie die Vergangenheit hinter sich lassen.

»Warum?«

Nach vielen Umschweifen erklärt Walsingham zu guter Letzt, wie er an das Da-Silva-Dokument gelangt ist, nur um es bald danach zu verlieren.

Als er von der Straße von Anian hört, drängt Dee, mit Leib und Seele Kartograf, auf Auskünfte über ihre geografische Lage und zieht einen sperrigen Gegenstand aus seinem Sack.

»Habt Ihr immer einen Globus dabei, wohin Ihr auch reist?«

»Zeigt sie mir einfach«, fordert Dee.

Aber das kann Walsingham nicht.

»Die betreffende Seite war verschlüsselt«, erklärt er.

»Und Ihr habt sie verloren? Alle schwärmen von Eurer Klugheit und Vorsicht, Walsingham, aber ich kenne Euch seit jeher als einen elenden Narren. Wisst Ihr überhaupt, wie wertvoll dieses Wissen ist? Die Nordwestpassage! Bei Jesus Christus, das hätte die Rettung unseres Landes bedeuten können! Wir hätten den Würgegriff des Papstes um die christliche Welt durchbrechen können! Und Ihr habt das Dokument verloren! Verratet mir nur eines: Warum lässt die Königin Euch überhaupt noch atmen? Euer Kopf hätte längst als Futter für die Krähen auf dieser Brücke über die Themse aufgespießt werden sollen, auch wenn er ein noch so karges Mahl abgäbe! Allmächtiger, wie konntet Ihr nur?«

»Das war nicht geplant, Dee!«, blafft Walsingham. »Ich hatte nicht die Absicht, es stehlen zu lassen.«

»Und was gedenkt Ihr jetzt zu tun?«

Einen Moment lang herrscht Stille. Sie sagt mehr als tausend Worte.

Dee lächelt.

»So«, sagt er schließlich. »Ihr braucht also meine Hilfe.«

Vorübergehend ist Walsingham aus dem Konzept gebracht. Dennoch ist er dankbar.

»Ja«, gibt er zu.

Fast wäre Dee in Lachen ausgebrochen.

Wie lange hat dieses Eingeständnis auf sich warten lassen?, fragt er sich, und unwillkürlich denkt er an sein letztes Gespräch mit Walsingham.

Es fand statt, nachdem Walsingham sich daran beteiligt hatte, Dees Ansehen als Berater der Königin auf den Gebieten der Astrologie und der Astronomie zu ruinieren, nur weil Dee nachgesagt wurde, er sei ein Zauberer, einer, der Magie ausübe. Dee erklärte ihm damals, dass er keineswegs Magie anwende, sondern eine Technik.

»Es gibt eine göttliche Kraft, die nur von Ihm beherrscht wird«, ließ er Walsingham wissen. »Sie dreht die Planeten, sorgt dafür, dass die Sonne auf- und untergeht, und auch für die Gezeiten. Unsere Ahnen wussten um diese Kraft, und sie verstanden es auch, darauf zurückzugreifen. Wir hingegen haben diese Kenntnisse verloren. Das Einzige, was uns geblieben ist, sind Ahnungslosigkeit und Aberglaube, was uns zu einer leichten Beute macht. Mit genügend Zeit und Geld könnte ich das verschollene dritte Buch von Johannes Trithemius' *Steganographia* finden und mit seiner Hilfe jenes Wissen um die göttliche Macht bergen und nutzbar machen.«

Bei Walsingham kam er mit diesem Gerede nicht weit. Er beschied ihn kurz und bündig, dass die Königin keinen Bedarf an Gefährten von Höllenhunden oder Beschwörern von verdammten Geistern habe. Und dann eilte ihm auch noch dieser Dummkopf von Sir Thomas Smith zu Hilfe, mit dem Dee über die so jämmerliche wie gefährliche Kolonie in Irland gestritten hatte, die damals sein ganzes Geld und alles, was er sich noch von der Königin leihen mochte, wie ein Schwamm aufsaugte. Dabei hätte die Königin viel mehr davon gehabt, wenn sie ihr Geld woanders ausgegeben hätte, genauer gesagt: in der Neuen Welt. Dort liege die Zukunft, schloss Dee, nicht in Irland.

Das hat ihm Sir Thomas Smith nie verziehen.

Und was den unglückseligen Ärger mit dem Earl of Leicester betrifft, nun, der war unvermeidlich. Der Mann trug ja sogar ein Kettenhemd, weil so viele Leute ihn töten wollten!

Wie auch immer, am Ende wurde Dee hinausgeworfen und kehrte gedemütigt und mit leeren Händen zurück, ohne Aussicht, der Königin je wieder unter die Augen treten zu dürfen. Das dachte er zumindest.

Außerdem glaubte er, dass er keinem dieser Männer je ihre Machenschaften vergeben würde. Dennoch steht jetzt auf einmal Walsingham vor ihm und bittet ihn um Hilfe. Und obwohl er das eigentlich nicht wollte, schenkt Dee ihm sein Ohr und seine Zeit.

Dafür werde ich dich einen hohen Preis zahlen lassen, denkt Dee.

»Ich werde Gemächer benötigen«, beginnt er. »Darüber hinaus müssen all meine Bücher aus Mortlake zu mir gebracht werden, dazu meine Instrumente: mein Astrolabium und meine Kreuzstäbe, und zwar alle drei. Ich werde mich auch mit Gelehrten in der Ferne beratschlagen müssen, mit Männern wie …«

Doch jetzt greift Walsingham nach Dees Arm, als wolle er einen Freund vor einer Blamage bewahren.

»Nein«, sagt er, »hört mir zu. Es ist nicht diese Art von Hilfe, die ich benötige.«

Jetzt ist Dee derjenige, dem der Wind aus den Segeln genommen wurde. »Ihr braucht mich nicht, um die Nordwestpassage zu finden?«

»Nein, ich benötige Euch bei der Suche nach den verschollenen Seiten. Ich bin darauf angewiesen, dass Ihr sie für mich zurückholt.«

Dee starrt ihn ungläubig an. »Ich soll losziehen und sie zurückholen? Soll ich sie etwa *stehlen*?«

»Ja.« Walsingham nickt. »Ihr habt Zugang zu Bereichen der Welt, die mir verschlossen sind. Darum brauche ich Euch.«

Dee ist froh, dass einzig und allein Beale von seinen närrischen Hoffnungen auf eine verspätete Anerkennung weiß. Walsingham, der Dees Gesichtsausdruck ignoriert, fährt indessen fort. Er erzählt ihm, wie da Silvas gebündelte Blätter einem Spion namens Fellowes, den er wie einen Sohn geliebt hat, entwendet wurden, und berichtet auch von Mistress Cochet, die ihn ermordete.

»Und ausgerechnet sie war meine beste und klügste Agentin.« Er seufzt. »Von überwältigender Schönheit, mit einem für eine Frau ungewöhnlich scharfen Verstand und darüber hinaus noch vielen anderen Fähigkeiten.«

Worin diese bestehen, lässt er offen. Dee hört ohnehin kaum hin.

Gleichwohl plappert Walsingham munter drauflos, als glaube er, Dees Hilfsangebot würde noch gelten. So erzählt er ihm von der englischen Akademie in Reims und von seiner Theorie, dass der Bischof von Reims, Kardinal de Guise, Isobel dazu gezwungen haben könnte, so zu handeln, wie sie es getan hat. Derselbe de Guise, dem so sehr am »gegenseitigen Austausch des menschlichen Geistes« gelegen ist.

Dee schweigt. Er wünscht sich von Herzen, allein zu sein. Eine Zelle im Marshalsea käme ihm durchaus gelegen.

»Ich glaube, dass das Dokument jetzt dort ist«, fasst Walsingham seinen Bericht zusammen. »Ich glaube, dass Ihr es beim Kardinal finden werdet. Da Ihr einige Zeit bei Bischof Bonner verbracht habt, seid Ihr für Eure Sympathien für die Katholiken bekannt. Ihr könnt bei ihnen ein und aus gehen und versteht es, die richtigen Fragen zu stellen.« Jetzt erst bemerkt er Dees Entsetzen. »Was ist mit Euch?«

»Nein«, erklärt Dee. »Nein, das werde ich nicht tun. Eure Schmutzarbeit übernehme ich nicht, Master Walsingham. Die müsst Ihr selbst erledigen.«

»Aber … Dr. Dee …«

Es folgt eine Sturzflut von Versprechungen: Geld für mehr Bücher; Geld für die Gründung der Staatsbibliothek, die Dee schon immer wollte; Geld für die Finanzierung der Grabungen in den Welsh Marshes an der Grenze zu Wales, wo Dee den vergrabenen Schatz von König Arthur vermutet; ein Amt am Trinity College in Dublin. Darauf folgen die Appelle: an seine Güte, an seinen Patriotismus, an seine reformistischen Überzeugungen.

Nichts davon kann Dee erweichen.

»Nein, Master Walsingham. Ich will nicht so tun, als wünschte ich mir nicht, Ihr hättet da Silvas Karten nicht an die Spanier verloren und England müsste nicht den Verlust eines solchen Vorteils beklagen. Aber Ihr verdient es, dafür gehängt zu werden, und ich werde keinen Finger rühren, um Euch zu retten. Dafür werdet Ihr schon einen anderen Narren finden müssen.«

Walsingham lässt den Kopf hängen. Er weiß, dass Dee nicht unrecht hat und dass es wirklich keinen Grund gibt, warum er sein Leben für ihn aufs Spiel setzen sollte.

»Aber für die Königin? Für *Eure* Königin?«

Das bringt Dee für einen Moment durcheinander. Was weiß Walsingham? Was *glaubt* Walsingham zu wissen? Dann fasst er sich wieder.

»Das hat nichts mit ihr zu tun«, sagt er. »Setzt Eure Suche woanders fort. Mich könnt Ihr jetzt heimbringen.

Oder … halt. Jetzt verstehe ich. Ins Marshalsea. Ich hätte es mir denken können. Trotzdem vielen Dank dafür, dass Ihr mich vor einer zweifellos unangenehmen Reise mit meinen Häscher-Freunden und ihren Hunden bewahrt habt.«

»Leider geht es nicht ins Marshalsea, Dr. Dee. Nicht für Euch.«

Dee blickt skeptisch drein, doch Walsinghams Gesicht ist rot angelaufen und verrät feste Entschlossenheit.

Die Wärter zeigen sich fast verständnisvoll, als sie Dee abführen. Es geht die Seething Lane hinunter und vorbei an den gepflegten Häusern der Ratsherren hinaus zu der freien Fläche vor dem Graben des Towers. Als sie die Brücke zum Byward Tower überqueren, beginnt Dee sich zu sträuben, aber es nützt nichts. Schneller, als man ein Vaterunser beten könnte, wird er die Stufen zum Beauchamp Tower hinaufgezerrt und in seine alte Zelle mit der vertrauten Aussicht gestoßen. Wenn er will, kann er den Blick auf die Mauer des White Tower und das dazugehörige Schafott genießen. Dann wird auch schon die Tür zugeknallt, der Schlüssel dreht sich, und Dunkelheit senkt sich über Dee.

»Oh, Scheiße«, stöhnt er, presst die Augen zu und ballt die Hände zu Fäusten. Mit dem Rücken zur Wand sitzt er da und wartet.

Vor vielen Jahren ist er schon einmal hier gewesen. Die Rhythmen dieses Ortes sind für ihn nichts Neues: das Läuten der Glocken; der Knall, mit dem die Türen zufallen; das Klappern der Absätze, wenn die Wärter vorbeimarschieren; das trostlose Krächzen der Raben im Wehrturm. Er weiß, wann das Essen kommt, wann die Eimer geleert werden; er weiß, wann die Beamten der Königin ihre Runde beginnen und wann er sich die Ohren zuhalten muss, um die Schreie der anderen auszusperren.

Wenigstens sind seine Hände nicht gefesselt.

Wenn er seinen Globus hätte behalten dürfen, könnte er ihn jetzt gründlich studieren, doch ohne ihn kann er auf nichts als seinen eigenen Verstand zurückgreifen. Er versucht, die Zeit zum Nachdenken zu nutzen, aber bald wird ihm klar, dass er ohne Stift und Papier nur vor sich hin träumt.

Walsingham kommt ihm in den Sinn. Was er, Dee, ihm gesagt hat, war nur zur Hälfte wahr. Dass jeder Walsingham als klugen und besonnenen Menschen kennt, trifft immerhin zu. Was nicht stimmte, war die Behauptung, Dee hätte ihn niemals für einen Dummkopf gehalten.

Wie auch immer, Walsingham *ist* klug, und das lässt den Verlust der Da-Silva-Dokumente nur umso verwunderlicher erscheinen. Eine solche Katastrophe passt einfach nicht zu ihm.

Hätten sie die Papiere doch nur! Wenn englische Seefahrer wie Frobisher, Hawkins oder sogar Drake eine Route durch die Straße von Anian fänden, könnten sie vielleicht Cathay erreichen und jene Länder erobern, so wie die Spanier Neu-Spanien unterworfen haben. Unermesslicher Reichtum würde von dort zurückfließen und die Schatztruhen Englands füllen. Dann wäre genug Geld vorhanden, um mehr Kriegsschiffe zu bezahlen, als Hawkins sich das in seinen kühnsten Träumen ausmalen konnte. Schiffe bemannt mit hervorragend ausgebildeten Seeleuten, denen es ein Leichtes wäre, die spanischen Galeonen zu vertreiben. Darüber hinaus bliebe genug für die Errichtung jener Bibliothek übrig, für die John seinerzeit die Königin gewinnen wollte.

Das viele Geld würde England in sämtlichen wichtigen Wissenschaften für immer einen Vorsprung vor all den anderen Mächten sichern: Astrologie und Astronomie, Navigation, Mechanik, Bergbau und natürlich Alchemie. England würde seinen Platz in der Neuen Welt einnehmen und die eigenen Werte und Moralbegriffe gegen die überkommenen Vorstellungen der dementen Papisten durchsetzen. Mit der Zeit würde dann auch die reformierte Religion vergehen, und die Menschen würden wieder lernen, die Weisheit der Ahnen zu verstehen und durch Selbsterkenntnis zu Gott vorzudringen.

Doch er will sich nicht länger mit Walsinghams Unfähigkeit befassen. Er weiß, dass man sich auf diese Weise selbst in den Wahnsinn treiben kann – auch ohne dass man einen Menschen auf die Streckbank oder das Rad spannt, wie sie es im Wakefield Tower gerne tun. Da denkt er lieber an seine Freunde in Deutschland und Holland und an jenen dritten Band von Johannes Trithemius' *Steganographia*, der es ihm, wenn er ihn nur wiederfinden könnte, gestatten würde, mit einer ganzen Reihe von Männern Verbindung aufzunehmen: mit Gerardus Mercator, dessen große Karte die ungefähre Lage der Straße von Anian zeigt, oder mit dem inzwischen verstorbenen Gemma Frisius, der sich große Verdienste in der Landvermessung mithilfe der Winkelbestimmung erworben hat. Was würden wohl Männer wie sie mit da Silvas Behauptung, er habe die Nordwestpassage entdeckt, anfangen?

Zu guter Letzt schläft er endlich ein – oder zumindest glaubt das sein Wärter, als er durch das Guckloch späht. Tatsächlich befindet sich Dee jedoch in einem Zustand erleuchteten Wachseins, in dem es ihm gelingt, vergangene und bisweilen auch zukünftige Geschehnisse in der Gegenwart zu erleben. Soeben träumt er von den Ereignissen, die vor über fünfzehn Jahren unter Königin Mary zu seiner ersten Einkerkerung in dieser Anstalt geführt haben. Damals hatte er gerade seine Studien in den Niederlanden beendet und war soeben nach England zurückgekehrt.

Es war ihm gelungen, dcn jungen König Edward als Gönner zu gewinnen, was ihm gestattete, die Ursache für die Gezeiten sowie die Bewegungen der Himmelskörper zu studieren. Schon damals hatte er sich zusammen mit seinem Freund Gerolamo Cardano durch die Erstellung von Horoskopen für Personen, deren Geburtsdaten ihnen bekannt waren, einen gewissen Namen gemacht.

Zu denjenigen, deren Sternenkonstellation Dee errechnete, gehörte auch die junge Prinzessin Elizabeth.

Damals musste sie als uneheliche Halbschwester des Königs ein Dasein in einem merkwürdigen Schwebezustand fern des Hofes fristen. Doch aufgrund einer Verkettung von Verpflichtungen, die verschiedene Leute anderen gegenüber hatten, wurde Dee zu ihr nach Woodstock gerufen. Nach allem, was er über sie gehört hatte, fand er sich höchst neugierig bei ihr ein. Zu diesem Anlass trug er seinen Gelehrtentalar und einen nagelneuen Kragen. Zunächst überwältigte ihn ihre ätherische Schönheit gepaart mit ihrer zierlichen Gestalt. Wie ihr Vater hatte sie feuerrotes Haar, und ihre Haut war so blass, dass man fast hindurchsehen konnte. Doch das Beeindruckendste an ihr waren ihr scharfer Verstand und ihr klarer Blick.

Mein Gott, dachte er, *welch ein Geist!*

Sie war in einer angespannten Situation aufgewachsen, und ihre Zwangslage blieb gefährlich. Doch während andere sich vielleicht in ein angenehmes Leben im Überfluss gestürzt hätten, um sich über ihre Abgeschiedenheit hinwegzutrösten, betäubte Elizabeth ihren Schmerz mit dem Erwerb von Wissen. Von dem Moment an, da Dee sich zum ersten Mal vor ihr verneigte, bis zu dem Tag, an dem er sich rückwärtsgehend aus ihren Gemächern entfernte, hörte sie nicht auf, ihn mit Fragen zu bedrängen. Sie hungerte nach allem, was er ihr zu jedwedem Wissensgebiet sagen konnte, und so fing es an: ein Schreibsystem, das ohne Buchstaben auskam; Kenntnis über die Verstärkung der Schleusentore in Antwerpen; Vertrautheit mit Heilkräutern, die die Römer beim Grenzwall am nördlichen Rand ihres Reichs gepflanzt hatten; eine Vorrichtung zum Bewegen schwerer Lasten unter Zuhilfenahme von Hebeln und Flaschenzügen; flugunfähige Vögel auf bestimmten Inseln vor der Küste Afrikas.

Vor allem war sie fasziniert von seinem Astrolabium und sämtlichen Aspekten der Astronomie, der Astrologie und des Hellsehens. Darum war es nur natürlich, dass er ihr anbot, ihr ein Horoskop zu erstellen. Sie sei unter dem Sternkreiszeichen der Jungfrau geboren, erklärte er ihr, ein Schutzengel in jeder Hinsicht, praktisch veranlagt und arbeitsam, anspruchsvoll, misstrauisch gegenüber feurigen Gefühlsbekundungen, auch wenn Letzteres nicht wirklich zutraf.

Außerdem verhieß die Konstellation, dass sie wahrscheinlich das Leben einer alten Jungfer führen werde.

»Ärgert Euch das?«, fragte er.

Sie genehmigte sich einen Mundvoll von dem gebratenen Schwan, den man ihnen zum Abendessen aufgetragen hatte.

»Wir werden sehen«, sagte sie.

Damals war sie achtzehn, sechs Jahre jünger als er, doch jegliche Anwandlungen, ihre körperliche Nähe zu suchen, wurden im Keim erstickt, sobald er daran dachte, was ihre Schwester mit ihm anstellen würde, sollte er seiner Sehnsucht nachgeben. So hielt er sich zurück und gab sich alle Mühe, die Prinzessin zu mäßigen und in eine Richtung zu lenken, von der er annahm, dass sie eines Tages von großem Nutzen sein würde.

Aber für wen und inwiefern?

Zunächst war Gerolamo Cardano aufgefordert worden, dem König, Elizabeths Bruder, ein Horoskop zu erstellen, denn der König war ein kränkliches Kind, und die Deutung seiner Sternenkonstellation sollte seinen Ärzten helfen, den richtigen Behandlungsweg zu wählen. Cardano weissagte, dass der Junge von einer schweren Krankheit bedroht werde – was jeder, der Augen im Kopf hatte, sehen konnte –, aber durchaus ein hohes Alter erreichen könne, wenn er sie überstehe. Nur überstand er sie nicht und war eine Woche später tot.

Cardano floh aus dem Land. Wie ihm das rechtzeitig gelingen konnte, hat Dee nie verstanden.

Obwohl manche ihr Möglichstes taten, um das zu verhindern, bestieg seine Halbschwester Mary den Thron und begann, die religiösen Reformen ihrer Vorgänger rückgängig zu machen.

Ein paar Monate lang war alles gut.

Königin Mary berief sogar Dee als ihren astrologischen Berater an den Hof, und in dieser Eigenschaft erstellte er ihr ein persönliches Horoskop: Sonne im Zeichen der Fische, Mond in dem der Jungfrau, Mars im Steinbock. Sie war entschlossen, kalt und tüchtig, dabei bisweilen ungestüm, wenn es daran ging, Pläne in die Tat umzusetzen. Diese Eigenschaften beschönigte er ihr gegenüber ein wenig. Um ihre Fähigkeit zu lieben, war es schlecht bestellt, und Kinder sah er nicht. Letztere Details behielt er wohlweislich für sich.

Doch dann beging er einen Fehler.

Prinzessin Elizabeth bat ihn, die Vorhersage für ihre Schwester sehen zu dürfen, und er zeigte sie ihr.

Was konnte das schon schaden? Nichts, dachte er. Oder vielmehr: Er dachte überhaupt nicht. Elizabeth war einfach auch daran interessiert – wie an so gut wie allem.

Nur kam das nicht allen am Hof so vor. Gerüchte verbreiteten sich, und bald hieß es, Dee verfolge finstere Absichten: Er habe Kinder verhext; er habe eine Frau mit einem Zauber belegt; er schmiede Pläne, die Königin zu ermorden und Prinzessin Elizabeth auf den Thron zu setzen.

Im Palast der Prinzessin platzierte Spione meldeten

der Königin, dass er und die Prinzessin über das Horoskop der Herrscherin gesprochen hatten, und binnen einer Woche wurde er im Garten des Hampton Court Palace von Häschern ergriffen, gefesselt auf ein Boot verfrachtet und die Themse hinunter zum Tower gefahren. Seine Gemächer wurden versiegelt und durchsucht, und danach wurden die wildesten Anschuldigungen erhoben: Er würde Höllenhunde sowie die Geister Verdammter herbeibeschwören und habe am Hofstaat der Königin nichts zu suchen.

Auf diese Weise wurde sein Ruf zerstört, wenn auch nicht sein Körper, wie es bei so vielen anderen geschah, die auf der Streckbank gefoltert und dann verbrannt wurden. Doch endlose Wochen lang wurde Dee über seine Absichten und Gepflogenheiten verhört und in verschiedenen Kerkern in und um London herum eingesperrt, vor allem aber im Palast des Bischofs und eine sonderbare Woche lang hier, in dieser Zelle im Beauchamp Tower.

Seine Eingeweide verflüssigten sich, als sie ihn zum ersten Mal bei Nachteinbruch hierherbrachten und über ihm eine Glocke dröhnte.

»Ich bin kein Verräter!«

»Schön.«

In jener Nacht betete er bis zum Morgengrauen, und als der Aufseher ihn fand, lag er noch immer auf den Knien.

»Ich dachte immer, du seist gottlos.«

»Im Beauchamp Tower ist das keiner«, entgegnete Dee. »Außerdem ist die Sache viel komplizierter.«

An diesem Tag führten sie ihn wieder zum Gerichtshof, wo ihn mehrere Richter und Geistliche ins Kreuzverhör nahmen. Bei jeder Frage fürchtete er um sein Leben, denn er hatte bereits vom Fluss aus gesehen, wie sich der Himmel über dem Norden der Stadt vom Rauch der Scheiterhaufen verdunkelte, auf denen die Märtyrer brannten. Die Luft schien angesichts ihrer Qualen förmlich zu knistern.

Am zweiten Tag seiner Gefangenschaft sah Dee sie dann wieder – Elizabeth. Sie wanderte auf der Mauer zwischen dem Bell Tower und dem Beauchamp Tower hin und her. Sie war dunkel gekleidet und wirkte kränklich, aber es war unverkennbar sie. Er verneigte sich vor ihr, so gut es seine Handfesseln eben zuließen, und auch seine Wächter – es waren vier – zeigten ein gewisses Verständnis für die Notlage der Prinzessin. Zwar war es auf ihren Wunsch zurückzuführen, dass er ihr die Zukunft der Königin gezeigt hatte, aber das war nicht der Grund für ihre Einkerkerung. Vielmehr hatte Elizabeth den Rebellenführer Thomas Wyatt bei seiner Revolte gegen die Hochzeit von Königin Mary mit Philipp von Spanien unterstützt.

Elizabeth erkannte Dee und beobachtete, wie er wieder in seinen Kerker abgeführt wurde. Dabei hob sie zum Zeichen ihrer Anteilnahme eine Faust.

Kaum war die Tür seiner Zelle wieder hinter ihm ins Schloss gefallen, eilte Dee zum Fenster, durch das er einen guten Blick auf die Mauer hatte, wenn er den Kopf nur weit genug durch die Öffnung zwängte. Elizabeth stand immer noch ganz oben.

»Mylady!«, rief er. »Mylady!«

Sie lächelte ihn an, Tränen der Freude in den Augen, weil er noch lebte. Und er wünschte sich nichts mehr, als eine Hand nach ihr ausstrecken zu können, nur um noch einmal ihre Fingerspitzen zu berühren, doch das sollte nicht sein.

Dennoch verbrachten sie, allen Widrigkeiten zum Trotz, manche Tage genauso wie in der Zeit vor der Gefangenschaft – mit langen Diskussionen und bisweilen auch Gelächter. So wurde eine Zeit, die die Hölle auf Erden hätte sein können, einigermaßen erträglich, weil Elizabeth von ihrem Posten auf der Mauer immer wieder nach ihm rief. Zwar galt sie als Gefangene, aber da sie nun einmal auch die Schwester der Königin war, drückten die Wächter in der Regel ein Auge zu.

»Dr. Dee! Dr. Dee!«

Die Stimme ist hartnäckig. Doch sie kommt nicht aus der Vergangenheit und auch nicht aus seinen Wachträumen, sondern aus der Gegenwart.

»Dr. Dee!«

Es ist eine Frauenstimme, eine, die er schon länger nicht mehr gehört hat, aber nicht vergessen kann. Seine Königin! Eingerahmt von den Türpfosten steht sie da, in einem dunkelblauen Leinenkleid mit hohem Kragen, das Haar unter einem juwelenbesetzten Netz.

Dee steht auf, klopft sich den Staub aus den Kleidern und verbeugt sich. »Eure Majestät.«

»Wir haben Euch doch nicht gestört?«, fragt sie und gestattet ihm, ihre Hand zu ergreifen und die Lippen auf die behandschuhten Knöchel zu pressen. Heute trägt sie vier Ringe: Einer ist mit einem Diamanten besetzt, zwei mit Rubinen und einer aus purem Gold. Sie riecht nach Myrrhe.

»Ich war gerade in diesem Moment dabei, dem Stein der Weisen auf die Spur zu kommen«, sagt er.

»Und dabei habt Ihr geschnarcht?«

»Eine List, um ungestört zu bleiben.«

»Habt Ihr denn Erfolg damit?«

»Keinen großen. Allerdings habe ich nicht mit Besuch gerechnet. Ich hätte einen Kuchen backen sollen.«

»Das hätte Uns gefallen.« Sie lächelt, wirkt dabei aber angespannt. »Es wäre sicher besser gewesen als das, was mich in Hill Hall erwartet.«

»In Hill Hall? Dort lebt Thomas Smith. Besucht Ihr ihn denn?«

»Ja.« Sie seufzt. »Ich muss mich den Menschen von Essex zeigen, wurde mir gesagt. Also geht es weiter nach Hill Hall. Wenn ich könnte, würde ich lieber hierbleiben.«

Das Gespräch stockt. Dee spürt, dass seine Augenbrauen nach oben wandern. »Ja?«

Elizabeth seufzt erneut. Sie fächelt sich mit einem nach Mädesüß duftenden Tuch Luft zu, um den üblen Gefängnisgestank zu vertreiben. Beschämt denkt Dee an den Eimer in der Ecke, der seinen Kot enthält. Die Königin durchquert indes die Zelle und schaut durch das Fenster über die Vorburg und das Schafott hinweg zur Kirche.

»So«, sagt sie.

»So«, erwidert er.

»Es tut mir leid, dass ich Euch erneut in einer Notlage antreffe, John. Das war nicht meine Absicht.«

»Nicht? Hat also Master Walsingham wieder einmal seine Kompetenzen überschritten?«

Sie seufzt. »Er tut, was er tun muss.«

»Muss er mir unbedingt mit dem Tod drohen?«

»Hat er das getan?«, fragt sie mit einem vagen Lächeln zurück.

Dee murmelt eine unverständliche Antwort. Eigentlich nicht, nimmt er an.

»*Mir* hingegen wird mit dem Tod gedroht«, sagt Elizabeth. »Täglich.«

Mit einem Mal sieht Dee, dass sie gealtert ist. Ihre einst glänzende Haut ist dünner und trockener geworden und hat Risse bekommen. Unter den Augen hat sie Puder aufgetragen.

»Ihr seht wirklich müde aus, Bess«, murmelt er.

»Nennt mich nicht noch einmal so!«, faucht sie, Zornesfalten im Gesicht, und durchbohrt ihn mit ihrem Blick. Dieselben blauen Augen, mit denen sie ihn damals angesehen hat, als sie gemeinsam im Gefängnis eingesperrt waren und sie noch lange nicht Königin war.

»Gut, Ihr wirkt *besorgt*«, korrigiert er sich. »Eure Majestät.«

Sie funkelt ihn an. Einen Moment lang befürchtet er, sie verloren zu haben. Vielleicht sind sie einander zu fremd geworden, um gemeinsam über Scherze zu lachen. Um in die Rolle der Königin zu schlüpfen, musste sie ihr Wesen von Grund auf ändern.

Doch gerade als ihn Trauer und Angst zu überwältigen drohen, lächelt sie und stößt einen langen Seufzer aus.

»Es ist lange her, John.«

»Allerdings, Eure Majestät.«

Sie nickt. Ihre Augen huschen hin und her. Sie benetzt sich die Lippen.

»Es tut mir leid, dass ich erst in dieser Stunde meiner Not komme«, beginnt sie und verzichtet dabei auf jede majestätische Pose, sodass sie tatsächlich wieder mehr der Bess von früher gleicht, die er mit Beschreibungen des mythischen Reichs von Prester John ablenken konnte, in dem Milch und Honig flossen, Gift keinen Schaden anrichtete und es keine unerträglich laut quakenden Frösche gab. »Aber das Unheil hat seinen Lauf genommen, und jetzt sind dieses Land, unsere Nation und mein eigenes Leben bedroht. Natürlich hat Master Walsingham mir genau erklärt, welche Gefahr uns droht, und auch erwähnt, dass er mit seiner Bitte an Euch herangetreten ist, die Ihr als … unzureichend bezeichnet habt.«

Dee ist sich all dessen nur allzu schmerzhaft bewusst. Nun versucht er, Worte zu finden, die seine Verachtung für Walsingham deutlich machen, ohne dass er dabei schäbig oder rachsüchtig wirkt. Doch das ist ihm einfach nicht möglich, und natürlich ahnt Elizabeth die Antwort ohnehin schon.

»Ich weiß, Ihr habt gute Gründe, Master Walsingham abzulehnen und ihm zu misstrauen. Aber in dieser Angelegenheit mit Mistress Cochet gibt es eine Sache, die er Euch verschwiegen hat. Doch genau dieser Aspekt macht deutlich, warum er sie nicht als Gefahr für eine Maßnahme wahrgenommen hat, die unter anderen Bedingungen als Bravourstück eines jeden Agenten hätte gelten können.«

Dee hört ihr schweigend zu.

»Mistress Cochet, die Frau, die das Dokument stahl, hat eine Tochter, Rose. Das Mädchen ist ungefähr sechs Jahre alt, und der Vater ist tot. Er ist in Walsinghams – und darum meinen – Diensten gestorben. In jeder Hinsicht ist Rose für ihre Mutter einfach alles.«

Elizabeth – die gerade erst drei Winter alt war, als ihr Vater ihrer eigenen Mutter nur wenige Schritte von der Stelle entfernt, an der sie jetzt steht, den Kopf abschlagen ließ – wirkt bei diesen Worten so unendlich traurig, dass Dee sie am liebsten in den Arm nehmen würde.

Wie schlecht würde das wohl ausgehen?, fragt er sich.

Sehr schlecht, gibt er sich zur Antwort. Also wartet er darauf, dass sie zu Ende berichtet.

»Aber Rose ist entführt worden«, fährt die Königin fort.

Dee stutzt. »Tot?«

»Nein. Entführt. Von wem auch immer. Nach dem Raub der Dokumente hat Master Walsingham mehrere von seinen Leuten zu dem Mädchen entsandt und musste erfahren, dass Rose in derselben Nacht aus seinem Bett verschleppt worden war. Ihr Großvater, der irgendwo an der Südküste Bürgermeister ist – in Dover, glaube ich –, hoffte ursprünglich, sie würde einfach allein durch die Gegend streifen, und ließ nach ihr suchen, doch sie war nicht aufzufinden. Schließlich entdeckte man eine Nachricht.«

»Eine Nachricht? Wo? Und wo hat man das Kind überhaupt verschleppt?«

»In der Nähe von Sandwich. Dort wurde die Kleine

immer untergebracht, wenn ihre Mutter für Master Walsingham arbeitete.«

Von Sandwich zur französischen Küste ist es nur ein Katzensprung.

»Was stand in dieser Nachricht?«

»Dass das Mädchen in Sicherheit sei, aber niemand etwas erfahren dürfe. Lediglich der Mutter solle man das Verschwinden der Kleinen bestätigen, wenn sie danach frage.«

»Wann war das?«

»Vor zwei Wochen.«

»Und hat die Mutter nach ihr gefragt?«

»Ja.«

Dee kratzt sich am Kinn.

Schlau, denkt er. *Oder die Entführer haben einfach nur Glück. Oder vielleicht hätte Walsingham mehr für den Schutz der Kleinen tun sollen, wenn er schon ihre Mutter solchen Gefahren aussetzt. Wo führt das alles nur hin? Der Fehler liegt wohl darin, dass jemand dahintergekommen sein muss, für wen Isobel Cochet arbeitet. Aber wer könnte dieser Jemand sein? Wenn es gelänge, das herauszufinden, wüsste man, wer das Mädchen hat, und dann hätte man Klarheit darüber, wer ihre Mutter dazu gezwungen hat, die Da-Silva-Dokumente zu stehlen.*

Betrübt schüttelt Elizabeth den Kopf. »Wir wissen viel zu wenig. Walsingham glaubt, dass der Kardinal von Lothringen, der Bischof von Reims, dahinterstecken könnte. Er ist der Onkel meiner schottischen Großcousine und hat viel zu gewinnen, wenn sie an meiner Stelle den Thron von England besteigt.«

»Richtig, Walsingham hat de Guise erwähnt.«

»Ihr kennt ihn?«

»Ein schlauer Fuchs. Walsingham und er sind aus demselben Holz geschnitzt – immer darauf aus, andere die Schmutzarbeit für sich erledigen zu lassen.«

»In diesem Fall besteht die Schmutzarbeit, die er im Auge hat, darin, mich mit der Hilfe Spaniens von meinem Thron zu jagen.«

Ein Hebel, denkt Dee. *Ein Hebel, um eine schwere Last zu bewegen.*

»Und wo ist er jetzt?«, fragt er. »In Reims?«

Elizabeth schüttelt den Kopf. »Walsingham ist in Verbindung mit jemandem an der englischen Akademie in Cambridge. Was den Kardinal betrifft: Er ist seit über einem Monat nicht mehr gesehen worden. Niemand weiß, wo er sein könnte.«

Das also ist das Problem, denkt Dee. *Der alte Fuchs hat sich in seinen Bau verkrochen und seine Beute gleich mit hinuntergezogen. Sie werden erst wissen, wo er steckt, wenn er als Erzbischof von Canterbury wieder auftaucht.*

Elizabeth reißt ihn aus seinen Gedanken. »Ihr habt einmal von einer Macht gesprochen, die im Kosmos wirkt und zwischen allen Dingen vermittelt. Von einer Kraft, die es schon immer gab und die von den Alten verstanden wurde, die wir heute aber Gott überlassen haben.«

Dee nickt. So verhält es sich mehr oder weniger.

»Ihr habt von einem deutschen Gelehrten gesprochen, der glaubte, dass es eines Tages möglich sein würde, diese Kraft wiederzuentdecken, und dass ein Mensch vielleicht ins Innere dieser Kraft gelangen und mit ihr verschmelzen könne. Sie wäre dann er und er sie, und so wäre er in der Lage, diese Kraft für seine eigenen Zwecke zu nutzen.«

Dee weiß schon, was sie als Nächstes fragen wird.

»Ich muss Euch enttäuschen, Bess… Eure Majestät, meine ich. Aber seit unseren Gesprächen in Woodstock habe ich über ein Jahrzehnt damit zugebracht, Bücher zu lesen, in denen von anderen Büchern die Rede ist, die angeblich den Schlüssel zu solchen Dingen enthalten. Aber obwohl ich das ganze Abendland nach diesen Werken abgesucht habe – von Krakau bis Cádiz, von Paris bis Posen –, bin ich nie fündig geworden. Allerdings bin ich nicht daran verzweifelt, denn wie Ihr wisst, bin ich von optimistischer Wesensart und habe nie die Hoffnung aufgegeben, sie eines Tages zu entdecken. Andererseits sehe ich keine Möglichkeit, irgendetwas zu erreichen, solange ich auf Master Walsinghams Befehl hin eingekerkert bin.«

Elizabeth ist sichtlich enttäuscht.

»Glaubt Ihr nicht, ich hätte die Welt nicht längst verändert, wenn ich dazu in der Lage wäre?«, setzt Dee sogleich nach. »Ist meine Gefangenschaft hier im Tower nicht der Beweis dafür, dass ich es nicht in der Hand habe, ihren Lauf zu beeinflussen? Wer, Bess, würde denn aus freien Stücken in einen alten Eimer scheißen?«

Jetzt bricht sie in Lachen aus, in ein trauriges Lachen. Ihre Hoffnung war närrisch, wie sie nun erkennt.

»Es gibt Schlimmeres«, erwidert sie.

Und er glaubt ihr aufs Wort, dass sie weiß, wovon sie spricht. O ja, sie kennt das alles aus eigener Erfahrung. Doch jetzt ist nicht der Zeitpunkt, darüber zu sprechen.

»Nicht, wenn der Eimer seit dem letzten Gast hier nicht geleert wurde«, scherzt er.

Sie wendet den Blick ab.

In diesem Moment läutet die Kirchenglocke. Elizabeth hat zu lange hier verweilt. Eilig zieht sie das Cape straffer um die Schultern.

»Ich war nicht so töricht, mir einzubilden, Ihr könntet den Lauf der Welt verändern«, erklärt sie. »Aber ich betrachte Euch immer als meine Augen, John. Als jemanden, der es vermag, auch in der Nacht klar zu sehen, während andere durchs Dunkel stolpern.«

Bei diesen Worten senkt er den Blick. Nun fällt es ihm wieder ein. Wie sie ihm einmal anvertraute, pflegte sie ihn schon in ihrer Jugend »ihre Augen« zu nennen: weil er so viel mehr von der Welt gesehen hatte als sie – damals zumindest – und weil sie geglaubt hat, er wisse, wie alles miteinander zusammenhängt. Nicht nur die Planeten und die Sterne, sondern auch die Männer und Frauen auf dieser Welt, die Wege der Macht und der Privilegien, deren Gebrauch und Missbrauch. Einmal hat er in einer törichten Anwandlung für sie ein Zeichen in die Wand seines Hauses geritzt, das sie symbolisieren sollte: zwei Augen und eine flache Hand mit nach unten zeigendem Daumen darüber, um sie vor der Sonne abzuschirmen. Das Ganze sah eher wie zwei Nullen und eine liegende Sieben aus. Wahrscheinlich ist es immer noch dort.

»Ich hoffte, Ihr würdet mir helfen, das, was verloren gegangen ist, zu bergen«, fährt sie fort, offenbar eingedenk ihrer damaligen Nähe. »Wenn nicht um Master Walsinghams willen, dann für Euer Land, und wenn nicht für Euer Land, dann für meines. Für mich.«

Einen schier endlosen, unbehaglichen Moment lang starrt sie ihn an, und Dee fehlen die Worte. Dann dreht sie sich abrupt um und geht.

Als sie weg ist, findet er seine Sprache wieder, doch da ist es schon zu spät, um all das ungeschehen zu machen, was er getan hat; um all das zu tun, was er versäumt hat.

In dieser Nacht träumt Dee von Fluten, die über weite Sandflächen hinwegspülen, von einem Berg, von einer läutenden Glocke und vom Erzengel Michael.

Am Morgen ruft er: »Holt Walsingham!«

7

Beauvoir, Normandie, 9. September 1572

John Dee hat nichts gegen Pferde, doch dieses ist nicht nur mager, sondern hat überdies einen Rücken so schmal wie eine Nadel. Am Ende ist er froh, aus dem Sattel steigen zu dürfen. Er schirmt die Augen gegen die Abendsonne ab und späht nach Süden zu einem weit vor der Küste aufragenden Felsen – eine isolierte, einsame, uneinnehmbare Burg, aus der ganz oben eine Turmspitze hinauf zu Gott weist.

Mont-Saint-Michel, Eigentum des Kardinals von Lothringen.

Eine ganze Weile steht Dee da und sieht zu, wie die Flut hereinbricht. Er hat sich sagen lassen, dass das Wasser schneller steigt, als irgendein Pferd im Abendland laufen kann, und das Watt sich mit beängstigender Geschwindigkeit in eine Meereslandschaft verwandelt. Er beginnt zu frösteln und führt sein Ross längs des nördlichen Ufers eines frisch entstandenen Flusses weiter. Jetzt wünscht er sich, er wäre mit einem Boot gekommen.

»Ich mag es nicht, auf dem kürzesten Weg zu reisen«, hat er wenige Tage zuvor Walsingham erklärt, als sie im Hafen von Sandwich am Kai standen und verfolgten, wie sein Boot mit Wollballen für den Markt von Antwerpen beladen wurde.

Walsingham verdrehte die Augen. »Seid Ihr Euch da wirklich sicher, Dee? Ist Euch das etwa in einem Traum offenbart worden? Wir verwetten die Zukunft auf etwas, was Ihr im Schlaf gesehen habt?«

»Walsingham, Ihr werdet mir einfach vertrauen müssen«, antwortete Dee.

Das Geräusch, das Walsingham daraufhin von sich gab, war nicht geeignet, in den Buchstaben irgendeines Alphabets wiedergegeben zu werden.

»Nicht ich bin die Person, die Euch und Euren Träumen vertraut, Dee«, sagte er. »Es ist die Königin. *Sie* setzt auf all Eure Träume und Eingebungen. Na ja.«

»Und die haben mich noch nie im Stich gelassen«, erwiderte Dee, obwohl er sich keineswegs sicher war, dass das wirklich zutraf. Aber auf geradezu absurde Weise freute es ihn zu hören, dass Bess immer noch an ihn glaubte.

»Wir werden sehen«, meinte Walsingham. »Also, reist mit Gott. Wir werden ein Schiff entsenden, das Euch vor Nez Bayard in Empfang nehmen …«

»Ja, ja, Walsingham. Am Tag des Fests der Erhöhung des Heiligen Kreuzes, ich weiß. Ich werde das Feinste vom Feinsten erwarten: Jungfrauen, Schwäne, Samt und so weiter.«

Darauf knurrte Walsingham etwas Unverständliches. Und als das Boot endlich in Calais anlegte, schwang sich Dee eilig in einen Sattel, wedelte mit dem Pass, den Walsingham für ihn hatte fälschen lassen, und preschte so schnell wie möglich in Richtung Avranches. Falls sein Traum ihn in die Irre geführt hatte, dann war es wohl das Beste, den Fehler möglichst bald zu erkennen.

Nach fünftägigem Ritt auf den flinksten Pferden erreichte er – mit wund gescheuertem Gesäß und des ewigen gepökelten Hammelfleischs mehr als überdrüssig – das Lion d'Or.

»Seid Ihr ein Pilger, M'sieur?«, fragte der Wirt und schenkte ihm einen kräftigen Schuss Calvados ein.

»Das bin ich«, bestätigte Dee und bestellte gleich noch ein Glas.

Jetzt ist er wieder hier auf dem Marktplatz, die mit den Schuhbändern zusammengeschnürten Stiefel um den Hals gehängt, und wartet in der Morgendämmerung inmitten einer Gruppe von etwa zwanzig Wallfahrern, alle barfuß wie er. Ihr Fremdenführer, ein mürrischer Normanne mit Schnauzbart in der Farbe von nassem Stroh, Stiefeln aus Seehundleder und einem geölten Hut, erzählt ihnen, wie es zur Errichtung des Klosters kam, nachdem der Erzengel Michael dem Bischof von Avranches im Traum erschienen war.

»Der Bischof hat den Erzengel nicht ein Mal und auch nicht zwei Mal mit Missachtung gestraft, sondern drei Mal – bis der Gesandte des Himmels ihm ein Loch in die Stirn brannte. Danach hielt Bischof Aubert es für das Klügste, endlich zu gehorchen.«

So wurde die Abtei auf einem schroffen Felsen inmitten einer weiten Einöde aus schlammigem Sand und Wasser erbaut, wo Ebbe und Flut sehr, sehr schnell einsetzen und sich nie voraussagen lassen.

»Nach London ist das der tückischste Ort der Welt«, fährt der Fremdenführer fort. »Meistens steigt das Wasser auf das Dreifache der Größe eines Mannes, aber manchmal ist es sogar fünfmal so hoch. Es kommt schneller, als ein Pferd galoppiert, und es kann passieren, dass man in einem Moment noch glaubt, auf festem Boden zu stehen, die Stelle sich aber im nächsten blitzschnell in dünnflüssigen Schlamm verwandelt, man versinkt, und schon ist's vorbei.«

Auch wenn einige nervös lachten, sei das überhaupt nicht lustig, warnt er.

Viele Pilger seien gestorben – ertrunken oder von flüssigem Sand in die Tiefe gezogen worden. Das sei auch der Grund, warum die Besucher ihn dafür bezahlen müssten, dass er sie durchs Watt zu dem Felsen führe, der mit der Abtei das ganze Gebiet beherrsche, so weit das Auge reiche.

»Wer es auch nur einen Augenblick zu früh versucht, ertrinkt. Wer es einen Moment zu spät versucht, ertrinkt.«

In der Morgendämmerung brechen sie auf; die Esel verbreiten einen strengen Geruch. Nebelschwaden treiben im Wind, und Dee fröstelt. Ihm ist nicht wohl. Er treibt seinen Esel an.

»Ist der Abbé da?«, fragt er und deutet mit dem Kinn in Richtung des hinter Nebelschwaden verborgenen Felsens.

»Natürlich«, bestätigt der Fremdenführer.

»Sonst noch jemand?«

»Meine Schwester. Sie hat sehr viel zu tun.«

Er dehnt das Wort *sehr* zu einem *seeeeehr*. Arbeitet sie dort als Köchin? Als Hure? Dee hofft, dass sie besser aussieht als ihr Bruder. Natürlich tut sie das, etwas anderes ist praktisch nicht möglich. Doch was bedeutet das schon?

Sie reiten über flaches Marschland. Hohes Gras biegt sich in der salzigen Brise. Dee hört zwar Möwen schreien, aber nicht die üblichen Laute des Meeres. Dann, endlich, lassen sie den Nebel hinter sich und erreichen das Watt. Und schließlich erblickt er am Ende des langen Dammweges den Mont-Saint-Michel selbst. Bei bestimmten Lichtverhältnissen wirkt er magisch, doch heute Morgen erscheint er beängstigend. Eine Vielzahl von Turmspitzen aus grauem Granit, geschützt von einer furchterregenden Burgmauer, reckt sich Gott entgegen.

Mont-Saint-Michel ist die einzige Burg in der Normandie, die den englischen Armeen unter König Henry V. nicht zum Opfer gefallen ist, und wer das Bauwerk vor sich sieht, wundert sich nicht darüber. Doch der Fremdenführer widmet seine ganze Aufmerksamkeit der riesigen Sandfläche um die Burg herum, die bei Ebbe zum Vorschein kommt.

Einer der französischen Pilger – der am wenigsten fromme Teilnehmer, der, wie Dee vermutet, wohl nur eine Frau beeindrucken will – erkundigt sich, ob es zutrifft, dass König Louis auf der Insel ein Gefängnis bauen ließ.

Der Fremdenführer bestätigt das.

»Wie ich gehört habe, soll es dort ein Verlies geben, das

bei Flut überschwemmt wird«, raunt der Pilger in einem Ton, als wäre der Tower im Vergleich dazu ein Palast.

»Gewiss«, sagt der Führer. »Und außerdem einen eisernen Käfig, dessen Größe man dem jeweiligen Gefangenen anpassen kann. Wenn mir nun alle im Gänsemarsch folgen würden … und bitte nicht stehen bleiben.«

Sie reiten weit hinaus über verschlammten Sand. Zwei, vielleicht drei Bogenschüsse weiter südlich sehen sie das Meer schimmern.

Wie bedrohlich es wirkt, denkt Dee.

Hinter ihm sind alle verstummt. Vielleicht ist es der Anblick, der sie überwältigt hat, oder sie denken gerade an ihre kalten Füße und die Gefahren des Treibsands um sie herum.

Sie reiten weiter, bis sie das äußere Burgtor erreichen, das von fünf Soldaten mit Stahlhelm und Umhang bewacht wird. Aus einer Kohlenpfanne, an der sie sich wärmen, steigt schwarzer Rauch auf, so viel, dass Dee ihre Farben für einen Moment nicht sehen kann. Wenn sie nicht zu de Guise gehören, hat er seinen Traum falsch gedeutet. Er wappnet sich für die Erkenntnis, dass er sich getäuscht hat und unverrichteter Dinge den ganzen Weg über den Sand zurückreiten muss, bevor die Flut kommt. In dem Fall wären all die Mühen der letzten zwei Wochen umsonst gewesen, und er hätte seine Zeit verschwendet. Zeit, die er nicht hat. Er spürt, wie sein Herz vor Anspannung einen Schlag aussetzt.

Dann endlich bewegt sich einer der Soldaten. Sein Umhang öffnet sich. Farben kommen keine zum Vorschein, denn er trägt einen Brustharnisch.

Hoffnung keimt in Dee auf. Wer legt denn schon einen Brustpanzer an, bloß um einen einfachen Geistlichen zu schützen?

Doch nun taucht ein zweiter Mann auf, und der trägt keinen Umhang. Sein Wams ist senffarben und pflaumenblau gestreift, die Farben von de Guise.

Dee lässt alle Luft in einer Dampfwolke entweichen.

Er hatte recht: Der Kardinal ist in der Gegend.

Aber ist auch Isobel Cochet hier?

Die Soldaten sind so gelangweilt, dass selbst die Gruppe Barfußpilger ihr Interesse weckt. Sie beobachten die Wallfahrer dabei, wie sie vor dem Tor von ihren Eseln steigen. Dee, der es versteht, sich älter zu stellen, als er ist, hält sich, einer Eingebung folgend, nahe bei zwei Frauen aus Angoulême und schreitet hinter ihnen durch das Tor in einen Innenhof. Dort halten sich noch mehr Männer mit Stahlhelmen auf. Bisher hat er zehn gezählt, alle in den Farben von de Guise.

Der Fremdenführer fordert die Pilger auf, es bei kurzen Gebeten zu belassen und sich nach höchstens drei Stunden wieder am Tor einzufinden, wenn sie sicher zurückkehren wollen.

»Wer länger bleibt, muss die ganze Nacht hier verbringen.«

Der Führer gesellt sich zu der ersten Gruppe von Soldaten und sieht, verdrießlich an den Enden seines Schnurrbarts kauend, den Pilgern dabei zu, wie sie ein weiteres Tor passieren, an dem noch einmal fünf oder sechs Soldaten postiert sind. Auf der anderen Seite kauern sich die Pilger nieder und beginnen, auf den Knien rutschend, den langen Aufstieg. Vorbei an dicht beieinanderstehenden Häusern windet sich die Straße schlangenförmig um den Berg. Das Kopfsteinpflaster ist holprig, aber sauber. Noch mehr Soldaten sind hier postiert. Sie und eine Handvoll Bedienstete der Abtei, die hier ihre Arbeit verrichten, machen den Pilgern mürrisch Platz. Inmitten dieser Schar kommt Dee sich reichlich albern vor, dankt aber Gott dafür, dass sich wenigstens keine Flagellanten darunter befinden, die sich selbst auf den Rücken peitschen, bis es blutet. Walsingham hätte das gefallen.

Über mehrere Treppen und vorbei an allen möglichen Gebäuden führt die Straße sie bergauf. Je höher sie kommen, desto mehr nähert er sich der Gefahrenzone, und natürlich wird das Quartier des Abbés ganz oben sein. Vermutlich wird dort auch Isobel Cochet gefangen gehalten, denn wie Walsingham sagt, ist sie von sehr angenehmer Erscheinung. Wahrscheinlich haben sie die junge Frau in ein Verlies mit vergittertem Fenster gesperrt, von wo aus es steil nach unten zum Meer geht. Und sicher hat die Tür ein Guckloch.

Während sie auf Knien um eine Ecke rutschen, hört Dee ein Kratzgeräusch und hebt unwillkürlich den Kopf. Über ein Gewinde wird ein mit Essensvorräten beladenes Gestell längs der senkrechten Burgmauer in die Höhe gehievt. Das Prinzip erinnert ihn an eine Vorrichtung, die er einst für ein Theaterstück in Cambridge ersann, als sie den Flug eines Käfers darstellten. Nur springt hier der Hebemechanismus sofort ins Auge. Das Gestell hängt an einem armdicken Seil, das oben durch eine Rolle läuft. Wie wird das System wohl bedient?

Je mehr sie sich der Kirche nähern, desto inbrünstiger werden die Gebete der Pilger. Dee ist bestimmt schon tausend Schritt auf Knien gerutscht, und die Haut hängt ihm in Fetzen herunter, doch er glaubt jetzt zu begreifen, wie die Insel angelegt ist. Er lässt sich von den Pilgern hinter ihm einholen, bedankt sich für ihren Zuspruch, lehnt aber ihre Hilfsangebote ab. Endlich ist keiner mehr hinter ihm, und er kann sich davonstehlen.

Vor ihm führt eine Treppe nach links, während es rechts in einen übel riechenden Durchgang geht. Am Fuß der Treppe hält Dee inne. Vorsichtig schiebt er die blutenden Füße in die Schuhe. Seine Knie fühlen sich an wie rohe Eier. Dann richtet er sich auf, krempelt den Hut um, sodass er an ein Barett erinnert, und wendet den Mantel.

Mit einem Schlag ist er Père Dee.

Er folgt dem Durchgang in einen Innenhof, durchquert ihn und verlässt ihn auf der anderen Seite. Ein weiterer Hof und eine andere Treppe führen ihn zu der Straße, die er gerade entlanggekrochen ist. O ja, er weiß, von wem die Blutstropfen im Staub stammen …

Zielstrebig stapft er weiter, als ginge er einfach nur seinem Beruf als Seelsorger nach. Die Leute nicken ihm zu und grüßen höflich. Zu guter Letzt überholt er seine Pilgergruppe und segnet sie flüchtig, bevor er findet, was er gesucht hat: einen Buchhändler. Der heruntergekommene, blasse Bursche trägt einen sehr dunklen Bart, der seine Wangenknochen zur Gänze bedeckt, und ist gerade dabei, seinen Stand unter einem Torbogen aufzubauen. Er führt in seinem Sortiment Traktate für Pilger und dazu einige Jakobsmuscheln für diejenigen, die so tun wollen, als wären sie auf dem Weg nach Santiago de Compostela. Dee verwickelt ihn in eine schwachsinnige Fachsimpelei über die Qualität seiner Bücher – die in jeder Hinsicht erbärmlich sind.

»Es ist wirklich ein Vergnügen, solche Gespräche zu führen«, flötet er, »vor allem, wenn man aus Paris kommt.«

»Seid Ihr mit dem Kardinal angereist?«, erkundigt sich der Buchhändler.

Statt direkt darauf zu antworten, erklärt Dee, dass er gerade auf der Insel eingetroffen ist. »Auf Befehl meines Herrn.«

»Sind die Gerüchte wahr, dass der Kardinal auf eine spanische Flotte wartet?«, will der Buchhändler wissen. »Einer von den hohen Herren aus Spanien hat mir das erzählt.«

»Ah, das müsste Señor ...«

»Kein Señor, ein Padre. Wie Ihr. Padre Adán.«

»Padre Adán? Ich wusste gar nicht, dass er so ein Bücherwurm ist.«

»O doch, Pater«, versichert ihm der Buchhändler. »Er ist hinter Werken über verborgene Schriften her, die er Steganografien nannte. Das Wort stammt aus dem Griechischen, wisst Ihr? Leider fand er mein Angebot für seinen esoterischen Geschmack zu bescheiden.« Der Mann stößt ein schrilles, nervöses Lachen aus.

Dee lächelt zufrieden. Langsam scheint er der Sache näher zu kommen.

»Und wo könnte ich diesen Padre Adán finden?«

»Er ist zu Gast im Quartier des Abbé, er und der Kardinal.«

Der Buchhändler deutet nach oben. Dee dreht sich um. Über sich sieht er ein hübsches Steingebäude, dessen massives Portal von zwei weiteren Hellebardenträgern in senffarbener und pflaumenblauer Uniform sowie einem Jagdhund mit lockigem Fell bewacht wird.

»Ich könnte mir vorstellen, dass er ohnehin zu beschäftigt ist, um sich irgendwelchen Studien zu widmen«, bemerkt Dee.

Der Buchhändler zeigt keine Regung.

»Mit der Engländerin vielleicht?«, fragt Dee.

Der Buchhändler schüttelt den Kopf. Von einer Engländerin hat er offenbar noch nie etwas gehört.

»Die Begleitung des Kardinals?«

Wieder ein Nein. Dee zögert einen Moment lang, dann kauft er mit Walsinghams Geld ein Buch, einen großen schweren Psalter mit einem Messingverschluss, der besser aussieht, als er ist, aber gerade darauf kommt es ihm an. Er macht sich nicht die Mühe, um den Preis zu feilschen.

Eine spanische Flotte. Ein Priester mit einem frisch entdeckten Interesse an Kryptografie. Aber keine Informationen über Isobel Cochet? In seinem Kopf schwirrt es wie in einem Bienenstock.

Er hat sich schon ein Stück entfernt, als der Buchhändler ihm nachruft: »Ach, Pater! Sie ist keine Engländerin. Sie ist Französin! Aus Eurer Stadt, Pater. Aus Paris!«

Dee hebt den Arm zu einer freundlichen Abschiedsgeste.

Weiter vorne befinden sich die Gemächer des Abbé. Der sich langsam nähernde Dee wird von den gelangweilten Wächtern und deren durchaus intelligent wirkendem Hund beobachtet. Dee nimmt seine Kappe ab. Er spricht die Wächter mit »Herren« an und zeigt ihnen das Buch, das er für Padre Adán gekauft habe.

»Ein sehr erbauliches Werk«, versichert er ihnen. »Padre Adán wartet schon darauf.«

Er spricht Französisch mit schwerem venezianischem Akzent, doch diese Mühe hätte er sich bei den zwei Männern und dem Hund sparen können – sie starren ihn mit ausdruckslosen Augen an. Flugrost hat sich an ihren Helmen und Brustplatten festgesetzt, und ihre nicht von Handschuhen geschützten Hände, die die Hellebarden umfassen, sind grob. Sie müssen es hassen, hier zu sein. Der Hund knurrt leise.

»Er ist in der Messe«, erklärt einer der Wächter.

»Ich weiß, Herr. Ich wollte es nur als Geschenk für ihn abgeben. Als kleine Überraschung.«

Dee bringt es fertig, sehr alt und unglücklich auszusehen. Kurz und gut, die Wächter lassen ihn passieren, und gleich darauf spaziert er durch den Empfangsraum des Abbé, wo ein Bediensteter gerade die festgetretenen Binsen auf dem Boden auflockert. Dee erspäht einen niedrigen Tisch mit einer Karaffe und einem Spiegel darauf. Darunter hat sich ein weiterer kleiner Hund zusammengerollt und schläft.

Dee nimmt eine straffere Haltung an, als er dem Diener erzählt, der Kardinal habe ihn gebeten, der Französin dieses Buch zu bringen.

»Um ihr zurück auf den Weg der Rechtschaffenheit zu verhelfen«, sagt er mit einem einfältigen Lächeln.

Der Diener glotzt ihn verständnislos an. »Die Französin? Hier werdet Ihr sie nicht finden.«

»Nicht? Ich … Oh, dann muss ein Irrtum vorliegen. Wo ist sie denn?«

Der Diener starrt ihn an, als wäre er schwachsinnig.

»Hinter Schloss und Riegel«, belehrt er ihn schließlich. »Wo sie auch hingehört.«

Himmel, denkt Dee.

»Entschuldigt bitte, Herr.« Er weicht zurück.

Doch der Diener hat Verdacht geschöpft. »Wartet.«

Dee drückt ihm das schwere Buch in die Hände, fährt herum und stürzt aus dem Raum, jagt an den Wächtern vorbei die Treppe hinunter. Himmel, das Verlies! Dort halten sie Isobel gefangen.

Draußen begegnet er erneut den Pilgern, die den Aufstieg fast geschafft haben. Er weicht zum Stand des Buchhändlers aus und lässt sie vorbeirutschen. Über ihm ist nun der Diener des Abbé herausgekommen und spricht mit den gelangweilten Wächtern und deren Hund. Allgemeines Schulterzucken – es ist ja nichts geschehen. Und da der Diener immerhin ein Buch bekommen hat, lässt man die Angelegenheit einfach auf sich beruhen.

Obwohl er gerade erst angekommen ist, hat der Buchhändler schon wieder begonnen, seine Waren einzupacken.

»Sieht nach einem Regenschauer aus«, erklärt er. »In dieser Gegend kann man sich einfach nie sicher sein.«

Dee bekundet sein Mitgefühl und kauft dem Mann noch ein Werk ab, ein schlecht gebundenes Pamphlet über die ewige Natur der Dreifaltigkeit.

»Wenn etwas von guter Qualität ist, merkt man das eben«, stellt der Buchhändler fest.

Und man merkt es, wenn Papier einfach bloß dick ist. Dee wartet, bis die Pilger vorbeigezogen sind, ehe er den Rückweg antritt. Als er an einer offenen Tür vorbeikommt, hört er von drinnen ein merkwürdiges Knirschen. Er kann der Versuchung nicht widerstehen und wagt sich hinein.

Auf dem Boden sitzen zwei Wachmänner und schauen einem wild aussehenden Mann mit entblößtem Oberkörper zu, der in einer Tretmühle läuft, als wäre er auf der Flucht vor einer nahenden Flut. Von der Nabe des Laufrads führt ein Seil durch eine Türöffnung, die den Blick auf die Salzmarsch und mehrere niedrige Dächer in der Ferne eröffnet. Neben dem Türpfosten steht ein weiterer Wächter. Dieser verfolgt, wie eine an das Tau geknotete hölzerne Plattform sich langsam nach oben bewegt. Die Plattform ist mit dem Kadaver eines Schafs und einem Sack Rüben beladen.

»Was willst du?«, fragt einer der Wächter Dee. »Es auch mal mit dem Laufrad probieren?«

Seine Hakenbüchse macht ihn offenbar zu einem wahren Maulhelden.

Dee zieht sich zurück und setzt seinen Abstieg fort, bis er an einer Ecke auf einen Soldaten stößt, der ein Stück Brot verspeist.

Dee spricht ihn an und erkundigt sich nach seinem Leutnant.

Als der Soldat wortlos Richtung Straße weist, fragt Dee, ob er ihn zu seinem Vorgesetzten führen kann.

Nach einem langen Augenblick gelangt der Mann zu dem Schluss, dass er das wohl muss.

Gemeinsam marschieren sie los. Dass der Soldat ihn nicht verdächtig findet, verleiht Dee neue Kräfte, und bald überholen sie die langsam vor sich hin rutschenden Pilger. Der Soldat ermutigt sie, sich ein bisschen schneller zu bewegen.

»Ihr versäumt sonst noch die Messe!«

In der Wachstube, die sich vor dem Haus des Abbé befindet, sitzt der Leutnant am Tisch und verspeist eine Zwiebel. Er ist sichtlich nicht in der Stimmung, diesem unbekannten Père zuzuhören, der sich darüber beklagt, dass ein Teil der Wachen sich betrunken habe und um Geld würfele.

»Außerdem haben sie eine Frau dabei«, lässt ihn Dee wissen.

»Eine Frau?« Jetzt ist der Leutnant auf den Beinen. »Bringt mich zu ihnen!«, fordert er.

So führt Dee ihn den Weg hinunter bis zum Fuß der Stufen von vorhin. Das zusammengerollte Pamphlet hält er weiter in festem Griff.

In diesem Moment läuten die Glocken der Abteikirche zur Messe. Fast genauso laut flattern die Möwen auf.

»Putain!«, schimpft der Soldat, als Vogelkot auf seine Schulter platscht.

Der Rest ist ein Kinderspiel. Während der Mann noch versucht, den Schmutz wegzuwischen, reagiert Dee blitzschnell. Er schleudert ihn in eine dunkle Ecke und drischt ihm die Handkante gegen das Kiefergelenk, exakt unterhalb des Ohrs. Ein heftiger Schmerz durchzuckt

Dees Hand, doch zumindest sackt der Mann sofort in die Knie. Es ist, als hätte er keine Knochen mehr, und Dee fängt ihn auf. Sanft lässt er ihn dann zu Boden gleiten und schleift ihn zu einer Zisterne. Er hat keine Ahnung, wie lange der Mann bewusstlos bleiben wird. Eine Stunde? Einen Tag? Egal. Eilig zieht er ihm den Mantel aus und setzt sich dessen Hut auf. Passt gar nicht mal so schlecht.

Gleich darauf tritt Leutnant Dee aus dem Schatten.

Die Straße ist nun gedrängt voll mit Männern und Frauen, die zum Gottesdienst eilen. Der Wächter, der Dee gerade eben zum Leutnant geführt hat, salutiert ihm jetzt. Dee folgt weiter dem von den Blutstropfen der Pilger gesäumten Weg und kehrt so in die Wachstube zurück. Dort trifft er nur noch einen Mann an, der auf einer Bank vor sich hin döst.

Dee schleicht durch den Raum zur Tür gegenüber und tritt in die Dunkelheit. Hinter sich zieht er die Tür zu. Es dauert eine Weile, bis seine Augen sich an die Finsternis gewöhnt haben. Ein mattes Glühen erhellt einen langen Flur. Dee wagt einen Schritt darauf zu und gerät sofort ins Taumeln, denn der Korridor hat ein unerwartetes Gefälle. Weiter vorne steht in einer Nische eine stark nach Fischöl riechende Laterne. Dee ergreift sie und leuchtet voran. Er hat sich das Schwert des Leutnants umgeschnallt, doch seine Hand ruht auf dem Griff des kürzeren Messers – nur für den Fall der Fälle. Der ranzige Fischölgeruch steigt ihm in die Nase und vereinigt sich mit einem kalten Luftzug.

Bald schon wird der Korridor eben. Graues Licht

sickert durch eine Serie von vergitterten Eisentüren, die alle in den feuchten Felsen der Insel eingelassen sind. Dee geht daran vorbei. Dahinter sind Männer eingesperrt, die vor dem schwachen Lichtstrahl zurückweichen, sobald Dee sie anleuchtet. Sie sind mit Lumpen bekleidet und verbreiten einen ekelerregenden Gestank. Dee wünscht sich, er hätte Mädesüß gekauft, wie es die Königin getan hat. Er schüttelt sich vor Ekel. Und als ob das nicht genügen würde, kriecht ihm nun auch noch die Kälte bis in die Knochen.

»Mistress Cochet!«, ruft er. »Mistress Cochet?«

Statt einer Antwort bekommt er Flüche und unflätige Beschimpfungen zu hören, doch er marschiert weiter. Durch die Gitter einer Tür recken sich ihm Hände entgegen. Eine zahnlose Frau mit Haaren wie Rattenschwänze bietet sich ihm gegen etwas Brot an.

Er geht weiter.

Am Ende des Korridors befindet sich eine letzte Tür. Sie ist nicht verriegelt.

Dee hält die Laterne hoch, und beinahe erlischt die Flamme im Luftzug.

Das ist sie, denkt er, *die Zelle mit dem Blick aufs Meer.*

Die Stufen sind vom Seetang glitschig, grün verfärbt – und gefährlich. An der Wand ist ein eisernes Geländer angebracht. Dee hält sich daran fest.

»Mistress Cochet?«

Er hält die Lampe höher. Noch eine Stufe. Beim Ausatmen steigen Wolken vor seinem Mund auf – und das an einem Spätsommertag! Kälte und Angst setzen ihm zu, und die Mauern scheinen immer näher zu rücken. Ihre untere Hälfte ist von Seetang bedeckt, und jetzt kommen noch mehr Stufen. Er wagt sich hinunter.

Auf der letzten Stufe findet er sich vor einer weiteren Eisentür wieder. Der Seetang bedeckt hier nicht nur den Boden, sondern reicht bis knapp unter die Decke des Verlieses. Wenn man einen Menschen hier einsperrt, muss er bei Flut unweigerlich ertrinken. Welches Grauen einen Gefangenen packen muss, wenn das Wasser hereinbricht und immer höher steigt! Welche Grausamkeit – und das ganz ohne Folterknecht!

»Mistress Cochet?«

Keine Antwort.

Dee klammert sich an die feuchten, stark verrosteten Eisenstangen. »Mistress …«

Die Tür schwingt auf. Um nicht vollends das Gleichgewicht zu verlieren, hält er sich weiter daran fest. Jetzt erkennt er, dass das Fenster zum Meer ebenfalls vergittert und eine Flucht auf diesem Weg unmöglich ist. Dennoch ist das Verlies leer.

Niedergeschlagen kehrt Dee zurück, vorbei an den Zellen, wo die Gefangenen ihn erneut anflehen, sie zu befreien. Es ist wie in London, denkt er, wo alte Soldaten um Münzen betteln und man zugeben muss, dass man keine hat.

»Keine Schlüssel«, sagt er und zerdrückt vor ihren Augen seinen leeren Beutel. »Tut mir leid.«

Die Gefangenen heulen zum Steinerweichen, doch Dee muss den Gestank schleunigst hinter sich lassen. Ihm ist, als käme er aus tiefster Dunkelheit und bräuchte dringend Luft und Licht. Er stellt die Laterne zurück in eine Nische und marschiert erneut durch die Wachstube, wo ihn derselbe Soldat jetzt mit offenem Mund anglotzt.

Wortlos geht er hinaus und biegt nach links ab.

Der Leutnant ist offensichtlich noch nicht aufgewacht.

Wo steckt bloß Mistress Cochet?

Er wird diesen Pater Adán aufstöbern und ihm folgen müssen. Wo könnte er jetzt sein? Natürlich in der Messe.

Dee schlüpft wieder in seine Rolle als M'sieur Dee und macht sich auf den Weg zur Abtei, die sich am höchsten Punkt des Mont-Saint-Michel befindet und deren Glocken immer noch läuten. Irgendwie landet er auf der Mauer, die rings um die Burg führt. Im Norden wird der Blick aufs Meer von einigen Landzungen umrahmt. Er gerät ins Sinnieren.

Welch eine merkwürdige Vorstellung, schießt es ihm durch den Kopf. *Egal ob die spanische Flotte gerade über die Bucht von Biskaya segelt und Kurs auf sie nimmt oder nicht, weit draußen auf dem Meer sammeln sich die Urgewalten der Natur und bündeln all ihre Kräfte, um das Meerwasser zurückzuschicken, bis es sich wieder über den Damm wälzt und den Mont-Saint-Michel vom Festland abschneidet.*

Er schätzt, dass er sich hier schon seit etwa einer Stunde aufhält.

Auf dem Weg durch den Ort verliert er in dem Gewirr von Gassen schnell die Orientierung. Manche Treppen enden vor verschlossenen Türen, und als er umkehrt, findet er sich irgendwo wieder, wo er noch nie gewesen ist.

Zu guter Letzt entdeckt er doch wieder eine breitere Straße, in der sich jetzt mehr Wächter tummeln. Dee bleibt gelassen und schreitet mit einem höflichen Gruß an ihnen vorbei. Jetzt kann er natürlich nicht mehr auf demselben Weg zurückgehen. Rings um ihn füllen sich die Straßen zunehmend mit Pilgern, Verkäufern und Fremdenführern, aber auch Soldaten, Priestern und Mönchen in schwarzen Kutten.

Irgendwann findet Dee sich in einem Kreuzgang wieder, dann gelangt er erneut ins Freie – und entdeckt endlich die Abtei vor sich. Inzwischen prasselt der Regen, getrieben von einem böigen Wind, auf ihn nieder. Die Tropfen sammeln sich an der Hutkrempe und klammern sich zitternd daran fest. Über die Mauern hinweg kann er das graue, sich in der Ferne wölbende Meer sehen, auf dessen Oberfläche die Gischt weiße Linien zeichnet. Bis die Flut kommt, hat er wohl noch ein bisschen Zeit, denkt er.

Die Pforten der Abteikirche sind bereits geschlossen, aber vielleicht vergibt man ja einem Nachzügler, wenn er lautlos und mit einer entschuldigenden Geste hereinkommt.

Schon beim Eintreten raubt ihm der Geruch von Weihrauch und nasser Wolle den Atem. Die Gerüche bringen schreckliche Kindheitserinnerungen mit sich. Sie erinnern ihn an Zeiten, als in der Messe von Tag zu Tag etwas anderes galt und einen das, woran man gestern noch geglaubt hatte, heute auf den Scheiterhaufen bringen konnte. Eine Zeit entsetzlicher Angst war das, da alle Gewissheiten über den Haufen geworfen wurden.

Ein Schauer kriecht durch seinen Körper, und er beißt in seine Hand, um einen aufsteigenden Schrei zu unterdrücken. Er darf sich nicht von seinen alten Ängsten überwältigen lassen!

Etwas gefasster sieht er sich um: Er befindet sich in einer sparsam geschmückten Kirche mit hoher Gewölbedecke und nackten, in die Höhe ragenden Säulen. Er bemerkt, wie er es tief in seinem Inneren bedauert, dass dieses Gotteshaus nicht mit der überladenen Ikonografie der papistischen Riten gefüllt ist.

Doch dafür hat er jetzt keine Zeit. Er ist auf der Suche nach Pater Adán oder, besser noch, Isobel Cochet persönlich. Sie darf doch sicher die Messe feiern, oder?

Langsam schreitet er das südliche Schiff hinunter. Die Kirche ist so voll, dass er den Altar nicht sehen kann, doch allmählich bahnt er sich seinen Weg dorthin. Er nimmt an, dass der Kardinal vorne und der spanische Priester nicht weit von ihm entfernt sein wird. Seine Pilger knien jetzt alle – und mit ihnen gut hundert Mönche und Priester in Gewändern aller Farben.

Ganz vorne erkennt er tatsächlich den Kardinal. Der Mann ist schon älter und blässlich, sein Gesicht strahlt etwas sehr Lebendiges aus. Dee fällt wieder ein, dass Walsingham ihn gern als den »Seelsorger ohne Seele« bezeichnet. Er trägt ein rotes Seidenhemd, ein weißes Messgewand sowie ein rotes Tonsurkäppchen, und sein Gesichtsausdruck ist der eines Mannes, der drauf und dran ist, eine lange Schachpartie gegen einen ebenbürtigen Gegner zu gewinnen. Oder stellt sich Dee das vielleicht nur so vor?

Neben ihm kniet jedenfalls der Abbé in burgunderroter Seide, ein zerbrechlicher Herr mit silberfarbenem Haar. Beide sind von Männern in senffarbenem und pflaumenblauem Samt umgeben, nur von Pater Adán und Isobel Cochet fehlt jede Spur.

Dee nimmt sich Zeit, um seinen Zug zu planen. Doch er weiß, er wird warten müssen, bis die Messe zu Ende ist und er dem Kardinal folgen kann. Immerhin schreitet der Gottesdienst zügig voran, schließlich müssen die Pilger zurück zu den am Fuß des Berges wartenden Eseln und das Festland erreichen, bevor das Wasser zu hoch steigt. Trotzdem scheint sich die Zeit endlos in die Länge zu ziehen, so wie es in der Messe ja immer der Fall ist.

Aber dann spürt, hört oder schmeckt er es. Irgendetwas stimmt an der Abtei nicht. An der Atmosphäre.

Dee verharrt regungslos, sein ganzer Körper ist in Alarmbereitschaft. Er war schon immer zugänglich für diese Art des Austauschs mit seiner Umgebung, auch wenn ihm noch der Begriff fehlt, um diese Erfahrung zu beschreiben. Dieser Zustand ist einem Wachtraum nicht unähnlich, doch er umfasst mehr. Es ist eine Verbindung mit der Welt in vier Dimensionen. Es ist das Wahrnehmen einer Botschaft, die zu verstehen man mehr benötigt als die üblichen zwanzig Sinne. Dee hat das Ganze noch nicht vollständig erfasst, ist sich aber schon seit Langem sicher, dass so etwas im Bereich des Möglichen liegt.

Jetzt weiß er, was er tun muss.

Die Krypta, was sonst?

Er wartet, bis die Messe beendet und der Segen erteilt ist. Die Gemeindemitglieder eilen hinaus, um wieder ihren Geschäften nachzugehen. Nach ihnen trotten auch die Mitglieder des Chors ins Freie, während der Priester und seine Messdiener die Kerzen ausblasen und den Altar aufräumen. Bis all das geschehen ist, verharrt Dee, im Verborgenen kniend und in seine privaten Gebete versunken. Als schließlich alle fertig sind und der letzte Schritt verhallt ist, zählt er noch sechzig Herzschläge, ehe er sich lautlos erhebt und ins südliche Querschiff huscht.

Bei einer Treppe angekommen steigt er leise hinab. Unten werden Kerzen angezündet, deren Wärme ihn gewissermaßen empfängt. Das tut auch ein Mann, ein kleiner Bursche mit dunklen Augen, der nicht mit ihm gerechnet hat.

Dee rennt die letzten Stufen hinunter. Eigentlich soll es eine Wiederholung seines Angriffs auf den Leutnant werden, doch diesmal bekommt er den anderen nicht zu fassen. Allerdings kippt der Mann nach hinten, fliegt die Treppe hinunter und prallt mit dem Hinterkopf auf dem Steinboden auf. Es klingt, als würde ein Ei zerbrechen.

Dee spürt den eigenen Herzschlag bis in die Zähne. Ein Brechreiz steigt in ihm auf. Das Leben eines Menschen zu beenden, wer immer es auch sein mag, hat etwas Schreckliches.

Aber was sieht er da? Der Mann hat eine Pistole, eine mit kurzem Lauf, wie sie Attentäter bevorzugen, unter dem Umhang verborgen. Er hätte Dee getötet, wäre dieser ihm nicht zuvorgekommen. Gut, der Zünder hat nicht geglüht – und wird das wahrscheinlich auch nie wieder tun –, aber dennoch gilt: Wer mit dem Tod handelt, muss auch kaufen.

Aber … Moment mal. Das ist doch ein Pfarrer! Also gut, dann ist es wohl Pater Adán.

Die Kerzen flackern in ihren Nischen, als wollten sie auf das Entschweben der unsterblichen Seele des Mannes hinweisen. Zugleich reißt Dees Verbindung mit seiner Umgebung, die er im Kirchenschiff noch intensiv wahrgenommen hat, abrupt ab. Aber irgendetwas liegt immer noch in der Luft. So etwas wie eine Ausstrahlung, als ginge etwas Besonderes von den Steinen aus.

Dee steht regungslos da und blickt sich um. Nichts. Nur das Flackern der Kerzen in ihren Nischen. Riesige Säulen aus glatt poliertem Marmor. Was für Meister ihre Erbauer waren!

Waren es die Toten, die zu ihm gesprochen haben? Die ihn hierher befahlen?

Das glaubt er eher nicht.

Dann hört er ein Knarren aus der Düsternis hinter den Säulen. Es erinnert ihn an die Laute an Bord eines Schiffes. Seile, über seinem Kopf.

Er huscht hinüber zu der im Schatten liegenden Seite und sucht Deckung hinter einer Säule. Sein Atem geht flach und stoßweise. Hier unten gibt es kaum Luft.

Schließlich hört er eine Stimme.

»Na gut, zeigt Euch.«

Eine Frau. Sie klingt irgendwie erstickt. Wieder kommt das Geräusch von oben. Er geht ganz um die Säule herum und wappnet sich für etwas, was er noch gar nicht erahnen kann.

Nichts.

»Hier oben.«

Jetzt erst bemerkt er, dass etwas in der Luft hängt. Etwa auf Manneshöhe schwebt ein großer Würfel über dem Boden. Es ist zu dunkel, um Einzelheiten zu erkennen.

Dee geht eine Kerze holen und kehrt damit zurück.

Dass ihm heißes Wachs auf die Finger tropft, macht ihm nichts aus. Im Kerzenschein stellt sich heraus, dass der Würfel ein Käfig aus Eisenstäben ist, der von der Decke herabhängt. Und darin ist eine Frau gefangen.

Isobel Cochet.

8

Mont-Saint-Michel, 9. September 1572

»Himmel«, stöhnt sie, »Ihr habt Euch wirklich Zeit gelassen!«

Dee starrt sie entgeistert an. Der Käfig! Der Fremdenführer hat etwas von einem Käfig gesagt, den man der Größe jedes Gefangenen anpassen könne. Erst jetzt begreift er, was der Mann meinte: Die Größe kann so verändert werden, dass ein Gefangener *nicht* hineinpasst. Zu niedrig, um aufrechtes Stehen zu gestatten, zu eng, als dass jemand darin sitzen oder liegen könnte, zwingt der Käfig Isobel Cochet dazu, mit eingezogenem Kopf auf den Knien zu kauern. Das ließe sich vielleicht noch für die Dauer eines Vaterunsers ertragen, aber verharrt man länger in einer solchen Haltung, muss man den Verstand verlieren. In seiner eigenen Zeit der Gefangenschaft war das Meerwasser, das tagtäglich durchs Fenster eindrang, schlimm genug. Aber *das* hier?

»Wer seid Ihr?«, fragt sie.

»John Dee«, sagt er. »Dr. John Dee.«

Er hält die Kerze hoch und beleuchtet ihr Gesicht. Ihre Augen wirken eingesunken und fiebrig. Ihr Kleid – ursprünglich von der Farbe getrockneter Salbeiblätter – ist verdreckt und hängt in Fetzen herunter, ihre Wäsche grau und mit Flecken übersät, und ihre Finger- und Zehennägel gleichen Klauen. Dee kann ihre Verzweiflung spüren.

»Hat Walsingham Euch geschickt?«, fragt sie. Zu seiner Überraschung erweckt sie nicht den Eindruck, als würde sie sich über sein Auftauchen freuen.

Dee betrachtet den Käfig. Jede der Wände besteht aus sechs Stahlstangen, die durch Querstreben verbunden sind. Eine dicke Eisenkette windet sich rings um das ganze Gebilde und endet in einem massiven Schloss, das so groß ist wie die Faust eines Mannes. Er rüttelt daran – nichts. Das Schloss könnte sich sogar einem Elefanten widersetzen.

»Warum halten sie Euch darin gefangen?«

»Weil ich ihnen nur die Hälfte von dem gegeben habe, was sie wollen.«

Dee fragt sich, ob ihm etwas entgangen ist. Dann begreift er. »Und die andere Hälfte bekommen sie erst, wenn Ihr die Gewissheit habt, dass Eure Tochter in Sicherheit ist.«

»Richtig.«

»Was habt Ihr ihnen bisher überlassen?«

»Den ersten von zwei Papierbögen. Darauf ist nichts zu sehen als eine merkwürdige geometrische Figur, ein Quadrat mit Kreisen darin.«

»Wer hat das Dokument jetzt?«

»Pater Adán. Er verwahrt es dort drüben auf, in der Wand hinter dem Altar.« Sie deutet in die ungefähre Richtung der Sakristei. »Er hat mich tagelang verhört … und auch die meisten Nächte.«

»Und das Blatt, das Ihr ihm nicht ausgehändigt habt?«

»Verbrannt. Die Asche im Abfluss.«

»Himmel«, ächzt Dee bestürzt. »Was war darauf zu sehen?«

»Eine Liste mit Zahlen. Und ein paar Buchstaben.«

»Das ist alles? Keine Karte? Könnt Ihr Euch an irgendwelche Zahlen erinnern? An bestimmte Buchstaben?«

Sie blickt ihn erstaunt an. »Wisst Ihr denn gar nichts über mich, Dr. Dee?«

»Ich weiß, dass Walsingham viel von Euch hält, mehr als von allen anderen, die er beschäftigt.«

Isobel lacht bitter auf. »Und woran, glaubt Ihr, liegt das? Dass ich einem Mann die Stange lutschen kann, bis er in Ohnmacht fällt?«

Dee zögert. »Also, könnt Ihr?«

Sie seufzt. »Er hat mich unter anderem deswegen so sehr geschätzt, weil ich etwas nur kurz anzuschauen brauche, um es mir für immer einzuprägen.«

»Das ist sehr nützlich«, räumt Dee ein.

Sie wartet.

»Und?«, fragt sie schließlich.

»Ich bin hier, um dieses Dokument zu bergen.«

»Ah!«, ruft sie. »Ein Dilemma.«

Ein Dilemma, das sie selbst geschaffen hat. Jetzt ist sie selbst das Dokument, das er retten muss.

Sie lächeln einander an.

»Und wenn Ihr mir diese Formen beschreiben würdet?«, regt er an.

Darauf lacht sie nur kurz auf. »Die Sache ist etwas komplizierter.«

»In welcher Hinsicht?«

»Meine Tochter.«

Einen Moment lang schwankt Dee. Er wusste schon vorher, dass es so kommen würde. Nur war ihm bisher nicht klar, was er sagen soll, wenn sie ihn fragt. Jetzt weiß er es.

»Mistress Cochet«, erklärt er mit fester Stimme, »das ist der Grund, warum ich zu Euch gesandt wurde: Die Königin hat Rose in ihrer Obhut.«

Stille breitet sich aus. Dee spürt geradezu, wie die Welt sich verbiegt, um den Blick auf ihn zu richten. Selbst die Steine der Abtei starren ihn an. Er kann sie schreien hören. Er hat gegen Gott gefrevelt.

Auch Isobel Cochet mustert ihn. Eigentlich müsste sie vor Entsetzen kreischen, doch sie möchte ihm so gerne glauben. Sie will hören, dass ihr Kind in Sicherheit ist. Sie will nicht glauben, dass das Mädchen soeben zum Tode verurteilt worden ist.

»Woher wisst Ihr das?«, fragt sie, und ein Rest von Misstrauen schwingt mit.

»Sie hat es mir gesagt, bevor ich aufgebrochen bin.«

»Habt Ihr sie mit eigenen Augen gesehen?«

»Nein«, gibt Dee zu.

»Aber *sie* hat es Euch gesagt? Die Königin?«

»Ja.«

»Warum?«

»Walsingham hat geglaubt, dass es das Einzige sei, was Euch dazu bringen könnte, seinen Spion in Paris zu töten.«

Cochet schließt die Augen. »Er hat recht. Möge Gott mir verzeihen. Ich hatte keine Wahl.«

Dann erzählt sie ihm, wie sie im Louvre-Palast verschleppt wurde.

»Nun, weniger verschleppt als angesprochen. In einem dieser Säle mit einem mächtigen Feuer im Kamin und Spiegeln statt Holzvertäfelung an den Wänden. Einer von den Männern des Kardinals, dieser Pater Adán, hat mich überrumpelt. Er hatte eine von ihren Puppen. Sie gehörte Rose. Ein kleines Ding, das mein Mann ihr einmal geschenkt hat.«

»Ihr habt also gar nicht mit dem Kardinal gesprochen?«

Sie schüttelt den Kopf. »Erst später. Erst als sie mich hierhergebracht haben.«

»Was hat Adán Euch gesagt?«

»Dass Rose in Sicherheit sei. Dass sie von einer anständigen Familie gut versorgt werde. Er hat sogar gemeint, er wünsche sich, dass ich sie sehen könne, weil es ihr dort so gut gefiele. Wenn ich sie wiedersehen wolle, müsse ich ihnen allerdings etwas besorgen, von dem Adán gehört habe, es sei eben erst in den Besitz des englischen Botschafters gelangt.«

»Und Ihr solltet es ihm bringen?«

»Ja, und zwar hierher. In Paris war das nicht möglich, nicht einmal der König hätte das gekonnt. All das Blut und all die Leichen… Und die Leute: Nach diesen Ereignissen waren sie alle noch ganz verrückt. Wie auch immer, ich habe gedacht, ich würde Rose hier finden. Aber nein! Und als ich sie nicht zu sehen bekam, habe ich mich geweigert, ihnen zu geben, was sie wollten.«

»Darum seid Ihr jetzt also hier?«

»Darum bin ich jetzt hier. Aber sagt mir, was ist mit Rose? Die Königin hat sie gefunden? Die *Königin*?«

»Nun ja, Francis Walsingham. Das war, als sie erfahren haben, was Oliver Fellowes und Eurem Mädchen zugestoßen ist. Sie sind sofort zum Anwesen Eures Vaters in Kent geritten. Und als ihm klar wurde, dass Eure Tochter verschollen ist, hat er sogleich alle Häfen schließen lassen. Man hat sie auf einer mit geräucherten Makrelen beladenen Kogge gefunden.«

»Und jetzt ist sie in Sicherheit? Sie ist wirklich bei Ihrer Majestät? Wo?«

»In Nonsuch.« Dee beißt sich auf die Zunge. Plötzlich ärgert er sich über seinen Wagemut. Warum hat er nicht einfach Greenwich gesagt? Oder Hampton Court? Warum Nonsuch? Warum gibt er ihr überhaupt irgendwelche Hinweise?

Aber in ihrer momentanen Verfassung ist Isobel Cochet nicht in der Lage, auf feine Unterschiede zu achten. Vor Erleichterung schluchzt sie auf. »Ach, Gott sei Dank!«

Sie lässt den Kopf so tief hängen, dass ihr Gesicht hinter den langen Haaren verschwindet, und weint leise vor sich hin.

Dee verflucht sich. *Herrgott, was für ein schmutziger Beruf!* Er stellt sich vor, dass inzwischen Nachmittag ist.

Das Wasser wird steigen, und zwar schnell. Natürlich hat er ganze Nächte an viel schlimmeren Orten verbracht, aber sobald der Leutnant erwacht, wird er Alarm schlagen. Und dann werden sie Pater Adán suchen kommen.

Nach einer Weile wischt sich Mistress Cochet die Nase mit ihrem verdreckten Ärmel ab. »Und nun bin ich also hier, gefangen in diesem … *Ding.*«

Er weiß nicht, wie sie es überhaupt so lange aushalten konnte.

»Holt mich hier raus, bringt mich nach England, vereint mich mit meiner Tochter, und all diese Zahlen und Zeichen gehören Euch.«

Er nimmt sich vor, sämtliche Hürden zu überwinden, eine nach der anderen. Die erste ist, Isobel aus diesem Käfig zu befreien. Dabei weiß er: Das kann er nicht. Hätte er nur die Werkzeuge eines Juweliers oder, besser noch, die eines Schmieds!

Augenblick … Er geht ein paar Schritte zurück, steigt über den toten Spanier, Padre Adán, nimmt sich die Pistole und mustert sie. Wirklich ein gut gearbeitetes Stück, wenn auch im Grunde recht schlicht.

Als er sie aufklappt, kommt eine kleine Pulverpfanne zum Vorschein. Sie ist bedeckt von einer beweglichen Silberscheibe, und darüber führt eine Zündschnur. Wenn die Scheibe zurückgeschoben und der Hebel unter dem Lauf zum Griff hingedrückt wird, springt ein Funke auf die Zündschnur über; diese glüht und senkt sich auf das Pulver, worauf es Feuer fängt. Durch eine kleine Öffnung vor dem ansonsten versiegelten Lauf kann es die weiter vorne angebrachte Kugel erreichen und sie zur Explosion bringen. Die Wucht der Detonation schleudert die Munition mit unvorstellbarer Gewalt durch den Lauf nach draußen.

So ungefähr ist es Dee einmal erklärt worden.

»Habt Ihr das schon einmal getan, Dee?«, fragt Cochet.

»Ich habe gesehen, wie es gemacht wird.« Das ist gelogen.

»Zeigt es mir«, fordert sie ihn auf.

Er schiebt die Stahlscheibe über der Pulverpfanne zurück und zeigt ihr, dass sie voll ist.

»Steckt eine Kugel im Lauf?«

Er weiß es nicht, aber es ist in jedem Fall einen Versuch wert. Beide zucken erschrocken zusammen, als er den Lauf gegen das massive Schloss hält und abdrückt. Es gibt einen Knall, und aus der Öffnung schießt ein Blitz, der sie blendet. Gleichzeitig prallt die Pistole zurück und reißt ihm die Haut an der Handfläche auf. Rauch erfüllt die Luft. Etwas fliegt gegen die Steine und verschwindet in der Dunkelheit.

»Ja«, beantwortet er ihre Frage. »Seid Ihr unversehrt?«

»Herrgott, Dee!«

»Verzeiht mir.«

»Hat es funktioniert?«

Das Schloss ist zu heiß, um es zu berühren. An einer Ecke hat es jetzt eine große silberne Narbe.

»Ihr habt es nicht mal aus nächster Nähe getroffen!«

»Ich bin kein Scharfschütze«, verteidigt er sich.

Es sieht aus, als wäre das Schloss jetzt noch schwieriger zu öffnen als zuvor. Er schlägt mit der Waffe dagegen. Nichts geschieht, es ist immer noch verschlossen.

»Vielleicht geht es mit einer zweiten Kugel besser?«

»Habt Ihr schon mal in Adáns Tasche geschaut?«, fragt Cochet.

»Wozu?«

»Der Schlüssel.«

Ah.

Dee dreht den toten Priester um und findet in seiner Brusttasche nicht nur einen Schlüssel, sondern gleich zwei, beide so lang und breit wie der Zeigefinger einer Frau. Der zweite passt tatsächlich ins Schloss, lässt sich jedoch kaum bewegen. Die Kugel muss es deformiert haben.

Verzweifelt stochert Dee herum, bis der Verschlussbügel unversehens doch noch aufspringt. Er lacht. Sie lacht. Jetzt, da sie kurz vor ihrer Befreiung steht, kann sie sich nicht mehr halten und kippt erleichtert gegen die Stangen. Der Käfig gerät ins Wanken, und Dee macht sich daran, die massive Kette nach und nach aus ihrer Verflechtung mit den nicht minder massiven Stangen zu lösen.

»Los, macht schon!«, drängt sie und zieht am anderen Ende.

»Das wird nichts nützen«, gibt er zu bedenken.

»Vielleicht doch.«

Nach schier endlosem Bemühen rasselt die Kette schließlich zwischen den letzten Stangen hindurch, und der Käfig fällt auseinander. Dee rettet sich mit einem Satz zur Seite, als die schweren Stahlstangen mit einem gewaltigen Scheppern auf dem Boden aufschlagen. Cochet kann sich gerade noch an das Dach des Käfigs klammern, das nach wie vor an einem Haken hängt. So baumelt sie nun über den Trümmern.

»Helft mir!«, wimmert sie, am Ende ihrer Kräfte und von Krämpfen geplagt.

Unbeholfen umfasst er ihre Beine. Sie verströmt einen sehr unangenehmen Geruch, aber das kümmert ihn in diesem Moment nicht. Sobald sie die Stangen über sich losgelassen hat, trägt er sie ein paar Schritte von den Trümmern fort und stellt sie auf den Boden. Sie ist zu erschöpft, um zu stehen, und droht umzukippen. Im letzten Augenblick kann er sie auffangen.

Behutsam führt er sie zu einer Bank unmittelbar vor einem Pult, auf dem Papiere liegen.

»Der andere Schlüssel«, murmelt Cochet. »Das wird der für die Sakristei sein.«

Dee eilt zu der Eichentür, auf die sie zeigt. Die Tür ist teilweise mit Metall überzogen und wirkt sehr massiv. Fast scheint der Schlüssel zu zierlich zu sein, um ein solches Ungetüm öffnen zu können, doch es funktioniert, und zum Vorschein kommt eine Abstellkammer.

Dee betritt den Raum. Auf einer Seite befinden sich Regale, beladen mit Büchern – größtenteils Bibeln und Psalter, nichts, was Dee interessiert, auch wenn die Werke gewiss von immensem Wert sind. Daneben stehen aber auch mit Tüchern verhüllte Gegenstände, von denen er annimmt, dass es sich um Monstranzen, Kelche, Kerzenständer und alle möglichen im Gottesdienst benötigten Schüsseln handelt. Gegenüber entdeckt er Schränke für die Gewänder des Abbé. Im flackernden Licht einer Kerze nimmt er die Regale genauer in Augenschein. Alles ist von einer dicken Staubschicht bedeckt – bis auf eine einzige Ausnahme: eine Ledermappe, die mit losen Papieren gefüllt ist. Dee nimmt sie in die Hand.

»Das ist sie«, sagt Cochet. »Da drin. Vielleicht ist es nur eine Abschrift.«

Ist das gut genug? Wahrscheinlich, wenn da Silvas zweites Blatt fehlt.

Er nimmt die Seite heraus, kann aber der Versuchung nicht widerstehen, einen Blick darauf zu werfen. Ein Horoskop, da ist er sich sicher. Für wen? Das kann er nicht beurteilen. Kein Wunder, dass Walsingham nicht richtig schlau daraus geworden ist.

Er nimmt nun auch die übrigen Papiere heraus und steckt sie in seine Wamstasche, in der er auch seinen Pass und diverse Notizen aufbewahrt. Selbst hier oben bilden feine Sandkörner vom Strand eine Schicht auf allem.

Jäh fällt ihm Pater Adán ein. Er kehrt zu dessen Leiche zurück, schleift sie zur Sakristei, um sie darin zu verstauen, und versperrt dann die Tür.

Isobel Cochet fordert ihn auf, den Schlüssel im Schloss abzubrechen. »Dann wird der Tote ein, zwei Monate lang schön reifen und die Sakristei vollstinken. Das wird sie an ihren eigenen Verfall erinnern.«

Dee tut, was Isobel ihm sagt, und schleudert den oberen Teil des Schlüssels in eine dunkle Ecke.

In diesem Moment beginnt die Kirchenglocke zu läuten. Allerdings ist es nicht die übliche Erinnerung an die Messe, sondern ein dröhnender Alarm. Offenbar ist der Leutnant aufgewacht. Dee erahnt schon das Poltern von Stiefeln auf der ganzen Insel. Die Männer werden dem Ruf der Glocke folgen.

»Schnell.« Er hilft Isobel beim Aufstehen und stützt sie, während sie durchs Kirchenschiff stolpern. Da ihre Füße zu schwach sind, versucht sie, sich an ihn zu klammern, aber selbst dafür reicht ihre Kraft nicht. Er überlegt laut, ob er die Pistole nicht hätte einstecken sollen.

»Außer mir hättet ihr doch niemanden getroffen.«

Jetzt sind da draußen alle auf den Beinen. Dee trägt Isobel das südliche Schiff hinunter, rennt aus dem Schatten einer Säule in den der nächsten.

Plötzlich stellt sich ihnen ein junger Ordensbruder in den Weg.

»Pater?«

»Er hätte sie fast umgebracht!« Dee deutet mit dem Kinn hinter sich.

Der Bruder hastet weiter. Wenn es auf der Insel einen Aufruhr gibt, will er dabei sein und alles mitbekommen.

Für Dee und Isobel geht es unterdessen zum Portal hinaus zu dem Vorplatz, auf dem der Buchhändler seinen Stand hatte. Isobel schnappt nach Luft, als der Regen auf sie herabprasselt. In der Ferne ertönt ein Signalhorn. Weiter draußen sieht Dee mehrere Reihen weißer Pferde über den Sand preschen. Die Kerle nähern sich rasch, und der Wind hier am Meer weht sie fast um.

Viel Zeit bleibt ihnen nicht mehr.

Wieder nimmt Dee Isobel auf die Arme, trägt sie zurück in die Kirche und die Treppe hinunter.

Die Hintertür ist zu. Verschlossen? Nein, sie lässt sich aufstoßen, und niemand bewacht sie. Gott sei Dank.

Als Erstes legt er Isobel auf eine schmutzige Matte, dann sieht er sich in dem Raum um und entdeckt einen

Keil, mit dem er die Tür festklemmt. Anschließend entfernt er ein Gestell aus der Halterung an der Wand und legt es auf in den Boden eingelassene Schienen. Isobel beobachtet das Ganze schweigend.

»Isobel, legt Euch darauf«, befiehlt er.

In diesem Moment erbebt die Tür unter den ersten Schlägen.

Das lässt Isobel ihre Zweifel vergessen. Sie krabbelt über den Boden und wälzt sich gehorsam auf das Gestell. »Was ist das?«

Schweigend hakt Dee das Gestell ans Ende eines Seils, das um das Rad geschlungen ist. Am Rande des Gestells liegt ein Netz, das er jetzt um Isobel feststeckt, als wäre sie ein kleines Kind, das zu Bett gebracht werden muss. Noch begreift sie nicht, was er vorhat. Das erkennt sie erst, als er die nächste Tür öffnet und sie sehen kann, dass das Gestell an einem Flaschenzug hängt und wie steil es hier in die Tiefe geht.

»Nein!«, schreit sie, doch es ist zu spät.

Schnell postiert er sich hinter dem Schlitten und schiebt ihn über die Schwelle. Wenn sie sich jetzt losriss, würde sie gut hundert Fuß in den Tod stürzen.

Mit aller Kraft klammert sie sich an den Rahmen und verflucht Dee mit Worten, die er noch nie aus einem Frauenmund gehört hat.

Dee wirft einen letzten Blick auf das Rad und den Weg, den das Seil durch eine Serie von Rollen nehmen wird. Er kann nur hoffen, dass sie den Absturz des Schlittens hinreichend bremsen werden.

Als er im Tower gefangen war, hat er einmal eine kurze

Abhandlung über die Verwendung von Flaschenzügen geschrieben. Wenn man in einem Kerker isoliert ist und das eigene Ende vor Augen hat, denkt man unweigerlich an solche Dinge und weiß darum, dass der Aufprall heftig sein wird.

Er blickt zum Himmel hinauf. Heute wird es früh dunkel. Der Wind ist heftig, und die Regentropfen schlagen wie Kieselsteine auf die Haut.

Auf der anderen Seite der Tür erhebt sich wüstes Geschrei. Das Hämmern wird heftiger. Jemand hat eine Axt geholt. Noch hält der Keil, doch bald wird die Tür Kleinholz sein.

Keine Zeit mehr für Zweifel.

Unter ihm winselt Isobel wie ein im Netz gefangenes Tierjunges.

»Es geht los!«, ruft er, klettert auf das Gestell und löst den Knoten von dem Haken, an dem es hängt.

Schon beginnt der Schlitten zu rutschen, und Isobel schnappt nach Luft.

»Ihr seid ein Idiot, Dee!«, schreit sie.

Im nächsten Moment spürt er, dass seine Füße sich von dem Schlitten lösen wollen. Überhaupt fühlt er sich äußerst ungeschützt. Er versucht, sich gegen den Schlitten zu pressen und am Seil festzuhalten, aber sie werden immer schneller. Immer wieder knallen sie gegen die Steine der Rampe, und Dee wird es schwarz vor Augen. Seine Zähne klappern unkontrolliert. Isobel schreit seinen Namen.

Der Schlitten stößt gegen die Puffer am Fuß des Hügels. Die Wucht des Aufpralls reißt ihm das Seil aus der

Hand, und er wird durch die Luft geschleudert. Bei der Landung hat er das Gefühl, dass seine Rippen sich dehnen und ihm das Gehirn aus dem Kopf fliegt. Gleichzeitig wird ihm alle Luft aus der Lunge gepresst. Mühsam zieht er sich an Grasbüscheln ein paar Schritte weiter.

Isobel liegt halb auf dem Schlitten, halb im Gras. Sie steckt noch in dem Netz, das er über sie gestülpt hat. Immerhin hustet sie, was bedeutet, dass sie lebt.

Er will gerade etwas zu ihr sagen, als sich das Seil über ihr strafft. Die Kerle ziehen sie wieder nach oben!

Dee tastet nach seinem Messer, doch das Seil ist dick. Sooft er auch darauf einsticht, es weicht dem Messer unentwegt aus.

Eilig besinnt er sich eines Besseren und schneidet stattdessen das Netz auf. Unversehens ist sie frei, und während er sie in den Armen hält, schwebt das Gestell nach oben.

»Los, weiter«, drängt er.

»Nicht schon wieder.«

Schlaff, wie sie ist, schleppt er sie zum Stall. Der ist leer, seit die Pilger abgezogen sind; das Tor steht aber noch weit offen.

Unterdessen starren sämtliche Soldaten nach oben zum Turm der Abteikirche, deren Glocken unentwegt schlagen. Von niemandem bemerkt, wendet Dee seinen Umhang wieder und setzt sich erneut den Hut auf, womit er sich einmal mehr in den Pilger M'sieur Dee verwandelt, der gekommen ist, um am Schrein des heiligen Michael zu beten – zusammen mit seiner Frau.

»Sie ist krank geworden, meine Herren.«

Als die Soldaten sie skeptisch mustern, beginnt sie

zu husten. Sofort weichen sie zurück. Da es dieses Jahr schon mehrere Pestepidemien in Italien gegeben hat, versucht niemand, die beiden aufzuhalten. Nur ein Wächter mit einem frischen und rosigen Gesicht, das vermuten lässt, dass heute sein erster Tag im Dienst ist, schärft ihnen ein, sich zu beeilen.

»Das Wasser wird heute besonders hoch steigen!«, ruft er ihnen zu. Er muss fast schreien, um den Wind zu übertönen.

Damit hat Dee bereits gerechnet.

Der Wind weht jetzt sogar noch heftiger durch das Portal herein. Das Brausen ist so laut, dass Dee das Glockenläuten im Turm kaum hören kann, ebenso wenig wie den Knall, mit dem das Portal hinter ihnen zufällt. Er legt den Arm um Isobel und führt sie den Damm entlang.

»Gleich sind wir da«, versichert er ihr.

Er weiß, dass er sich nicht den geringsten Verzug leisten kann.

Der Sand unter ihren Füßen hat ein öliges Schimmern angenommen. Das Wasser steigt bereits. Rechts sieht er die Gischt der nahenden Wellen. Sie sind hoch und purzeln übereinander, während sie mit weißen Kronen gegen den Sand branden und wieder zurückfluten. Zum ersten Mal spürt Dee den kalten Griff der Angst.

Sie marschieren weiter.

»Ihr müsst nicht den ganzen Weg laufen«, versichert er ihr.

Sie zittert vor Kälte und kann sich kaum noch auf den Beinen halten.

»Sagt bloß nicht wieder: ›Los weiter‹«, murmelt sie.

Das tut er auch nicht. Stattdessen wirft er einen Blick zurück über die Schulter.

Das Tor öffnet sich wieder! Soldaten strömen heraus, und schon hört er einen Schuss knallen.

Isobel vernimmt ihn ebenfalls.

»Sie müssen schon besser schießen als Ihr, wenn sie uns bei diesem Wind treffen wollen«, meint sie.

»Ich habe doch schon zugegeben, dass ich kein Scharfschütze bin«, verteidigt sich Dee. »Ich bin Wissenschaftler, Geograf und Astrologe.«

»Und Spion in Walsinghams Diensten.«

»Nicht, wenn es nach mir geht. Spart Euch den Atem.«

Die Soldaten schießen immer noch.

»Sie werden uns nie und nimmer …«

»Oh!«, schreit Isobel.

Obwohl Dee sie hält, gerät sie ins Taumeln und fasst sich an die Hüfte. Jäh krümmt sie sich mit einem Stöhnen, das ihm durch Mark und Bein geht. Dann zeigt sie ihm ihre Hand, auf der sich Regenwasser mit Blut mischt. Auf ihrem Kleid prangt am Rücken über der rechten Gesäßhälfte eine rote Mohnblüte mit einem schwarzen Kreis in der Mitte – die Kugel.

»Könnt Ihr gehen?«

Sie wirft einen giftigen Blick zurück zu den Soldaten. »Das werde ich wohl müssen.«

Sie hören die Wellen heranbranden.

Dee tritt rasch an ihre andere Seite, damit sie sich besser auf ihn stützen kann. Im Stakkato stößt sie eine Serie von unflätigen Flüchen aus: Walsingham ist ein Laffe, ein Hurensohn und ein Köter, der wohl aus einem Wurf im Straßengraben stammt. Unter ihren Füßen verändert sich der Sand. Er dehnt sich und gibt nun nach wie gut gekneteter Teig.

Dee blickt Isobel von der Seite an. Er will und muss wissen, was sie denkt, wie es ihr geht. Jeder Schritt bereitet ihr Schmerzen. Bald wird er sie tragen müssen.

Der nächste Knall – näher jetzt –, und er spürt ein Zerren am Saum seines Umhangs. Die Kugel saust über den Sand und hüpft einmal, zweimal. Hinter ihm nähern sich die Soldaten im Laufschritt.

Er packt Isobel und nimmt sie auf die Arme.

Sie schreit auf vor Schmerzen, doch er achtet nicht darauf.

Seine Füße scheinen im Sand stecken zu bleiben.

Wieder ein Knall.

»Lasst mich runter«, fordert sie. »Ich kann gehen.«

»Es ist nur noch ein Stückchen!«

Er zwingt sich weiterzulaufen. Arme, Beine und Schultern schmerzen bereits von der Anstrengung. Hastig späht er über die Schulter. Ha! Die Soldaten haben sich zu weit hinausgewagt, und das ist ihnen auch klar. Sie sind in der steigenden Flut gefangen. Hektisch werfen sie ihre Pistolen, Lanzen und Schwerter weg, entledigen sich im Laufen ihrer Rüstungen und Helme, alles, um nicht in die Tiefe gezogen zu werden.

Aber es ist zu spät. Dee sieht, wie sie gegen den Sand ankämpfen und plötzlich waten, da die Erde, die gerade noch fest war, sich verflüssigt. Dann brechen sich vor ihnen die Wellen.

»Lasst mich runter«, fordert ihn Isobel auf.

Er muss. Doch dafür ergreift er jetzt ihre Hand und zieht Isobel mit. Seine Schritte werden immer schneller.

Die Gefahr droht inzwischen nicht mehr von den Männern hinter ihnen, sondern von Sand und Meer – und dem, was sie bilden.

Plötzlich gerät Isobel ins Stolpern und stürzt; Dee hebt sie sofort auf. Jetzt wird er sie doch den ganzen restlichen Weg tragen müssen. Kaum hat er sie sich über die Schulter geworfen, sinkt er jedoch im Sand ein. Zwanzig Schritt von ihnen entfernt rollen die Wellen heran, und die ersten schaumgekrönten Ausläufer umspülen seine Wadenbeine. Er schafft es, einen Fuß zu befreien, nur damit der andere noch tiefer einsinkt.

»Dee!«, ruft Isobel. »Dee! Lasst mich zurück. Sonst sterben wir beide!«

»Nein!«

»Dee, Ihr verdammter Narr!«

»Das tue ich nicht!«

Plötzlich spürt er eine scharfe Klinge an der Kehle. Sie hat sich sein Messer geschnappt und drückt es ihm an den Hals.

»Lasst mich zurück! Lasst mich!«

Noch ein Schritt.

Sie drückt fester zu.

»Um der Liebe Gottes willen, Mistress Cochet!«

»Lasst! Mich!«

Noch ein Schritt.

Er spürt, wie seine Haut sich unter der Klinge teilt, und hält inne. Er sinkt ein. Also versucht er, Isobel von sich zu schleudern. Als ihm das nicht gelingt, lässt er sie einfach fallen. Die Messerspitze auf seine Hoden gerichtet, bleibt sie vor ihm sitzen.

»Wir schaffen es!«, schreit er.

»Nein!«, schreit sie zurück. Die erste Welle spült Schaum um ihre Beine. Sie blutet stark.

Um nicht zu versinken, muss er sein Gewicht verlagern.

Die Sicherheit ist so nah, wie ein Pfeil fliegt.

Dennoch weiß er, dass sie recht hat. Er kann sie nicht tragen, und sie kann nicht gehen.

»O Gott, Mistress Cochet …«

»Trauert nicht um mich, Dee. Ich gehe an einen glücklicheren Ort. Aber kümmert Euch um meine Tochter, Dee! Sorgt für sie. Achtet darauf, dass sie alles hat, was sie braucht. Sagt ihr, dass ihre Mutter aus Liebe zu ihr gestorben ist. Nein. Sagt ihr … dass ihre Mutter sie geliebt hat.«

Beide haben Tränen in den Augen.

Von den Soldaten ist nichts mehr zu sehen.

Dee zieht einen Fuß aus dem Schlamm, dann den zweiten. Einen Moment später hat er sich fünf Schritte von ihr entfernt, und die Wellen schlagen ihr bis an die Schultern. Doch sie bringt es fertig aufzustehen. Sie dreht den Kopf in seine Richtung.

»Dee! Dee!«

Er wendet sich zu ihr um.

»Wollt Ihr nicht die Zahlen erfahren?«

Die Zahlen. *Die Zahlen!* Das, worauf es ihm am meisten ankam. Der Grund, warum er hier ist. Stumm steht er da und blickt sie an. Inzwischen reicht ihr das Wasser bis zu den Hüften und ihm bis zu den Knien.

Sie starrt ihm in die Augen, während sie ihm die Zahlen zuruft. Insgesamt sind es siebzehn, außerdem fünf Buchstaben. Zweimal ruft sie ihm die Abfolge zu.

Er wiederholt sie.

Sie lacht. Jetzt kann sie sich nicht mehr bewegen. Sie ist unwiderruflich verankert und weiß das auch.

»Für letzte Worte ist das nicht gerade viel!«, ruft sie.

»Was?«, schreit er.

»Ich habe gesagt: Kümmert Euch um Rose! Passt auf sie auf!«

Das hat er gehört. »Das werde ich!«, behauptet er.

»Geht jetzt, Dee. Ich will nicht, dass Ihr mir dabei zusehen.«

Er kann sich selbst kaum bewegen. Mühsam zieht er ein Bein aus dem an ihm saugenden Sand.

Sie hebt eine Hand.

Er hebt die seine – und wendet sich genau in dem Moment ab, als die erste Welle über sie hinwegrollt.

9

Auderville, Normandie,
am Vorabend des Festes der Kreuzerhöhung,
13. September 1572

In diesem Teil der Normandie haben die Kirchen keine Turmspitzen. Sie sind massiv, gedrungen und – so wie die Mehrheit der hier lebenden Menschen – größtenteils schmucklos. Doch wenn ihre Glocken läuten, ist der Klang unendlich vertraut und so nah, dass er jeden aus dem tiefsten Schlummer weckt.

Dr. John Dee schläft allerdings nicht. Überhaupt hat er in den letzten vier Tagen sehr wenig Schlaf gefunden. Seit er Isobel Cochet zurückließ und sie am Fuß des Mont-Saint-Michel im Watt ertrank, hat er ein Pferd halb zu Tode geritten und viel geweint – was ihn überrascht hat, denn er hat sich nie für jemanden gehalten, der schnell Tränen vergießt, schon gar nicht wegen einer Frau, die er kaum kannte.

Jetzt sitzt er in der Schankstube des Gasthofs von

Auderville, einem primitiven Steinhaus mit Strohdach, und wird von Schuldgefühlen geplagt, weil er sie dort draußen einfach ihrem Schicksal überließ. Er hat Schüttelfrost und zittert derart heftig, dass er kaum noch lesen kann, was er geschrieben hat. Dennoch arbeitet er die ganze Nacht hindurch weiter. Wenn eine Kerze niedergebrannt ist und zu erlöschen droht, zündet er an ihrem Stummel eine neue an. Seinen schlotternden Körper und die unglückliche Seele nährt er mit warmem Cidre, den er mit Butter anreichert. Der Wirt, der nebenher auch Fischer ist, hat längst das Feuer abgedeckt, seine Strohmatte auf dem von Binsen bedeckten Boden ausgerollt und schläft nun. Zu seinen Füßen liegen vier Windhunde, deren Augen nur halb geschlossen sind, sodass sich ab und an das Licht des Feuers darin spiegelt. Friedlich und gesellig wirken sie. Der Wind pfeift durch den Kamin, und der Fischer wimmert im Schlummer. Vielleicht träumt er von den Gefahren der See.

Dee versucht unterdessen, schlau aus dem zu werden, was ihm die letzten Tage eingebracht haben: aus den Dokumenten, die er aus der Sakristei der Abteikirche auf dem Mont-Saint-Michel entwendet hat, und den Zahlen, die ihm Isobel vor ihrem Tod anvertraute.

Zumindest das ist er ihr schuldig.

Das Horoskop ist so, wie sie es beschrieben hat: eine Serie von Kreisen, von denen ein paar auch Buchstaben und Zahlen enthalten. Dee hat erkannt, dass es sich um ein ungewöhnliches astrologisches Diagramm handelt – rund statt quadratisch –, mit den zwölf Häusern sowie den Mondknoten. Ein Teil der Darstellung ist mit Zeichen gefüllt, mit denen Dee vertraut ist: Löwe, Waage, Steinbock sowie die geläufigen Erhöhungen und Dreiergruppen. Allerdings hat er sich darüber gewundert, dass Neptun im Zeichen des Wassermanns aus irgendeinem Grund rot unterstrichen ist, während einige Angaben, die von zentraler Bedeutung wären, völlig fehlen.

Bei Letzteren handelt es sich offenbar um die Zahlen, die ihm Isobel Cochet unmittelbar vor ihrem Tod nannte. Sobald diese eingetragen wären, könnte ein geschickter Astrologe das Diagramm womöglich rückwärtslesen, aber nicht, um ihm das Übliche zu entnehmen – nämlich die Aussichten eines Menschen auf Erfolg, Glück und dergleichen –, sondern vielmehr, um den Geburtsort der Person zu identifizieren, für die dieses Horoskop erstellt wurde.

Als er zu ahnen begann, dass genau darin das Geheimnis dieses Horoskops liegt, wurde Dee von einer Art geistigem Fieber ergriffen. Aus irgendeinem Grund glaubte er, dass er gleich die geografische Lage der Mündung der Straße von Anian erfahren würde.

Doch so einfach ist es nicht. Er kann es drehen und wenden, wie er will – die Zahlen ergeben keinen Sinn.

Er hat es mit jeder Kombination versucht, und das in jedem Haus des Tierkreises. Inzwischen hat er sogar Breitengrade gezeichnet, die so weit im Süden anfangen, wie Männer es je gewagt haben, mit ihren Segelschiffen hinauszufahren. Sie reichen bis in den hohen Norden, dorthin, wo – wenn er es denn glauben könnte – die Mündung der Schifffahrtsstraße liegen würde, eine Gegend, wo das Eis zu weit ausgedehnt ist und die Kälte zu extrem, als dass ein Mensch es ertragen könnte. Bis dorthin, wo Admiral Willoughby und alle Mitglieder seiner Expedition spurlos verschwunden sind.

Nein, das kann nicht der Beginn der Straße von Anian sein. Admiral da Silva kann nicht so weit in den Norden gesegelt und lebend zurückgekehrt sein. Das ist einfach nicht möglich.

Nachdem er erneut versucht hat, die Zahlen im Horoskop miteinander zu vertauschen, ohne ein plausibleres Ergebnis zu bekommen, ist er ins Grübeln geraten und hat sich gefragt, ob da Silva die Zahlen vielleicht zusätzlich chiffriert hat. Also hat er sich darangemacht, sie zu entschlüsseln. Dabei hat er jede Methode angewandt, die ihm bekannt ist – und das sind alle Systeme, die je von Menschen erdacht wurden –, darunter die Analyse der Häufigkeit von Buchstaben, wie sie von dem arabischen Mathematiker Alkindus beschrieben wurde, das von Johannes Trithemius ersonnene Tabula-Recta-System und auch verschiedene polyalphabetische Verschlüsselungen, die von Blaise de Vigenère in Paris und Leon Alberti in Genf entwickelt wurden. Doch bei Zahlen, noch dazu bei so wenigen, kann man sich nie sicher sein.

Wann immer er seine errechneten Werte in die Karte einträgt und das Ganze mit seiner speziellen Rückwärts-Methode zu interpretieren versucht, ist das Ergebnis nicht mal annähernd plausibel. Am Ende fragt er sich, ob für die Zahlen ein Schlüssel verwendet wurde, von dem er noch nie gehört hat – was er sich allerdings kaum vorstellen kann, weil Baltazar da Silva ein Seefahrer und kein Kartograf ist. Oder, schlimmer noch, könnte sich Isobel Cochet bei den Zahlen geirrt haben?

So zerbricht er sich über all das unentwegt den Kopf und erlebt dabei immer wieder aufs Neue jene schrecklichen Momente im Watt unter dem Mont-Saint-Michel. Und je länger er grübelt, desto unumstößlicher steht für ihn fest, dass sie ihm nichts Falsches gesagt und keinen Fehler gemacht hat.

Und auch ihm ist kein Irrtum unterlaufen. Sein Gedächtnis trügt ihn nie. Er selbst hat zusammen mit Petrus Ramus – möge Gott seiner Seele gnädig sein – eine Technik entwickelt, sich Dinge einzuprägen und auf Dauer in Erinnerung zu behalten. So ist er auch jetzt noch, Tage danach, in der Lage, die Zahlen herunterzurattern, als hätte er sie gerade erst gehört.

Und doch … und doch … Er nimmt Mercators Erdglobus in die Hand und betrachtet die Linien, die durch die Kontinente gezogen sind, so vieles noch *terra incognita*. Sein besonderes Augenmerk gilt dabei der Linie weit oben, fast am Pol – es ist dieselbe, die da Silva identifiziert hat.

Kann es etwa sein, dass da Silva sich getäuscht hat?

Möglich ist das, aber sehr unwahrscheinlich. Das Logbuch eines Admirals ist etwas Heiliges. Diese eine Seite war wohl die säuberliche Abschrift einer säuberlichen Abschrift, die fast wie ein Reliquienschrein an Bord des Schiffs aufbewahrt wurde.

Wo also wurde der Fehler begangen?

So drehen sich seine Gedanken unentwegt im Kreis, einem Hund gleich, der seinen eigenen Schwanz jagt.

Einen letzten Denkansatz will er noch ausprobieren, sagt er sich, von dem er erst kürzlich einen Neapolitaner sprechen gehört hat. (Denselben, der ihm das geheime Rezept für die richtige Mischung von pflanzlichen Farbstoffen und Alaun erklärt hat, mithilfe derer man Eierschalen so beschriften kann, dass die Nachricht beim Kochen unsichtbar wird, aber nach dem Schälen auf dem hart gewordenen Dotter erscheint.) Der Code beruht auf einer digraphischen Substitutionsziffer, in diesem Fall der 7, was bedeutet, dass das ganze System um sieben Stellen verschoben wird. Das ist übrigens auch die Zahl, die für den auf seiner Sternenkarte markierten Neptun steht. Die auf diese Weise ermittelten Zeichen überträgt er erst auf das lateinische und dann das hebräische Alphabet.

Dee arbeitet konzentriert, bis die nächste Kerze niedergebrannt ist, nur um am Ende festzustellen, dass die Symbole immer noch keinen Sinn ergeben. Schon will er aufgeben, beschließt dann aber, das Alphabet noch einmal zu verschieben. Wieder lässt er es um sieben Buchstaben weiterrutschen, und jetzt kehrt er ins lateinische Alphabet zurück, das er wieder in Zahlen umwandeln wird, um sie in seine Karte einzutragen.

Bevor er diesen letzten Schritt abschließen und die lateinischen Wörter in Zahlen zurückverwandeln kann, springt ihm inmitten dieses Unsinns etwas ins Auge. Etwas, was niemand sonst je hätte entdecken können: eine Nachricht. Er erstarrt. Langsam lehnt er sich zurück. Der Schock raubt ihm den Atem. Er bekommt eine Gänsehaut.

Was ist das? Eine Mitteilung. Eine Mitteilung von jemandem oder etwas, fast bis zur Unkenntlichkeit verschlüsselt.

Mein Gott, denkt er. *Mein Gott.*

Ecce Cardanus. Hier ist Cardano.

Gerolamo Cardano. Der große Astrologe, der dem mittlerweile verstorbenen König Edward von England das Horoskop erstellte und später gezwungenermaßen aus dem Land floh. Und wohin? Nach Paris.

Dee legt die Hände auf den Tisch.

Es schlägt Mitternacht.

Der katholische Festtag der Kreuzerhöhung hat begonnen, und wenn es dämmert, muss er mit einer abgedeckten Lampe auf der Landzunge sein, um ein vom Meer ausgesandtes Signal zu empfangen.

Dennoch bleibt er reglos in der Stille sitzen, bis eine weitere Kerze zu einem Stummel heruntergebrannt ist.

Ja. Jetzt sieht er es. O ja, jetzt sieht er es.

Darüber, wie das Dokument in Isobel Cochets Hände gelangt ist, weiß er nur das, was Walsingham ihm berichtet hat. Sie wiederum bestätigte ihm, dass sie Walsinghams Spion, Oliver Fellowes, getötet hatte. Doch Dee kennt Walsingham schon seit Langem. Walsingham ist ein Mann, der jedes Wort sorgfältig abwägt, weil er dessen Wert kennt – nicht nur im Mund, sondern auch im Ohr. Und er weiß, welch große Rolle es spielt, dass ein Mann genau das hört, was er hören will. Darum muss Dee zum Anfang zurückkehren und jedes Wort analysieren, das gesagt wurde: was damit gemeint war und welche Wirkung Walsingham damit bei ihm, Dee, zu erzielen beabsichtigte.

Nun, da er in diesen Zustand des bewussten Wachtraums versunken ist und über Walsinghams vielfältige

Machenschaften nachdenkt, zeichnet sich vor seinem geistigen Auge eine weitere Möglichkeit ab, eine tiefere Schicht. In diesem Licht ergibt alles, was geschehen ist, einen Sinn, auch die Sternenkarte, Isobel Cochets Zahlen und ihr Tod.

Er steht auf und blickt auf die Papiere hinab.

Ja, denkt er, *ja*. Jetzt sieht er es. Im selben Moment merkt er, dass er die Hände so fest zu Fäusten geballt hat, dass er die Fingernägel mit Gewalt aus den Handflächen lösen muss.

Dieser gottverdammte Walsingham! Dieser Metzger hat so viel Blut an den Händen!

Dee sammelt nun all seine Versionen ein, die er mithilfe des Horoskoprads und der Zeichen erstellt hat. Nur die Karte, die die Mündung der Straße von Anian im ewigen Eis des hohen Nordens ortet, lässt er liegen. Das ist die Version, in der die Zahlen nicht verschlüsselt sind. Er breitet die Karte auf dem Tisch aus und beschwert sie mit Teetasse und Tintenfass. All die anderen Bögen ordnet er zu einem Stoß und entfernt sich damit vom Tisch.

Nachdem er den weiterhin am Boden schlafenden Wirt umrundet hat, baut er sich vor dem Kamin auf. Dort zieht er sich zunächst die Ärmel über die Finger, dann nimmt er die über dem Feuer angebrachte Abdeckung ab und stellt sie beiseite. Schließlich hält er die Papierbögen einen nach dem anderen in die Glut und lässt sie auch dann nicht los, als sie Feuer fangen. Dabei kommt ihm Isobel Cochet in den Sinn, die die Zahlen auf die gleiche Weise verbrannt haben muss. Als die Dokumente allesamt verkohlt sind, verrührt er die Asche mit dem Schürhaken und bringt die Abdeckung wieder an.

Danach wischt er sich die Finger an der Hose ab und rüttelt den Wirt wach.

»Wo ist Nez Bayard?«, fragt er.

Der Mann glotzt ihn verständnislos an. Dee muss die Frage zweimal wiederholen, bis der Wirt begreift.

»Norden«, sagt er und deutet in die Richtung. »Tausend Schritt. Vielleicht mehr.«

Dee wendet sich ab und kehrt zu seinem Platz am Tisch und dem längst abgekühlten Cidre zurück. Sobald er sich gesetzt hat, studiert er das verbliebene Dokument – das Original, das er aus der Abteikirche gestohlen hat. Tiefschwarze Gedanken winden sich durch seinen Körper und seine Seele, wickeln sich um seinen Verstand und ziehen sich zusammen. Eine ganze Weile verharrt er regungslos. Als er sich schließlich bewegt, nimmt er lediglich die Hände von dem Dokument, das er weiter auf dem Tisch liegen lässt, ebenso wie seine Feder, seine Tasche und die noch unverbrauchten Kerzen.

Er wartet.

Jetzt wird es nicht mehr lange dauern, denkt er. *Bald werden sie hier sein.*

Einen Augenblick später heben die Windhunde den Kopf, alle gleichzeitig.

Dee drückt seine Kerze mit den Fingern aus, greift in der Dunkelheit nach Mercators Erdglobus und huscht auf leisen Sohlen zur Tür. Er weiß, dass der Wirt eine Armbrust an den Dachsparren aufgehängt hat. Doch ist auch ein Pfeil eingelegt? Wahrscheinlich nicht. Also muss es der Bolzen tun.

Er greift nach oben, findet die Waffe und pflückt den Bolzen aus der ins Holz gemeißelten Furche. Er ist so dick wie sein Finger und so lang wie seine Hand, an einem Ende mit einer eisernen Spitze versehen, am anderen mit kurzen Federn. Nachdem Dee ihn sich in den linken Ärmel geschoben hat, presst er das Ohr gegen die Tür.

Durch die Ritzen dringt das dünne Pfeifen des Windes. Kann er auch die See hören? Er ist sich nicht sicher.

Eine ganze Weile bleibt er so stehen. In dieser Zeit hätten seine Augen sich wohl auf die Finsternis einstellen können, wenn sie nicht so absolut wäre. Schließlich tritt er einen Schritt zurück und lässt zu, dass die Tür mit der Brise seufzend aufschwingt. Graues Sternenlicht fällt durch den Spalt. Flink schlüpft er hinaus in die Dunkelheit des Hofs.

Über ihm prangen die Sterne. Er blickt nach Westen.

Gegenüber liegt der Stall, doch zu seiner Linken, südlich von ihm, schnaubt ein Pferd.

Dann hört er vom Stall her einen Mann etwas murmeln.

Sofort kauert Dee sich nieder. Von den Pflastersteinen des Wegs wird er sich nicht so deutlich sichtbar abheben wie von der weiß getünchten Hauswand. Lautlos huscht er nordwärts. Das Meer liegt eine halbe Meile hinter den verkrüppelten Bäumen, und jetzt kann er hören, wie es sich gegen die Felsen wirft. Aber das genügt nicht. Walsinghams Anweisungen waren sehr präzise: *Ihr müsst fragen, finden, auf der richtigen Stelle von Nez Bayard stehen und im ersten Licht des Kreuzerhöhungstages ein Signal aussenden.*

Wie er das ohne Laterne bewerkstelligen soll, ist eine andere Frage.

Zuallererst muss er jedoch die Falle, zu der dieses Haus geworden ist, verlassen.

Nachdem er einen Abfallhaufen aus Muschelschalen hinter sich gelassen hat, findet er sich auf einer Weide wieder, wo er vor einem mit blassen Gestalten gefüllten Schafpferch innehält. Kurz denkt er an Wölfe. Dann wendet er sich ab und beobachtet das Haus. Die Nacht umhüllt es mit ihrem Schwarz und Blau, und in seiner Vorstellung winden sich tintige Gestalten darin. Ist das wirklich so? Er muss zweimal hinsehen. Tatsächlich kommen nun zwei Männer um die Ecke an der Nordfassade des Hauses gebogen. Ein Moment früher, und er wäre ihnen in die Arme gelaufen.

Er kauert sich nieder und wartet. Der Geruch der Schafe steigt ihm in die Nase, doch sie geben keinen Laut von sich. Gibt es in diesem Teil von Frankreich überhaupt Wölfe?

Wie viel Zeit bleibt ihm?

Dee huscht um die Koppel herum, bis er den Hof überblicken kann, ohne selbst gesehen zu werden. Drüben versucht man zum dritten Mal, eine Laterne anzuzünden, in deren Licht dann fünf Gestalten sichtbar werden. Der gelbe Schein fällt auf einen Stahlpanzer und Waffen mit scharfer Klinge. Senffarben und pflaumenblau.

Jetzt sammeln sich die Männer um die Tür, treten sie ein und verschwinden im Haus. Die Hunde toben, aber das sind nur harmlose Windhunde. Mehrere Momente lang ist von drüben nichts außer verwirrtem Kläffen zu hören. Was die Männer sagen, kann Dee über das Bellen hinweg natürlich nicht verstehen. Mindestens zwei von ihnen schreien jemanden an, von dem Dee annimmt, dass es sich um seinen Wirt, den Fischer, handeln muss.

Er wartet noch etwas länger. Eine weitere Laterne wird angezündet, ohne dass jemand das Licht abdeckt. Die Hunde werden beruhigt, und Frieden kehrt ein. Ihnen muss klar sein, dass Dee nicht mehr da ist, aber wie lange ist er schon weg? Er hofft, dass irgendeiner von ihnen weiß, was sie tun.

Tatsächlich, Pferde. Vier oder fünf kommen jetzt über den Hof getrottet. Das bedeutet, dass einer von diesen neuen Männern ein Kommandant oder etwas Ähnliches ist. Man wird ihm gesagt haben, wonach er Ausschau zu halten hat.

Dee lächelt in der Dunkelheit vor sich hin.

Doch es muss noch einen anderen Grund geben, warum diese Männer hier sind.

Er verfolgt, wie die Gruppe um den Kommandanten absteigt und im Gasthof verschwindet. Einer der Männer bleibt bei den Pferden zurück. Nun entriegelt Dee das Tor des Schafspferchs und hebt es bis zu dem Abfallhaufen hinüber. Als es weit offen steht, stemmt er aus der Mauer einen Stein und schleudert ihn auf den Haufen. Mit einem lauten Prasseln rutschen die leeren Muscheln hinunter.

Derart aufgeschreckt brechen die Hunde wieder in wildes Kläffen aus, aus dem Hausflur kommen Männer gestürzt. Jetzt geraten die Schafe in Panik. Sie brechen aus der Koppel aus und ergießen sich über den Hof, womit sie ihn vollständig blockieren.

Dee macht sich aus dem Staub und läuft nordwärts in Richtung Meer mit dem Ziel Nez Bayard.

Wütend auf die Schafe und lauthals fluchend setzen ihm die Männer nach. Die Hunde haben ihn schnell erreicht, aber es sind ja nur Windhunde. Außerdem kennen sie ihn bereits.

Gesellige Tiere, denkt Dee.

Das Gelände hier ist steinig, aber nicht wie am Mont-Saint-Michel mit Sand bedeckt, sondern mit Gras. Dee ist das recht. Kurz bleibt er stehen, um sich zu vergewissern, dass sie ihm immer noch folgen.

Ja, das tun sie. Fünf Männer vielleicht, noch keine Pferde. Aber sie haben die Laterne dabei! Das ist fast zu schön, um wahr zu sein.

Während die Hunde zu den Männern zurückjagen, stolpert Dee weiter. Jemand baut hier Kohlköpfe und Rüben an, aber auch der Rauch von brennendem Holz steigt ihm in die Nase, und immer noch halten sich die Ausdünstungen der verspielten Hunde in der Luft. Hinzu kommt der Geruch des Meeres, rein und reinigend. Er spürt, wie sein Kopf frei wird von all dem Mief, der ihn umfangen hat, als er versuchte, das Horoskop und die Zahlen zu deuten.

Und jetzt hat Dee noch größeres Glück: Er entdeckt einen Bach.

Geduckt tritt er in das knietiefe, eisige Wasser und watet gegen die Strömung zurück. Dabei versucht er, jedes Geräusch zu vermeiden. Dank der Dunkelheit kommt er ungesehen an den Männern des Kardinals vorbei, die eifrig zum Nez Bayard streben.

Er sieht, wie ihr Anführer die Lampe in die Höhe hält.

Die Männer und die Hunde ziehen vorüber.

Dee wartet noch etwas, bis sie den Bach überquert haben, dann folgt er ihnen in sicherem Abstand. Wenn der Fischer recht hat, kann Nez Bayard nicht weit entfernt sein.

In der Dunkelheit links von ihm blitzt plötzlich ein Licht auf, gleich danach folgt das verlorene Donnern eines Schusses. Mit einem Schrei fällt der Mann mit der Lampe zu Boden, und die Laterne erlischt.

Himmel!

Rufe und Gebell dröhnen durch die Nacht. Dass Dee bewaffnet sein könnte, haben die Männer des Kardinals nicht erwartet, darum haben sie auch keine Pistolen eingesteckt. Und jetzt, da ihr Anführer verwundet ist – Dee kann seine Schreie hören –, wissen sie nicht, was sie tun sollen.

Schon folgt aus einer anderen Richtung ein weiterer Schuss. Zu früh nach dem ersten, als dass die erste Pistole hätte nachgeladen werden können. Zwei Pistolen.

Wer schießt da?

Dee verharrt stocksteif vor Entsetzen. Obendrein hat ihm der grelle Blitz die Sicht geraubt. Haben die Schützen wirklich auf einen Mann angelegt, den sie mit ihm verwechselt haben?

In wilder Flucht stieben die Leute des Kardinals auseinander und lassen ihren Anführer verwundet im Gras liegen. Jetzt donnert auch noch ein dritter Schuss.

Drei Schützen? Lieber Gott! Sein Tod muss ihnen wirklich eine Herzensangelegenheit sein!

Die dritte Kugel trifft einen Hund. Das Jaulen des Tieres erschüttert Dee mehr als die Schreie des Mannes. Der Hund windet sich am Boden und stößt ein herzzerreißendes Wimmern aus.

Schwer atmend wartet Dee im Schatten eines vom Wind verbogenen Baums. Der Verwundete schreit jetzt nach seiner Mutter und seinem Gott. Zugleich kann Dee sehen, wie sich der Hund in die Richtung der fliehenden Männer schleppt. Nur von den Schützen ist kein Laut mehr zu vernehmen. Doch Dee muss in Erfahrung bringen, wer sie sind und welche Sprache sie sprechen.

In geduckter Haltung watet er vorsichtig durch den Bach in Richtung der Männer. Der Verwundete schreit immer noch, auch wenn seine Stimme im zunehmenden Tageslicht schwächer und schwächer wird. Nun erkennt Dee, dass sie sich auf einer Landspitze befinden und auf drei Seiten vom Meer umgeben sind. Das muss Nez Bayard sein.

Nach und nach verliert sich der Bach im Grasland vor dem Strand. Dort unten wird gerade ein kleines Boot ins Wasser gezogen, überwacht von einem Jungen. Dee legt sich flach auf den Boden.

Die Männer mit den Pistolen nähern sich. Sie sprechen miteinander.

Holländer. Dee gefriert das Blut in den Adern.

Einer leuchtet mit der Laterne auf den verwundeten Franzosen.

»Ist er das?«, will ein anderer wissen.

»Er hat das Signal gegeben, nicht wahr?«

»Seid Ihr Dr. Dee?«, fragt der Dritte auf Französisch.

Der Franzose stöhnt etwas Unverständliches, aus dem nicht hervorgeht, ob er bejaht oder verneint.

»Das muss er sein«, bestimmt einer der Holländer.

Ein vierter Schuss dröhnt.

Jetzt ist der Verwundete tot.

»Hatte nur nicht damit gerechnet, dass er einen Hund hat.«

Ein fünfter Schuss.

»Jetzt nicht mehr.«

Verlegenes Lachen. Niemand erschießt gern Hunde.

»Durchsucht ihn«, befiehlt der Anführer. »Der Kapitän sagt, dass er Dokumente dabeihaben muss.«

Ein Rascheln ist zu hören. Während die Männer den Toten auf den Rücken wälzen, stöhnen sie vor Anstrengung.

»Nichts.«

»Na schön, dann nehmt ihn mit. Los, macht schon. Der Wind frischt auf.«

Sie machen sich daran, den Toten zum Boot zu schleppen. Dee presst sich gegen den Boden. Sie kommen so nahe an ihm vorbei, dass er den üblichen fauligen Atem der Seeleute und den Gestank ihrer ungewaschenen Körper riechen kann.

Diese Kerle müssen ziemlich lange auf See gewesen sein. Waren sie womöglich bei dem Versuch dabei, die Blockade der hugenottischen Stadt La Rochelle zu durchbrechen?

Der Tote hat inzwischen seinen Hut verloren, und

sein Kopf hängt so tief herunter, dass er über die Steine schleift. Als sie endlich beim Boot ankommen, werfen ihn die Seemänner achtlos hinein.

»Was schaust du so?«, fährt einer den Jungen an, der immer noch neben dem Boot steht.

Durch Strandnelken und Meerkohl hindurch verfolgt Dee, wie die Männer ihre Waffen auf dem Toten ablegen, um dann das Boot über den Strand zu schieben und ins Wasser zu stoßen. Während sie hineinklettern, hält der Junge es am Bug fest. Zuletzt ergreifen sie die Ruder, und der Junge gibt dem Boot einen kräftigen Schubs, ehe er selbst hineinspringt, geschmeidig wie eine Katze. Locker und mühelos rudern sie los und halten aufs offene Meer zu, wo Dee ein Licht ausmacht, das an den kahlen Masten eines Schiffs aufgehängt ist.

Still und regungslos bleibt Dee liegen und wartet. Der Gesang von Vögeln, die er nicht kennt, begrüßt jetzt den Sonnenaufgang. Immer noch hält er Mercators Erdglobus umfasst. Als er nach einer Weile wieder hinschaut, ist das Boot schon weit draußen.

Ohne den Blick von dem Schiff abzuwenden, kriecht Dee zurück. Erst als er sicher sein kann, dass er vom Meer aus nicht gesichtet werden kann, richtet er sich auf und rennt los, angetrieben von der Wut eines Mannes, der von Falschspielern betrogen worden ist.

10

Im Palast von Greenwich, 17. September 1572

Von London zum Palast von Greenwich sind es nur ein paar Meilen stromabwärts. Dort hat die Königin die wenigen glücklichen Monate ihrer Kindheit verbracht, als sie in der hohlen Eiche hinter dem Schloss spielen durfte und so den bedrückenden Schatten entkommen konnte, den die Angelegenheiten ihres Vaters in jenen schrecklichen Jahren auf ihr Leben warfen. Auch heute noch ist dieser Palast der Ort, wo sie sich am wohlsten fühlt, wohin sie sich zurückzieht, wenn sie beunruhigt oder verwirrt ist oder – wie heute – Angst hat.

Ein neuer Stern ist am Himmel entdeckt worden. Er gehört zum Sternbild der Kassiopeia und steht oberhalb des Caph und des Schedir. Da er so hell leuchtet wie die Venus, kann man ihn auch tagsüber und sogar hinter einer dünnen Wolke sehen.

Natürlich ist er ein Omen – bloß wofür?

Das weiß niemand.

»Wenn nur Dr. Dee da wäre und es uns sagen könnte!«

Doch niemand spricht von Dr. Dee. Nicht heute, da die Kunde eingetroffen ist, dass Admiral Quesadas Flotte die Westansteuerung vor der irischen Küste erreicht hat.

»Wir haben Berichte über die Stärke der Milizen in Kent und Sussex«, meldet Burghley der Königin. »Sehr gering.«

Und:

»Hawkins hat uns eine Botschaft gesandt, dass er, wenn wir auch nur eines von seinen neuen Schiffen vor Ablauf des Jahres sehen wollen, noch sehr vieles benötigt: mehr Eisen, mehr Eichenholz, mehr fähige Zimmerer. Außerdem hat er keine ausreichenden Vorräte an Pech, Segeltuch und Kiefernholz, das man nur in Schweden findet.«

Und:

»Der *Lord Warden* unserer Hafenstädte im Südosten meldet uns, dass die Festungen Ihrer Majestät in Sandown und Walmer in einem erbärmlichen Zustand sind. Er bezweifelt, dass sie in der Lage wären, Kanonenfeuer auch nur einen Tag lang standzuhalten.«

Und:

»Immer noch fehlt von dem Hochverräter James Hamilton jede Spur.«

Aber:

»Die schottische Großcousine Eurer Majestät steckt in Sheffield weiter sicher hinter Schloss und Riegel.«

Die Mitglieder des Kronrats – die Lords Burghley, Leicester und Derby sowie Sir Thomas Smith und Master Walsingham, der keinen Titel hat – blicken einander verstohlen an. Angesichts der nahenden Bedrohung ist es jetzt doch sicher an der Zeit, Mary aus Schottland hinzurichten, oder? Immerhin würde ihr Dahinscheiden Quesadas Invasion ihres Sinns und Zwecks berauben.

Aber die Königin in ihrem Kleid aus Maulbeerseide, dessen perlenbesetzter Kragen so steif ist, dass jede Henkersaxt davon abprallen würde, verrät keine Regung. Sie sitzt so blass und abweisend da, dass keiner der hohen Berater es wagt, das Naheliegende vorzuschlagen.

Nur Derby blökt mit zittriger Stimme dazwischen. »Ihre Majestät kann doch nicht guten Gewissens die Hinrichtung einer Königin anordnen, die wie sie von Gott gesalbt ist.«

Das haben sie alle schon öfter gehört. Aber selbst wenn Mary von Schottland einen größeren Anspruch auf Englands Thron haben mag als dessen gegenwärtige Inhaberin, ist sie nun einmal Katholikin, zudem eine Hure und überdies Französin – und wenn nicht Französin, dann Schottin, was mindestens genauso schlimm ist. Wie immer man es betrachtet, sie ist Englands und Elizabeths große Feindin, deren Beseitigung Walsingham und vor ihm Lord Burghley schon seit Langem aushecken.

Doch weil sie keinen Präzedenzfall schaffen will, ist Königin Elizabeth nicht bereit, eine andere von Gott gesalbte Monarchin hinrichten zu lassen.

Noch nicht.

Einen Augenblick später kann Walsingham der Versuchung nicht länger widerstehen und stellt sich ans Fenster. Obwohl die Scheiben für den Tag entfernt worden sind, ist kaum ein Lüftchen zu spüren. Zwischen ihm und dem breiten, sich wie eine Schlange windenden Fluss liegt nur der Garten. Es herrscht Flut. Hinter den Wassermassen liegt die Isle of Dogs – ein verlassener Flecken Erde, wo sich Fuchs und Hase Gute Nacht sagen. Walsingham schaut stromabwärts, doch eine Weide verstellt ihm die Sicht.

»Haltet Ihr nach etwas Bestimmtem Ausschau, Master Walsingham?«, erkundigt sich die Königin.

»Nein, Eure Majestät«, lügt er und wendet sich wieder zu den anderen um.

»Wenn wir nur Geld hätten«, jammert Derby dazwischen.

»Und ob Ihr das tut, Walsingham!«, stellt Sir Thomas Smith klar. »Als wir zuletzt hier versammelt waren, hatten wir wegen einer Eurer hirnverbrannten Unternehmungen gerade die Koordinaten der Nordwestpassage verloren und bekamen dafür diese Flotte aus spanischen Galeonen vorgesetzt, die auf dem Weg hierher war, um Ihre Majestät vom Thron zu stürzen.«

Walsingham nickt, denn die Vorwürfe treffen tatsächlich zu.

»Ihr habt versprochen, diese Seite aus Admiral da Silvas Logbuch zurückzuholen, Master Walsingham«, fährt Thomas Smith fort. »Und entschlüsseln wolltet Ihr sie auch, damit wir vielleicht einen Weg finden, uns der spanischen Übermacht zu widersetzen. Damit wir vielleicht einen Weg finden, nicht nur Ihre Majestät, Euch, mich und alle anderen hier Anwesenden zu schützen, sondern auch diese unsere Nation und den Glauben, der Euch angeblich so teuer ist.«

Die Königin wartet. Setzt Walsingham jetzt zu seiner Verteidigung an? Oder lässt er die Dinge einfach ihren Lauf nehmen?

»Eure Majestät«, beginnt er. »Hohe Lords, ich …«

Just in diesem Moment ist draußen ein dumpfer Knall zu hören – ein Schuss.

Alle fahren zusammen. Ihre Köpfe zucken zum offenen Fenster hinüber. Im nächsten Moment fliegen die Türen auf, und plötzlich wimmelt es im Saal von aufgeregten Hünen, allesamt bewaffnet – die Hellebardiere Ihrer Majestät, darunter auch Master Beale, der sein Schwert gezückt hat. Leicester springt auf und baut sich, gemeinsam mit den Hellebardieren, schützend vor der Königin auf. Walsingham erinnert sich, dass Leicesters Wams mit Stahl verstärkt ist, deshalb fühlt er sich wohl recht sicher.

Alle halten die Luft an. Einen schier endlosen Moment lang geschieht gar nichts.

»Ist es *er*? Ist es Hamilton?«

Beale hat das Fenster erreicht und späht hinaus. »Ein Schiff«, meldet er.

»Bleibt zurück, Eure Majestät!«, bellt der Hauptmann der Palastwache.

»Aber nein«, widerspricht Beale. »Schaut nur.«

Er deutet nach draußen, und Walsingham dreht sich erneut zum Fenster um.

Auf dem Fluss ist ein Schiff zu sehen, über dem Bug eine Rauchwolke. Das Segel wir kurz zum Salut heruntergelassen und sofort wieder hochgezogen.

»Was für ein Schiff ist denn das?«, fragt Smith und blinzelt heftig, denn seine Sehkraft lässt allmählich nach.

»Eine Fleute«, erklärt Beale. »Seebettler. Aber … bei Gott! Seht nur! Es ist wirklich übel zugerichtet.«

Walsingham nickt. »Hat schon mal bessere Tage gesehen.«

Das Schiff liegt tief im Wasser, der Mast ist notdürftig zusammengeflickt und das Hauptsegel zerfetzt und verrußt.

»Was hat dieser elende Kahn hier zu suchen?«, fragt Smith.

Seit Kurzem sind holländische Schiffe wie dieses in englischen Gewässern verboten.

Walsingham wendet sich an Beale. »Lasst uns doch hören, was der Kapitän zu sagen hat, bevor wir es beschlagnahmen.«

Nun tritt die Königin hinter ihrem menschlichen Schild hervor und bedankt sich zunächst bei allen, die bereit waren, ihr Leben für sie zu opfern. Dann hebt sie die Stimme und fordert, dass der Kapitän des Schiffs unverzüglich vorgeführt wird. Ihr Gesicht ist gerötet.

Kein Wunder, wenn man gerade einen Anschlag überlebt hat, überlegt Walsingham.

Danach ist an Ruhe nicht mehr zu denken. Burghley schickt nach mehr Wein, und es wird der Verdacht geäußert, der Earl of Derby habe die Kontrolle über seine Blase verloren. Daraufhin verlangt die Königin nach frischer Luft, und alle folgen ihr in den Schatten einer Zeder im Palastgarten, wo ihnen ein wenig Eis gereicht wird, zusammen mit den ersten in Kent geernteten Äpfeln dieses Jahres. Nun will die Königin den Kapitän des holländischen Schiffs sehen.

»Ist das wirklich nötig, Walsingham?«, fragt Smith. »Ernsthaft? Ein Seebettler in der Gesellschaft unserer Königin?«

Doch die Königin ist neugierig. Widerstrebend beauftragt Smith also seinen Sekretär, den liebenswürdigen Nicholas Gethyn, den Mann zu holen.

Gethyn! Inmitten all des Kommens und Gehens fällt Walsingham seine letzte Begegnung mit Gethyn wieder ein. Der Sekretär hatte ihm etwas mitzuteilen, war aber zu schüchtern, um sich Gehör zu verschaffen. Daraufhin hat sich Walsingham vorgenommen, Beale zu bitten, der Sache nachzugehen. Jetzt macht er sich eine kurze Notiz.

Einen Moment lang fragt er sich, worum es gehen mag. Hat seine Frau ihr elftes Kind geboren? Oder geht es um Irland?

Walsingham ist zu Ohren gekommen, dass Smith' Versuch, den Norden der Nachbarinsel mit Engländern zu kolonisieren, nicht nach Plan verläuft. Die Unternehmung hat bereits viele Leben und Unmengen an Geld gekostet. Wie lange wird das noch so weitergehen? Jahre – mindestens.

Als Gethyn, in ein Taschentuch hustend, zurückkehrt, hat er den holländischen Kapitän *Meneer* Willem van Treslong im Schlepptau. Im Gegensatz zu seinem Schiff sieht van Treslong blendend aus, ganz so, als hätte er zwischendurch Zeit gehabt, einen Schneider zu besuchen oder seinen Auftritt vorzubereiten. Bekleidet ist er mit einem hellen, fast silbernen Wams und einer auffälligen rosafarbenen Hose.

»So weit, wie die Hose ist, könnte er die Segel damit ausbessern«, scherzt Beale.

Der Kragen und die Manschetten, jeweils gestärkt, leuchten in einem strahlenden Weiß, doch als Walsingham die rot umrandeten Augen sieht, möchte er sich unwillkürlich die seinen reiben.

Mit einer tiefen Verbeugung erweist van Treslong der Königin seine Reverenz.

Sie begrüßt ihn durchaus freundlich, aber mit einer gewissen Reserviertheit. Immerhin ist sie diejenige, die ihm und seinesgleichen unlängst die Einfahrt in englische Häfen untersagt hat. Was sie betraf, wollte sie mit dieser Maßnahme in erster Linie König Philipp von Spanien besänftigen, dem die Holländer das Leben zur Hölle machen. Zugleich ging es ihr auch darum, den Niederländern zu zeigen, dass sie nicht gewillt ist, sich alles bieten zu lassen. Zuvor waren diese über die Nordsee – und damit teilweise auch durch englische Hoheitsgewässer – gesegelt, um die von den Spaniern besetzten Häfen Den Brill und Vlissingen zurückzuerobern. Seitdem benutzen sie die Städte als Ausgangspunkte für ihre eigenen Feldzüge gegen Spanien, mit denen sie ihre einstigen Herrscher drangsalieren.

»Darf ich es wagen zu behaupten, dass König Philipp sich wünscht, Ihr wärt immer noch unsere Gäste?«, fragt die Königin lachend und entzieht ihre Hand van Treslongs Griff.

»Was soll das bedeuten, Master van Treslong?«, knurrt nun Smith, den es verdrießlich stimmt, dass der andere all das ist, was er selbst gerne wäre: klein, elegant und Holländer. Smith ist dick, schlaff und Engländer. Und dann hat van Treslongs Ankunft es Walsingham auch noch ermöglicht, sich aus der Affäre zu ziehen. Dabei hatte ihn die Königin doch schon am Haken!

»Ach, Eure Majestät, Gentlemen, werte Herren, ich überbringe wichtige Nachricht«, verkündet van Treslong in einem wundersam verdrehten Englisch, bei dem er die Wörter herausquetscht, als hätte er den Mund voller nasser Kieselsteine. »Ich komme gerade aus La Rochelle. Und als wir sind gesegelt durch die Westansteuerung, wir haben gesichtet die spanische Flotte. Quesadas Flotte. Sie ist letzten Monat in Bilbao in See gestochen.«

»Ihr habt sie gesehen?«, fragt Burghley.

»Gewiss. Fünfzehn Schiffe, Sir, Galeonen und Karacken, alle schwer bewaffnet – wie Ihr sehen könnt.«

Er deutet auf sein zerschossenes Schiff.

»Vor drei Tagen haben sie uns vor Ouessant überfallen. Erst Flaute, dann kam Wind auf, aber aus falscher Richtung. Lange Geschichte. Egal. Wir sind davongekommen um Haaresbreite. Zwei Tote. Darunter Piet, unser Lotse. Mein Gott, haben wir gedacht, als Nächstes sind wir dran. Aber dann sind sie kurz vor Guernsey auf einmal abgedreht nach Südosten. So konnten wir uns retten mit Kurs auf Nordosten. Schätze, dass unsere Gebete erhört worden sind. Bestimmt wollen sie nach Saint-Malo. Haben vielleicht nicht genug Futter für die Pferde an Bord. Jedenfalls haben wir vor Alderney geankert. Mussten die Schäden reparieren: den kaputten Mast weghauen, neues Rundholz einsetzen, das Steuerruder ausbessern. Aber die hier sind immer schön offen geblieben, versteht Ihr?«

Er deutet auf seine Augen.

»Zwei Tage vergehen, kein Zeichen von einer Flotte, egal ob Tag oder Nacht. Wir fangen schon an zu glauben, dass sie uns bei Dunkelheit entschlüpft sind, aber dann, am dritten Tag, sehen wir es. Und es segelt …« Lächelnd hält er einen Finger hoch. »Richtung Westen …«

Die anderen – Smith, Leicester, Burghley – glotzen ihn verständnislos an, doch Walsingham wäre fast in Lachen ausgebrochen. Ihm fällt ein Stein vom Herzen, denn ganz plötzlich ist ihm ein Licht aufgegangen.

»Westen«, wiederholt der Mann bedeutungsvoll. Damit meint er, dass Quesada Kurs auf den Atlantik genommen hat.

Die Berater der Königin verstehen immer noch nicht.

»Dann sind wir gerettet?«, fragt Burghley schließlich mit einem zögernden Lächeln.

»Fürs Erste«, bestätigt Leicester vorsichtig, der nun ebenfalls begriffen hat.

Walsingham entgeht nicht, dass Derby Anstalten macht, sich zu bekreuzigen, bevor ihm in letzter Sekunde einfällt, dass er in Gesellschaft seiner protestantischen Königin ist.

»Aber warum?«, will Smith wissen. »Warum ist er westwärts gesegelt?«

»Warum?«, wiederholt van Treslong. »Nun, wie soll ich das wissen?«

»Irland?«, sinniert Burghley.

Es besteht immer die Gefahr, dass die Spanier Truppen in Waterford oder Wexford absetzen, um sich einen Brückenkopf für einen Angriff auf England zu schaffen.

Van Treslong schüttelt den Kopf. »Westen«, sagt er und lässt zur Bekräftigung die Handkante niedersausen. »Aufs Meer hinaus, um die günstigen Winde zu erwischen.«

»Nach Neu-Spanien?«

»Gewiss. Vielleicht. Warum nicht?«

Doch wenn er nicht gerade mit Ländereien in Irland spekuliert, ist Smith kein Dummkopf.

»Er ist gar nicht nach Neu-Spanien unterwegs! Er will zur Nordwestpassage, dorthin segelt er! Sie haben da Silvas Logbuch entschlüsselt! Sie wissen, wo sie ist! Bei Gott, Walsingham, Ihr habt uns in Teufels Küche gebracht, und darin werden wir noch lange schmoren!«

Walsingham öffnet den Mund und schließt ihn wieder. Er weiß: Irgendwann wird er ihnen gestehen müssen, dass die Da-Silva-Dokumente eine gut gelungene Fälschung waren, eigenhändig von ihm selbst angefertigt, wenn auch mithilfe eines alten Exilanten, Gerolamo Cardano, den er in Paris angeworben hat und der mit einiger Berechtigung von sich behaupten konnte, dass er sich mit Seekarten auskennt.

Aber noch will er sie nicht aufklären. Erst wenn sein Plan aufgegangen ist. Vielleicht sogar erst, wenn Quesadas Flotte vor der Küste Neufundlands auf Grund gelaufen oder noch weiter nördlich im Eis stecken geblieben ist.

Van Treslong kneift ungläubig die Augen zusammen. »Die Nordwestpassage? Ihr habt sie entdeckt?«

Smith ist nicht bereit, sein Wissen mit einem einfachen holländischen Seebettler zu teilen.

»Wir waren nahe daran!«, blafft er. »Aber dann hat

Master Walsingham sie bei einem seiner tolldreisten Spionagespielchen verloren.«

Dankbarkeit währt nicht lange, denkt Walsingham.

»Schade«, kommentiert van Treslong.

»Wenn Eure Bemerkung über den Zustand unserer Verteidigung zutrifft«, sagt die Königin, »ist es ein Segen, dass Quesada den Kurs geändert hat, selbst wenn das dazu führt, dass *er* die Nordwestpassage entdeckt. So gewinnen wir Zeit, um Reparaturen durchzuführen, Männer zu rekrutieren und in Schweden Masten zu besorgen. Lenkt Eure Energie in diese Richtung, Sir Thomas, statt mit fruchtlosen Beschuldigungen Zeit zu vergeuden.«

Smith kocht vor Wut, kann aber nichts dazu sagen.

»Aber, *Meneer* van Treslong«, fährt die Königin fort, »was ist mit der anderen Aufgabe, die wir euch anvertraut haben? Welche Kunde habt Ihr von unserem getreuen und geliebten Dr. Dee?«

Später wird Walsingham in seiner Erinnerung erkennen, dass Willem van Treslong in diesem Moment in Panik geriet. Doch jetzt, da der Holländer zu einer Erwiderung ansetzt, ohne ein Wort hervorzubringen, hat er lediglich den Eindruck, dass der Mann voller Bedauern ist. Auf Walsingham wirkt er hilflos, so als wolle er überall sein, bloß nicht hier, um nicht derjenige sein zu müssen, der die schlechte Nachricht überbringt. Nur seine Augen bewegen sich und suchen die Umgebung nach einem sicheren Ankerplatz ab.

Allmählich dämmert Walsingham, was es ist, das zu sagen van Treslong nicht über sich bringt. »Er ist … tot?«

Van Treslong bejaht mit einem sehr langsamen Nicken.

Walsingham kann es nicht fassen. Dee – *tot*? Noch eine Seele, die sein Gewissen belastet.

Doch dann sagt er sich mit einem Mal: Wenn Dee tot ist, wie konnte dann Quesada die Karte dechiffrieren, was er ja, ihrer Vermutung nach, getan haben muss? Und was macht van Treslong überhaupt hier? Kann es ihm wirklich ein so dringendes Anliegen gewesen sein, die gute Nachricht vom Abdrehen der spanischen Flotte zu überbringen?

Ach nein: sein Schiff! Er möchte, dass die Königin ihm die Nutzung des Trockendocks anbietet.

Mittlerweile blicken alle die Königin an, die die Augen fest zudrückt und den Kopf zurücklegt, damit niemand die Tränen über ihre gepuderten Wangen rinnen sieht. Völlig unerwarteterweise ist sie von tiefem Kummer erfüllt.

»Oh, John«, stöhnt sie gepresst. »Was, um alles in der Welt, mache ich jetzt ohne meine Augen?«

Ihre Augen. Wie Walsingham wieder einfällt, ist das ihr Spitzname für Dr. Dee. Sie hat ihn erfunden, als Dee in der Zeit ihrer gemeinsamen Inhaftierung im Tower ein albernes Symbol an die Wand seiner Zelle kritzelte. Walsingham hat den Bericht, der darüber verfasst wurde, irgendwo herumliegen. War es nicht eine Art Monade? Jedenfalls war dieses für die einen mathematische, für die anderen metaphysische Symbol einer der Gründe, die Leicester dazu trieben einzugreifen – ohne Elizabeths Wissen natürlich – und die zwei voneinander zu trennen. Die junge Frau sollte nicht noch mehr unter Dees Einfluss geraten und am Ende noch seinen obskuren Theorien verfallen.

»Schön, den wären wir los«, erklärt Smith. »Ich habe ihn sowieso nie gemocht. Überschlau.«

Für einen Moment herrscht angesichts dieser überaus gefühllosen Bemerkung verblüfftes Schweigen, doch Smith strahlt vor Freude. Fast scheint er sogar Lust zu haben, einen Jig zu tanzen. Tatsächlich denken die anderen, wie Walsingham auffällt, offenbar mehr oder weniger ähnlich.

»Dieser Dreckskerl hat mich mal geschlagen«, berichtet Leicester. »Das habe ich nie vergessen. Andererseits …« Er wirkt unschlüssig.

»Aber meine Herren, trotz allem hat er seiner Königin und seinem Land doch auch einen ungemein wertvollen Dienst erwiesen«, beschwichtigt Walsingham. »Und außerdem …«

Er deutet auf die Königin, die immer noch mit geschlossenen Augen dasitzt.

Widerstrebend murmeln die anderen zustimmende Worte. Gethyn hüstelt dezent und betrachtet sein Taschentuch, als suche er darin Spuren von irgendetwas. Smith wirft ihm einen eigenartig hämischen Blick zu, worauf Walsingham in seiner Erinnerung nach Ereignissen kramt, die erklären könnten, warum Smith Dee so sehr hasst.

Es muss mit dieser elenden Kolonie in Irland zu tun haben, schießt es ihm durch den Kopf. *Und mit Dees Anregung, die Königin solle lieber ihr weniges Geld in der Neuen Welt anlegen, statt es in Smith' Unternehmungen in Ulster zu stecken. Das hat ihm Smith damals sehr übel genommen.*

»Wenn Eure Majestät es erlauben«, beginnt Walsingham, »würde ich *Meneer* van Treslong gern unseren Küchentrakt zeigen. Vielleicht können wir ihm ein Brötchen anbieten.«

Die Königin öffnet die Augen. »Ja«, stimmt sie zu.

Doch van Treslong zögert. Mit einem verlegenen Lächeln deutet er auf sein Schiff, das auf dem Fluss vor Anker liegt. »Ich hatte gehofft ... Mein Schiff ... Wir haben ein paar Reparaturen gemacht, aber ...«

Seine Stimme erstirbt. Zwar ist das keine unverschämte Bitte, doch in Geldangelegenheiten ist die Königin seit jeher übervorsichtig. Diesmal zieht sie allerdings in ihr Kalkül mit ein, dass sie in seiner Schuld steht.

»*Meneer* van Treslong hat um Unseretwillen große Mühen auf sich genommen, und zur Belohnung für seine Anstrengungen, insbesondere was Unseren geliebten John Dee betrifft, ist es Uns eine besondere Freude, ihm jede Hilfe zu gewähren, die er benötigt, um sein prächtiges Schiff neu auszustatten.«

Van Treslong streicht die Spitzen seines Schnauzers gerade und verneigt sich dankbar.

Nachdem sie sich, rückwärtsgehend, entfernt haben, führt ihn Walsingham durch den Garten, zu dem der Holländer seine eigenen Gedanken hat.

»Was für absurde Muster diese Hecken und Beete bilden.«

»Keltische Knoten«, lässt ihn Walsingham wissen.

»Pah!«

Sobald sie außer Hörweite sind, rückt Walsingham mit seinem eigentlichen Anliegen heraus.

»Was ist mit Dr. Dee geschehen?«, erkundigt er sich.

Van Treslongs Lächeln erstarrt zur Grimasse. Langsam schüttelt er den Kopf.

»Ich habe getan, was die Königin mir befohlen hatte. Aber als wir ankamen, wimmelte es von Soldaten – alles Männer des Kardinals, wie wir dachten …« Er verstummt.

Erst jetzt fällt Walsingham auf, dass er ein sehr kräftiges Parfüm aufgetragen hat: Amber. Dennoch verbreitet sich jetzt in dem Maße, in dem die wärmenden Strahlen der spät hervorgetretenen Sonne auf ihn herabfallen, sein darunterliegender Körpergeruch – die Wahrheit, die sich hinter den Lügen verborgen hat.

»Ist das so?«, fragt Walsingham. »Ihr habt seine Leiche gesehen?«

Van Treslong antwortet mit einem angespannten Nicken. »Ich habe sie befehlsgemäß mitgenommen und dann … über Bord. Auf See.«

Walsingham hat Dr. Dee nie gemocht, aber ein solches Ende hat er ihm nicht gewünscht.

»Dann wird er jetzt wohl bei seinen kostbaren Engeln sein«, murmelt er.

»Gewiss«, erwidert van Treslong. »Und hat er nicht seinen Zweck erfüllt?«

Walsingham stimmt ihm zu, nur um sich danach zu fragen, wann er dem Holländer je gesagt haben soll, worin dieser Zweck bestand.

»Glaubt Ihr, dass Quesada wirklich zur Nordwestpassage segelt?«, erkundigt er sich nach einer kurzen Pause.

»Zu dieser Jahreszeit?« Van Treslong wiegt nachdenklich den Kopf hin und her. »Eher nicht. Aber er könnte den Ozean schon jetzt überqueren, um bereit zu sein, weiter nach Norden vorzustoßen, im Frühling, wenn das Eis schmilzt.«

In seinen kühnsten Träumen hat Walsingham manchmal zu hoffen gewagt, Quesada wäre so verwegen, da Silvas Angaben zu folgen, nur um vom Eis eingeschlossen zu werden und zu erfrieren. Doch niemand ist so töricht, im September in die nördlichen Breiten aufzubrechen.

»Aber hoffen können wir es immerhin, Francis, nicht wahr?«, fragt van Treslong lachend.

»Habt Ihr sonst noch jemandem von Quesada erzählt?«, will Walsingham wissen.

»Nur Euch und …« Van Treslong deutet auf die Königin und die Mitglieder ihres Kronrats, die im Schatten der Zeder beieinanderstehen.

Ist ihr das mit Dee wirklich so nahegegangen? Erneut plagen Walsingham Gewissensbisse. Burghley, heute in seiner roten Tracht, sieht jämmerlich aus, während Smith immer noch diese höhnische Miene zur Schau stellt. Gethyn ist der Einzige, der sich um das persönliche Wohl der Königin kümmert und ihr Trost zuspricht.

»Schön«, sagt Walsingham. »Könnt Ihr das für Euch behalten, Willem?«

Van Treslong wirft ihm einen prüfenden Blick zu. »Den Informationsfluss kontrollieren?«

»Etwas in dieser Art.«

Eine Stunde später ist Walsingham in der Seething Lane, und Beale blickt seinen Dienstherrn fragend an.

»Ihr wirkt nicht sehr zufrieden.«

»Doch, doch«, versichert ihm Walsingham.

»Aber?«

»Aber es ist nichts als eine Gnadenfrist. Sie werden zurückkehren, um sie zu befreien. Nächstes Jahr oder im Jahr darauf. Solange sie lebt, werden sie wiederkommen. Und jedes Mal werden sie stärker sein als zuvor.«

Er meint natürlich Mary von Schottland und die Spanier – oder die Franzosen. Mit Gewalt stopft er seine Wäsche in eine Satteltasche.

»Packt bitte Eure Sachen, Master Beale«, brummt er.

»Wohin reiten wir, Master Walsingham?«

»Nach Norden. Sheffield. Mal sehen, ob wir dem Biest nicht ein für alle Mal die Krallen ziehen können.«

Der Weg in den Norden ist weit, aber auf den guten Pferden legen sie ihn zügig zurück. Sie beabsichtigen, Sheffield binnen weniger Tage zu erreichen, ohne die Tiere mit allzu viel Gepäck zu belasten und ohne übermäßig Aufmerksamkeit auf sich zu ziehen. Da es möglich wäre, dass sie von einem Kurier überholt werden, wenn er die Nächte durchreitet oder eine Abkürzung findet, legen sie jeden Tag möglichst weite Strecken zurück. Auf diese Weise tun sie das Ihre, damit die Nachricht von Quesadas Kurswechsel nicht vor ihnen eintrifft … nicht in Sheffield, aber vor allem nicht bei der königlichen Gefangenen in der dortigen Burg.

Das Thema »Dr. Dee« hat Beale gleich am ersten Tag der Reise angesprochen.

»Es ist ihm also nicht gelungen, das Da-Silva-Dokument zu bergen?«, hat er sich erkundigt.

Walsingham zuckte mit den Schultern.

»Vielleicht werden wir es nie erfahren«, hat er gemurmelt, was Beale merkwürdig vorkam, aber Walsingham hing gerade anderen Gedanken nach. »Talbot ist im Bilde und wird uns erwarten. Und die anderen auch.«

»Die anderen?«

»Die Beobachter in der Burg.«

Seitdem reiten sie schweigend, jeder ist mit seinen eigenen Gedanken beschäftigt. Und noch bevor sie Oakham erreichen, reimt sich Beale den eigentlichen Hintergrund zusammen – oder errät zumindest, was alles passiert sein könnte.

»Königin Mary soll also gewusst haben, dass Quesada auf dem Weg zu ihr war, um sie zu retten?«, fragt Beale.

Walsingham, der sich auf einem Pferderücken noch nie besonders wohlgefühlt hat, wirft ihm einen vielsagenden Blick zu.

Natürlich, denkt Beale. *Er hat es ihr selbst gesagt.*

»Ich musste irgendwie erklären, warum die Zahl ihrer Wächter verdoppelt wurde«, gibt Walsingham zu.

Beale lacht.

»Wie wird sie denn erfahren, dass Quesada den Kurs gewechselt hat?«, erkundigt er sich nach einer Weile.

Erneut erntet er einen eigenartigen Blick.

»Ah!«, ruft er. »Das wird man noch sehen?«

Schweigend reiten sie ein Stück weiter. Walsingham hat die Augenbrauen bereits hochgezogen, denn er rechnet mit Beales Schlussfolgerung, die tatsächlich nicht lange auf sich warten lässt.

»Und wenn es so weit ist und sie es erfährt, wird sie völlig niedergeschlagen sein und Hamilton verzweifelte

Botschaften schicken, bei denen sie alle Vorsichtsmaßnahmen vergisst.«

Et voilà!

»Wirklich raffiniert«, muss Beale einräumen.

Walsingham lächelt beinahe. Das sieht er ganz genauso.

Etwas gibt es allerdings, ein oder vielleicht zwei Dinge, die ihn immer noch beunruhigen.

Zum einen ist da Willem van Treslong.

Und zum anderen ist da Willem van Treslong.

Teil 2

11

Sheffield, 22. September 1572

Die Stadt ist aus grauem Sandstein gebaut und sehr hübsch. Auf dem Marktplatz kann man feste Stoffe und billige Pasteten kaufen. Die Hunde sind mager, die Zungen spitz, und in der Luft hängt der Geruch von brennender Kohle. Im Herzen der Stadt steht die Burg, die vor über dreihundert Jahren aus demselben grauen Sandstein errichtet wurde, aber eines Tages von einer einzigen Kanone in Grund und Boden geschossen werden könnte. In ihrem Süden befinden sich der Burggraben und Kanäle, und unter der nördlichen Mauer plätschert ein lebhafter Fluss, der Don.

In der aufkommenden Dämmerung lassen die Master Walsingham und Beale ihre Pferde in einem Stall zurück und überqueren die Zugbrücke zu Fuß. Allerdings betreten sie die Vorburg nicht, sondern verweilen im Torhaus.

»Man wird uns hier offiziell empfangen«, sagt Walsingham.

Doch zunächst muss ein Bediensteter den Burgherrn, George Talbot, den Earl of Shrewsbury, suchen, damit dieser sie in der Wachstube des Torhauses begrüßen kann. Als Talbot eintrifft, sehen sie sich einem Mann von etwa vierzig, fünfundvierzig Jahren gegenüber. Er trägt einen wuchernden Bart und hat traurige, kluge Augen.

Was empfindet er seiner Gefangenen gegenüber? Sieht er den Menschen in ihr? Betrachtet er sie – wie die meisten anderen auch – als Bedrohung oder als Mittel zum Zweck?

Beale kann nur raten. Aber natürlich gibt es hier noch eine andere Dimension: Sollte Elizabeth ohne Nachkommen sterben, würde Königin Mary von Schottland den Thron besteigen. Wie würde sie sich dann an einem Kerkermeister rächen, der sie hier misshandelt hat?

»Sie betet gerade«, lässt Talbot die zwei Männer wissen. »Dort oben.«

Er deutet durch die offene Tür auf den Kalksteinturm in der südwestlichen Ecke der Festung. Dieser ist drei Stockwerke hoch und hat Fenster mit dicken Milchglasscheiben, die das Licht nur gefiltert hereinlassen. Es regnet immer noch, und Beale denkt für sich, dass ein Kaminfeuer jetzt nicht ungelegen käme.

Mit den Worten »Hier entlang« führt sie der Kerkermeister durch eine lange Küche, wo ein Junge stumm dasitzt. Abwechselnd starrt er einen leeren Topf und einen nach Schimmel stinkenden, verwaisten Backofen an. Durch eine äußerst massive Eichentür treten sie in einen Flur, von dem zwei Türen abgehen. Eine Wendeltreppe führt nach oben in die Dunkelheit.

Leise klopft Talbot an eine der Türen, und einen Moment später wird ein Riegel zurückgeschoben. Die Tür schwingt in geölten Angeln auf und offenbart einen müde wirkenden Mann, der trotz der Kälte die Ärmel hochgekrempelt hat.

Obwohl es fürchterlich nach Exkrementen stinkt, sagt zunächst niemand ein Wort.

Walsingham verzichtet darauf, den Mann vorzustellen. »Das wäre ohnehin nicht sein wahrer Name.«

»Arthur Gregory«, sagt der Mann und blickt Beale in die Augen, allerdings ohne ihm die Hand zu reichen.

»Wie gesagt, nicht sein wahrer Name«, meint Walsingham mit einem gutmütigen Schmunzeln.

Auf dem Tisch steht ein Gegenstand, der ein mit einem Leinentuch abgedeckter Nachttopf sein könnte.

»Ist das ihrer?«, fragt Walsingham in einem Ton, als hätten er und Gregory nicht gerade erst miteinander gesprochen.

Gregory stößt ein bestätigendes Grunzen aus.

»Voll?«

Gregory hebt das Leinentuch über dem Topf an. Darin schwimmt ein stinkendes Etwas in einer dunkelroten Flüssigkeit.

Beale prallt entsetzt zurück, doch Walsingham wirkt nicht überrascht.

»Porphyrie«, erklärt er. Dann wendet er sich wieder an Gregory. »Wer ist oben?«

»John Wilkins.«

»Und wer ist bei Mary?«

»Lord und Lady Livingston, Mary Seton, der Priester,

der sich als ihr Zeremonienmeister ausgibt, und Margaret Formby.«

Walsingham nickt. »Dann hier entlang«, fordert er Beale auf, »aber zieht Eure Stiefel aus.«

Beale gehorcht. Leider trägt er seit fünf Tagen dieselben Strümpfe.

Walsingham führt ihn die Treppe hinauf und durch einen kurzen Flur, dessen Dielen mit einem Pulver bestäubt sind, damit sie nicht knarzen. Weiter geht es vorbei an einer Tür, hinter der sie eine Männerstimme irgendetwas murmeln hören, und durch eine kleinere Pforte, die mit Eisen beschlagen ist und anscheinend für einen Zwerg gezimmert wurde. Walsingham hat den dazu passenden Schlüssel und sperrt sie auf. Auch hier sind die Angeln geölt. Beim Eintreten muss er sich ducken. Beale folgt ihm.

Drinnen herrscht bis auf einen winzigen Lichtschimmer ungefähr auf Hüfthöhe fast vollkommene Dunkelheit. Noch jemand befindet sich in diesem Raum. Ein Mann. Er sitzt auf einem Hocker. Es riecht ranzig.

Die Stimme des Mannes im Zimmer nebenan ist jetzt deutlicher zu vernehmen: Er singt die lateinische Messe. Als Beale das merkt, stellen sich ihm die Nackenhaare auf. Eine katholische Zeremonie – das könnte genügen, um sie alle an den Galgen zu bringen!

Der Mann auf dem Hocker macht ihnen Platz, damit Walsingham das Auge an das Loch in der Wand unmittelbar vor ihm pressen kann. Einen Moment später überlässt er den Platz Beale. Durch das Loch, das durch Holzvertäfelung und Mauerwerk gebohrt wurde, kann man nicht gerade viel erkennen: einen mit einem edlen lilafarbenen Tuch verhüllten Stuhl, die Fersen dreier knieender Frauen. Mehr nicht.

Über den Gestank seiner eigenen Strümpfe hinweg steigen Beale auch die Ausdünstungen des Mannes neben ihm, John Wilkins, in die Nase. Es riecht nach Gefängnis. Entsprechend froh ist er, als Walsingham ihm auf die Schulter tippt und sie das Guckloch wieder dem Mann überlassen.

Talbot wartet im Küchentrakt auf sie. Er empfängt sie mit den Worten: »Eines muss ich Euch noch melden. Die Königin hat Ihrer Majestät die Erlaubnis erteilt, diese Woche auf Beizjagd zu gehen.«

Walsingham zeigt sich überrascht. »Wann ist das Schreiben eingetroffen?«

»Heute. Von Sir Thomas Smith überbracht.«

Eilig rechnet Beale nach und gelangt zu dem Schluss, dass die Königin die Erlaubnis schon vor fünf Tagen erteilt haben muss, wenn nicht noch früher, zu einem Zeitpunkt also, da alle noch damit rechneten, dass Quesada drauf und dran war, England zu überfallen, London niederzubrennen und Mary zu befreien. Da konnte ihr doch gewiss nicht daran gelegen gewesen sein, dass Mary sich frei im Land draußen bewegt und mit Pferd und Falken auf die Jagd geht!

Walsinghams Gesicht ist vor Ärger verzerrt. »Und Ihr habt es ihr gesagt? Königin Mary?«

Talbot nickt. Er scheint sich nichts dabei zu denken.

»Ich werde Beale bei dieser Jagd mitreiten lassen«, bestimmt Walsingham. »Ihr jagt doch gern mit Falken,

Robert, nicht wahr? Morgen könnt Ihr Euch einen von Sir George leihen.«

Sie verlassen die Burg durch die hintere Pforte und begeben sich zum *White Hart*, einem Gasthaus, das Walsingham von früher kennt. Es ist ein aus Buchenholz gezimmertes Gebäude mit Strohdach und bietet einen Blick auf zwei Fischteiche, die für entsprechende Feuchtigkeit sorgen.

»Ihr werdet Euch auf Margaret Formby konzentrieren, Robert, einverstanden?«, sagt Walsingham.

Beale weiß, was zu tun ist.

An diesem Tag trinkt Walsingham kaum etwas. Er ist bis ins Letzte angespannt, und seine Augen glühen. Damit erinnert er Beale an einen jener Raubvögel, die sie für die Jagd benutzen: Sein ganzes Wesen ist auf einen einzigen Zweck ausgerichtet. Und worin besteht der Zweck in diesem Fall? Nun, es gilt, Königin Mary auf frischer Tat zu ertappen. Sie müssen Belege dafür finden, dass sie Elizabeths Tod plant, und zwar hieb- und stichfeste Beweise, die er seiner Herrin vorlegen kann, sodass sie in dieser Angelegenheit keine andere Wahl hat. Er will den Tod dieser Frau herbeiführen.

In dieser Nacht findet Walsingham kaum Schlaf. Er weckt Beale lange vor der Morgendämmerung, nur um ihm zu sagen, dass es regnet.

Keine Beizjagd also.

Den ganzen Tag marschiert Walsingham auf und ab. Er kocht innerlich und zuckt unablässig vor Wut, die er nicht herauslassen kann.

»Verdammt! Diese gottverdammte Frau!«

Er schreibt Botschaften, ohne sie abzusenden. Ständig zerknüllt oder verbrennt er die Bögen. Einmal stößt er ein bitteres Lachen aus.

»Dr. Dee«, murmelt er, »der schwor immer Stein und Bein, dass es eine Möglichkeit der unmittelbaren Verständigung über große Entfernungen hinweg gibt. Er hat gemeint, es existiere ein Buch – eines, das er nie in die Hände bekommen hat –, in dem beschrieben werde, wie das geschehen könne. Irgendetwas mit Engeln.«

Beale fällt auf, dass Walsingham in Bezug auf Dee in der Vergangenheit spricht.

Am nächsten Tag wird Beale schon wieder von Walsingham geweckt. Diesmal schreitet sein Dienstherr aufgewühlt vor der Matratze, die sie miteinander teilen, hin und her. Beale liegt noch unter der Bettdecke. Er hört den Regen aufs Dach prasseln. Wieder nichts mit der Beizjagd.

»Wir haben nichts als einen Aufschub von sechs Monaten, Robert«, knurrt Walsingham zweimal an diesem Tag. »Sechs Monate, bis die Spanier die nächste Flotte ausstatten und entsenden. Wir werden immer noch so arm sein, wie wir es jetzt sind, und diese teuflische Frau wird weiter am Leben sein und weiter ihre verräterischen Botschaften verschicken. Wie eine bösartige Spinne wird sie in ihrem Netz sitzen und mit ihren Täuschungen Männer anlocken, bis sie sich darin verfangen. Aber nicht mit mir! Das werde ich nicht dulden! Ich kann mir meine Pläne nicht von diesem verfluchten Regen vereiteln lassen. Unmöglich!«

Am nächsten Morgen bricht ein sonniger Tag an, so

klar, als hätte der Regen die Luft reingewaschen. Gute Bedingungen für eine Beizjagd.

»Gott sei Dank!« Beale seufzt erleichtert auf. Er hätte es nicht mehr ertragen, sich noch einen Tag Walsinghams Genörgel anhören zu müssen.

Beale, der sich als Mitglied von Talbots Haushalt ausgeben soll, findet sich in Reitkleidung auf der Burg ein. Die Stallburschen und Knechte halten die Pferde schon in der Vorburg bereit, und obwohl die Gruppe an die dreißig Reiter umfasst, steht Königin Mary von Anfang an im Mittelpunkt.

Als Beale sie zum ersten Mal richtig zu Gesicht bekommt, fühlt er sich an seine Kindheit erinnert, als er zum ersten Mal auf eine Bärenhatz mitgenommen wurde. Damals konnte er sich noch gar nicht vorstellen, dass so etwas wie Bären überhaupt existierte, und doch gab es solche Tiere. Als er dann den Bären in der Grube sah, konnte er den Blick nicht von ihm abwenden.

Genauso verhält es sich mit Mary, Königin der Schotten: ein irdisches Wesen – und doch nicht von dieser Welt. Sie ist nach französischer Art verschleiert, unnahbar und isoliert. Kränklich sieht sie aus und bewegt sich wie unter Schmerzen. Da fällt Beale wieder der dunkelrot verfärbte Inhalt ihres Nachttopfs ein.

Er muss sich schier mit Gewalt von ihrem Anblick losreißen, denn ihm ist aufgetragen worden, nach Lord und Lady Livingston Ausschau zu halten. Er entdeckt sie rasch; der Lord wirkt nervös, seine Frau überängstlich. Außerdem soll er ein Auge auf Mary Seton werfen, die letzte der langjährigen Gefährtinnen der Königin, die alle den gleichen Vornamen haben. Sie ist fürchterlich aufgeregt und macht einen gehörigen Wirbel um Spitzen und Schnallen. Beale fragt sich, wie sich jemand fühlen mag, der auf Gedeih und Verderb auf eine solche Person angewiesen ist.

Dann sticht ihm das Mädchen hinter den beiden ins Auge – Margaret Formby. Sie wirkt bedrückt, als litte sie unter einer seelischen Last.

Nein, unter einer Schuld, das trifft es wohl eher, korrigiert er sich. *Ja, einer Schuld.*

Er freut sich schon darauf, Walsingham seine Beobachtungen mitzuteilen. Nur zu lebhaft kann er ihn sich vorstellen: wie er unruhig auf und ab schreitet, schon jetzt voller Ungeduld. Er kann es nicht erwarten, bis Beale ihm Bericht erstattet und er den nächsten Teil seines Plans angehen kann.

Bei diesem Gedanken muss Beale unwillkürlich grinsen, obwohl sich das eigentlich nicht gehört. Immerhin geht es hier um nichts Geringeres als den Tod einer Königin.

Nach einer Weile, in der Zinntassen mit Wein herumgereicht und die Vögel aus ihren Käfigen gelassen werden, sodass sie aus einigem Abstand bewundert werden können, drängt die Königin dazu, endlich aufzubrechen. Beale hält sich am Ende der Gruppe, fast bei den Dienstboten, während Königin Mary erstaunlich mühelos an der Spitze reitet. Ihr folgt George Talbot, der gekrümmt im Sattel kauert, als ginge es zu einer Beerdigung – und erst jetzt erkennt Beale, dass es sich hier keineswegs um eine fröhliche Jagdgesellschaft handelt. Im Gegenteil, in dieser

Gruppe herrscht eine Atmosphäre nervöser Anspannung, als wappneten sich bereits alle für eine Enttäuschung.

Sie reiten durch die Felder und Gemüsebeete, die sich rund um die Stadt erstrecken. Die Früchte sind reif, und überall wird emsig geerntet. Lächelnd kommen Männer und Frauen zu ihnen an den Wegesrand und bieten ihnen Proben von ihren Erzeugnissen an: Äpfel, Birnen, Erdbeeren. Das Herz könnte ihnen angesichts dieser Pracht aufgehen, doch die Jagdgesellschaft zeigt sich gleichgültig gegenüber solchen Freuden.

Als sie auf einer von Schafen abgegrasten Hügelkuppe ankommen, blicken sie hinunter auf die Stadt mit ihrer Burg, der Kirche, dem Marktplatz und ihren Wohnhäusern, alles umschlossen von der Stadtmauer und dem Fluss. Auf der anderen Seite des Hügels liegt ein Sumpfgebiet, und dahinter befinden sich, so weit das Auge reicht, Eichen- und Buchenwälder, alles reiche Jagdgründe. Was will man mehr?

Es folgt die Vorbereitung der Vögel, das Abnehmen der Hauben und Fußfesseln. Schließlich gibt der Jagdmeister den Treibern in dem Wald zu ihren Füßen ein Signal, worauf sie mit Schlägen gegen Baumstämme möglichst viel Lärm erzeugen. Der wiederum schreckt die Vögel auf, und schon ist der Himmel gefüllt mit ihren Warnschreien. Das ist der Moment, in dem die Falken losgelassen werden sollten, doch die Mitglieder der Jagdgesellschaft bleiben in ihren Sätteln sitzen. Alle blicken gespannt hinüber zur Königin und warten darauf, dass sie dem Raubvogel, den man ihr überreicht hat, endlich die Haube vom Kopf zieht.

»Mach doch endlich«, murmelt Beale unwillkürlich vor sich hin. »Worauf wartet sie denn nur?«

Aber die Königin verharrt regungslos. Beale kann die unterdrückten Seufzer der Gesellschaft förmlich hören. *Geht das schon wieder los?*

Der Jagdmeister blickt verzweifelt umher.

Ein langer Moment vergeht.

Die Treiber trommeln immer noch gegen die Baumstämme, und die Kronen leeren sich. Der Himmel ebenfalls.

Beale hat sich unauffällig an Margaret Formbys Seite geschoben.

»Was für eine Schande«, bemerkt er leise.

Sie wirft ihm einen Blick zu. Ihr Gesicht unter dem Schleier ist kreidebleich. Sie scheint mit den Tränen zu kämpfen.

Als alles vorbei zu sein scheint, ohne dass etwas passiert ist, flattert plötzlich am Waldrand ein Nachzügler auf, eine Taube. Hat sie die Treiber denn nicht gehört? Beale kann nur raten.

Und jetzt auf einmal zieht die Königin ihrem Falken die Haube vom Kopf und lässt ihn, kaum hat er die Taube erspäht, fliegen. Er steigt in die Luft und stürzt ebenso mühelos wie präzise auf seine Beute hinab. Die Taube taumelt zu Boden, und sofort brechen die Hunde durchs Unterholz. Noch einmal packt der Falke sein Opfer und tötet es, nur um im nächsten Moment vor den Hunden zu fliehen.

Jetzt nähert er sich wieder Mary und landet mit einem dumpfen Schlag auf ihrem Handschuh. Dafür gibt es höflichen Beifall. Der Vogel scheint Mary nicht gleichgültig zu sein, doch im Augenblick verfolgt sie gespannt, wie der Jagdmeister den kleinen Körper der Taube aus dem Maul eines Hundes zieht und dem Vierbeiner dann einen Leckerbissen zuwirft.

»Darf ich sie haben?«, fragt sie.

Es ist das erste Mal, dass sie in Beales Gegenwart spricht. Ihr Akzent klingt weder französisch noch schottisch, sondern nach etwas dazwischen, und gerne würde er mehr von ihr hören.

Sofort überreicht der Jagdmeister ihr den toten Vogel. Wie Beale gleich erkennt, ist das keine gewöhnliche Taube; sie gehört lediglich dieser Gattung an. Vermutlich ist sie aus einem nahe gelegenen Schlag entkommen.

»Tja, so geht das«, murmelt er.

Erneut blickt Margaret Formby ihn an. Sie wirkt entsetzt.

»Euch fehlt doch hoffentlich nichts, Mylady?«

Sie bringt ein angespanntes Kopfschütteln zuwege, ohne weiter auf ihn zu achten. Stattdessen beobachtet sie Königin Mary mit fieberhafter Anspannung. Offenbar ist ihr Beale lästig.

Unterdessen hält Mary die Taube hoch, damit ihr Falke mit seinem scharfen Schnabel darauf einhacken kann, ehe sie den Kadaver dem Jagdmeister zu dessen freier Verfügung überreicht.

Als Mary Lord Livingston zu sich befiehlt und ihm ein paar unverständliche Worte zuflüstert, macht sich unter den Mitgliedern der Jagdgesellschaft ein Gefühl von Enttäuschung breit, auch wenn die wenigsten überrascht sind. Prompt verkündet der Lord, dass Ihre Majestät müde sei und in ihr Gemach zurückkehren wolle.

Also werden den Vögeln wieder ihre Hauben aufgesetzt und die Fesseln angelegt.

Beale glaubt kaum, dass die anderen bleiben werden, um den Rest des Tages zu genießen.

Tatsächlich kehrt die ganze Gruppe um und lässt die Pferde hinter der Königin den gewundenen Weg ins Tal hinuntertrotten.

Nachdem Beale sein Pferd in den Stall zurückgebracht und den Knecht mit einem Trinkgeld belohnt hat, findet er sich noch vor Mittag wieder im *White Hart* ein.

»Nun?«, fragt Walsingham, noch bevor er ganz über die Schwelle getreten ist.

Bereitwillig erzählt Beale ihm, was er gesehen hat, und Walsingham schreibt alles auf.

»Welchen Eindruck hattet Ihr von Margaret?«

»Sie ist sehr unruhig.«

Walsingham zeigt sich erfreut. Er wittert eine Schwäche. Eine Stelle, an der es einen Bruch geben könnte.

An diesem Abend schickt Walsingham Beale in die Burg, damit er Wilkins in Königin Marys Turm ablöst. Wilkins lässt ihn herein.

»Gerade rechtzeitig«, sagt er seufzend.

Der Nachttopf Ihrer Majestät ist noch warm, und in einer Lache aus rot verfärbtem Urin liegt eine beachtliche Wurst.

»Was soll ich damit machen?«, will Beale wissen.

»Ihr werdet es untersuchen müssen.«

»Warum?«

»Vor zwei Jahren haben wir einen Zettel gefunden, der in ein Stück Schafdarm gesteckt worden war. Sie hatten dem Mann, der hier die Senkgrube entleert, Geld gegeben, damit er solche Dinge herausholte.«

Himmelherrgott.

»Das ist die einzige Möglichkeit, etwas rauszuschmuggeln«, fährt Wilkins fort. »So ist das eben. Wir tun einfach unsere Pflicht. Ich habe schon alles vorbereitet.«

Beale erspäht einen Eimer mit Wasser, ein Stück schwarze Seife und einen Löffel.

»Ihr müsst irgendwie …«

Wilkins tut so, als würde er etwas mit dem Löffel zerdrücken.

Zögernd macht sich Beale an die Arbeit. Er würgt in einem fort.

Bald ist der Inhalt des Nachttopfs zu einem dicken Brei verrührt. Darin befindet sich ein kleiner Knoten, der alles und nichts sein könnte.

»Wascht das Ding doch mal«, fordert Wilkins Beale auf, als dieser mit dem Finger darauf zeigt.

Also hebt Beale den Gegenstand mit der Löffelspitze heraus und befördert ihn in den Eimer, um dann kräftig zu rühren. Am Ende fischt er ihn mit dem Löffel wieder heraus und platziert ihn auf dem Tisch.

Anfassen will er ihn immer noch nicht.

»Menschenskind, sie ist eine Königin!« Wilkins lacht. »Es ist eine Ehre, ihre Scheiße zu berühren.«

Zu guter Letzt gelingt es Beale, den Knoten zu entflechten – doch er erhält nichts als einen dünnen Seidenstreifen. Wilkins pfeift durch die Zähne.

»Ja, und?«, fragt Beale.

»Vielleicht nichts«, gibt Wilkins zu. »Aber wie ist es da hineingelangt?«

»Sie muss es gegessen haben«, mutmaßt Beale.

Wilkins stimmt zu. »Eben. Aber wieso? Das ist die Frage.« Nach einer Pause fügt er hinzu: »Wir werden es Master Walsingham zeigen müssen. Er wird sich darüber freuen.«

Beale geht vors Haus. Er braucht Luft.

Hoch über ihm leuchtet der neue Stern in der Kassiopeia, heller denn je.

12

Die Burg von Sheffield, 25. September 1572

Nichts – gleichgültig ob Wasserkrug, Kerzenständer, Buch, Stickmuster, Schale mit getrockneten Blüten – steht oder liegt mehr da, wo es eigentlich hingehört. Alles wurde in dem grässlichsten Wutanfall, den Margaret Formby je bei der Königin erlebt hat, zu Boden gefegt.

Mary Seton streichelt ihrer Herrin den Rücken und flüstert ihr französische Worte ins Ohr, während die Königin sich keuchend am Fenstersims abstützt, die Arme durchgestreckt, die Beine gespreizt. Für Margaret sieht es aus, als würde Königin Mary jeden Moment ein Kind gebären.

Jetzt wünscht sie sich, sie wäre nie hierhergekommen und nie in Mistress Setons Dienste getreten. Am Anfang erschien ihr alles noch wunderbar. Doch kaum waren sie weiter unten im Süden eingetroffen, spürte sie, wie sich die Fesseln der Gefangenschaft um sämtliche Mitglieder von Königin Marys Hofstaat zuzogen und etwas Dunkles und Scheußliches in ihr Leben eindrang – wie ein Schadpilz in eine Rosenknospe.

Als Margaret zum ersten Mal gebeten wurde, an Königin Mary diese merkwürdigen Prozeduren durchzuführen, wurde ihr noch gesagt, das geschehe auf Anweisung des französischen Arztes. Es sei eine Methode, die bösen Körpersäfte abzusondern, hieß es. Margaret fühlte sich geschmeichelt, weil man ihr zutraute, dass sie die Knoten auf die richtige Weise straffte – fest, richtig fest, aber nicht *zu* fest. Doch als sie später geholt wurde, um die Schnüre wieder aufzubinden, schockierte es sie jedes Mal aufs Neue zu sehen, wie entstellt Marys Körper von den Striemen war, die die Schnüre in ihr herrliches, weiches Fleisch gegraben hatten, und welche Ausschläge das Bienenwachs hinterließ, das man über ihrer nackten Haut zum Schmelzen brachte. Manchmal war die Haut gerunzelt, wenn sie allzu arg gekniffen worden war, und einmal, als Mary Seton die Königin mit einem Leinentuch abrieb, bemerkte Margaret, dass grüne Blutergüsse deren blau geäderte Brüste krönten.

Bald nach dieser Episode berichtete Mistress Seton Margaret, dass der Zustand der Königin sich keineswegs bessere, obwohl sie sich so oft mit Seilen fesseln ließ. Also hätten die französischen Ärzte ihr weitergehende Instruktionen gesandt. Diese erforderten noch unermüdlichere Anstrengungen, um Königin Mary zu erleichtern; die bösen Körpersäfte mussten per Hand ausgeleitet werden.

»Niemand darf erfahren, dass die Königin krank ist«, schärfte ihr Mistress Seton ein. »Niemand.«

Und so hatte sie begonnen, jene beinahe tägliche Behandlung, bei der der Unterleib der Königin gestreichelt wurde, bis sie erschauerte.

»Das tut ihr gut«, lobte Mistress Seton sie. »Darauf verstehst du dich hervorragend.«

Margaret wunderte sich darüber, dass das die Gesundheit der Königin fördern sollte. Dasselbe hatte sie auch bei sich getan, und stets hatte sie sich danach leer und etwas niedergeschlagen gefühlt. Königin Mary wiederum schien einen Zustand anzustreben, den sie »Entrückung« nannte. Doch sobald es vorbei war, empfand sie ihn als abstoßend, und zwar in jeder Hinsicht: Schon von der bloßen Vorstellung ekelte ihr. Gleichwohl verlangte sie nur allzu bald aufs Neue danach, als ließen sich damit ihre Qualen für immer beenden. Das geschah jedoch nie. Nie fühlte sie sich danach besser.

Unterdessen trafen von den französischen Ärzten weitere Anweisungen ein – auf welchem Weg, das erfuhr Margaret nie. Sie sollte fester reiben, schneller und dabei die Finger tiefer hineindrücken. Der Leibarzt forderte darüber hinaus, sie solle der Königin in die Brüste beißen, wenn auch nicht so fest, dass sie bluteten, aber bei den Warzen könne sie ruhig an die Schmerzgrenze gehen.

Und dann ging es los mit dem Abdrücken der Luftröhre. Erneut wandte Margaret sich an Mistress Seton, die mittlerweile sämtliche medizinischen Aufgaben an sie weiterreichte. Margaret vertraute ihr an, wie sehr es sie ängstigte, die Königin zu würgen, und dass sie die Sorge hatte, sie könne versehentlich zu weit gehen.

»Du musst tun, was sie dir befiehlt«, betonte Mistress Seton.

»Aber das widerspricht doch ... Gottes Gebot.«

»Du musst tun, was sie dir befiehlt.«

Also gehorchte Margaret.

Bis heute dient sie Königin Mary als fast ständige Gefährtin und kennt ihren Körper nicht nur von außen, sondern ist auch mit seinen inneren Mechanismen vertraut – besser als mit denen ihres eigenen Körpers.

Doch glücklich ist sie nicht. Die krankhafte Bedürftigkeit der Königin nach diesen Reizen widert sie an, und inzwischen empfindet sie bereits Grauen, sobald der Ruf »Margaret!« erschallt.

Aber was soll sie tun? Sie wurde in Schottland aus dem Schoß ihrer Familie geholt und ist hier zur ranghöchsten Dienerin aufgestiegen, nun, wenn auch nicht so hoch wie Mistress Seton. Darum gibt es niemanden, mit dem sie sprechen kann, keine Kameradin, mit der sie sich austauschen oder bei der sie sich einfach ausweinen kann. Sie lechzt nach frischer Luft, Stille, kühlem Wind, der ihr ins Gesicht weht, nach der Frühlingssonne, dem Geplapper von Kindern, nach allem, was nichts mit dieser bedrückenden Gefangenschaft zu tun hat. Schreien könnte sie!

»Margaret!«

O Gott.

Diesmal wünscht sich die Königin Verzückung – und erneut aus den falschen Gründen. Sie ist darauf fixiert, fast schon verrückt in ihrer Gier danach, und doch ist sie kein bisschen lüstern, sondern dermaßen verkrampft und elend, dass ihr Rosenöl aufgetragen werden muss. Ihr Atem ist heiß und faulig, und sie kann sich einfach nicht entspannen. Da ist es fast unmöglich, es richtig zu machen.

Nein, es *ist* unmöglich! Und gefährlich. Margaret gerät in Panik, und ihr Finger rutscht weg. Diesmal wird es keine Erlösung für die Königin geben.

»Runter von mir! Runter von mir! Raus mit dir!«

Margaret springt weg, als hätte sie sich verbrüht.

»Mary! Mary!«, schreit die Königin, und schon kommt Mary Seton herbeigestürzt und streicht ihr das Kleid glatt. Mit geballten Fäusten steht die Königin da und weint bittere Tränen. Mary Seton spricht ihr Trost zu, wie sie das bei einem Kind tun würde, während Margaret davoneilt, ebenfalls in Tränen aufgelöst. Sie hält das alles nicht aus. Sie erträgt es einfach nicht, den ganzen Tag in dieser verdorbenen Atmosphäre gefangen zu sein und all diese abscheulichen Pflichten zu erfüllen.

Aufgebracht rennt sie die Treppe hinunter und hinaus in den Burghof.

Wächter in Shrewsburys Farben beobachten sie regungslos. Sie läuft und läuft. Nur selten blickt sie hinauf zum obersten Stockwerk des Turms, wo sie hinter dem Fenster flüchtig ein Gesicht auftauchen sieht, wie einen Fleck, der gleich wieder verschwindet. Was bedeutet sie ihnen denn schon?

Schließlich schickt Mary Seton nach John Kennedy, damit er sie hereinholt. John, ein Junge von ungefähr fünfzehn Wintern, erledigt Botengänge und bringt den Leuten Flaschen oder was immer sie wünschen. Die meiste Zeit sitzt er vor der Pforte zur Vorburg und schnitzt Löffel, nur um ganze Haufen von Spänen zurückzulassen.

Normalerweise wechseln Mary Seton und er kaum ein Wort, obwohl zwischen ihnen nicht mehr als fünf Jahre liegen und sie aus ähnlichen Familien stammen – seine ist in Edinburgh ansässig, ihre in York. Er ist sehr hellhäutig und bekommt schnell glühende Wangen, wann immer er mit einer Frau spricht.

»Mistress Seton sucht Euch«, meldet er ihr.

Margaret hat keine Ahnung, was sie erwartet. Wird sie womöglich heimgeschickt? Wenn sie ehrlich ist, kümmert sie das wenig.

Doch die Sache stellt sich als Auftrag heraus. Zusammen mit John soll sie in die Stadt laufen und für ihn im *White Hart* in Mary Setons Namen ein Pferd mieten.

»Ihre Majestät ist fürchterlich aufgeregt, Margaret«, teilt ihr Mary Seton mit gedämpfter Stimme mit. Wie die Königin hat sie Augen in der Farbe von polierten Haselnüssen. »Die Sache ist äußerst wichtig und muss sofort erledigt werden. Da wir von den Feinden der Königin auf Schritt und Tritt beobachtet werden, müsst ihr alles am Körper aufbewahren. Und achte darauf, dass niemand dich in das Gasthaus gehen oder von dort herauskommen sieht.«

Das ist natürlich leichter gesagt als getan, doch Talbots Wachmänner haben immer nur Augen für den Ort, an dem sich die Königin gerade aufhält, und lassen sich leicht übertölpeln.

John Kennedy ist mit einem Reiseumhang bekleidet und trägt eine Tasche mit einem sperrigen Gegenstand darin.

Als sie auf der Straße und außer Sicht sind, will Margaret wissen, was darin ist.

»Das darf ich Euch nicht verraten.«

»Nun sag schon.«

»Ein Kerzenhalter«, murmelt er achselzuckend.

»Wohin bringst du ihn?«

»Nach Hause. Und dann habe ich noch einen Brief für einen Mann, aber …«

Ein weiteres Achselzucken.

Auch sie kann nicht lesen. »Wirst du zurückkommen?«

Er blickt sie unsicher an. »Mir wurde gesagt, dass ich muss, aber ich habe weiß Gott keine Lust darauf.«

Durch ihr Fenster beobachtet Königin Mary die vom Butzenglas verzerrte Gestalt Margaret Formbys bei der Rückkehr durch die Vorburg.

Das Mädchen geht furchtbar gebückt, denkt sie. *Wie unattraktiv!*

»Der neue Diener hat sich bei ihr eingeschmeichelt«, bemerkt die Königin über die Schulter zu Mary Seton.

»Ach ja?«, fragt Mistress Seton lächelnd.

Königin Mary stößt ein leises Glucksen aus. »Und Ihr traut dem Jungen?«

»O ja«, bestätigt Mary Seton lächelnd. Nach wie vor bemüht sie sich, ihre Herrin zu trösten. Trüge die Königin keinen Schleier, würde sie ihr wohl das Haar streicheln.

Immer noch kann die Königin nicht glauben, was in der Botschaft stand, die sie heute erhalten hat. Quesada hat mit seiner Flotte den Kurs gewechselt, und damit ist die Hoffnung auf ihre Befreiung für immer dahin. Jetzt wird sie in alle Ewigkeit als Gefangene auf dieser erbärmlichen Burg bleiben.

Da wäre es besser gewesen, wenn die Flotte erst gar nicht in See gestochen wäre! Dann könnte sie jetzt wenigstens in Tutbury weilen oder die Heilquellen von Buxton genießen, wo sie sich einer gewissen Freiheit erfreuen durfte. Und frischer Luft!

Hier in Sheffield wird sie permanent beobachtet. Nicht nur vom Earl of Shrewsbury und dessen vielen Soldaten und Bediensteten, sondern auch von Burghleys und Walsinghams Spitzeln. Selbst wenn sie die Kerle nicht ab und zu buchstäblich riechen könnte, wüsste sie dennoch, dass sie in unmittelbarer Nähe sind und überall herumschnüffeln. Diesen Spürsinn hat sie an den verschiedenen Königshöfen erst in Frankreich und dann in Schottland entwickelt. In der Welt unmittelbar um sie herum herrscht ein Mangel an Luft, als wäre auch die letzte Lücke abgedichtet, als würde hinter ihren Mauern das Universum enden.

Dennoch glaubt sie, dass sie noch nicht erledigt ist.

Sie blickt Margaret Formby nach, bis sie im Gebäude verschwindet. Dann hört sie das leise Klicken, das immer beim Schließen einer Tür entsteht.

Wie lange wird es dauern, fragt sie sich. Einen Tag? Zwei? Höchstens eine Woche. Oder werden sie warten, bis der Junge Edinburgh erreicht hat?

Und was, wenn es überhaupt nicht dazu kommt?

Egal, sie hat ohnehin nichts anderes zu tun, als zu warten.

Sie wendet sich vom Fenster ab.

»Margaret!«, ruft sie.

»Es ist etwas im Gange«, lautet Wilkins' Nachricht.

Er hat gesehen, wie Margaret Formby und dieser Junge, John Kennedy, mit gesenktem Kopf den Turm verlassen haben. Daran ist eigentlich nichts Verdächtiges, »außer dass man es einfach spüren kann«, wie Wilkins sagt.

»Auf solche Dinge versteht sie sich eben nicht.«

Außerdem hatte Kennedy ein Bündel dabei und trug einen Reitumhang.

Aber Walsingham ist längst im Bilde. Zu ihrem Pech hat es Margaret und den Jungen ins *White Hart* verschlagen, wo Mary Seton so gut bekannt ist, dass man jedem ein Mietpferd anvertraut, den sie schickt. Dem Stallknecht haben sie gesagt, dass John nach Doncaster unterwegs ist und dort das Pferd im *Seven Stars* abgeben wird.

»Und danach? Wer kann das schon wissen?«

Eine Weile sind Margaret Formby und der Junge gemeinsam zu Fuß gegangen, dann ist er in östliche Richtung abgebogen und hat den Weg bergab nach Doncaster eingeschlagen.

Doncaster liegt an der Great North Road, die seit Urzeiten London, York und Schottland miteinander verbindet. Von dort wird der Junge entweder in südlicher Richtung auf London zureiten oder den Weg nach Norden – und weiß Gott, wohin – nehmen.

Margaret Formby ist unterdessen zur Burg zurückgekehrt.

»Sie hat nicht allzu glücklich gewirkt«, vermeldet Wilkins.

Beale muss lachen, als er merkt, wie schnell Walsinghams Plan aufgegangen ist: Kaum hat Königin Mary erfahren, dass Quesada ihr diesen Herbst nicht zu Hilfe eilen wird, hat sie in ihrer Enttäuschung wild um sich geschlagen und mit einem ihrer Verbündeten Verbindung aufgenommen, damit dieser einen Alternativplan in die Tat umsetzt. Um die Identität des noch unbekannten Verbündeten aufzudecken, brauchen sie nur dem Jungen zu folgen.

Das Jagdfieber ist Walsingham förmlich anzusehen.

»Es geht los«, verkündet er und reibt sich die Hände. »Es geht los.«

Doch der schnelle Erfolg stellt sie vor ein Dilemma: Sie haben nicht genug Männer, um sowohl den Jungen als auch Königin Mary zu überwachen. Wer soll es nun sein?

»Die Königin bleibt doch ohnehin, wo sie ist, nicht wahr?«, gibt Wilkins zu bedenken.

Walsingham stimmt ihm zu.

»Setzt dem Jungen nach, Robert«, fordert er Beale auf. »Gleich. Sofort. Hinterlasst an der Poststation eine Nachricht, welchen Weg er eingeschlagen hat, dann werde ich noch heute Abend mit Wilkins und Gregory nachkommen.«

Sie mieten für Beale das beste Pferd im Stall des *White Hart*, und im Handumdrehen sitzt er im Sattel. Walsingham drückt ihm noch eine Pastete in die Hand.

»Gott sei mit Euch, Robert.«

Beale dankt seinem Herrn und sprengt los in Richtung Doncaster. Es liegen etwa zwanzig Meilen vor ihm.

Francis Walsingham hat viel zu tun, viel zu bedenken. Zunächst muss er Lord Burghley in aller Eile benachrichtigen und mehr Männer anfordern. Solange die Verstärkung noch nicht eingetroffen ist, bleibt ihm nichts anderes übrig, als Wilkins und Gregory vom Turm abzuziehen und hinter Beale und dem Jungen herzuschicken. Außerdem muss er eine Mitteilung darüber hinterlassen, wohin er als Nächstes reitet und wen er trifft. Da Königin Mary bei aller Verzweiflung nicht sämtliche Sicherheitsvorkehrungen aufgegeben haben wird, hat sie den Jungen gewiss angewiesen, mindestens zwei falsche Adressen aufzusuchen, bevor er sich zu derjenigen Person begibt, auf die es ihr eigentlich ankommt. Vielleicht aber auch nicht. Wie auch immer, für alle Eventualitäten muss vorgesorgt werden. Das erfordert Zeit, Männer – und Geld.

Und dann gibt es immer noch diesen winzigen Seidenknoten, über den er sich den Kopf zerbrechen muss. Was hatte es ursprünglich mit dem Seidenband auf sich? Wie gelangte es in Marys Gemächer? Und warum wurde es verschluckt?

Aber jetzt hat er keine Zeit dafür. Er wird später darauf zurückkommen müssen.

Wilkins und Gregory sind heilfroh, vom Turm abkommandiert worden zu sein. Viel zu lange sind sie dort schon bei der Königin eingekerkert, und es tut keinem Mann gut, den ganzen Tag zwischen denselben vier Wänden zu hocken. Erleichtert kehren sie der Burg den Rücken und leihen sich bei Talbot Pferde, um Beale und dem Jungen nachzusetzen.

»Ha!« Das ist kein Ausdruck von Überraschung oder gar Freude.

Königin Mary steht wieder einmal am Fenster. Die Butzenscheiben sind so dick und verschmiert, dass sie nicht viel erkennen kann. Aber in den geheimen Winkeln des Turms herrscht ein unüberhörbares Rascheln, als würden die Mäuse alle weiterziehen – was ja tatsächlich der Fall ist.

Sie fühlt sich etwas weniger eingeengt. Die Luft ist klarer, und an diesem Morgen fällt ihr das Atmen leichter.

»Ha!«, ruft sie erneut. Diesmal ist es verhaltene Freude.

Ihr eigener Plan lässt sich gut an. Er beginnt, Früchte zu tragen.

Sie nimmt sich vor, George Talbot zu fragen, ob er ihr einen Spaziergang in der Vorburg gestattet.

Der junge John Kennedy verbringt die Nacht im Flur des Gasthofs *Seven Stars* in Doncaster auf dem Boden; seine Tasche benutzt er als Kissen. Lange bevor der Hahn kräht, ist er schon wieder auf den Beinen. Während das Pferd gesattelt und gezäumt wird, leert er ein Glas Ale und isst seine Suppe auf. Er reitet bereits über die taunasse Straße, als er im Dämmerlicht die ersten Pflastersteine ausmachen kann, aus denen sie besteht.

Robert Beale beobachtet ihn von seiner Warte hinter dem Stall, in dem er diese Nacht geschlafen hat. So sieht er, wie der Junge sich gen Norden wendet und auf die Landgüter jener Lords zuhält, die seit eh und je nur allzu bereit sind, sich an Aufständen im Namen einer katholischen Majestät zu beteiligen.

Er hinterlässt beim Wirt Angaben darüber, in welche Richtung er reist, dann steigt er in seinen Sattel und setzt dem Jungen nach. In den Kronen der Ulmen krächzen die Krähen; man spürt, dass es auf den Herbst zugeht. Aufregung hat ihn gepackt. Die Falle ist gestellt. Wenn Walsingham recht hat, fällt ihnen bis zum Spätherbst Königin Mary in die Hände – und vielleicht auch jener mörderische Hamilton.

Als George Talbot erwacht und sich seine Pläne für den Tag durch den Kopf gehen lässt, fällt ihm kein Grund ein, warum er Königin Mary das Vergnügen eines Spaziergangs in der Vorburg verweigern sollte.

Abrupt schreckt Francis Walsingham in der Dachstube des *White Hart* aus dem Schlaf hoch. Isobel Cochet geht ihm einfach nicht aus dem Sinn. Und er muss auch an Dr. John Dee und Willem van Treslong denken. Außerdem schwirren ihm Königin Elizabeth und James Hamilton durch den Kopf.

Vor allem jedoch verfolgen ihn Gedanken an Mary, Königin von Schottland.

Hastig springt er aus dem Bett und steht noch vor dem Morgengrauen im Stall.

Königin Mary wird getragen auf einer schäumenden Welle der Lust.

Danach entlässt sie Margaret Formby, die übrigen Bediensteten und auch Mary Seton. Endlich allein in ihrem Gemach, zündet sie eine Kerze an, obwohl schon Tag ist. Dann greift sie zu ihrer Bibel, ihrer Feder und dem zweiten von den kleinen Gläsern mit Gesichtspuder. Sie schlägt die Bibel beim zweiten Buch der Klagelieder des Jeremia auf. Wichtig sind überdies der Wochentag und das Datum.

Sie taucht das obere Ende ihrer Schreibfeder in den bläulichen Gesichtspuder und streicht damit über die unbeschriftete Seite eines Blatts, das sie aus Margaret Formbys abgegriffener Bibel geschnitten hat. Diese leere Seite deckt sie dann mit einem Papierbogen ab, auf den sie schon vorher ihre verschlüsselte Botschaft geschrieben hat.

Ihr Hände zittern so heftig, dass sich das blaue Pulver über das Pult ergießt. Mithilfe des stumpfen Endes ihrer dicksten Stricknadel fährt sie die Buchstaben und Zahlen der Nachricht nach und drückt dabei gerade so fest auf, dass das Pulver die Ritzen ausfüllt, aber nicht so fest, dass es verrutscht. Als das vollbracht ist, inspiziert sie das Blatt: Es ist leer. Nun rollt sie es zu einem winzigen Zylinder zusammen, nicht größer als der Fingernagel einer Frau, und verstaut es im Deckel eines der Gläser mit Gesichtspuder. Als Nächstes kippt sie die Kerze so, dass das Wachs darauf tropft und ihre Botschaft versiegelt. Während das geschieht, reißt sie ihre ursprüngliche Notiz in Fetzen und kaut fünfzigmal auf der Hälfte davon herum, bevor sie sie verschluckt. Was die andere Hälfte betrifft, wird sie Margaret Formby zwingen, sie auf die gleiche Weise zu schlucken.

Als der Fetzen Papier ganz vom Wachs bedeckt ist, stellt sie die Kerze wieder gerade auf. Die entstandene

Wachsschicht, in der das Papier eingeschlossen ist, formt sie zu einer Kugel von der Größe einer Kichererbse. Bevor das Wachs zu sehr abkühlen kann, stopft sie die Kugel in ein Loch in einem Stück Holz, das John Kennedy für sie geschnitzt hat. Der Junge war hocherfreut, als sie ihn darum gebeten hat. Das Ergebnis seiner Mühen hat beinahe die Größe eines Enteneis und weist einen Stöpsel auf, den man bei Bedarf mit Kerzenwachs versiegeln kann.

»Wird das auch in Wasser treiben?«

John hielt das für wahrscheinlich.

Als später die Sonne durchs Fenster hereinscheint, tritt Mary Seton ein. »Sir George meint, dass Ihr jetzt vielleicht zu Eurem Spaziergang aufbrechen möchtet, Eure Majestät.«

Sie hüllen sich in ihre Umhänge, setzen ihre Hauben auf und schlüpfen in ihre altmodischen Holzpantoffeln. Schon nach kurzer Zeit hinkt Margaret mit Pater Goole, dem angeblichen Zeremonienmeister, kläglich hinterher. Von einem idyllischen Ausflug kann nicht die Rede sein, und besonders weit führt der Weg auch nicht gerade. So müssen sie dieselbe Strecke mehrfach gehen: hinaus aus ihrem Turm, vorbei am Torhaus mitsamt der hochgeklappten Zugbrücke und dem geschlossenen Fallgitter, dann in einem Linksbogen am alten Turm vorbei und die paar Schritte bis zu der Stelle, an der die Mauer niedriger ist und sie den Steilhang hinunter auf die in zwanzig Fuß Tiefe gurgelnden braunen Fluten des Don blicken können.

Durch das Schilf am anderen Ufer stolziert ein Reiher.

»Kannst du einen Stein werfen?«, fragt Königin Mary die junge Margaret Formby.

Das Mädchen nickt. Allerdings sieht sie blass aus, womöglich ist sie krank. Das täte Mary leid, auch wenn sie ihrer ohnehin nicht mehr lange bedarf – nur noch ein paar Wochen.

»Dann tu das«, befiehlt sie. »Ich würde den Reiher gerne davonfliegen sehen …«

Sie wünscht sich, jemand anders würde sagen, was sie unausgesprochen lässt: … *denn ich kann das nicht.*

Margaret findet einen geeigneten Stein und versucht ihr Glück damit. Der Wurf gerät zu kurz. Pater Goole ist ein bisschen erfolgreicher. Ein Wächter schaut von den Zinnen des hohen Turms aus interessiert zu.

»Werft noch einen«, befiehlt Mary.

Der Pater gehorcht. Diesmal gelingt es etwas besser.

»Lasst mich es einmal versuchen.«

Mary wirft das Holzei. Es fliegt durch die Luft und klatscht laut ins Wasser. Der Reiher hebt ab und schwebt durch das Tal davon.

Mary Seton beobachtet indes den Wächter.

Er scheint nicht zu bemerken, dass der »Stein« nicht versinkt, sondern stromabwärts auf drei Männer zutreibt, die mit hochgekrempelten Hosenbeinen »angeln«.

Die Königin lacht. Walsingham hätte das durchschaut, Talbot tut es nicht.

Da der Junge seine ganze Kindheit mit Pferden verbracht hat, ist er ein guter Reiter und kommt trotz des Regens rasch voran. Er reitet ohne Pause vom Morgengrauen bis zur Abenddämmerung und hält nur an den Poststationen, um die Pferde zu wechseln, wobei er stets die besten nimmt. Gezwungenermaßen muss Beale, der ihm folgt, daher immer mit fußlahmen Kleppern vorliebnehmen. Pontefract, Ripon, Darlington, Newcastle, Alnwick. Fünf anstrengende Tage lang im Sattel. Spätestens am Mittag des sechsten glaubt Beale, dass es für den Jungen nur ein Ziel geben kann: Berwick, und von dort weiter nach Schottland.

Eine Überraschung ist das nicht. Ja, eigentlich erleichtert es ihn zu wissen, dass Königin Marys Verbündete nicht – wie weithin befürchtet – dem Adel von Nordengland angehören, sondern jenseits der Grenze in Schottland leben. Das ist immerhin die Art von Feinden, die die Engländer gewöhnt sind. Dass es sich hier um einen Landstrich handelt, in dem häufiger Kriege stattfinden, kann Beale im Vorbeireiten auch an den Häusern erkennen: Es sind allesamt gedrungene Steingebäude, gut zu verteidigen und mit Schießscharten gespickt. Und wohin man auch schaut, überall ragen am Horizont so gut wie uneinnehmbare Burgen auf.

Wie auch immer, etwas muss mit dem Jungen geschehen, bevor er es über die Grenze schafft.

Walsingham ist zu alt für all das, doch er will unbedingt wissen, was es mit dem Jungen auf sich hat, dass er derart schnell und weit reitet. Als er Robert Beale schließlich in Berwick einholt, ist er vollkommen erschöpft und schafft es nicht mehr ohne Hilfe aus dem Sattel. Zudem ist er vom Regen durchnässt, und seine Haut hat die Farbe von ausgeschmolzenem Gänsefett angenommen.

»Wo ist er?«, keucht er.

»Schläft im Gasthof *Garter*«, antwortet Beale.

Wilkins und Gregory sehen besser aus als bei ihrer letzten Begegnung. Frische Luft und Bewegung haben ihnen offensichtlich gutgetan. Aber es steckt noch etwas mehr dahinter …

»Hat er Euch gesehen?«, will Walsingham wissen.

Das glaubt Beale nicht.

»Es ist wohl besser, es nicht darauf ankommen zu lassen«, meint Wilkins. »Wir gehen hin.«

Beale steht mit Walsingham unter dem Dachvorsprung des Gasthofs *Angel*. Nördlich von ihnen fließt der Tweed vorbei. Sie können die Brücke sehen und auch die zum Schutz vor den Schotten neu errichteten Mauern.

»Die haben die Stadt mehr als hunderttausend Pfund gekostet«, lässt Walsingham Beale wissen, ist sich aber nicht sicher, ob sich die Investition gelohnt hat. *Nun, wahrscheinlich schon*, denkt er.

Gerade überqueren Wilkins und Gregory die Brücke.

»Was werden sie unternehmen?«, überlegt Beale.

»Ihnen wird schon was einfallen«, ist sich Walsingham sicher.

Wilkins und Gregory sind gute Kundschafter, auch wenn beide nach Bier riechen, als sie lange nach der Sperrstunde zurückkehren.

Sie wirken sehr nachdenklich.

»Er ist eigentlich nur ein Junge«, meint Gregory.

»Was hat er in der Tasche?«

»Einen Kerzenständer. Silber. Trefflich gefertigt. Ist wohl ein bisschen was wert.«

»Aber nur ein bisschen was.«

Damit meint Walsingham, dass der Kerzenständer keine

sechshundert Goldmünzen gekostet hat. Eine Revolution oder Invasion könnte man also nicht damit finanzieren. Aber vielleicht ein Attentat? Nun … möglicherweise.

»Hatte er eine Nachricht dabei?«

Wilkins zieht ein Stück Papier aus der Tasche. »Ich habe das meiste abgeschrieben, aber …« Er zuckt mit den Schultern.

Walsingham überfliegt das Schreiben. »Wer ist dieser Hamish Doughty? Haben wir schon einmal von ihm gehört? Ein Silberschmied? In Edinburgh?«

Walsingham reicht das Blatt an Beale weiter. Beim Original handelte es sich offenbar um eine Anweisung Ihrer Majestät Königin Mary von Schottland an einen gewissen Master Hamish Doughty, Mitglied der Gilde der schottischen Silberschmiede und laut Anschrift am Land Market in Edinburgh sesshaft. In dem Schreiben wird ihm befohlen, den Kerzenständer, den ihm der Überbringer dieses Briefs aushändigen wird, erst einzuschmelzen und dann neu zu formen, und zwar so, dass er möglichst nah an ein »bestimmtes persönliches Schmuckstück« heranreicht, das er selbst einmal im Namen seines einstmaligen Kunden James Hepburn, vierter Earl von Bothwell und Gemahl von Königin Mary, angefertigt hat.

»›Doch möchtet Ihr bitte darauf achten, den Umfang etwas großzügiger zu gestalten?‹ Was, in Christi Namen, kann damit gemeint sein?«

»Ich habe nur abgeschrieben, was da stand«, verteidigt sich Gregory.

Wieder einmal zupft Walsingham an seinem Bart. »Eine neue Verschlüsselung«, brummt er. »Oder aber …

Es heißt ja, sie hätte ein bestimmtes Pulver – eine Art Schwefel –, das die Schrift für das bloße Auge unsichtbar macht, wenn man es auf das Papier presst, dass die Buchstaben aber wieder auftauchen, sobald es mit Ammoniak in Berührung kommt.«

Die anderen wissen, dass es keinen Sinn hat, Walsingham zu fragen, woher er das weiß.

»Wir müssen das ursprüngliche Dokument an uns bringen«, fordert Wilkins. »Wir fertigen eine Kopie an, die wir in seine Tasche stecken, und arbeiten selbst mit dem Original.«

»Das werden wir am Vormittag schnell erledigen müssen«, erklärt Walsingham. »Da er Euch schon gesehen hat, Wilkins, werdet Ihr den Tausch vornehmen müssen, Master Beale, und zwar morgen Abend.«

Am nächsten Morgen sind sie erneut vor Sonnenaufgang auf den Beinen. Wieder überqueren Gregory und Wilkins die Brücke, die in die Stadt führt; diesmal kehren sie mit Papier, Tintenfässern und blutrotem Wachs zurück. Danach sitzen sie bei bestmöglichem Licht im Freien, und während Wilkins eine durchaus brauchbare Kopie von Königin Marys Siegelring erstellt, gelingt Gregory eine Nachahmung ihres Briefs.

Sobald das geschehen ist, steigt Beale in den Sattel und lässt sich von Walsingham den Brief sowie einen zweiten reichen, der an Sir Thomas Randolph adressiert ist.

»Unser Mann in Edinburgh«, klärt ihn Walsingham auf. »Ein Empfehlungsschreiben. Wir treffen uns morgen Abend in seinem Haus, ja?«

Beale sprengt über die Brücke davon. Er ist noch nie

in Schottland gewesen, aber zunächst kommt es ihm gar nicht so anders vor. Schon bald holt er den Knaben kurz vor der Stadt Dunbar ein. Die Straße windet sich durch Farn- und Heidekraut, vorbei an Wiesen, allesamt gesprenkelt mit Schafen, die hier ausnahmslos schwarze Gesichter haben. Von der Nordsee weht ein kalter Wind heran, und die Nacht bricht bereits an.

»Gott gewähre Euch einen guten Tag, Master. Kommt Ihr von weit?«

Der Junge zeigt sich auf vorsichtige Weise höflich und aufrichtig. Beale hingegen stellt sich als Salzhändler aus Droitwich vor. Zweifellos ist der Junge von dem Ale, das er gestern Abend getrunken hat, ziemlich verkatert und hat nur den einen Wunsch, von seinem Pferd herunterzukommen und zu schlafen.

Sie steigen vor dem Gasthof *Dolphin* ab, der im Schatten einer verfallenen Burg liegt, und bringen ihre Pferde in den Stall. Der Dialekt in dieser Gegend ist unverständlich. Umso dankbarer zeigt sich Beale dem Stallburschen gegenüber, als dieser ihm dabei hilft, ein Bier zu kaufen.

Der Gasthof selbst wirkt sehr altmodisch. Statt Stühlen werden Strohpritschen herausgetragen und um das Lagerfeuer herum aufgestellt. Der Lehm, der zum Trocknen beim Feuer ausgelegt wurde, knistert vor sich hin, und als er später in der Nacht abkühlt, macht er dasselbe Geräusch. Bis dahin hat Beale dem Jungen die Botschaft längst aus der Tasche gezogen und durch die Kopie ersetzt, und jetzt schnarchen beide um die Wette.

Nach einem Frühstück mit geräuchertem Fisch voller Gräten und noch mehr Bier, lässt Beale den Brief zusammen mit einem anderen Schreiben, das er darum gewickelt hat, im Gasthof zurück, damit Walsingham und die anderen ihn in Ruhe untersuchen können.

Er selbst und der Junge brechen wieder auf und reiten gemeinsam die Küstenstraße entlang gen Edinburgh. Der Junge hat nichts gegen seine Gesellschaft einzuwenden. Und da er andererseits nicht unbedingt um Anekdoten über den Salzhandel bettelt, ziehen sie in behaglicher Stille ihres Wegs. Sie haben Rückenwind, und so erreichen sie Edinburgh bereits am frühen Nachmittag.

Wütend starrt Francis Walsingham das Papier an. Nun haben sie schon alles versucht, doch stets ohne Erfolg.

»Geht es ... vielleicht nur um irgendeinen Gegenstand, den sie haben will?«, fragt Wilkins.

Alles riecht stark nach Alaun und Essig, und Walsingham brennen die Finger, nachdem er die ein oder andere Säure berührt hat.

»Aber hinter was könnte sie nur her sein?«, sinniert Gregory. »Was hat der Silberschmied für den Earl of Bothwell hergestellt?«

Walsingham beschleicht das fürchterliche Gefühl, dass er etwas tut, wovon er besser die Finger lassen sollte – oder dass er etwas unerledigt lässt, was er zu Ende bringen sollte. Bloß was?

»Beale wird uns berichten, was der Silberschmied als Nächstes unternimmt.«

Sie sammeln ihre Flaschen, Gläser und Pinsel ein und machen sich wieder daran, Beale und dem Jungen zu folgen.

Drei Tage später versammeln sich alle im Fürstengemach des Schlosses von Thomas Randolph, das ganz in der Nähe des schottischen Königspalasts gelegen ist, und grübeln gemeinsam über Hamish Doughty nach, den Silberschmied, der sich auf den ersten Blick tatsächlich als … Silberschmied und sonst nicht viel mehr entpuppt hat. Jedenfalls nicht als Attentäter.

»Er ist nur ein weiteres Glied in der Kette«, stellt Walsingham fest.

Das sagt er in einem Tonfall, als wünschte er sich sehnlich, es wäre so. Doch inzwischen sind Wilkins, Gregory und auch Beale davon überzeugt, dass er in dieser Angelegenheit nicht unvoreingenommen ist.

Doughty auf den Fersen zu bleiben erweist sich als Herkulesaufgabe. Dieser Mann ist im politischen Leben Edinburghs nicht untätig. Er kommt, er geht; er spricht mit vielen Männern und besucht viele andere. Um ihn lückenlos zu überwachen, wären eigentlich zehn Leute vonnöten, und jeder von ihnen müsste sich in Edinburgh auskennen – doch sie sind nur zu viert.

Immerhin weilt Thomas Randolph in der Stadt. Er ist kein Geringerer als Walsinghams Schwager, ein gewandter kleiner Mann mit wachen Augen, der stets glatt rasiert ist und vor Lebensfreude sprüht. Nachdem er kürzlich nach Russland gereist ist, weiß er zahllose Geschichten über dieses Land – und vor allem dessen Zaren Iwan – zu erzählen.

»Ich möchte ja nicht den Eindruck von Treulosigkeit erwecken, Francis«, meint er, »aber was ihre schottische Großcousine betrifft, hätte Königin Elizabeth sich durchaus ein Beispiel an Zar Iwan nehmen können. Der hätte Mary gleich bei ihrer Geburt erdrosseln lassen. Genauso hätte er es mit jedem gehandhabt, dem sie in ihrem Leben voraussichtlich begegnet wäre – ebenfalls gleich bei der Geburt –, und dann hätte er seine Kosaken von der Kette gelassen, damit sie jedes Land erobern, in das sie je einen Fuß hätte setzen können. Die hätten dann die Bewohner dieser Gebiete gezwungen, Salz in ihre Felder zu pflügen, sich anschließend ihr eigenes Grab zu schaufeln und sich am Ende selbst umzubringen. In Russland wissen sie eben, was es heißt, ganze Arbeit zu leisten.«

Mittlerweile ist ihnen der junge Bursche, John Kennedy, abhandengekommen.

»Irgendetwas stimmt da nicht«, murmelt Wilkins.

Es ist dunkel. In dieser Nacht leidet Königin Mary unter Schmerzen, möchte aber nicht, dass eine Kerze angezündet wird. Stattdessen befiehlt sie Pater Goole in ihr Privatgemach und lässt ihn wissen, dass sie die Beichte ablegen möchte.

»Hier, Eure Majestät?«, fragt er bestürzt.

»Die Mäuse sind weg«, erwidert sie. »Sie werden uns nicht hören.«

Sie liebäugelt schon lange mit dem Gedanken, sich in ihren privaten Gemächern einen tragbaren Altar aufstellen zu lassen. Dann, sagt sie sich, könnten die Mäuse sie jederzeit bei der Messe sehen und würden daraus unweigerlich schließen, sie wisse gar nicht, dass sie permanent beobachtet wird. Und da man sie ohnehin im Vorbeigehen erspähen könnte, würden sie wohl nicht danach trachten, im darüber gelegenen Gemach ein Guckloch in den Boden zu bohren.

Während der Pater die Gebete spricht, kniet sie sich auf die gepolsterte Bank und beginnt mit dem Bekenntnis ihrer Sünden.

James Hamilton of Bothwellhaugh ist aus seinen Diensten beim französischen König zurück und steht nun vor dem dürftigen Feuer im Empfangssaal der zwanzig Meilen von der Grenze nach England entfernten Burg Ferniehirst Castle in der Grafschaft Roxburgh. Er lässt die Finger über die Perlen seines Rosenkranzes gleiten, während sein Gastgeber, Lord Kerr, mit hörbarem Genuss irgendein Tier verspeist. Die Geräusche erinnern Hamilton an die Laute in Hundezwingern, und er wünscht sich, er hätte Paris nicht verlassen.

In der Tat hätte er Frankreich gar nicht verlassen können, hätte ihn Master Walsingham nicht mit einem *Angel* dafür belohnt, dass er ihm an jenem schrecklichen Tag der Rache das Leben gerettet hat. Ein merkwürdiger Gedanke – doch Gottes Wege sind unergründlich.

Heute geht ihm vor allem die Botschaft nicht aus dem Kopf, die ihn am Morgen bei seiner Ankunft in Ferniehirst erwartete. Königin Mary hat sie ihm aus der Gefangenschaft gesandt, und es hat ihn mindestens eine Stunde gekostet, den Code zu entschlüsseln.

Jetzt ist es ihm ein dringendes Anliegen, sich mit jemandem darüber auszutauschen, denn er kann sich einfach nicht entscheiden, ob der Brief das ist, worauf er die ganze Zeit gewartet hat, oder das, wovor ihm all die

Tage graute. Wie er sich doch wünscht, sein Pfarrer, Pater Goole, wäre jetzt bei ihm oder seine Frau wäre noch am Leben und könnte ihm einen Rat geben!

»Was bedrückt Euch?«, fragte Kerr, der immer noch in seinen Jagdstiefeln und der übergroßen blutroten Reithose steckt. Sein schottischer Dialekt ist unüberhörbar.

Hamilton hat keine Lust, mit Kerr darüber zu sprechen. Der Mann hat ihm Unterschlupf gewährt und damit auch das Leben gerettet, aber Hamilton möchte ihn in nichts mit hineinziehen. Was, wenn irgendetwas misslingt? Außerdem traut er ihm, wenn er ehrlich ist, ohnehin nicht ganz über den Weg.

Trotzdem ...

»Ihre Majestät hat ihre Skrupel überwunden«, sagt er.

Lord Kerr hört auf zu kauen. »Oh, ja?«

»Ich muss nach London und dort zu Elizabeth Tudor gelangen.«

Kerr bekommt leuchtende Augen. »Peng, peng!«

»Aber das ist keine Sünde, Eure Majestät«, erklärt Pater Goole. »Königin Elizabeth ist vor zwei Jahren exkommuniziert worden. Und hat nicht unser Heiliger Vater in seiner Bulle *Regnans in Excelsis* all ihren Untertanen befohlen, nach ihrem Ende zu trachten? Ja, hat er nicht verkündet, dass diejenigen, die sich diesem Gebot widersetzen, ebenfalls mit der Exkommunizierung bestraft und gleich ihr in die ewige Verdammnis der Hölle gestürzt werden?«

»Aber sie ist eine Königin und wurde von Gott dazu bestimmt«, gibt Mary zu bedenken.

Pater Goole seufzt. »Eure Majestät, sie würde nicht zögern, Euch ermorden zu lassen, wann immer ihr das gelegen käme. Und Ihr seid weder eine Häretikerin wie sie, noch habt Ihr Euch vom Leib Christi, unseres Erlösers, losgerissen. Und Ihr seid nicht exkommuniziert worden, sie sehr wohl.«

Sie finden John Kennedy nicht so sehr dank ihrem Geschick oder zufällig, sondern indem sie still in einer Schenke schräg gegenüber dem Wohnhaus des Edinburgher Silberschmieds Hamish Doughty sitzen und warten.

Drei Tage später ist es so weit.

»Da ist er.«

Für einen langen Moment rühren sie sich nicht. Sie sehen dabei zu, wie der Junge gegen den Fensterladen pocht, der daraufhin geöffnet wird. Ein paar Worte werden gewechselt, dann wird der Junge eingelassen.

Nicht sehr viel später taucht er wieder auf. Er hat seine Tasche dabei, nur ist sie diesmal nicht so unförmig. Erst blickt er nach links, wo die Burg steht, dann nach rechts die Straße hinunter, die ihn zurück nach England führen wird.

»Er sieht bekümmert aus«, meint Wilkins.

»So hat er auch schon beim Eintreten ausgesehen«, erwidert Gregory.

»Vielleicht will er gar nicht zurückkehren ...«

»Wie gehen wir denn jetzt mit dieser Sache um?«, will Beale wissen.

»Darum wird sich Master Walsingham kümmern müssen.«

Sie beobachten den Jungen dabei, wie er den Weg nach Osten einschlägt und die Marktstraße hinuntergeht.

»Folge ihm, Robert«, befiehlt Wilkins, an Beale gewandt. »Wenn er in Leith oder sonst irgendwo ein Pferd mietet, schickst du sofort einen Boten zu Master Walsingham ins Haus von Thomas Randolph.«

»Und was tust du in der Zeit?«

Wilkins' Blick wandert hinüber zum Haus des Silberschmieds. »Ich denke, bei Master Doughty ist eine Reise nach England fällig.«

Beale lässt die anderen allein und heftet sich dem Jungen an die Fersen. Je weiter sie sich von der Stadtmitte entfernen, desto mehr nimmt die Pracht der Gebäude ab. Bald schon laufen sie vorbei an Häuschen und Hütten, jämmerlichen Beeten mit wenig appetitlichem Gemüse und kargen Wiesen, auf denen hässliche Schafe weiden. Beale weht der Wind ins Gesicht, und ein dünner Regen setzt ein.

Er beobachtet, wie der Junge am Stadtrand in einen Gasthof tritt und wenig später auf einem Klepper hinausreitet. Der scheint allerdings seine eigenen Vorstellungen zu haben, und zu denen zählt keineswegs ein Ritt nach Berwick mit diesem Burschen auf dem Rücken.

Beale verfolgt, wie der Junge sich ostwärts müht. Dabei wirkt er so erschöpft, dass sich Beale ein bestimmter Verdacht förmlich aufdrängt: Der Junge muss schlechte Nachrichten überbringen. Allerdings kann Beale sich nicht vorstellen, dass Hamilton der Empfänger sein wird. Folglich nimmt er das Risiko auf sich, zu Thomas Randolphs Anwesen zurückzukehren, wo er Walsingham, tief in Gedanken versunken, antrifft. Im Nu haben sie sich von Randolph verabschiedet und sich auf gemietete Pferde geschwungen.

Als der Junge nach ein paar Meilen vor ihnen auftaucht, überlässt Beale es Walsingham, vorauszureiten und ihm in jenem Gasthaus in Dunbar die Ehre zu erweisen, das sie schon auf dem Hinweg kennengelernt haben.

Wilkins und Gregory stellen Hamish Doughty, als er gerade im Hinterhof seiner Werkstatt auf der Toilette sitzt. Er ist ein kräftiger Mann, der den engen Raum fast ganz ausfüllt, und es ist nicht einfach, ihn zu überwältigen, ohne allzu viel Lärm zu machen. Als er endlich auf dem Boden liegt, gibt er ein fürchterlich schweres totes Gewicht ab. Dennoch schaffen sie es, ihm zwei Säcke überzustülpen und ihn auf einen Karren zu verladen, den Thomas Randolph eigens zu diesem Zweck erworben hat. Noch bevor seine Helfer und Lehrlinge sein Fehlen bemerken können, schieben sie ihn schon durch die namenlose Gasse, die parallel zum Land Market verläuft.

»Du hast ihn nicht einmal sein Geschäft zu Ende verrichten lassen«, tadelt Wilkins Gregory. »Dann wirst aber auch *du* hinter ihm aufwischen, nicht ich.«

»Ein bisschen Scheiße, was ist das schon?«, brummt Gregory.

Alle beide haben gesehen, wie Männer durch Gassen geschleift und gevierteilt wurden, wie Bäuche aufgeschlitzt und die Eingeweide herausgezogen und der versammelten Menschenmenge gezeigt wurden wie

Würste, auf die der Metzgermeister besonders stolz ist. Mit anderen Worten: Sie haben gesehen, wie Männer in Blut gebadet haben.

Unter normalen Umständen würde Walsingham diesen Jungen nicht eines Blicks, geschweige denn eines Wortes würdigen, doch jetzt tut er beides. Er drängt ihm das beste Ale des *Dolphin* auf und unterhält ihn mit Anekdoten, wobei er hofft, dass der Junge bald einschlafen wird. John wiederum erzählt Walsingham, er sei der Lehrling eines Messerschleifers und auf dem Weg nach Sheffield – eine gute Lüge, denn sie kommt der Wahrheit nahe. Er hat offenbar weltfremde Vorstellungen vom Reisen in Schottland, denn wie er betont, ist dies nun schon der dritte Abend, an dem ihm sein Ale spendiert wird, und außerdem ist er entgegen seinen Befürchtungen weder ausgeraubt worden, noch ist ihm »Schlimmeres angetan worden«.

Er erzählt Walsingham von dem Salzhändler und den zwei reisenden Herren, die er unterwegs kennengelernt hat und die ihm eigentlich recht anständig vorkamen.

Erneut schenkt Walsingham John aus dem Krug ein.

Bald fallen dem Jungen die Augen zu. Kurz danach werden die Hunde vors Haus gebracht, die Matratzen ausgerollt und das Kaminfeuer abgedeckt. Der Tag ist vorbei.

»Du hast dir einen guten Schlafplatz ausgesucht«, lobt Walsingham den Jungen und streckt sich neben ihm aus.

»Ihr habt Euch kein eigenes Zimmer genommen, Master?«

»Ich habe hier schon einmal geschlafen. Auf der Matratze wimmelte es von Läusen, und dann gibt es hier auch noch Ratten.«

Er fragt den Jungen, ob er die Bissstelle sehen will, doch John ist bereits eingeschlafen.

In den frühen Morgenstunden zieht Walsingham vorsichtig die Tasche unter dem Kopf des Jungen weg. Viel scheint sie nicht zu enthalten: Wäsche zum Wechseln, einen einzelnen Schuh, einen langen Laib altes Brot, einen hübsch geschnitzten Holzlöffel und eine Klinge, mit der man noch mehr schnitzen kann. Eine Botschaft entdeckt er nicht darin.

Das einzige Auffällige scheint das Päckchen zu sein, das von dem Silberschmied stammen muss. Es ist schwer, etwa eine halbe Elle lang und straff mit gewachstem Leinen umwickelt. Im Schimmer der verhüllten Laterne wird Walsingham einfach nicht schlau daraus. Er stopft alles wieder in die Tasche und schiebt sie zurück unter den Kopf des Jungen.

Unter den Lebenden gibt es niemanden, der besser mit der Hakenbüchse umzugehen weiß als James Hamilton: Auf fünfzig Yards trifft er eine Muschel und auf hundert einen Kürbis. Doch seine neue Waffe ist von einem ganz anderen Kaliber…

»Sie schlägt aus wie ein Esel«, sagt er seinem Gastgeber.

Lord Kerr regt an, er könne flacher zielen und so einem Rückschlag vorbeugen.

Diesmal zertrümmert die Kugel die Muschel.

»Ha!«

»Die Königin ist tot«, verkündet Kerr grinsend. »Lang lebe die Königin.«

Seit zwei Tagen ist Königin Mary hervorragender Laune. All die Möglichkeiten, die das Leben bietet, scheinen sie regelrecht zu begeistern, und zusammen mit Bess, der Gräfin von Shrewsbury, frönt sie eifrig dem Sticken. Hin und wieder hört man sie sogar lachen.

»Dabei ist es gewiss ein hartes Los«, vertraut Mary Seton Margaret Formby an.

»Was?«

»So angekettet zu sein.«

»Ja, das denke ich auch.«

»Trotzdem …«, fährt Mary fort, »nach Michaeli wird es bald vorbei sein.«

Margaret starrt sie verblüfft an. »Michaeli?«

Doch Mary Seton lässt sich nicht weiter darüber aus.

Am Ende wird der Junge in Pontefract verhaftet.

»Die Burg ist geeignet, und ich hätte es nicht eine Sekunde länger ertragen, nicht zu wissen, was dahintersteckt«, gibt Walsingham zu.

Als John Kennedy seine Häscher erkennt, starrt er sie mit vor Hass glühenden Augen an und stößt mit matter Stimme Flüche aus. Kaum ist er abgeführt, befallen Robert Beale Gewissensbisse. Eigentlich hat er den Jungen ganz gern gemocht.

»Ja, eine schlimme Sache«, bestätigt Walsingham. »Aber was wissen wir denn schon? Vielleicht haben wir der Königin das Leben gerettet. Nun wollen wir mal sehen, was es mit diesem verdammten Ding auf sich hat.«

Sie befinden sich in der Wachstube von Pontefract Castle und warten darauf, dass Gregory und Wilkins den schottischen Silberschmied vorführen.

Mit seinem Messer durchtrennt Walsingham das Leinen und all die Schnüre um das Päckchen, bis ein Seidenbeutel mit Kordelzug zum Vorschein kommt. Er hebt die Augenbrauen.

»Da wurden keine Kosten gescheut«, murmelt er. Er löst die Bänder und lässt den Inhalt mit einem dumpfen Knall auf den Tisch fallen.

Es ist der Kerzenständer, der eingeschmolzen und zu einem Schaft aus reinem Silber von sechs Zoll Länge und dem Umfang eines Kinderarms gegossen wurde. Er weist einige Dellen und Beulen auf. An einem Ende befindet sich ein Loch, durch das man ein lose verknotetes rotes Seidenband gezogen hat.

Walsingham stupst ihn an. »Was ist das?«

Beale hat keine Ahnung.

»Kann man es öffnen?«

Der Gegenstand fühlt sich solide an. Er klopft damit auf die Tischplatte. Er klingt solide. Er versucht, ihn zwischen den Handflächen zu drücken. Nichts.

»Holt den Kleinen.«

Zwei Wächter schleifen den Jungen herbei. Offenbar hat er sie beschimpft, denn die Lippe ist aufgeplatzt und ein Auge zugeschwollen.

»Er ist die Treppe runtergefallen«, erklären sie Walsingham.

»Seht zu, dass das nie wieder passiert«, mahnt Beale.

Der Junge kann ihnen nichts über den Gegenstand sagen.

»Weißt du nichts, oder gibst du nur nichts zu?«

»Ich weiß nichts«, beteuert der Junge.

Eine Weile mustert Walsingham ihn prüfend. Der Junge starrt ihm unverwandt in die Augen.

»Ich habe das Gefühl«, brummt Walsingham schließlich, »dass du die Wahrheit sagst, aber nicht die ganze. Nicht alles, was du weißt.«

Der Junge breitet die Arme aus, die Handflächen nach oben gedreht, als wolle er sagen: *Ich kann Euch nicht alles verraten, was ich weiß, denn was würde dann aus mir?*

»Was tust du für Königin Mary?«

»Ich entfache am Morgen die Feuer in den Kaminen, schaffe die Nachttöpfe runter, putze die Schuhe und Stiefel, bringe den Mägden die Wäsche. Ich helfe der Köchin und dann den anderen Frauen, je nach ihren Wünschen, und erledige Botengänge für sie.«

Beale nickt. »Also ein Mädchen für alles.«

»Aye«, bestätigt der Junge, doch sein Blick sagt deutlich, dass er ihnen keine der Lügen verziehen hat, die sie ihm auf dem Weg nach Edinburgh aufgetischt haben.

Walsingham schenkt ihm ein seltenes, aufmunterndes Lächeln: John ist ein einfältiger, ehrlicher Jungspund, ein Pechvogel, wie er im Buche steht, und alle sind sich einig, dass es einfach nicht richtig wäre, ihn einem »peinlichen Verhör« auszusetzen, selbst wenn sie die Genehmigung dafür hätten.

Mit Hamish Doughty dagegen verhält es sich ganz

anders. Als er ihnen vorgeführt wird, kocht er vor Wut. Da er fast schon obszön dick ist, könnten böse Zungen auch von siedendem Fett sprechen.

Aber ein solcher Fettkloß ist bei Gott ein faszinierender Anblick, denkt Beale für sich.

Einer der Wächter betastet sogar das feiste Fleisch, drückt es ein und lässt es wieder zurückschnellen. Es ist wie Teig. Als er merkt, dass er beobachtet wird, hört er damit auf.

»Ihr Scheißkerle habt kein Recht, mich hierherzubringen! Ihr habt mich aus meinem Scheißland in dieses Drecksloch verschleppt. Ihr habt kein Recht, mich anzuglotzen, und erst recht keines, mich auszufragen!«

Walsingham gibt ihm eine Ohrfeige. Doughtys Hängewange wackelt noch einen langen Moment danach.

»Lass das Quengeln und hör endlich zu!«, fordert er, woraufhin sich Doughtys Wut zur Raserei steigert.

Heute werden sie kein vernünftiges Wort aus ihm herausbringen.

»Steckt ihn in den Gascoigne-Turm.«

Außer dem Tower von London gibt es in ganz England keinen Ort, der einem Menschen die eigene Sterblichkeit so eindringlich vor Augen führt wie der Gascoigne-Turm. Aus Feuerstein gemauert und fensterlos, ist er der Kerker, in den die Könige aus dem Haus Lancaster all jene gesteckt haben, von denen sie wollten, dass die Welt sie vergaß – darunter auch König Richard.

»Sind wir ermächtigt, mit ihm ein peinliches Verhör durchzuführen?«, erkundigt sich Gregory.

»Ja«, lügt Walsingham.

Die Lage ist verzweifelt. *Er* ist verzweifelt. Wenn es ihm nicht gelingt, Beweise zu finden, die für Königin Marys Verurteilung ausreichen, wird der zweite Teil seines Plans – der kompliziertere Teil – in sich zusammenfallen. Und was wird er dann noch in den Händen haben? Nichts als die obskure, phantomhafte Spur, die ihnen der mal diesem, mal jenem treue Willem van Treslong bietet.

So sitzen sie da und grübeln, zwischen sich auf dem Tisch den silbernen Gegenstand. Die Freude, die sie am Anfang empfunden haben, hat sich in Verdruss verwandelt. Walsingham schäumt vor Wut.

»Na gut«, knurrt er. »Dann werden wir sie selbst zur Rede stellen müssen.«

Eigentlich hätte Hamilton von Berwick aus mit dem Schiff fahren sollen, doch da er immer fürchterlich unter der Seekrankheit leidet, nimmt er einen von Lord Kerrs Zeltern und reitet von Ferniehirst zunächst in Richtung Osten in der Absicht, die Straße nach London zu finden. Über das Gepäck hinaus, das man bei einem Reisenden erwarten würde, hat er zwei vom Papst persönlich geweihte Münzen dabei, dazu ein in Venedig angefertigtes Kruzifix aus Elfenbein und ein Steingutfläschchen mit Wasser aus dem Jordan.

Nachdem er auf die richtige Straße gestoßen ist, geht es weiter in südlicher Richtung. In den Nächten schläft er, in seinen Reiseumhang gehüllt, am Straßenrand. Allmählich verfärbt sich das Laub, es geht auf den Herbst zu. Wird er den Advent noch erleben?

Nicht in dieser Welt, sagt er sich.

Kurz vor Doncaster lenkt er sein Pferd vorsichtshalber fort von der Straße und bemerkt dabei, dass ihm von Norden her eine größere Gruppe Männer folgt. Er steigt ab und versteckt sich hinter den Büschen, während er den Zelter grasen lässt.

Plötzlich gefriert ihm das Blut in den Adern, als er unter den Männern Master Francis Walsingham erkennt. Er hätte ihn in Paris erschießen sollen, als er am Tag der Vergeltung, gegen die Mauer gelehnt, dastand! Niemand hätte vermutet, dass es aus voller Absicht geschehen war. Stattdessen hat er einen Franzosen erschossen, einen, der seinem eigenen Glauben angehörte, und diesen Teufel verschont.

Das geschah natürlich aus Stolz. *Seht her, was ich alles kann!*

Zu zehnt ziehen sie vorüber: Walsingham, ein anderer Mann – wahrscheinlich sein Sekretär –, sechs bewaffnete Burschen – offensichtlich Soldaten – und ein Junge, der panische Angst zu haben scheint.

Hamilton blickt ihnen nach. Nun bedauert er, dass er seine Büchse nicht mitgenommen hat, denn jetzt hätte sich ihm die Gelegenheit geboten, dem Mann eine Kugel ins Ohr zu jagen. Aber aus Sorge, er könnte auffallen und in der Fremde mit einer Waffe festgehalten werden, hat er sie bei Lord Kerr in Ferniehirst zurückgelassen. Zu Hause wartet ihre Zwillingsschwester auf sie, die er sich aus Mailand hat senden lassen, damit sie später ihren Zweck erfüllen kann.

Er wartet, bis Walsinghams Gruppe in der Ferne verschwunden ist, und lässt dann noch etwas Zeit verstreichen, ehe er sein Pferd zurück auf die Straße führt, aufsteigt und die Reise in Richtung Süden fortsetzt.

Königin Mary schreit auf vor Enttäuschung.

»Nein! Nein! Nein! Du hast losgelassen! Ich war fast so weit, und da lässt du einfach los!«

Margaret Formby richtet sich auf und wischt sich übers Gesicht. »Es tut mir leid, Ma'am, ich …«

»Das ist mir egal! Raus! Raus! O Gott! Schick Mary zu mir!«

Hemmungslos schluchzend rennt Margaret vorbei an Mary Seton die Treppe hinab und stürzt hinaus aus dem Turm hinunter in die Vorburg. Über das Kopfsteinpflaster verläuft ein oben offenes Aquädukt, das die Küche und die Brauerei mit frischem Wasser versorgt. Ohne auf die Wächter zu achten, die ihr dabei zuschauen, taucht sie den Kopf hinein, bis Gesicht und Haare tropfnass sind. Sie will nur noch kreischen, weinen und fliehen.

Als sie den Kopf hebt und sich mit der Schürze über die Augen wischt, sieht sie, dass die Vorburg mit einem Mal voller Männer zu Pferde ist. Ebenso überrascht wie streng blicken sie auf sie hinab.

Einer von ihnen spricht sie an. »Seid Ihr Margaret Formby?«

Sie bestätigt es mit einem Knicks.

Jetzt steigt er von seinem Pferd. Er ist klein, gedrungen, und als er seine Kappe abnimmt, kommt kurz geschorenes Haar zum Vorschein.

»Ich bin Francis Walsingham«, sagt er.

Vor Entsetzen bleibt ihr schier das Herz stehen. Das ist der Leibhaftige, der Teufel selbst! Helfe ihr Gott!

Unwillkürlich starrt sie auf seine Füße hinunter, als erwarte sie, Hufe zu sehen. Sein Blick scheint durch ein Fenster bis in ihre Seele zu dringen und ihre Gedanken zu lesen. Er lächelt.

»Wir sind gekommen, um Eurer Herrin einen Besuch abzustatten«, erklärt er.

Still und regungslos sitzt Königin Mary auf ihrem Thron, über sich den Baldachin. Ihr Gesicht ist blass und geschwollen, und Beale muss wieder an den roten Urin in ihrem Nachttopf denken.

Master Walsingham scheint sich nicht unbehaglich zu fühlen. Er steht stumm und starr da und wartet geduldig.

Sie befinden sich in dem düsteren Empfangsraum des Turms mit seinen mächtigen, alten Butzenscheiben. Unwillkürlich suchen Beales Augen die hintere Wand nach jenem Loch in der Holzvertäfelung ab, durch das er in das Gemach spähen konnte, als der Mann, der sich jetzt als Zeremonienmeister ausgibt, die Messe zelebrierte. Er kann es nicht ausmachen und fragt sich, ob es vielleicht zugestopft wird, wenn nicht gerade jemand dahinter steht und es benutzt.

In diesem Raum riecht es nach abgestandenem Wasser, toten Blumen und angestautem Kummer. Er kann es kaum erwarten, hinaus an die frische Luft zu kommen, um wieder atmen zu können.

Schließlich seufzt die Königin.

»Seid Ihr gekommen, um mich zu befreien, Master Walsingham?«

»Ach, Ihr seid nicht in einem Zustand, aus dem Ihr befreit werden müsstet, Eure Majestät.«

Mary stößt ein verächtliches Schnauben aus. Für alberne Wortklaubereien ist sie zu müde, und sie alle kennen die Wahrheit.

»Wem oder welchem Umstand verdanke ich dann das Vergnügen Eurer Gesellschaft?«

»Ich bedarf Eurer Mithilfe«, antwortet Walsingham.

»*Meiner* Mithilfe?«

Beale ist sich sicher, dass die Königin gleich eine Reihe von sarkastischen Bemerkungen abfeuern wird, doch Walsingham schneidet ihr das Wort ab.

»Wir glauben, über die Fäden eines Komplotts gestolpert zu sein, mit dem das Ziel verfolgt wird, dem Leben unserer geliebten Herrscherin, Königin Elizabeth, ein vorzeitiges Ende zu bereiten. Wir glauben, dass Ihr – unwissentlich oder nicht – im Zentrum dieses Komplotts steht, dass Ihr der Punkt seid, um den es sich dreht.«

Mit einer kleinen Geste deutet er einen Kreis an.

Königin Mary blickt ihn an. Ihre nussbraunen Augen geben kaum eine Regung preis. »Ah ja?«

Walsinghams Lächeln wird steifer. Er hasst diese Frau. Eine Schweißperle dicht unterhalb seines Haaransatzes verrät seine Gefühle.

»Ja. Und in der zuversichtlichen Hoffnung, dass Ihr keinerlei Wunsch hegt, das Leben Eurer englischen Großcousine in irgendeiner Weise bedroht zu sehen, frage ich mich, warum Ihr vorletzte Woche Euren Diener – einen gewissen John Kennedy – nach Edinburgh entsandt habt, obwohl es ausdrücklich verboten ist, Verbindung mit Personen zu unterhalten, die vermutlich zu den gefährlichsten Aufständischen gegen Königin Elizabeth zu zählen sind.«

Königin Mary spielt die Verwirrte, doch der Anflug eines Lächelns schimmert in ihren Augen und flackert um ihre Lippen.

Sie wendet sich an die neben ihr stehende Mary Seton. »John Kennedy?«

»Der Junge, Eure Majestät.«

Da Königin Mary sich immer noch ahnungslos gibt, beschreibt Walsingham ihr, was der Junge wann und wo getan hat, und kommt dann auf Hamish Doughty zu sprechen.

Auffällig an der Szene ist, dass König Mary ungerührt oder vielleicht sogar leicht amüsiert wirkt, wohingegen es Mistress Seton nicht gelingt, ihre Gefühle zu verbergen. Ihre Augen sind weit aufgerissen und feucht, doch in ihrer Angst sieht sie merkwürdigerweise wunderschön aus. Mit jeder Geste und jedem Blick verrät sie ihre Königin, und als Francis Walsingham schließlich Beale auffordert, vorzutreten und der Königin einen silbernen Gegenstand zu zeigen, stößt Mistress Seton einen spitzen Schrei aus.

Königin Mary lächelt nur.

»Nun, was ist, Eure Majestät?«, fragt Walsingham, in dem der Zorn brodelt.

»Seid Ihr verheiratet, Master Walsingham?«

Er ist verblüfft über den Themenwechsel. »Eure Majestät?«

»Ihr habt eine Frau?«

»Äh, ja. Ja.«

»Und frönt Ihr dem Beischlaf?«

»Dem … Beischlaf?«

»Beischlaf, Master Walsingham. Was zwischen einem Mann und seiner Frau geschieht, zwischen Eheleuten.«

Sie blickt ihm ungerührt in die Augen, fordert ihn heraus, provoziert ihn geradezu – und gewinnt den Kampf.

Walsingham läuft rot an. »Mein Gott, Ma'am, ich … Was sagt Ihr da?«

König Mary gibt keine Antwort. Wortlos streckt sie Beale die Hand entgegen, dann schließen sich ihre Finger um den länglichen silbernen Schaft.

Mit einem Schlag wird alles klar.

Francis Walsingham steht im Vorhof der Burg von Sheffield und wartet darauf, dass sein Pferd gesattelt wird. Sein Blick ist auf den Stern gerichtet, der immer noch in der Kassiopeia leuchtet, aber anstatt sich zu fragen, was das bedeutet, ist er in Gedanken ganz woanders. Sein Bauchgefühl, seine Seele, sein Verstand – alles in ihm ist völlig durcheinander, aufgewühlt. Er bringt es nicht fertig, darüber zu lachen, was geschehen ist, über sich selbst, nachdem er sich zum Narren gemacht hat. Andererseits sieht er beim Festzurren des Sattels sehr wohl, dass Beale sich ein Grinsen nicht verkneifen kann.

Mein Gott, wie konnte er nur so dumm sein?

Er wartet und beobachtet dabei den Jungen – John Kennedy, den unschuldigen John Kennedy mit dem blauen Auge und der gespaltenen Lippe –, der jetzt vor der Tür auf einem alten Holzklotz sitzt und mit seinem Messer vor sich hin schnitzt. Unwillkürlich fragt sich Walsingham, wie es dazu kam, dass er den Jungen fünf Tage lang gejagt und durch das ganze Land verfolgt hat, und wie er einen Untertanen eines anderen Landes entführen konnte. Welche Folgen wird all das noch für ihn haben, nachdem Hamish Doughty gestern Nacht auf der Folterbank gestorben ist, ohne dass Walsingham ihn dem vom Kronrat genehmigten Verhör unterziehen konnte? Wie konnte er Königin Mary zur Rede stellen, nur weil … weil …

Ja, warum eigentlich? Weil er so überheblich ist!

Er presst die Augen zu. Schreien könnte er.

Stattdessen reißt er sich zusammen. Er wird das Richtige tun. Und anfangen wird er mit einer Entschuldigung bei dem Jungen.

Er tritt auf ihn zu. Beale steht bereits bei dem Burschen. Wahrscheinlich leistet auch er Abbitte.

In der Tat.

»Nun, John …«, beginnt er.

Der Junge sieht mit zusammengekniffenen Augen zu ihnen beiden auf, sagt aber nichts. Er ist völlig zu Recht aufgebracht. Ihretwegen, aber auch wegen König Mary.

Nun hackt er wieder wie ein Besessener auf sein Holzstück ein.

»Was stellst du da her?«, fragt Beale in einem Versuch, die Aufmerksamkeit des Jungen zu gewinnen, ein Gespräch einzuleiten.

Der Junge schweigt. Ein langer Span löst sich unter dem Messer und fällt zwischen ihren Füßen auf den vom Tau nassen Steinboden.

»Ein Löffel ist das nicht«, fährt Beale fort.

Der Junge gibt ein Grunzen von sich.

»Schnitzt du … was könnte das sein? Ein Ei?«

Der Junge breitet die Handfläche aus. »Königin Mary mag das.«

Erschrocken wechseln Beale und Walsingham einen Blick. Ist es etwa auch so ein … *Ding*?

»Nein«, sagt der Junge, als könnte er ihre Gedanken lesen.

»Was dann?«

Der Junge zuckt mit den Schultern.

Walsingham bittet darum, den Gegenstand sehen zu dürfen. Er ist aus sehr hellem, weichem Holz – Fichte. An der Seite befindet sich ein kleines Loch.

»Das kann nicht leicht sein«, meint Beale.

Der Junge nickt. »Dafür braucht man eine Ahle.« Er vollführt ein paar erklärende Gesten.

»Wozu denn nur?«

Neuerliches Schulterzucken. Walsingham streicht mit dem Daumen über die Einkerbung. Sie erinnert ihn an einen toten Briefkasten, den er einmal in Leuven benutzt hat. Der bestand aus einem Schlitz am Fuß eines Pfostens, in dem einer seiner Agenten – war es Willem van Treslong? – eine in einer Wachskugel verborgene Nachricht platziert hat.

Der Junge beobachtet ihn. Beale ebenfalls. Walsingham wirft und fängt das Ei in der Manier eines Jongleurs. Es ist federleicht. Er wirft es Beale zu, der es aus der Luft schnappt.

Stumm streckt der Junge die Hand danach aus.

Beale gibt es ihm zurück.

»Gut …«, sagt Beale, bereit, sich zu verabschieden.

Doch plötzlich befällt Walsingham eine Ahnung. Er spürt, dass er irgendetwas auf der Spur ist. Bloß was ist es?

»Kann ich es noch einmal sehen?«, bittet er.

Der Junge reicht ihm das Ei.

Für einen langen Moment starrt Walsingham es an. In der Stille fliegt ein Schwarm Gänse in weniger als zwanzig Fuß Höhe mit knarrenden Flügeln über den grauen Himmel. Walsingham blickt ihnen nach, wie sie die Vorburg und die Mauer überqueren, um dann auf dem Fluss zu landen.

Mein Gott, denkt er. *Mein Gott!*

Rasch durchquert er die Vorburg und stützt sich mit den Händen auf die Mauer. Feuchte graue Steine, vielleicht brusthoch, und dahinter schwebt über den brodelnden, aufgewühlten Fluten des Don ein feiner Nebel.

Er wiegt das Holzei in der Hand.

Mein Gott.

Was er als Nächstes tut, erscheint ihm vollkommen natürlich, etwas, was jeder machen würde: Er schleudert das Ei ins Wasser. Für einen Moment verliert er es aus den Augen, dann taucht es wieder auf und tanzt auf den Wellen davon.

Wie geht es stromabwärts weiter? Fünfzig Meilen karge Landschaft, dann das Meer.

Ihm ist, als würde er fallen. Er ringt um Luft.

Mein Gott. Mein Gott.

Walsingham dreht sich um.

Hinter dem dicken Glasfenster des Turms erscheint ein blasser Schmierfleck, ein Gesicht.

Lacht sie über ihn?

Teil 3

13

Seething Lane, London, 9. Oktober 1572

»Los schon! Den Durchgang freihalten! Macht Platz!«

Mit dem Griff seines Amtsstabs schubst der Wächter einen alten Mann fort von dem großen Tor. Der Alte sitzt hier schon seit zwei Tagen und hält den Vorübergehenden erfolglos seine schmutzige Mütze entgegen. Sein kahl rasierter Kopf ist von Kratz- und Schnittwunden verunstaltet. Über einem Auge prangt ein fürchterlich fleckiger Verband. Und dann verbreitet er einen starken Geruch nach Fisch, als würde er in den Nächten auf den Stufen zum Fischmarkt von Billingsgate schlafen.

Resolut räumt der Wächter den Weg für Master Walsingham, Master Beale und sechs Mitglieder von Elizabeths Garde in ihrem Gefolge frei. Walsingham wirkt ernst und steif, doch zumindest Beale begrüßt den Wächter mit einem Nicken, als sie in den Burghof reiten.

Als das Tor geschlossen wird, ist der alte Bettler verschwunden. Zurück bleibt lediglich seine Mütze mit einem verwesenden Fisch darin.

Mühselig steigt Walsingham von seinem Pferd. Schmach, Enttäuschungen und das Alter haben seinen Körper steif werden lassen, und nach dem langen Ritt kann er sich kaum noch rühren.

Dennoch freut er sich, wieder daheim zu sein. Schon kommt ihm seine Tochter entgegengerannt und wirft beide Arme um ihn. Sie weiß von nichts, nicht das Geringste. Gleich darauf sind auch seine Frau und die Hebamme bei ihm und erzählen ihm aufgeregt von dem Neugeborenen. Er weiß, dass er nichts dazu getan hat, um solches Aufhebens zu verdienen. Nach einer Weile scheint seine Frau zu spüren, wie sehr er sich selbst verabscheut.

»Ist nicht alles nach Plan verlaufen, Francis?«

»Ich glaube, sie hat mich zum Narren gehalten«, knurrt er.

Ihr Lächeln erlischt. »Aber Quesada? Seine Flotte ist doch gar nicht gesichtet worden.«

»Das nicht. Richtig. Eine List hat England gerettet, bloß um welchen Preis? Und für wie lange?«

Diese Fragen kann er beim besten Willen nicht beantworten. Mit wem stand Königin Mary in Verbindung, während er in die Irre geführt wurde und abgelenkt war? Mit König Philipp? Dem Papst? James Hamilton? Oder mit einem der vielen Hitzköpfe? Mit jungen Männern, die es als edles Märtyrertum betrachten, wenn man das eigene Leben für seine katholische Königin opfert? Mit der Sorte von Männern, die Bilder von ihr auf Karten zeichnen und sich dann auf die Haut stechen lassen?

Er lässt seine Frau im Haus zurück und geht in sein Amt. Zerstreut sperrt er die drei Schlösser auf. Tausend Gedanken wirbeln ihm durch den Kopf.

Erst als er eingetreten ist und die Tür hinter sich zuzieht, bemerkt er den Geruch einer brennenden Zündschnur.

Doch da ist es schon zu spät.

Er erstarrt.

Auf seinem Stuhl sitzt ein Mann. Zwei Zündschnüre glühen, und zwei Pistolenläufe zeigen mitten auf Walsinghams Gesicht. Sein Herz setzt einen Schlag aus.

»Dee!«, ruft er entgeistert.

»Keine Bewegung, Walsingham«, faucht Dee. »Ich habe feststellen müssen, dass ich als Schütze nicht viel tauge, aber von hier aus kann nicht einmal ich Euch verfehlen. Wenn Ihr auch nur mit einem Muskel zuckt, werde ich Euch mit dem größten Vergnügen Euren erbärmlichen Schädel von Euren verfluchten Scheißschultern schießen.«

Walsingham rührt sich nicht.

»Dee?«, fragt er. »Wie …? Wie habt Ihr …?«

»… überlebt?«, beendet Dee an seiner Stelle die Frage. »Ja, es muss Euch einigermaßen überraschen, mich lebend zu sehen.«

»Ich … ich gebe zu, dass ich die Hoffnung zeitweise schon aufgegeben hatte.«

»*Hoffnung?* Ihr habt die *Hoffnun*g zeitweise aufgegeben?«

»Ja.«

»Beim Blut des Heilands, Walsingham, Ihr habt wirklich Nerven!«

Nun, da seine Augen sich an das Halbdunkel gewöhnt haben, mustert Walsingham den anderen aufmerksamer. »Meine Güte, Dee, Ihr seht ja entsetzlich aus! Warum tragt Ihr Kleider wie ein Bettler?«

»Mund halten, Walsingham! Kein Wort mehr, oder ich jage Euch eine Kugel in Euer dämliches, verfettetes Gehirn, bevor Ihr ausgesprochen habt. Ihr stellt mir keine Fragen, ist das klar? Nicht, solange ich diese zwei Eisen habe.« Er wedelt mit den Pistolen. »Verstanden?«

Walsingham sieht, dass er es ernst meint. »Verstanden.«

Wird es ihm gelingen, nach der Schnur zu greifen, die er unter dem Pult angebracht hat, um die Alarmglocke zu betätigen?

Als könnte er seine Gedanken lesen, schüttelt Dee den Kopf und deutet mit einer der beiden Pistolen auf die Schnur: Sie ist durchtrennt worden.

Schweigen breitet sich zwischen ihnen aus. Fast könnte man meinen, Dee wüsste nicht, wie er beginnen soll.

Schließlich fängt er doch an, wenn auch mit abgehackter, krächzender Stimme.

»Bess wusste also Bescheid?«, fragt er.

»Bess?«

»Ihre Majestät, die Königin.«

»Worüber?«

Dee seufzt. Walsingham sieht, wie sich sein Finger um den Abzug krümmt.

»Die Dokumente«, souffliert Dee. »Admiral da Silvas Dokumente. Wusste sie, dass sie gefälscht waren?«

Walsingham rauscht das Blut in den Ohren. »Woher wusstet *Ihr* das?«

Dee kann der Verlockung nicht widerstehen. »Weil ich sie einen ganzen Tag lang studiert habe, und das in einem abscheulichen Gasthaus bei einem Fischer, der so fürchterlich stank wie ein zu meinen Füßen schlafender Seehund. Alle Aspekte habe ich geprüft, alle Zahlen, sämtliche Permutationen jedes Verschlüsselungsverfahrens, das mir bekannt ist; und dann bin ich alles in allen möglichen Sprachen und Dialekten durchgegangen: Hebräisch, Lateinisch, Griechisch, Englisch, Schottisch, Spanisch und Französisch. Sogar mit Holländisch und Angelsächsisch habe ich es probiert. Und mit dem Genueser Dialekt. Eine Zeit lang habe ich vermutet – gehofft! –, der Admiral hätte eine Sprache entdeckt, die nur dem alten Adam bekannt war, weil einfach nichts irgendwohin führte. Nichts hat einen Sinn ergeben. All meine Berechnungen haben die Straße von Anian in Gegenden verlegt, wo sie unmöglich sein kann oder von denen ich wusste, dass sie gar nicht existieren, oder in solche, in denen ein Normalsterblicher sie nie hätte entdecken können. Ich war schon fast am Verzweifeln, als ich auf eine vergrabene Spur stieß. Ein Zeichen. Ein winziger Schnörkel, den man nie bemerken würde, es sei denn, man erwartet insgeheim, ihn zu finden, weil man schon den Verdacht hat, dass man das Werk eines alten Freundes vor Augen hat, der Dingen dieser Art nie widerstehen konnte: Gerolamo Cardano.«

Walsingham fährt unwillkürlich zusammen, als dieser Name fällt.

»Ja«, bestätigt Dee. »Es war sein Zeichen, das mir alles verraten hat: Euren Plan. Hätte ich es nicht gesehen, wäre ich erschossen worden, wie es Euer Plan vorgesehen hat.«

Walsingham nimmt sich vor, falls er hier lebend herauskommt, Gerolamo Cardano einen Besuch abzustatten, selbst wenn das eine neuerliche Reise ins katholische Paris bedeutet. In welcher Kaschemme auch immer dieser kleine Dreckskerl seinen ganzen Lohn vertrinkt, Walsingham wird ihn herausholen, doch jetzt sagt er kein Wort.

»Da ist mir Isobel Cochet eingefallen …«, fährt Dee fort.

»Ihr habt sie gefunden? Ihr habt Isobel gefunden? Wie geht es ihr?«

Dee starrt ihn voll blanker Verachtung an. »O ja, ich habe sie gefunden.« Er spuckt die Worte geradezu heraus. »Ich habe sie gefunden – und verloren. Sie ist tot.«

Walsingham schafft es nicht, einen entsetzten Aufschrei zu unterdrücken.

»Ja«, zischt Dee. »Ganz recht. Das habt Ihr zu verantworten, Walsingham. Ihren Tod. Ihr habt sie in den Tod geschickt.«

»Nein!«, schreit Walsingham voller Leidenschaft.

Dee hebt beide Pistolen. Walsingham versucht, sich wieder zu beruhigen.

»So wahr Gott mein Zeuge ist, das habe ich nicht getan«, erklärt er. »Ich wusste nicht, dass sie ihr Kind verschleppen würden! Ich nahm an, Oliver Fellowes sei derjenige, den der Kardinal auf seine Seite gezogen hat. Ich nahm an, Oliver sei Katholik! Sein Vater war einer, und darum habe ich geglaubt, er könne es ebenfalls sein. Deshalb bin ich ein Risiko eingegangen – eines, das uns beide fast das Leben gekostet hätte – und habe mich bemüht, ihm vorzumachen, dass die gefälschten Da-Silva-Papiere echt seien. Ich habe ihm die Möglichkeit gegeben, sie dem Kardinal vorzulegen … Aber das hat er nicht getan. Ich gebe zu: Ich habe einen Fehler gemacht. Einen Fehler. Ich wusste nicht, dass sie Isobels Kind verschleppt hatten. Ich wusste nicht, dass *sie* diejenige sein würde, die der Kardinal auf seine Seite ziehen würde. Aber ich habe sie nicht in den Tod geschickt.«

»Und Ihr habt alles Euch Mögliche getan, um das Mädchen zurückzubekommen?«, fragt Dee. »Isobels Tochter?«

Das lässt Walsingham stocken. Die Schuld fühlt sich an wie ein kalter, nasser Aal, der sich durch die Innereien windet und den Geruch von Tod und Verfall verbreitet.

»Ich hatte viel zu tun«, rechtfertigt er sich.

Dee starrt ihn bloß wortlos an, und er – Walsingham – teilt seine Abscheu.

»Verratet mir nur noch eines, Walsingham, damit ich, wenn Ihr tot seid, allen sagen kann, was in Eurem Kopf vorgegangen ist: Als Ihr den Kardinal von Lothringen habt wissen lassen, dass Ihr im Besitz von Dokumenten über die Lage der Straße von Anian wart … woher wusstet Ihr da, dass er versuchen würde, sie zu stehlen? Und nachdem er sie an sich gebracht hatte, wie konntet Ihr ahnen, dass er sie den Spaniern vorlegen würde?«

Walsingham hasst es, anderen etwas zu verraten, egal wem, egal was. Doch genau das glaubt er, Dr. Dee schuldig zu sein. Oder genauer gesagt: Wenn er schweigt, wird Dee ihm eine Kugel durch den Schädel jagen. Darüber hinaus hofft er, die Wahrscheinlichkeit, dass Dee ihn erschießt, könnte geringer werden, je länger er mit ihm spricht.

»Es war ein Risiko«, gibt er zu. »Aber ich wusste, dass der Kardinal und König Charles von Frankreich zerstritten waren – die Familien de Guise und Valois sind bis heute Todfeinde – und dass er die Fühler nach Spanien und zu König Philipp ausstreckte. Darum habe ich vermutet, dass er – vorausgesetzt, ihm fielen Erkenntnisse über die Straße von Anian in die Hände – dieses Wissen garantiert dazu benutzen würde, sich König Philipps Gunst zu erkaufen. Hätte der Kardinal gewusst, dass Quesada zu dem Zeitpunkt schon übers Meer segelte in der Absicht, uns zu überfallen, dann hätte er vielleicht abgewartet und sich angeschaut, wie die Dinge sich entwickeln. Aber das hat er Gott sei Dank nicht getan. Ich wiederum war mir sicher, dass Philipp, sobald er erführe, wo diese sagenumwobene Passage liegt, Himmel und Erde in Bewegung setzen würde, um sich eine viel größere Trophäe zu sichern und uns – oder den Franzosen – zuvorzukommen.«

»Also habt Ihr dafür gesorgt, dass er geglaubt hat, Ihr hättet diese Kenntnisse?«

Walsingham nickt. »Es war leicht genug. In Paris wimmelt es seit jeher von Spionen. Und ich hatte den Verdacht, dass selbst Gerolamo Cardano im Sold des Kardinals stand.«

»Aber wie kann man ihm solche Dokumente zukommen lassen, hm?«, fragt Dee, obwohl er die Antwort bereits weiß. »Auf gewisse Weise sah es ja so aus, als hättet Ihr sie verloren.«

Walsingham blickt zu Boden. Ihm fällt auf, dass einer von Dees Füßen unbekleidet ist.

»Ich habe es Euch doch gesagt«, erwidert er. »Ich hatte mich getäuscht. Ich dachte, Oliver Fellowes würde sie dem Kardinal bringen, aber … er war nicht das, wofür ich ihn hielt. Er war loyal. Und der Kardinal hat sich ein Druckmittel ausgedacht, mit dem er Isobel dazu zwingen konnte, die Dokumente an sich zu reißen: Rose, ihre Tochter. Ja …«

Alle Luft scheint aus dem Raum gewichen zu sein, und die Zündschnüre der zwei Pistolen glimmen nur noch matt. Dee bläst darüber und entfacht so die Glut aufs Neue.

»Aber«, setzt er nach, »das war nicht genug, nicht wahr? Ihr musstet beweisen, dass die Da-Silva-Dokumente echt waren und Ihr sie zurückbekommen wolltet, weil der Kardinal oder König Philipp sonst womöglich den Braten gerochen und gemerkt hätten, dass sie allzu leicht in ihren Besitz gelangt waren. Folglich habt Ihr mich entsandt – in der Hoffnung, ja Gewissheit, dass ich scheitern würde. Tatsächlich wart Ihr sogar darauf angewiesen, dass ich scheitere, nicht wahr? Das war ja auch der Grund dafür, dass Ihr diese holländischen Seeleute losgeschickt habt, damit sie mich erschießen …«

»Wartet … Nein!«

»Doch! Damit dafür gesorgt war, dass ich, falls es mir gegen alle Wahrscheinlichkeit gelänge, die Papiere zurückzustehlen, jenen Strand niemals lebend verlassen, sondern mit den Dokumenten in meinem Gepäck von den Männern des Kardinals aufgefunden werden würde.«

»Nein!«, ruft Walsingham. »So weit ging das nicht. Das habe ich nicht getan!«

Himmelherrgott, denkt er, *warum* habe *ich das nicht bedacht? Das hätte ich tatsächlich tun sollen!*

Doch dann begreift er es auf einmal.

»Aber… wenn es Euch tatsächlich gelungen ist, die Dokumente zu stehlen und zu dechiffrieren, was hat Quesada dann dazu veranlasst, den Kurs zu ändern und auf Neu-Spanien zuzuhalten?«

Dee stößt einen langen, betrübten Seufzer aus. »Damals nahm ich von Euch an, Ihr würdet trotz all Eurer bösen Absichten ausnahmsweise nicht zu Eurem eigenen Vorteil handeln, sondern im Sinne einer Person, die ich liebe und von der ich glaubte, dass sie mich liebt.«

Diesmal ist es Dee, der ins Stocken gerät, und für einen kurzen Moment bricht ihm die Stimme, so wie zuvor seinem Gegenüber. Danach breitet sich Schweigen aus.

»Was habt Ihr dann also getan?«, fragt Walsingham schließlich. »Mit den Dokumenten?«

»Ich habe sie in meinem Gasthaus auf dem Tisch liegen lassen, als ob ich von den Männern des Kardinals überrascht worden wäre. Allerdings habe ich sie so zurückgelassen, wie sie waren: verschlüsselt. Der Kardinal sollte nur das sehen, was er sehen wollte. König Philipp ebenso. Und was sie sehen wollten, war Grund genug, Quesada über das weite Meer zu schicken, und zwar bis hinauf zu den Eisfeldern, von wo er, so Gott will, nie wieder zurückkehren wird.«

»Dee«, beginnt Walsingham und streckt dem anderen die Hände entgegen. »Ihr habt England gerettet, und ich kann Euch nicht genug…«

Dee wedelt mit den Pistolen.

»Spart Euch das, Walsingham. Ich brauche Euren Dank nicht. Und jetzt tretet Ihr wieder dorthin zurück, wo Ihr vorhin wart. Am Schluss werde ich Euch trotzdem erschießen, das ist Euch doch klar, oder?«

Walsingham gehorcht und weicht einen Schritt zurück.

»Hört zu, Dee«, beginnt er. »Das Ganze war … ein verdammt schäbiges Geschäft, da gebe ich Euch recht. Aber ich war verzweifelt, und ich habe es weiß Gott nicht leichten Herzens getan. Sowohl Isobel als auch Oliver Fellowes waren mir teuer, und ihr Tod wird schwer auf meinem Gewissen lasten, solange ich lebe …«

»Also nicht mehr allzu lang.«

»… aber es war das Einzige, was uns gegen Quesada geblieben war. Es war ein Glücksspiel: ihr Leben gegen das Leben unzähliger anderer; ihr Leben für unser Land, unsere Königin, unsere Religion. Das könnt Ihr doch sicher verstehen?«

Dee bleckt die Zähne, dann bläst er wieder über eine der Zündschnüre, um sie weiter am Glühen zu halten.

»Es muss doch auch andere Möglichkeiten gegeben haben«, knurrt er. »Und jemanden auszusenden, damit er mich tötet …«

»Das habe ich nicht getan, Dee, so wahr mir Gott helfe! Ich habe niemanden ausgesandt, damit er Euch tötet.«

»Wer dann? Jemand *hat* es getan. Diese holländischen Hurenböcke haben nicht einfach zum Vergnügen geschossen. Sie waren aus einem bestimmten Grund dort.«

»Woher wisst Ihr das?«

»Weil sie einen Mann erschossen haben, den sie mit mir verwechselt haben.«

Walsingham zupft an seinem Bart. Er überlegt.

»Kennt Ihr einen Mann namens van Treslong?«, fragt er. »Willem van Treslong. Ein holländischer Seebettler.«

»Der geholfen hat, den Spaniern Den Brill abzujagen? Ich habe von ihm gehört. Warum? War *er* das? Waren das seine Männer?«

»Wer weiß? Vielleicht. Ich habe ihn damals angeworben, damit er Quesadas Flotte im Auge behält, und später, damit er Euch vor Nez Bayard aufliest. Außer Euch und mir – natürlich auch Beale und der Königin – war er der Einzige, der wusste, dass Ihr in jener Nacht dort sein würdet.«

»Ihr drei also, ich verstehe. Und was hat er getan? Euch missverstanden? Als Ihr sagtet: ›Holt John Dee dort raus‹, hat er da vielleicht ›Schießt John Dee in den Kopf‹ verstanden?«

Bis zu einem gewissen Grad gewinnt Walsingham seine Fassung zurück. Jetzt glaubt er nicht mehr, dass Dee ihn töten wird. Er lässt die Hände sinken.

»Ich habe immer noch vor, Euch zu erschießen, Walsingham.«

Walsingham hebt die Hände wieder. »Wenn es zu Verwirrungen gekommen sein sollte, dann kann es nicht so vonstattengegangen sein, wie Ihr meint, Dee, denn ich habe damals gar nicht mit ihm gesprochen. Er war bereits von La Rochelle aus in See gestochen. Darum habe ich ihm über die bewährten Kanäle eine Botschaft geschickt. Er wird die Codes vernichtet haben, aber Ihr könnt ihn selbst fragen.«

»Er wird irgendwo im Golf von Biskaya sein, wie ich

annehme, und Ausschau nach Männern halten, auf die er schießen kann, nach neuer Beute.«

»Nein«, entgegnet Walsingham. »Unmittelbar bevor er ausziehen wollte, um Euch aufzuspüren, wurde sein Schiff von Quesadas Flotte übel zugerichtet. Ihre Majestät hat ihm gestattet, für die Reparatur des Ruders das Trockendock in Limehouse zu benutzen. Er ist immer noch dort.«

Lange mustert Dee Walsingham mit einem ruhigen und unerschütterlichen Blick aus seinen braunen Augen, wie Walsingham zu erkennen glaubt. Tatsächlich aber spricht mehr daraus: Güte, Klugheit und Vergebung. Zu guter Letzt lässt Dee eine von seinen Pistolen sinken – eine.

»Na gut«, murmelt er. »Dann sollten wir uns am besten auf die Suche nach ihm machen, nicht wahr?«

Walsingham stimmt ihm zu. Auch er würde gerne ein Wörtchen mit van Treslong reden.

14

London, 9. Oktober 1572

Es ist kurz nach vier Uhr, als James Hamilton sein Pferd durch das Bishopsgate führt. Es regnet. Er hat den Kragen hochgeschlagen, die Hutkrempe nach unten gebogen und achtet darauf, die Aufmerksamkeit des Wächters nicht auf sich zu lenken. Im Stall des Gasthauses *The Bull*, einem gedrungenen Turm südlich des Stadttors, stellt er das Ross unter, dann schultert er seine Satteltaschen und marschiert die Straße entlang in Richtung Cheapside. Er hat sich schon so lange nicht mehr unters Volk gemischt, dass er ganz nervös wird. Überdies wird er ständig von Männern angerempelt, die seine Sprache nicht beherrschen, eine merkwürdige, dunkle Hautfarbe haben und befremdliche Kleidung tragen, die ein wahrer Engländer sich nie überziehen würde. Kurz, ihm ist, als würde er in seiner eigenen Heimat nichts mehr gelten. Er muss an sich halten, sich auf die Zunge beißen, die Faust in der Tasche machen und darf auf keinen Fall um sich treten.

Ruhig bleiben – darauf kommt es an. Unbemerkt durch die Gracechurch Street zur Church of Saint Magnus the Martyr schlendern.

Je mehr er sich dem Fluss nähert, desto aufdringlicher werden die Gerüche. Er hat London schon immer gehasst. Hier gibt es keinen Himmel, keine Erde und außer dem Fluss nichts, was nicht von Menschenhand gemacht wurde. Außerdem verstopft ihm die übel riechende Luft der Stadt Nase und Mund.

Er stellt sich an der vereinbarten Ecke auf, und nur einen Moment später ergreift ihn ein Mann am Ellbogen.

»Kommt mit.«

Es ist der katholische Priester, der mit ihm beten, ihm die Beichte abnehmen und ihn für die anstehende Aufgabe segnen wird. Er ist so groß wie Hamilton, aber fürchterlich ausgemergelt. Die Mütze ist ihm über die Ohren gerutscht, und seine Zähne stehen kreuz und quer durcheinander wie die Grabsteine auf einem Friedhof.

Die Brücke im Rücken, folgen sie der Billingsgate ostwärts, vorbei am Kai und durch ein Labyrinth aus aufeinandergestapelten Wollballen, die dort angekommen sind und noch darauf warten, für den Markt gewogen zu werden. Hin und wieder sehen sie durch Lücken zwischen den Häusern auf der rechten Straßenseite den Fluss schimmern.

Doch Hamilton hat nur Augen für das sich vor ihm auftürmende Gebäude: den Tower.

Plötzlich befällt ihn das Grauen. Das ist der Ort, wo seine Reise enden wird – in einem Chaos aus Blut, Eingeweiden und Schmerzen. Die Gesichter der Menschen, an denen er vorübergeht, scheinen immer größer zu werden, als wären sie unter Wasser, eines hässlicher als das andere, verzerrt, vernarbt, zerklüftet von Alter und Ausschweifungen. Sie wissen es. Sie wissen es! Sie warten. Er steckt in einem Höllenkreis.

Und doch gehen sie weiter darauf zu …

Gerade wollen sie eine Straße überqueren, die zum Fluss führt, als der Priester etwas zur Linken bemerkt. Unwillkürlich zuckt er zusammen und fährt herum. Mit Fingern so fest wie eine Zange ergreift der Geistliche Hamilton am Ellbogen und lässt sich nicht abschütteln.

»Da kommt er«, zischt er. »Master Walsingham.«

Eilig zerrt ihn der Priester in den Schatten an der Ecke Seething Lane und Tower Street.

»Einfach weiterlaufen«, fordert er ihn auf.

Das tun sie; gemeinsam eilen sie zurück zur Brücke.

»Verbergt Euer Gesicht. Wenn er es gesehen hat, wird er es nie vergessen.«

Doch Hamilton dreht sich unwillkürlich um und blickt zurück. Da ist er: Zügig schreitet Master Walsingham die Straße zum Fluss hinunter, um ihn herum eine Menschenmenge, die in die gleiche Richtung strebt, und eine Handvoll bewaffnete Wächter.

Hamilton fragt sich, was es wohl bedeuten mag, dass sie einander so oft nur um Haaresbreite verfehlen. Erst in Paris – und diese Woche gleich zweimal: in der London Road und jetzt hier in der Seething Lane.

Das ist ein Zeichen des Himmels, sagt er sich. Wenn Gott sich nicht wünschte, dass seine Mission ein glückliches

Ende findet, würde er diese Begegnungen ganz anders ausgehen lassen.

Hamilton fühlt sich von religiösem Eifer durchdrungen.

Gott will es. *Deus vult.*

Als sie die Straße endlich wieder erreicht haben, halten sie erneut inne. Mit ihren vielen Schlaglöchern und Furchen erscheint sie Hamilton schrecklich gefährlich, aber sie wagen es trotzdem und überqueren sie unbeschadet. Danach, im dunklen Gassengewirr nördlich des Tower, fühlen sie sich weitaus sicherer. Es ist das Viertel, in dem die Sattler leben und arbeiten. Die Häuser hier neigen sich in den oberen Stockwerken so nahe zueinander, dass man sich zum Fenster hinauslehnen und dem Nachbarn gegenüber die Hand schütteln kann.

Eines dieser Gebäude betreten sie. Ein Geruch nach Ratten und verfaulendem Leder schlägt ihnen entgegen. Um nach oben zu gelangen, müssen sie eine Leiter hochklettern. Hier drinnen herrscht völlige Finsternis, sodass Hamilton keine andere Wahl hat, als sich Sprosse für Sprosse voranzutasten. Sein Herz pocht heftig, und er fängt an zu keuchen. Die Luft ist schwül und abgestanden. Es fühlt sich an, als wäre seine Nase mit einem alten Tuch bedeckt.

Endlich oben, zündet der Priester ein Licht an. Sie sind umgeben von gegerbtem Leder, fast so wie zu Hause auf dem Bett, nur dass der Gestank hier schier unerträglich ist. Auf einem niedrigen Tisch kann Hamilton ein mit einem Tuch verhülltes Kruzifix und einen Gegenstand erkennen, der wie ein winziges Tabernakel aussieht. In einer Ecke steht ein Nachttopf.

Der Priester nimmt seinen Hut ab. Sein Kopf ist kahl rasiert und von alten Narben entstellt. Offenbar hatte er einmal die Pocken – oder etwas Schlimmeres.

»Ich bin Pater Simon«, stellt er sich vor und macht eine Bewegung, als wolle er Hamilton in die Arme schließen.

Dieser stößt ihn von sich. »Habt Ihr es?«, fragt er.

»Alles zu seiner Zeit, mein Sohn.«

»Nein. Nein. Jetzt.«

In den Augen des Geistlichen spiegelt sich das Glühen des Binsenlichts. Hamilton hat noch nie jemanden wie ihn gesehen. Der Priester verströmt Leidenschaft wie einen Pesthauch, und er ist beseelt von einem geradezu krankhaften Fanatismus. Jede Faser von Hamiltons Körper sträubt sich gegen diesen Mann.

Aber er ist ein Priester.

»Pater«, fügt Hamilton seinen letzten Worten hinzu.

Der Atem des Geistlichen ist kalt, als käme er aus einer Gruft.

»Na schön«, sagt er.

Er dreht sich um und verschwindet für einen kurzen Moment. Als er zurückkehrt, hat er einen langen, in ein Wachstuch gehüllten Gegenstand dabei. Hamilton nimmt ihn entgegen, und seine Finger ertasten den vertrauten Lauf einer Hakenbüchse. Er reißt den Stoff weg. Die Waffe, die zum Vorschein kommt, ist eine Schwester derjenigen, mit der er so viele Tage in Ferniehirst verbracht hat. Mit ihr konnte er einem Zaunkönig auf fünfzig Schritt den Kopf wegschießen. Da wird der einer Frau selbst aus der doppelten Entfernung ein Kinderspiel sein.

Ob das auch für zweihundert Schritt gilt, wird sich zeigen.

Die Waffe ist ein Gegenstand von größter Schönheit, etwa einen Zoll länger als eine gewöhnliche Hakenbüchse, dort schmal, wo sie es sein darf, dort füllig, wo sie es sein muss, das Werk eines der besten Waffenschmiede der Lombardei. In den aus Elfenbein gefertigten Schaft ist ein Vers aus dem vierten Buch Mose graviert: *Der Rächer des Bluts soll den Totschläger zum Tode bringen.*

Gezündet wird sie mit feinem Schwarzpulver und geladen mit Kugeln, von denen jede vom Papst persönlich gesegnet wurde. Die Inschrift stammt aus dem Alten Testament und wurde von den besten Graveuren Venedigs erstellt. Behutsam lässt er den Finger durch das Pulver gleiten, um größere Klumpen aufzuspüren und zu zerkleinern, da sie sonst mit unverhältnismäßiger Wucht explodieren würden. Dann dreht er jede Kugel zwischen Daumen und Zeigefinger hin und her. Sie müssen alle vollkommen rund sein; die geringste Unregelmäßigkeit würde die Flugbahn verändern.

Der Priester beobachtet ihn mit beunruhigend starrem Blick.

»Wir müssen nach Greenwich«, sagt Hamilton hastig.

»Morgen, mein Sohn. Jetzt ist es zu gefährlich. Sie wird mehrere Wächter postiert haben. Soldaten, Späher, Spione.«

Er zischt wie eine Schlange: *SSSSoldaten, SSSSpäher, SSSSpione.*

»Ich werde mir ein Bild von der Beschaffenheit des Geländes machen müssen.«

»Vertraut auf Gott, mein Sohn, denn Er ist Euer weiser Vater, der Euch in allem leiten wird.«

Seine Hand kriecht unter dem langen, verschmierten Ärmel hervor und umfasst Hamiltons Hoden.

Königin Mary ist seit mehreren Tagen krank, doch nun hat sie das Bett verlassen und steht wieder auf ihren eigenen Beinen. In einem blutroten Kleid aus grob gerippter Seide, geschmückt mit Straußenfedern, schreitet sie vor dem Fenster auf und ab.

»Wo ist sie?«

Mary Seton weiß es nicht und kann es nicht erklären.

»Weg, Eure Majestät. Der junge John sagt, dass sie vor zwei Tagen mit ihrer Tasche fortgegangen ist, aber er kam nicht auf die Idee, mich sofort zu informieren.«

»Warum? Warum verlässt sie mich? Warum lässt sie mich im Stich?«

»Da liegt gewiss ein Missverständnis vor, Eure Majestät.«

»Wenn ich erst Königin beider Reiche bin, werde ich sie aufspüren und ihr ihre Treulosigkeit vergelten.«

Mary Seton blickt sich um. Sie muss sich vergewissern, dass niemand lauscht.

»Ach, die Mäuse sind noch nicht in ihren Verstecken, um zu lauschen!« Die Königin lacht. »Und selbst wenn sie es wären, würde ich meine Zunge nicht zügeln, denn ich werde längst Königin von Schottland und England sein, bevor es ihnen gelingt, ihre Nichtigkeiten meiner geliebten englischen Großcousine ins Ohr zu blöken.«

Praktisch ungeschützt dem Nieselregen ausgesetzt hockt John Kennedy im Eingangsbereich des Tower auf einem Holzklotz und schnitzt. Ein hauchdünner Span löst sich vom Griff des Holzlöffels in seiner Hand und gesellt sich zu den anderen, die schon zu seinen Füßen liegen. Seiner Mutter wird der Löffel gefallen, denkt er.

In Waltham Cross, das in der fast hundertsiebzig Meilen weiter südlich gelegenen Grafschaft Hertfordshire liegt, bietet ein dunkelhäutiger Eselstreiber Margaret Formby an, sie die letzten zwanzig Meilen auf seinem Karren mitzunehmen, auf dem er drei Säcke ungemahlenes Getreide und einen Hahn mit traurigen Augen in einem Käfig transportiert.

»Das ist überhaupt nicht notwendig, Dee«, beharrt Walsingham. »Mir ist genauso daran gelegen, mit *Meneer* van Treslong zu sprechen, wie Euch.«

Doch Dee richtet seine Pistole weiter auf Walsinghams Unterleib.

»Walsingham«, erklärt er noch einmal, »ich traue Euch nur so weit, wie ein Mann nach einer Ratte spucken kann. Bleibt also ganz ruhig sitzen, und lasst uns beten, dass Master van Treslong noch nicht Anker gelichtet hat.«

Sie sitzen im Heck des bescheidenen Flussboots eines Fährmannes, der ängstlich die rauchende Pistole in Dees Händen beäugt, während er sich in die Ruder stemmt. Ihnen folgt in Walsinghams offiziellem Boot der Rest seiner Wachmänner und Hellebardiere, die in dieser Situation allerdings keine große Hilfe sind. Dee spürt ihre verächtlichen Blicke in seinem Rücken, doch hier hat er die Oberhand.

Der Abend bricht herein. Über ihnen jagen graue Wolken dahin, während unten das Wasser zurückweicht. Die Fahrt stromabwärts nach Limekiln ist rasant.

»Dort drüben.« Walsingham weist in die Richtung, worauf der Ruderer auf einen Wald von Schiffsmasten und das von Werften und Kränen gesäumte Nordufer dahinter zuhält. Irgendwo dazwischen hoffen sie alle, Master van Treslongs Fleute, die *Swan*, zu finden.

Als sie das Handelsschiff zwischen einer Karacke und einer altmodischen Karavelle entdecken, stellen sie fest, dass die Reparaturarbeiten fast schon abgeschlossen sind. Zumindest riecht das Deck nach Pech, Harz und frisch gesägtem Holz. Van Treslong sitzt unter einem rostroten Segeltuch und spricht mit einem Mann, der eine Bärenfellmütze trägt. Beide haben einen Bierkrug neben sich stehen. Die weite Kniebundhose ist verschwunden und durch einen geflickten Seemannsanzug ersetzt worden.

»He!«, begrüßt er sie. »Ich wollte gerade mit Kurs auf Southwark ablegen!«

Seine kleinen Augen verdunkeln sich, als er Dees Pistole bemerkt. »*Meneer*, bitte keine Funken.«

Dee ignoriert ihn.

»Das ist Dr. Dee«, stellt ihn Walsingham vor.

»Dr. Dee?«

Van Treslong verstummt abrupt, doch sein Blick huscht zwischen den beiden hin und her. Schließlich bequemt er sich dazu aufzustehen und drückt Dee die Hand. Kurz begrüßt Dee van Treslong in dessen Muttersprache, dann geht es auf Englisch weiter.

»Es ist mir eine Ehre, Dr. Dee, dass ich Euch lebend kennenlernen darf«, versichert van Treslong.

Er sucht den Blick des Mannes mit der Bärenfellmütze. Gebrochene Nase, vernarbte Knöchel, ein angedeutetes Schulterzucken. Beide starren die Pistole an. Nur eine Kugel. Wen soll sie lieber treffen?

Walsingham kommt sofort zur Sache. »Willem, Dr. Dee möchte Euch ein paar Fragen stellen. Es geht um das, was vor ein paar Wochen vor Nez Bayard geschehen ist.«

Van Treslong blickt Walsingham fragend an. »Gewiss«, sagt er langsam. »Aber wollt Ihr wirklich, dass ich alles erzähle? Ich meine, es ist Eure Wahl, Francis.«

»Doch, ja, bitte«, antwortet Walsingham verwirrt.

Achselzuckend greift van Treslong nach seinem Logbuch. Es liegt auf dem Tisch. Für Gott und den Profit. Er blättert es durch bis zur richtigen Seite.

»So«, sagt er dann gedehnt. »Hier habe ich Eure erste Nachricht – sie war chiffriert –, überbracht am 21. August vor La Rochelle.«

Er zeigt den zwei Besuchern die betreffende Stelle, damit sie die Markierung sehen können, die er dort gemacht hat. Auf der Seite befinden sich noch sehr viel mehr Zeichen, die sich jeweils auf ein bestimmtes Ereignis beziehen. Offenbar sind sie von Personen gemacht worden, die weder des Lesens noch des Schreibens kundig sind.

Wie Dee annimmt, stellen sie eine Art eigenen Code dar, der vermutlich auf der Grundlage gemeinsamer Erfahrungen beruht. Gern würde er das Ganze genauer studieren, zu einem anderen Zeitpunkt vielleicht, denn jetzt redet van Treslong bereits weiter.

»In dieser Botschaft es ging um Quesadas Flotte. Wir hatten den Auftrag, ihr zu folgen wie ein Schatten. Damit Ihr erfahrt, wann sie ist in das Schmale Meer eingefahren. Richtig?«

Walsingham nickt.

Van Treslong blättert eine Seite weiter und gleitet mit dem Finger über mehrere Zeichen.

»Dann die zweite Nachricht. Nicht verschlüsselt. Von Master Raleighs Helfer an Bord der *Pelican* gebracht. Diese hier ich habe aufbewahrt. Die Königin von England schreibt einem schließlich nicht jeden Tag einen Brief, nicht wahr?«

Er hat das Dokument tatsächlich noch. Es steckt, zweimal säuberlich gefaltet, zusammen mit einer unversehrten, aber zerbrechlichen Wachsscheibe zwischen dem Buchdeckel und der letzten Seite. Van Treslong nimmt es heraus und reicht es Walsingham.

Dieser überfliegt den Brief. Er ist an Willem van Treslong gerichtet, Kommandant der *Swan*; Absenderin: Elizabeth, durch die Gnade Gottes Königin von England, Frankreich und Irland, Beschützerin des Glaubens; überbracht am heutigen Tag von Master Raleigh, Kommandant der *Pelican*. Sie erbittet und verlangt, dass zusätzlich zu der vom treuen und sehr geliebten Diener Ihrer Majestät, Master Francis Walsingham, besagtem Kommandanten van Treslong anvertrauten Aufgabe – nämlich die Beschaffung von Kenntnissen über den Verbleib und die Stärke der Flotte Seiner katholischen Majestät König

Philipp von Spanien, die kürzlich von Bilbao ausgesandt wurde, um die besagte Königin nebst den Völkern Englands wie auch die Anhänger des reformierten Glaubens zu bedrängen, zu bedrohen und einzuschüchtern – Master van Treslong mit der gebotenen Eile zu der als Nez Bayard bekannten Klippe segeln soll, damit er dort am 8. September von einem weiteren Diener Ihrer Majestät, Dr. John Dee, neue Mitteilungen erhalten kann, bevor er selbigem Geleitschutz auf der Rückfahrt ins Reich Ihrer Majestät, der Königin von England, gewährt.

In Würdigung der dazu erforderlichen Bemühungen sei das Schatzamt Ihrer Majestät bereit und in der Lage, Master van Treslong den Betrag von dreißig Goldtalern im Voraus durch die Hand von oben genanntem Master Francis Walsingham übergeben zu lassen und nach erbrachter Leistung und der Rückführung John Dees in einen Hafen seiner Wahl noch einmal dreißig Goldtaler zu bezahlen, ebenfalls durch die Hand von Master Walsingham.

»Darin ist aber nicht die Rede davon, dass ich erschossen werden soll«, kommentiert Dee.

»Nein«, räumt van Treslong ein und besitzt den Anstand zu erröten. »Diese Anweisung ist einen Tag später eingetroffen.«

»Noch eine Anweisung? Wer hat die überbracht?«

Wieder einmal schlägt van Treslong in seinem Logbuch nach. »Master Peter Bone von der *Foresight*. Schrecklich dummer Mann, versteht auch nichts vom Segeln. Sein Schiff ist allerdings schön. Und schnell.«

»Wir müssen ihn verhören«, knurrt Dee.

»Er versucht, mit Menschenhandel an der Küste von

Guinea einen zweiten Hawkins aus sich zu machen«, erklärt Walsingham den anderen. Das bedeutet, dass man monatelang nichts mehr von Bone hören wird, wenn nicht gar jahrelang oder überhaupt jemals.

»Ihr habt diesen Brief doch ebenfalls noch, nicht wahr?«, fragt Dee. »Denjenigen, in dem zu meiner Tötung aufgerufen wird?«

Van Treslong ist tatsächlich im Besitz dieses Schreibens, doch aus einer ganzen Reihe von Gründen muss Walsingham ihn erst dazu überreden, ihm den Brief zu geben. Als er ihn endlich in Händen hält, zeigt sich, dass das Papier dem des ersten Briefes ähnelt. Allerdings ist das Blatt kleiner; und das an einem Band angebrachte Siegel hängt am Rand herunter anstatt von der Mitte. Schweigend überfliegt Walsingham den Inhalt, dann reicht er das Dokument an Dee weiter.

Es wurde von derselben Hand verfasst und dient als Nachtrag zu einem ersten Schreiben, das, wie es heißt, verfasst wurde, bevor Ihrer Majestät gewisse schockierende Einzelheiten hinterbracht wurden. Dieser Brief setzt van Treslong darüber in Kenntnis, dass Dr. Dee am Tag seiner Niederschrift als berüchtigter Papist entlarvt wurde, als Häretiker und Verräter, der vom Papst in Rom den Auftrag erhalten hat, das Leben Ihrer Majestät, Königin Elizabeth, auszulöschen. Sollte es *Meneer* van Treslong gelingen zu verhindern, dass Dr. John Dee England erreicht und seine tückische Tat ausführt, wird van Treslong den Dank der ganzen Nation erfahren und dazu siebzig Goldmünzen in bar erhalten, ausgehändigt durch Master Bone, Kommandant der *Foresight*.

»Sie hat das Geld schon bereitgestellt?«, fragt Walsingham. »In bar?«

Van Treslong bejaht.

Weiter heißt es in dem Schreiben, dass aufgrund des geheimen Charakters der Umstände, unter denen Dees Schuld offenbart wurde, nichts nach außen dringen dürfe, und, sollten dennoch eine oder mehrere unbefugte Personen etwas erfahren, dies die schlimmsten vorstellbaren Strafen zur Folge haben würde. Am Ende wendet sich der Verfasser an van Treslong mit der Bitte, den Brief nach der Lektüre zu verbrennen.

»Ach ja«, murmelt van Treslong zerstreut, als hätte er das einfach nur vergessen.

Dee hört gar nicht hin. Gebannt starrt er auf die Unterschrift.

Sie lautet Elizabeth R – Elizabeth Reine, König Elizabeth.

Der Brief ist nichts anderes als sein Todesurteil, unterzeichnet von Bess. Seiner Bess.

Der Brief fällt ihm aus der Hand. Mit einem dumpfen Laut landet das Siegel auf dem Boden. Dees Körper besteht im Moment nur noch aus Eis, Asche und etwas sehr Zerbrechlichem. Der Schock über diesen Verrat schnürt ihm die Luft ab.

Van Treslong schiebt seinen Bierkrug zu ihm hinüber. Dee trinkt mechanisch, ohne den bitteren Hopfengeschmack oder die Spritzer auf seinem Wams zu bemerken. Über ihm ziehen Möwen ihre Kreise und kreischen wie die Seelen der Verdammten.

»Nun, damit ist wenigstens das erklärt«, brummt Walsingham. Er nimmt Dee die Pistole aus der Hand und klemmt die Zündschnur zwischen zwei vom Bier feuchte Finger.

Dee stellt seinen leeren Krug ab. »Nein, nichts ist erklärt«, widerspricht er. »Überhaupt nichts. Wieso sollte Bess meinen Tod wünschen? Sie kann doch nicht ernsthaft glauben, ich sei ein papistischer Aufwiegler, ausgesandt, um sie zu töten! Beim Blut Christi, Walsingham, Ihr müsst mir helfen!«

Auf einen Schlag ist Dee nur noch ein Häufchen Elend.

Irgendetwas ist faul an der Sache, denkt Walsingham.

Jäh fällt ihm wieder ein, wie van Treslong bei der Zusammenkunft des Kronrats in Greenwich auftauchte, nachdem er von seinem Schiff aus Schüsse abgegeben hatte, und wie sehr die Königin weinte, als sie die Nachricht von Dees Tod hörte.

»Einen Moment, Willem«, sagt er. »Ihr habt uns doch erklärt, Dr. Dee sei tot …«

Van Treslong stößt ein verlegenes Lachen aus. »Na ja … irgendwen haben wir wohl erschossen.«

»Aber nicht Dr. Dee.«

»Anscheinend nicht.«

»Warum?«, drängt Walsingham.

»Warum ich Euch gesagt habe, dass er tot ist? Oder warum ich auf jemanden geschossen habe? Was glaubt Ihr, Francis? Seht Ihr da ein Komplott? Ich glaube, Ihr betreibt Eure Spionagespielchen einfach schon zu lange.«

»Also ging es nur ums Geld? Nur um die siebzig Goldmünzen?«

Van Treslong zuckt mit den Schultern. »Wir werden eben nicht ohne Grund Seebettler genannt.«

Natürlich hat er recht. Trotzdem läuft die Schatztruhe von England nicht gerade über. Im Gegenteil, die Spatzen pfeifen von den Dächern, wie schlecht es um die Finanzen der Königin bestellt ist. Insofern war es schon eine Überraschung, als sie angeboten hat, die Kosten für die Reparatur der *Swan* zu tragen. Doch niemals wäre sie bereit gewesen, den ganzen Betrag im Voraus zu bezahlen!

»Und warum gerade siebzig Goldmünzen?«, überlegt Walsingham laut.

»Zehn mehr, als es gekostet hätte, mich in die Heimat zurückzubringen«, nimmt Dee an.

Van Treslong bestätigt das mit einem Grinsen. Ihm fehlt nur ein einziger Zahn. Für einen Seemann ist das gut. Und das Geld erklärt auch seine neue Hose, vermutet Walsingham.

Just in diesem Moment taucht ein Junge mit genau dieser Hose und demselben Wams auf dem Arm im Eingang auf. Stolz reckt er beide Stücke in die Höhe. Jeder soll sehen, dass sie wunschgemäß gereinigt wurden und Kapitän van Treslong sie tragen kann, wenn er sich in das Nachtleben von Southwark stürzt. Der Holländer nimmt die zwei Briefe aus seinem Logbuch wieder an sich und schickt sich an, die Versammlung aufzulösen.

»Verdammt!«, schreit er plötzlich. Mit einem lauten Platsch ist eine Ladung Möwenkot mitten auf seiner Jacke gelandet. Van Treslong gibt dem Jungen eine Ohrfeige, reißt das Kleidungsstück an sich und macht sich daran, es zu säubern.

Für einen Moment sieht Walsingham Dees Hände wie eine Schlange nach vorn gleiten. Einen Wimpernschlag später sind die Briefe verschwunden, und sie brechen auf.

»Danke, Willem«, sagt Walsingham. »Möge Gott Euch einen guten Abend schenken.«

»Seid Ihr sicher, dass Ihr nicht mit mir kommen wollt?«, fragt van Treslong. »Sie haben vor, die Hunde auf einen Affen zu hetzen, den sie auf dem Rücken eines Pferdes festgebunden haben.«

15

London, 10. Oktober 1572

Kurz vor dem Abendläuten wird Robert Beale aus seinem Amt geholt.

»Irgendein Weibsstück mit einem komischen Akzent«, murrt der Pförtner. »Will unbedingt zu Master Walsingham und lässt sich einfach nicht abwimmeln.«

Durchaus erleichtert über die Ablenkung, schiebt Beale die Abrechnung über die bei ihrer letzten Unternehmung entstandenen Kosten beiseite und folgt dem Pförtner in den Hof. Dort steht hinter dem Eingangstor Margaret Formby, die nach der beschwerlichen Reise sehr erschöpft wirkt.

Kaum hat sie ihn entdeckt, bricht sie in Tränen aus.

Er ruft nach Brot und einem Apfel, dann nimmt er sie sanft am Ellbogen, und sie lässt sich zur Kaminecke in Master Walsinghams Vorraum führen.

Nach einer Weile hat sie sich einigermaßen gesammelt.

»Verzeiht mir; ich wusste nicht, an wen ich mich wenden soll.«

»Worum geht es?«, fragt er.

»Gibt es hier … eine … eine Frau, mit der ich sprechen könnte? Ich habe so vieles zu sagen, worüber ich nicht …«

Ihre Stimme erstirbt, doch Master Beale hat schon verstanden. Er ruft nach Mistress Walsingham. Als sie wenig später eintrifft, stellt er die zwei Frauen einander vor und überlässt sie dann sich selbst – allerdings nur insofern, als er sich im Nachbarraum verbirgt und durch die offene Tür alles belauscht, was gesagt wird.

Am Anfang ist das Mädchen entsetzlich aufgeregt und misstraut sogar Mistress Walsingham, doch die ist eine derart gute Zuhörerin, dass das Mädchen Mut fasst und die Geschichte bald nur so aus ihr heraussprudelt.

Was sie berichtet, könnte einem schier das Herz zerreißen. Mistress Walsingham schnalzt mütterlich mit der Zunge, schockiert darüber, wie grausam Königin Mary das Mädchen behandelt hat.

»Du armes Kindchen … Kein Christenmensch sollte gezwungen werden, so etwas zu tun!«

Doch als Margaret schließlich auf die Finte mit dem silbernen Kerzenständer zu sprechen kommt und erklärt, was geschehen ist, während Francis Walsingham sich auf etwas ganz anderes konzentrierte, wird die Sache erst so richtig beunruhigend.

Königin Elizabeth ist im Begriff, von Windsor nach Greenwich aufzubrechen. Eigentlich ist es noch nicht kalt genug für den mit Marderpelz gefütterten blauen Mantel, doch schon heute Abend hat sie ein unbeherrschbares Zittern befallen. Überdies zuckt sie bei jedem Geräusch zusammen – dem Bellen der Hunde, dem Plätschern der Themse gegen den Ponton, dem Lachen des Sohns eines Lastkahnführers in der Ferne. In letzter Zeit hat es schon etliche Tage wie diesen gegeben, an denen sie nur durch ihr Fenster zum Horizont zu schauen brauchte, um sie zu spüren, die geballte Bösartigkeit, die sich dort aufstaut. So viel Hass, der aus allen Teilen der christlichen Welt heranströmt und sich auf sie richtet, auf ihr winziges flatterndes Herz, dessen Pochen sie so deutlich spüren kann, wie sie das Tschilpen eines in einem Käfig gehaltenen Finken hört. Es ist die Angst. Die Angst um ihr Leben, um ihr Land, um alles, was sie kennt.

Und deshalb zittert sie wie ein Windhund.

Begleitet wird sie von drei Kammerzofen und Lord Burghley. Burghley braucht nichts als eine Überfahrt zu seinem Haus an der Prachtpromenade The Strand, denn ihn plagt das eine oder andere Leiden, weswegen er seinen Leibarzt zurate ziehen und dabei behaglich in seinem eigenen Bett liegen möchte.

Bei der Barge Ihrer Majestät handelt es sich um ein Prunkboot: ein schnittiger Bug, achtzehn Ruderer sowie ein kleines Deck mit Platz für einen Stuhl, den man für sie aufstellt, wenn sie von der Bevölkerung der Stadt gesehen werden möchte. Dazu ein Führerhäuschen mit Glaswänden, in das sie sich zurückziehen kann, falls ihr der Gestank des Flusses zu viel wird; und bei Bedarf kann das Glas mit dicken Samtvorhängen in der Farbe von Blut verhüllt werden. Das Vorder- und das Achterdeck schließlich sind für den Steuermann und den Kapitän reserviert.

Letzterer lässt der Königin nun ausrichten, dass er beabsichtigt, den Gezeitenwechsel auszunutzen und unter der Brücke hindurchzufahren, wenn das Wasser stillsteht.

Über ihnen leuchtet der Stern in der Kassiopeia – heller denn je, wie es ihr vorkommt.

Während Francis Walsingham und Dr. John Dee sich ihren Weg zurück zur Seething Lane bahnen, bricht plötzlich ein fürchterliches Geschrei aus.

»Was ist los?«

»Mord«, erfahren sie von einem der Wächter. »Irgendein Scheißkerl ist von den Hoden bis zum Backenbart aufgeschlitzt worden.«

Sie selbst betrifft das nicht, sehr wohl aber Wachmänner wie diesen, Beamte und Büttel, die sich jetzt an den Straßenecken aufbauen und die Passanten mit ihren Knüppeln und Fragen einschüchtern, während sie nach irgendwem Ausschau halten, dem sie die Schuld geben können.

»Der Dreckskerl muss von oben bis unten mit Blut bedeckt sein«, erklärt der Wachmann, nachdem Walsingham sich ausgewiesen hat. »Er hat eine schöne Schweinerei angerichtet. Sämtliche Eingeweide hat er dem armen Scheißer herausgerissen, wenn Ihr mir meine Wortwahl verzeiht. Wie ein Metzger!«

Wie sie von dem Wachmann erfahren, wird nach einem großen Mann mit einem langen Paket gesucht, »so ähnlich wie ein verhüllter Langbogen, nur schwerer«. Da weder Walsingham noch Dee jemanden gesehen haben, auf den diese Beschreibung zutrifft, lassen sie den Wachmann stehen und setzen ihren Weg fort.

Im Gehen befällt Dee mit einem Mal ein Gefühl der Schwäche. »Herrgott, Walsingham, ich habe seit drei Tagen nichts mehr gegessen.«

Sie machen im Gasthof *Angel* Rast. Sobald sie einen Platz gefunden haben, bestellt Walsingham Ale und einen fetten Taubenbraten, den sie sich teilen. Jetzt legt Dee die zwei Briefe, die er van Treslong gestohlen hat, auf den Tisch. Dabei macht er ein derart trauriges Gesicht, als wolle er gleich losjammern. Walsingham glaubt, ihn so etwas wie »Bess, wie konntest du nur?« stöhnen zu hören, hofft aber, dass er sich getäuscht hat.

Nach einem kurzen Moment blickt Dee auf. Etwas scheint ihn zu verwirren.

»Seht Euch die Ränder an«, sagt er und reicht Walsingham den kleineren der Briefe, in dem van Treslong angewiesen wird, Dee zu töten.

Als Walsingham das Dokument aufmerksam betrachtet, versteht er, was Dee meint. Die Schnitte sehen jeweils anders aus: Zwei sind älter und abgegriffen, die anderen frisch und deutlich.

»Das ist nur eine Ecke«, murmelt Walsingham. »Es wurde aus einem längeren Brief herausgeschnitten.«

Damit ist erklärt, warum das Siegel am Rand sitzt und nicht in der Mitte. Aber wozu? Ja, Papier zu sparen ist klug und die Königin alles andere als verschwenderisch. Doch je länger Walsingham das Dokument betrachtet, desto deutlicher sticht ihm die Widersprüchlichkeit zwischen der Sparsamkeit bei Papier einerseits und dem allzu großzügigen Angebot auf der anderen Seite ins Auge – siebzig Goldmünzen im Voraus ohne jede Absicherung oder Forderung einer Rückerstattung, falls van Treslong Dr. Dee am Ende doch nicht tötet. Ersteres würde er jederzeit von der Königin erwarten, Letzteres dagegen entspricht in keiner Weise ihrem Charakter.

»Haltet beides nebeneinander«, fordert Walsingham Dee auf.

Sie studieren die Handschrift. Auf einem Dokument ist der Name *Elizabeth* weniger schwungvoll unterstrichen als auf dem anderen, aber das könnte auch daran liegen, dass dort kaum noch Platz ist. Ebenso verhält es sich mit dem Datum. *Geschrieben am ersten September des Jahres 1572 unseres Herrn.* Das zweite ist auf den Tag danach datiert.

»Aber beide stammen von derselben Hand«, betont Dee.

Walsingham nickt.

»Wo war sie, als sie diese Briefe schrieb?«, fragt Dee.

»Welchen Unterschied macht das denn?«

»Jemand muss mich verleumdet haben«, knurrt Dee.

Das ergibt Sinn, sinniert Walsingham. Er hat schon viele Anschuldigungen gehört, die gegen Dee vorgebracht wurden – ein Teil davon stammt sogar von ihm selbst –, aber nie wurde behauptet, dass er ein Agent Roms sei, ausgesandt, um die Königin zu töten. Das ist wirklich vollkommen neu.

»Es war die Person, der die Königin in der Zeit zwischen den zwei Briefen ihr Ohr schenkte. Der Betreffende muss ihr eingeredet haben, ich sei ein … ein Papist oder dergleichen.«

Erneut stimmt Walsingham ihm zu.

»Wer also war das? Wo war sie? Ihr habt doch sicher ein Protokoll, Walsingham, oder?«

»Natürlich gibt es ein Protokoll über die Bewegungen der Königin. Der Sekretär wird es geführt haben.«

»Und wo ist es?«

»Whitehall«, sagt Walsingham. »Oder überall dort, wo sie sich gerade aufhält.«

»Dann lasst uns jetzt dort hingehen.«

Walsingham schüttelt den Kopf. »Dee, ich bin seit zwei Wochen unterwegs. Auch schon bevor Ihr Eure Pistolen auf mich gerichtet habt, bin ich kaum noch dazu gekommen, ein Wort mit meiner Frau zu wechseln. Kann ich wenigstens eine einzige Nacht in meinem eigenen Bett schlafen?«

»Walsingham! Das ist *dringend*!«

»Ich weiß, Dee. Glaubt mir, ich bin mir dessen sehr wohl bewusst. Aber das Protokoll wird auch morgen noch da sein. Es ist sicher verwahrt, und es gibt genügend Abschriften, die besorgt werden können. Es ist reiner Zufall, dass ich gegenwärtig keine zur Hand habe. Das ist alles.«

»Liegt eine bei Euch daheim?«

»Nein, Dee. Kehrt nach Mortlake zurück. Ich werde morgen nach Euch schicken, sobald ich das Protokoll habe.«

Dee muss sich wohl oder übel damit abfinden. Erneut stößt er einen lauten Seufzer aus.

Von draußen sind plötzlich das Trappeln rennender Füße und erneut Schreie zu hören.

»Ob sie ihn wohl gefangen haben?«, sinniert Walsingham.

»Klingt nicht danach«, meint Dee. »Hört zu, wollen wir nicht etwas Stärkeres trinken?«

Eine Flasche französischer Cognac – der beste, den sie im Gasthaus haben – wird vor ihnen auf den Tisch gestellt.

»Ihr werdet Euch sicher fragen, ob sie immer noch Euren Tod will, nicht wahr?«, bemerkt Walsingham.

Dee nimmt einen großen Schluck, nur um sich danach unwillkürlich zu schütteln. »Können wir über etwas anderes sprechen?«

Walsingham tut ihm den Gefallen. Er erzählt, wie Mary, Königin von Schottland, den zweiten Teil seines Plans, sie dazu zu bringen, ihre Kommunikationswege – und vielleicht sogar Hamiltons Aufenthaltsort – preiszugeben, durchschaut hat. Dabei lässt er nicht aus, wie es Mary gelungen ist, die ganze Angelegenheit zu ihrem eigenen Vorteil zu nutzen.

Dee stößt das bittere Lachen eines Mannes aus, den solche Dinge kaum noch interessieren. Während er mehr und mehr Cognac in sich hineinschüttet, hört er sich Walsinghams Geschichte über den ergebnislosen Ritt nach Schottland und den silbernen Schaft an. Das amüsiert Dee derart, dass er Cognac über den Tisch versprüht und lacht, als wäre er gerade dem Tod entronnen.

»Mit wem stand sie bloß in Verbindung?«, grübelt Walsingham. »Und was hat sie ihm alles gesagt?«

»Glaubt Ihr denn, dass sie etwas verraten haben könnte? Unüberlegt? Als sie erfahren hat, dass Quesada nun doch nicht kommen wird?«

»Ganz recht. Aber was?«

Dee zuckt mit den Schultern. Beide wissen genau, was.

»Ist das alles? Ein Achselzucken? Himmelherrgott, Dee! Wir sprechen darüber, dass es jemand auf das Leben der Königin abgesehen hat!«

»Von mir aus – sie hat gerade versucht, mich töten zu lassen, Walsingham. Darum werdet Ihr mir hoffentlich verzeihen, wenn es mich nicht mehr allzu sehr berührt, was aus ihr wird.«

Walsingham ist entsetzt über diese Worte, verurteilt Dee aber nicht. Vielmehr hofft er, dass seine Gefühle sich mit der Zeit wieder wandeln werden.

»Was wollt Ihr jetzt tun?«, fragt er.

»Zunächst diesen Cognac aus… austrinken, und dann gehe ich heim, wie Ihr es mir geraten habt, zu meiner Mutter, zu meinen Büchern, zu meinen Instru... Instrumenten. Ihr werdet den neuen Stern in der… Kassiopeia bemerkt haben. Ich würde mir gerne ein bisschen Zeit nehmen, um ihn in Ruhe zu studieren.« Dee kippt den Rest seines Cognacs hinunter und knallt das Glas auf den Tisch. »Na, dann los«, sagt er.

Doch draußen werden sie mit lauten Rufen empfangen. »Da seid Ihr ja!«

Es ist ein Wachmann aus der Truppe der Königin, die Robert Beale mit dem Auftrag ausgesandt hat, Master Walsingham aufzuspüren und nach Hause zu bringen.

Inzwischen ist Dee sturzbetrunken. Während er hinaus

in die Dunkelheit torkelt, wünscht ihm Walsingham, der noch einigermaßen nüchtern ist, eine gute Nacht.

Kaum ist Walsingham daheim angekommen, führt ihn Beale zu Margaret, die immer noch mit verweinten Augen in Mistress Walsinghams Armen liegt. Seine Ankunft löst eine neuerliche Tränenflut aus, und er tut sein Bestes, ihr geduldig zuzuhören. Doch er muss nun einmal wissen, was gespielt wird, und zwar sofort.

»Mit wem stand Königin Mary in Verbindung?«

Das Mädchen windet sich, und er merkt, dass er ihr Angst einjagt. Was mag sie nur über ihn gehört haben? Dass er Feuer spuckt oder eine gespaltene Zunge hat?

Seine Frau mustert ihn mit strenger Miene. Er sieht, dass sie mit den Lippen Worte bildet, ohne sie aussprechen zu können. Und er hat nicht den Schimmer einer Ahnung, was dahinterstecken könnte.

Schließlich fängt sie an zu sprechen.

Der Kommandant der königlichen Barge befiehlt den Männern auf der Steuerbord-Seite, die Ruder zu heben. Gleich darauf stößt das Boot gegen den von Laternen beleuchteten Steg, so leicht, dass es allenfalls die Kleider der Frauen ein wenig schwingen lässt, aber niemanden ins Stolpern bringt. Elizabeth dankt Gott mit einem Stoßgebet und dem Fährenschiffer mit einer kleinen Münze, die er mit seinen Männern teilen soll – aber nicht wird, was sie auch gar nicht von ihm erwartet –; dann schreitet sie über den Steg an Land und weiter über einen Kieselweg, auf dem schon der Tau glitzert.

Sir Thomas Smith steht bereit und empfängt sie mit

einer tiefen Verbeugung. Er freut sich offenbar darauf, sie ganz für sich zu haben, während sie sich müde sagt, dass er sie nur wieder um Geld bitten wird.

Der Stern in der Kassiopeia leuchtet jetzt sehr hell.

»Was kann das bloß bedeuten?«, fragt Elizabeth.

Smith hat keine Ahnung. Er denkt nur an sich und sein Vorhaben in Irland.

Wie sehr sie John Dee vermisst!

James Hamilton lehnt seine in Sackleinen gewickelte Büchse gegen eine Mauer und wäscht sich in der Pferdetränke hinter dem Kai von Limehouse das Blut von Händen und Gesicht. Dann taucht er die Arme tief in das kalte Wasser und reibt Wams, Hose und Stiefel ab, um auch dort die Blutspuren zu beseitigen. Er riecht das Blut überall, spürt es in der steifen Wolle, in seiner Unterwäsche und zwischen den Zehen im rechten Stiefel. Dafür, dass er solch ein ausgetrocknetes, dürres Gestell war, hat dieser Pater Simon ganz schön viel Blut verspritzt, und Hamilton musste ihm rasch den Mund stopfen, sonst hätte er mit seinem Kreischen noch die ganze Nachbarschaft alarmiert.

Als er fertig ist, nimmt er seine Büchse wieder an sich und huscht eilig in den Schatten, bevor die Nachtwächter um die Ecke getrampelt kommen.

Während sich der Fährmann gegen die Strömung des Flusses stemmt, sitzt Dr. John Dee mit dem Rücken zur Fahrtrichtung im Bug und gibt sich Tagträumen von Rose Cochet hin, Isobels Mädchen. Er sieht sie bei einem Spiel, für das sie sich die Augen hat zubinden lassen; um zu gewinnen, muss sie sämtliche Kinder berühren, die unterdessen um sie herumlaufen. Alle lachen, auch Rose, und ihre Zähnchen gleichen Saatperlen. Mit ihren Grübchen in den Wangen und dem hübschen Kleid sieht sie einfach hinreißend aus. Sie ist glücklich und bietet einen Anblick, der jedem Betrachter eine Freudenträne entlocken würde.

Doch Dee rüttelt dieses Bild aus seinem Tagtraum, denn es ist falsch. Es weiß, dass es einfach nicht stimmen kann: Auf dem Rückweg von Frankreich hat das Boot, in dem er einen Platz ergattert hat – ein Einmaster aus Damme, der mit Waren aller Art Handel treibt –, zu guter Letzt in Sandwich angelegt, wo Dee zu Fuß zum Haus von John Pinkney, Isobel Cochets Vater, gelaufen ist. Der alte Mann war vor Kummer um seine verschollene Enkelin ganz gekrümmt und gebeugt – wie eine Eiche, in die der Blitz eingeschlagen hat. Die Nachricht vom Tod seiner Tochter hätte in seinem Zustand das Ende bedeutet, darum hat Dee gelogen und sich als reisender Spielmann ausgegeben, der vom Glück verlassen worden ist. Aus Mitleid hat ihm der alte Mann einen Penny geschenkt, war aber zu traurig, um sich seine musikalischen Darbietungen anzuhören.

»Smith? Sir *Thomas* Smith?«

»Das ist der Name, den sie genannt hat.«

Beale und Walsingham sind zurück in der Seething Lane. Sie gehen voraus. Ihnen folgen der seine Laterne schwingende Nachtwächter und fünf Mitglieder der Leibgarde der Königin. Das ganze Geschrei vorhin hat seine Wirkung erzielt und zur Ergreifung eines dringend benötigten Verdächtigen geführt: irgendein schielender italienischer Schneider, der nun den nächsten Sonnenuntergang wahrscheinlich nicht mehr erleben wird.

Mit einem Unrecht wie diesem kann Walsingham sich derzeit allerdings nicht abgeben. Seit er Margaret Formbys Beichte gehört hat, klingeln ihm die Ohren, und er wird die Hitze, die unablässig durch seinen Köper jagt, einfach nicht mehr los.

»Smith?«

Walsingham muss an die Mühen denken, die er auf sich genommen hat, an die Risiken, die er eingegangen ist, an die Leben, die er geopfert hat … nur um zu erkennen, dass es Smith ist – Sir Thomas Smith, Mitglied des Kronrats und enger Vertrauter von Königin Elizabeth –, der die Verbindung zwischen Königin Mary und der Außenwelt herstellt! Smith, der ihr all das liefert, was sie wissen muss, der den Feinden Englands ihre Botschaften überbringt.

»Was für Nachrichten haben sie einander gesandt?«, erkundigt sich Beale.

Natürlich ist das Mädchen nicht mit den Einzelheiten vertraut gewesen.

»Königin Mary hat sie immer fortgeschickt, wenn sie mit ihren Geheimbotschaften zugange war. Darum hat das Mädchen nie gesehen, was in diesen Briefen stand. Margaret hat also nur das ein oder andere aufgeschnappt, wenn Königin Mary mit ihrem Priester oder manchmal mit Mistress Seton sprach.«

»Was im Einzelnen?«

»Einmal hat sie gehört, wie Königin Mary Mistress Seton erzählte, dass Smith sie gebeten habe, sich an seine Dienste zu erinnern, sollte sie einmal Königin von England werden. Mistress Seton hat sie dann gefragt, was er ihrer Meinung nach im Sinn gehabt haben könne, und die Königin hat ihr geantwortet, dass Smith Geld brauche, um Irland zu retten.«

Um Irland zu retten. Himmel, Smiths Kolonie in Irland! Ein beständiger Stachel im Fleisch aller, nicht nur der Bewohner von Ulster. Wie viel Geld er dort versenkt haben muss, dass er jetzt mit einer fremden Macht eine Verschwörung gegen die eigene Königin anzettelt!

»Dieser verfluchte Smith«, knurrt Beale.

Normalerweise hält er sich in Walsinghams Gegenwart mit Kraftausdrücken zurück, aber hin und wieder muss für derlei einfach Platz sein.

Walsingham nickt. »Ja, und das ist noch nicht das Schlimmste. Einmal hat das Mädchen die Königin lachen gehört – was offenbar selten genug vorkommt –, und dann soll sie angekündigt haben, dass sie nicht mehr allzu lange auf Smith angewiesen sein und kurz nach Michaeli selbst in der Lage sein werde, direkt mit ihrem Onkel zu sprechen.«

»Mit ihrem Onkel? Welchem? Kardinal de Guise?«

»Ich glaube, ja.«

»Und sie hat das Wort ›direkt‹ benutzt?«

»Na ja, sie hat gesagt: ›von Angesicht zu Angesicht, wie es sich für Christen von königlichem Geblüt geziemt‹.«

»Kurz nach Michaeli? Das war vor zwei Wochen.«

»Eben.«

»Hat sie geglaubt, Quesada würde sie befreien?«

»Das ist ja der springende Punkt«, erwidert Walsingham. »Mary hat das gesagt, *nachdem* sie erfahren hatte, dass wir Quesadas Flotte von ihrem Kurs abgebracht haben.«

Beale schließt für einen Moment die Augen.

»Mein Gott«, stöhnt er, »Ihr wollt sagen, was immer sie in Bewegung gesetzt hat, ist *immer noch* in Bewegung?«

So ist es.

Tränen hängen, Diamanten gleich, an Elizabeths Wimpern. Ergriffen lauscht sie der Darbietung des Chapel-Royal-Kinderchors von Master Thomas Tallis' herrlich traurigen »Lamentations of Jeremiah«, die gerade ihren ätherisch-zarten Abschluss findet. Normalerweise empfindet Elizabeth solche Schönheit als Balsam für die Seele, doch heute bleibt sie zappelig.

Dahinter steckt mehr als der neue Stern in der Kassiopeia, denkt sie. Sie hat das Gefühl, vor einer gewaltigen Veränderung zu stehen. Einer Veränderung, die durch den Tod von Dr. Dee ausgelöst wurde. Diesen Mann vermisst sie mit jedem Tag, der vergeht, schmerzlicher.

Sie wünschte wirklich, es wäre anders.

»Begleitet Uns doch, Sir Thomas«, fordert sie ihren Berater auf, »und erzählt Uns Dinge, die Uns der Liebe Gottes versichern, denn heute Abend lässt Uns der Gedanke an die Welt zittern, als stünden Wir auf der Schwelle zu einer neuen und schrecklichen Epoche.«

Sir Thomas reicht der Königin den Arm, doch ihm fehlen die Worte, sodass sie in von Kerzen erleuchtetem Schweigen die Kapelle verlassen und in den Flur treten.

Mitternacht ist schon vorbei, als Dee in nüchterner Entschlossenheit durch den Apfelhain zum Fluss stapft. Er hat den größten seiner Kreuzstäbe dabei und wird begleitet von Thomas Digges, dem vierzehnjährigen Sohn seines verstorbenen Nachbarn, Leonard Digges. Der Junge, der ihnen mit einer Laterne den Weg leuchtet, besitzt einen scharfen wissenschaftlichen Verstand. Darüber hinaus zeigt er großes Interesse an Spiegeln und Glaslinsen, mit denen er das Licht von Sonne, Mond und Sternen auf einen Punkt hier unten lenken kann, wenn er sie auf eine bestimmte Weise ausrichtet.

»Ich bin so froh, dass Ihr zurück seid, Herr Doktor«, sagt der Junge. »Ich habe versucht, die Entfernung selbst zu messen, aber mir fehlt Eure Erfahrung.« Er deutet auf ein mannsgroßes Lineal, das er in der Krone eines der Apfelbäume angebracht hat.

»Dir fehlt sicher nur ein ordentlicher Kreuzstab«, entgegnet Dee lachend.

Es ist eine kalte, klare Nacht, auch wenn über dem Fluss ein leichter Nebel aufgestiegen ist. Auf diesen Moment freut sich Dee, seit er den neuen Stern zum ersten Mal gesehen hat, und das scheint Monate her zu sein.

»Was, glaubt Ihr, könnte das bedeuten?«, fragt der Junge.

»Zuallererst müssen wir herausfinden, ob er immer genau an dieser Stelle steht«, erklärt Dee, »oder ob er sich im Verhältnis zu den anderen Sternen ringsherum bewegt. Wenn Letzteres der Fall ist, haben wir es mit einem Kometen zu tun, dessen Schweif so klein ist, dass wir ihn mit bloßem Auge nicht erkennen können.

Und… nun ja, wer weiß… Kometen können auf sehr vieles hinweisen.«

»Ich habe gehört, dass eine Frau in Putney ein Kind mit Gänsefüßen auf die Welt gebracht haben soll«, berichtet der Junge.

»Wirklich?«

Sie stellen den Kreuzstab auf und verbringen die nächste Stunde mit vergnüglichem Sinnieren über eine Erscheinung, die sie mehr und mehr als Stern betrachten. Thomas erinnert Dee daran, dass es nur zwei berühmte Erscheinungen von Sternen gegeben hat: eine, die in der Zeit von Hipparchos lange vor Christi Geburt großes Aufsehen erregte, und den Stern von Bethlehem.

»Er ist ein Hinweis auf einen bedeutenden Wandel«, bemerkt Dee. »Denk an Platon von Tivolis Worte: ›Das Firmament des Himmels wird sich auflösen, und die Planeten werden eine Bahn entgegen ihrem natürlichen Lauf nehmen; die Sphären werden aneinanderstoßen und die Fixsterne sich schneller als die Planeten bewegen.‹«

Beide verstummen für eine lange Weile. Als sich schließlich der Himmel im Osten aufhellt und die Sterne verblassen, kehren Dee und der Junge, vom Tau durchnässt und vor Kälte zitternd, in ihr jeweiliges Haus zurück, um noch etwas Schlaf zu finden und zu träumen.

16

London, 11. Oktober 1572

Die Morgendämmerung hat noch nicht eingesetzt, und noch herrscht Ruhe in Limehouse, als er die Witwe tötet. Ihre Lippen zittern, dann verfärben sie sich blau, und sie beschmutzt sich. Als es vorüber ist, wälzt er ihre Leiche in eine Ecke.

Nur ein paar stinkende Yards von der Mündung der Lea in die Themse entfernt steht ihre Hütte auf Pfählen über dem Schlamm des Flusses. Es riecht nach Verwesung und den Innereien von Fischen, und dort, wo der Boden bei Hochwasser über den Fluss ragt, ist ein Plumpsklo eingelassen. Als er ein etwa faustgroßes Loch in die nasse Lehmwand macht, sieht er hinaus auf den Fluss. Zum Südufer sind es knapp hundert Yards, und er kann bis hinunter nach Rotherhithe sehen. Die Stelle ist perfekt, ganz so, wie er es gehofft hat.

Er schließt die Tür, klemmt sie fest und setzt sich hin, um zu warten.

von solchen Männern nach England schicken und es der Königin auflauern lassen.

Warum das andere Prinzen noch nicht versucht haben? Nun, er führte es darauf zurück, dass sie einander für von Gott gesalbte Monarchen halten. Einen von ihnen zu töten hieße nach dieser Logik, sie alle zu töten. Das ist der Grund, warum Elizabeth nicht bereit ist, Mary dem Tod zu überantworten. Solche Dinge sind ansteckend.

Er hatte schon den Mund geöffnet, um Walsingham zu antworten, ließ es dann aber bleiben. Es ist gefährlich, sich belauschen zu lassen, wenn man den Tod der Königin auch nur ins Auge fasst.

Also wandten sie sich wieder dem Briefeschreiben zu.

Im Morgengrauen ist Walsingham aufgestanden und ins Freie gegangen, ohne auf den Gestank über dem Fluss, den kargen Feldern und den weiten Mooren dahinter zu achten. Gestern hat er die Fähre der Königin für heute Morgen bestellt, und jetzt liegt sie tatsächlich abfahrbereit am Steg. Die Knaben des Schiffers putzen eifrig die Fenstergläser. Eine Handvoll Leibgardisten Ihrer Majestät bewacht den Strand – oder tut zumindest so, als ob. Tatsächlich sind die Kerle weitaus vertrauter damit, Bettler und Vagabunden zu schikanieren.

Eine Glocke läutet.

Langsam löst sich der Nebel auf, und acht Gänse landen auf dem Wasser. Vor dem Nordufer des Flusses setzt ein Handelsschiff das Focksegel; jeden Moment wird es den Anker lichten. Walsingham fragt sich beiläufig, wohin es unterwegs sein könnte. Antwerpen? Le Havre? Cádiz? Wieder muss er an John Dee denken, den armen

John Dee, und er fragt sich, wieso um alles auf der Welt die Königin seinen Tod verlangen könnte.

Eines Tages wird er sie fragen müssen.

Wenn sie wach ist.

Aber davor gilt es, an Sir Thomas Smith vorbeizukommen.

In Mortlake wacht John Dee mit dem Wort »Bess« auf den Lippen auf. Er hat von einem schmutzigen Fluss geträumt, der sich unter nassem grauen Nebel dahinwindet. Von einer zahnlosen Toten, die zwischen schleimigen Haufen aus dünnen Fischgräten und menschlichen Exkrementen liegt. Von einer verfallenden Hütte, deren Fundament von Wasser umspült wird, und von entzündetem Schwarzpulver.

Jetzt steht er auf und geht durch den Garten zum Ufer hinunter, um die Blase in den Fluss zu entleeren.

Dort steht schon Thomas Digges, der das gleiche Bedürfnis hat.

Als sie sich erleichtert und die Hosen wieder hochgezogen haben, zeigt Thomas ihm sein optisches Glas.

»Was kannst du dadurch sehen?«, erkundigt sich Dee.

»Nicht viel.«

Bei dem Gerät handelt es sich um ein glatt poliertes Holzrohr, das an einem Ende mit einer Linse aus geschliffenem Glas versehen ist. Dee hält es sich ans Auge und schaut hindurch. Dass es nicht viel zu sehen gibt, kann er nicht behaupten, nur dass es nichts Besonderes ist: ein Stück vom Ufer, ein paar Häuser, ein sich dem Steg näherndes Boot mit dunkelgrünem Segel und einem im Bug hockenden Jungen. Das alles scheint allerdings zum Greifen nahe zu sein.

Dee senkt das Glas wieder, und plötzlich ist er von einer schrecklichen Gewissheit durchdrungen. »Komm mit, Thomas. Sofort.«

»Warum? Wohin?«

»Zu Master Walsingham. Es ist dringend.«

Das Schwarzpulver darf nicht einmal ansatzweise feucht werden, sonst verklumpt es und explodiert mit unvorhersehbarer Gewalt, zerstört vielleicht den Lauf und stellt somit eine größere Gefahr für den Schützen dar als für sein Ziel. Darum entfacht Hamilton auf einem Stein ein kleines Feuer aus leicht feuchtem Flechtwerk und streut eine großzügig bemessene Prise von dem Pulver in die sauberste Austernschale, die er hier finden kann. Die platziert er dann so nahe bei der Flamme, wie er es wagt. Bald füllt Rauch die Hütte und dringt durch sämtliche Ritzen und Lücken in den Wänden und der Decke.

Schließlich wickelt er seine Hakenbüchse aus dem geölten Leintuch. Sie ist von höchster Eleganz und Schönheit. Er platziert die Büchse so auf dem Gestell, dass die Mündung genau auf das Loch in der Wand zeigt. Hier hat er einen perfekten Blick auf den Fluss, der an dieser Stelle am schmalsten ist. Mühelos kann er sich vorstellen, wie das Boot der Königin stromaufwärts direkt auf ihn zufährt, an den Seiten die Ruderer, die perfekt synchron die Riemen ins Wasser eintauchen und ziehen, eintauchen und ziehen. Dann wird das Boot, dem Lauf des

Flusses folgend, eine kleine Wendung beschreiben und ihm auf einer Strecke von ungefähr hundert Yards die Längsseite präsentieren.

Genau dann wird er sie erschießen.

»Was wollt Ihr?«

Es ist der Pförtner an Francis Walsinghams Tor, der das fragt. Er mustert Dee von oben bis unten und scheint angestrengt zu überlegen, wo er ihn schon einmal gesehen hat. Doch diesmal ist Dee ordentlich gekleidet, gewaschen und hat sogar einen Burschen dabei, der wie ein Diener aussieht. Außerdem trägt er keine Augenklappe.

Dee nennt seinen Namen und trägt sein Anliegen vor.

»Nun, da habt Ihr Pech, Doktor, denn mein Herr ist mit Master Beale in Greenwich.«

Verdammt!

Als Dee sich entfernen will, wird er von einer rauen Stimme angesprochen. »Ach, Dr. Dee! So was, dass ich Euch in dieser Gegend antreffe … Ich dachte, Ihr wärt noch im Kerker.«

Ausgerechnet Chidiock Tunstal, der Wirt des *Bull* am Bishopsgate, muss ihm über den Weg laufen. Er führt ein prächtiges Pferd mit sich.

Dee schüttelt ihm die Hand und entschuldigt sich dafür, dass er den Gasthof so abrupt verlassen und ihn mit den randalierenden Schuldeneintreibern allein gelassen hat. Ihm selbst kommt es vor, als läge das alles eine Ewigkeit zurück.

»Schnee von gestern, Master Dee«, beschwichtigt ihn Chidiock. »Außerdem habe ich sie tüchtig zahlen lassen, mir ist also kein Schaden entstanden. Sagt, habe ich Euch gerade bei Master Walsingham anklopfen sehen?«

»In der Tat. Aber mir wurde gesagt, dass er in Greenwich ist.«

»Christus am Kreuz!«, flucht Chidiock. »Ich suche ihn nämlich auch.«

»Nun, wir sind auf dem Weg dorthin. Können wir vielleicht etwas für Euch tun?«

»Vielleicht, ja. Ein feiner Herr hat vor zwei, drei Tagen sein Pferd bei mir abgestellt, aber nur für einen gezahlt. Mein Stallbursche hat sich die Satteltaschen vorgenommen, um zu sehen, ob was darin ist, womit die Schulden des Herrn bei mir gedeckt wären.«

Dafür habe ich wirklich keine Zeit, denkt Dee, doch schon hat Chidiock sich darangemacht, die Satteltasche aufzuschnüren und darin herumzuwühlen.

»Und dabei hat mein Bursche das hier gefunden. Nichts als ein Brief, habe ich gedacht. Erst als ich einen alten Knaben aufgetrieben habe, einen früheren Klosterbruder, damit er mal einen Blick drauf wirft ...«

Erschrocken fällt ihm Dee in den Arm. »Um Gottes willen, Chidiock! Steckt das weg!«

Es ist eine Kopie der päpstlichen Bulle *Regnans in Excelsis*. Ihr bloßer Besitz genügt, um einen Mann auf den Scheiterhaufen zu bringen.

»Es war noch mehr darin. Schaut.« Chidiock zeigt Dee ein sehr kleines Kruzifix, das in einem Behälter verborgen war, der noch etwas anderes enthielt, nämlich Schwarzpulver und eine jetzt auf der schwieligen Handfläche des Wirts ruhende Bleikugel.

Himmel!

»Walsingham steckt uns öfter mal Geld zu, wenn wir die Augen offen halten und auf solche Sachen achten, versteht Ihr?«, murmelt Chidiock. »Und ich schätze, dass das hier recht interessant ist.«

In seinen Augen schimmert die Gier.

»Kommt mit, Chidiock«, fordert ihn Dee auf.

»Und das Pferd?«

»Vergesst das blöde Pferd.«

»Ich kann es doch nicht einfach zurücklassen! Und außerdem habe ich keine Zeit, um nach Greenwich zu laufen. Ich bring es zurück und warte noch einen Tag länger auf den Kerl.«

Am Ende ringt er sich dazu durch, darauf zu vertrauen, dass Dee Walsingham die Geschichte vollständig berichten wird, und überreicht ihm auch die Satteltasche mitsamt päpstlicher Bulle, Schwarzpulver und Kugel. Das Leder ist gut, die Taschen sowohl trefflich gefertigt als auch eindeutig teuer und die darin verstaute Wäsche erheblich edler als das, was Dee oder der junge Thomas tragen. Auf der Innenseite des ledernen Deckels ist eine leuchtende Sonne eingraviert, ein Wappen, das ... nun ja ... alle möglichen Familien benutzen könnten.

Dennoch muss es eine renommierte Familie sein – und zusammen mit dem edlen Pferd lässt das nur auf eines schließen: Wer immer so etwas zurückgelassen hat, ist kein armer Mann, der es sich nicht leisten kann, zurückzukehren und es abzuholen. Vielmehr hatte er von Anfang an vor, sich nicht mehr darum zu kümmern, oder ihm ist es schlichtweg egal, was daraus wird.

fragt sich, wie viel Geld er verloren hat und welchen Preis er persönlich dafür zahlen muss.

Ein Mann in pflaumenblauem Samt eilt herbei und stellt sich vor den beiden auf. Er sieht zerzaust aus und scheint um Worte zu ringen. Es ist Sir John Ivesy.

»Sir John?«, ermuntert ihn die Königin.

»Dr. Dee, Eure Majestät. Er ist soeben eingetroffen. Mit Lord Burghleys Boot. Und er sucht …«

Elizabeth kann es nicht fassen. Schon hat sie sich erhoben. »Dr. *Dee*? Unser Dr. Dee? *Dr.* John Dee?«

»Nein!«, ruft Smith.

Die Königin funkelt ihn an, während Sir John in stummer Verwirrung zwischen ihnen hin und her blickt.

»Schickt nach ihm«, bestimmt sie.

Kaum ist der gute Mann davongehastet, fährt Elizabeth zu Sir Thomas herum.

»Ihr habt vergessen, wer Ihr seid!«, faucht sie.

Er kann nur den Kopf neigen.

Gleichwohl bringt sie es nicht über sich, ihn noch strenger zurechtzuweisen. Die Erkenntnis, dass Dee doch noch lebt, hat sie zu sehr aufgewühlt.

Sie schreitet hinüber zum Fenster. Ja, tatsächlich: Lord Burghleys Boot liegt vertäut am Ufer, und ihre Soldaten scheinen wegen irgendetwas alarmiert zu sein.

Als sich Schritte nähern und ihre Leibgardisten ihre Hellebarden auf den Boden rammen, dreht sie sich um. Die Tür fliegt auf. Herein tritt erst Francis Walsingham – und dann ihr heiß geliebter John Dee.

Elizabeth will ihm schon entgegenstürzen – bis sie sein Gesicht bemerkt. Der Ausdruck ist kalt, abgehärmt und so schroff – ja sogar abweisend! –, dass freundschaftliche Gefühle gar nicht aufkommen können. Unwillkürlich schnappt sie nach Luft und kehrt benommen zu ihrem Thron zurück, um wieder unter dem Baldachin Platz zu nehmen. Plötzlich ist ihr, als starrte sie auf ein Geschehen tief unter sich hinab. Der Boden unter ihren Füßen bewegt sich, und sie erkennt bestürzt, dass ihr die Dinge entgleiten. Sie ist nicht in der Lage vorherzusehen, was als Nächstes geschehen wird.

Dee verneigt sich, ohne sie anzublicken.

»Dr. Dee«, sagt sie.

»Eure Majestät.«

»Wir haben Euch für tot gehalten. Uns waren Gerüchte zu Ohren gekommen …«

»Bloß Gerüchte, Eure Majestät.«

Walsingham zappelt ungeduldig. Er will offenbar unbedingt etwas loswerden.

Elizabeth wendet sich ihm zu. »Aber Master van Treslong … Er hat Uns die Nachricht überbracht!«

»Eure Majestät«, wiegelt Walsingham ab, »das Warum und Wozu können wir zu einem späteren Zeitpunkt erörtern.«

»Haltet den Mund, Walsingham!«, fährt Smith dazwischen.

Die Königin ignoriert ihn. »Was ist geschehen, Master Walsingham?«

»Eure Majestät, ich glaube, Eurem Leben droht unmittelbare und große Gefahr, wenn Ihr hier in Greenwich bleibt. Ihr solltet Euch in den Tower zurückziehen, wo Ihr in Sicherheit seid.«

»Was für einen Unsinn redet Ihr da, Walsingham?«, verlangt Smith barsch zu wissen.

»Sir Thomas, Wir bitten um Ruhe.«

Elizabeth steht auf und steigt die Stufen von ihrem Podest hinab. Sie hat das Bedürfnis, Dee aus unmittelbarer Nähe in die Augen zu blicken.

»John«, sagt sie.

»Eure Majestät.«

Dees Stimme ist kalt und sein Gesicht verschlossen wie eine geballte Faust.

»Bitte, Eure Majestät«, sagt Walsingham in einem leisen, eindringlichen Tonfall. »Ich habe aus zuverlässiger Quelle erfahren, dass spanische Truppen hier, in diesem Garten, an Land gehen werden – keine hundert Yards von Euch entfernt –, und zwar noch heute. Wir müssen Euch hinter die sicheren Mauern des Tower schaffen.«

Das mag übertrieben, ja, gelogen sein, doch seine Sorge ist aufrichtig. Sie dringt zur Königin durch und lenkt sie von Dee ab.

»Woher wisst Ihr das?«, fragt sie.

»Später werde ich Euch alles erklären, Eure Majestät, aber jetzt müssen wir Euch von hier fortbringen, und zwar schleunigst.«

»Nein!«, ruft Dee, direkt an Walsingham gewandt. »Das ist falsch. Sie wollen ja, dass Ihr genau das tut. Dass Ihr Euch zum Fluss rettet, Eure Majestät. Dann können sie Euch in Eurem Boot erschießen.«

»Etwa mit einer Hakenbüchse?«, höhnt Smith. »Unmöglich!«

Dee hält die Kugel hoch. »Seht Euch das an.«

Die Königin ergreift sie. »Sie ist schön«, murmelt sie, und das ist sie in der Tat: fast ganz schwarz, makellos glatt und vollkommen rund. Sie fühlt sich in der Handfläche angenehm schwer an – und gnadenlos tödlich! Elizabeth erschauert.

Dee winkt Thomas Digges nach vorne.

»Was gibt es denn jetzt schon wieder, Dee?«, fragt Smith.

»Bitte, zeig Ihrer Majestät deine Linse, Thomas.«

Wortlos entfernt Thomas die kleine Linse von seinem optischen Glas und reicht sie der Königin. Elizabeth klemmt sie zwischen Daumen und Zeigefinger wie eine Münze.

»Haltet sie Euch ans Auge, und beugt Euch dann über die Kugel«, weist Dee sie an.

Sie gehorcht und späht hindurch.

»Was steht da?«, fragt sie dann.

Die eingravierten Buchstaben sind so winzig, dass man die Worte kaum entziffern kann, aber sie lauten: *Deine Schuld ist abgetan, du Tochter Zion.*

»Aus dem Buch der Klagelieder«, murmelt die Königin.

»Was für eine Hexerei ist das?«, will Smith wissen.

»Diese Kugel wurde in der Satteltasche eines Mannes entdeckt, der vor zwei Tagen mit Schwarzpulver in die Stadt gekommen ist – und mit dem hier.«

Dee zeigt ihnen die Abschrift der päpstlichen Bulle.

Die Königin erbleicht. »Verbrennt das sofort!«, zischt sie und wendet hastig den Blick ab.

»Ich glaube, ein Mörder wurde ausgesandt, mit dem

Auftrag, Euch zu töten. Jemand, dem man eine Hakenbüchse mitgegeben hat.«

Erschrocken fasst sie sich an die Kehle. Welch eine beängstigende Vorstellung. Natürlich sind Könige und Königinnen schon immer Opfer der Klingen von Attentätern gewesen und achten darum seit jeher darauf, sich mit treuen Leibwächtern zu umgeben. Die Erfindung und die Verbesserung der Zielgenauigkeit von Schusswaffen hat nun aber eine schreckliche neue Bedrohung heraufbeschworen, von der noch niemand wirklich weiß, wie man ihr begegnen kann, auch Francis Walsingham nicht.

Dieser schüttelt nun den Kopf. »Dann müssen wir Ihre Majestät erst recht in den Tower bringen.«

»Das könnt Ihr so oft sagen, wie Ihr wollt. Aber wenn Ihr Ihre Majestät in dieses Boot setzt, unterschreibt Ihr ihr Todesurteil«, widerspricht ihm Dee.

Walsingham kann sich nicht länger beherrschen. »Dee, Ihr versteht nicht! Wenn die Königin hierbleibt, wird man sie töten! Das können wir nicht riskieren!«

Daraufhin erhebt sich ein immer lauter werdendes Stimmengewirr.

Dee dreht sich zur Königin um, die ihn mit tränenverschleierten Augen anstarrt.

»Was ist, John?«

»Eure Majestät«, sagt er leise.

In einer gebieterischen Geste hebt sie die Hand, und schlagartig herrscht Ruhe im Raum.

Jetzt erzählt Dee den anderen von seinem Traum: von der zwischen Fischgräten liegenden toten Frau; von dem verfallenden Lagerhaus, dessen Fundamente von Wasser umspült werden; von dem explodierenden Schwarzpulver.

»Aber das ist doch bloß ein Traum!«, ruft Walsingham aufgebracht.

»Erinnert Ihr Euch noch, woher ich wusste, dass Isobel Cochet auf dem Mont-Saint-Michel war?«

Walsingham öffnet den Mund und schließt ihn wieder, als er Beales Blick über Dees Schulter hinweg bemerkt. Er muss nicht Gedanken lesen können, um zu erkennen, woran Beale jetzt denkt: Hamilton.

»Was ist?«, fragt die Königin.

Jetzt vertraut ihr Walsingham seine Befürchtungen wegen ihres großen Feindes an, des aufgrund seiner Schießfertigkeit berüchtigten James Hamilton.

Nach einem langen Moment der Stille wendet sich Elizabeth an Dee.

»Ihr seid meine Augen«, erklärt sie.

Dee bemerkt, dass Walsingham zusammenzuckt, aber die Königin ist noch nicht fertig.

»Was würdet Ihr mir also raten?«, fragt sie.

In aller Öffentlichkeit setzt sie ihr ganzes Vertrauen in ihn. Das wiederum bedeutet, dass die anderen ihrem Beispiel folgen müssen.

Dee nimmt einen tiefen Atemzug. Er kämpft darum, ihr zu widerstehen. Kein Wort dringt aus seinem Mund. Er lässt den Blick durch die Bibliothek schweifen: über all die Bücher, die er nie besitzen wird – die meisten davon nutzlos –, und über die Gemälde sowie die zahllosen Abbilder von der Königin und von ihm selbst, von Walsingham, Smith und all den anderen, die endlos vom polierten Glas all der venezianischen Spiegel reflektiert werden.

Sie alle warten nun auf sein Wort, seine Entscheidung.

»Ihr müsst in das Boot steigen«, bestimmt er.

Sofort schreien alle auf ihn ein.

Die Arbeiter brauchen nicht lange. Binnen einer Stunde nehmen zwei von ihnen den Spiegel von der Wand und tragen ihn – zwei mal drei Fuß poliertes Glas und Metall, die mehr wert sind als sie und ihre kompletten Familien zusammen – in die Werkstatt des Schreinermeisters.

»Seid Ihr Euch da wirklich sicher, Dee?«, nörgelt Walsingham.

Dee kann sich nicht vorstellen, dass irgendetwas misslingen könnte, gibt aber keine Antwort.

»Holt noch zwei mehr«, befiehlt er den Arbeitern. »Den zweitgrößten dort drüben.«

Die Männer verschwinden und kommen gleich wieder mit dem geforderten Teil zurück.

»Was habt Ihr vor, Dee?«

»Wir brauchen ein Diptychon, zwei Spiegel aufrecht an einer Stütze.« Er zeigt es mit den Händen. »Etwa so.«

Walsingham wird dadurch nicht unbedingt klüger, doch der Zimmermann kann etwas damit anfangen. Mit Hammer und Meißel schreinert er eine Verzapfung in einem Holzrahmen.

»So?«

»Perfekt. Jetzt dasselbe noch einmal.«

Während die Arbeiten voranschreiten, ist von der Königin bis auf eine flüchtige Spiegelung im Fenster nichts zu sehen. Unwillkürlich fühlt Walsingham sich an jenen peinlichen Nachmittag in Sheffield zurückversetzt, als ihm von Königin Mary eine Lektion erteilt wurde. Wenn Dee recht hat, war das noch nicht das Ende der Lektionen. Herrgott!

Als die Rahmen zu Dees Zufriedenheit gezimmert sind, tragen die Arbeiter sie zum Boot der Königin und stellen sie hinter der Kajüte auf.

»Nein, besser vor der Kajüte.«

Sie schleppen die Spiegel an die gewünschte Stelle, und der Zimmermann bindet sie mit einer ganzen Reihe von Lederriemen an die Rahmen.

»Saubere Arbeit«, lobt er, obwohl er keine Ahnung hat, worum es dabei eigentlich geht.

Die schweren Samtvorhänge am Kajütenfenster werden zur Seite gezogen, damit die Scheiben herausgenommen werden können. Zugleich werden wertvolle Wachskerzen angezündet und an Deck so vor mehreren kleinen Spiegeln aufgestellt, dass diese die Flammen vergrößern und in die Kajüte reflektieren.

»Hoffentlich wisst Ihr wirklich, was Ihr da tut, Dee.« Zum wiederholten Mal lässt Walsingham Skepsis durchblicken.

Daraufhin erklärt ihm Dee, dass er in seiner Zeit als Student in Cambridge den Zuschauern einer Theateraufführung einmal einen goldenen Skarabäus-Käfer von der Größe eines Mannes vorgegaukelt hat.

»Wie habt Ihr das denn gemacht?«

»Könnt Ihr es nicht einfach abwarten?«

»Wir haben keine Zeit, Dee!«

»Jetzt haben wir Zeit, und wir werden auch unseren Schützen erwischen. Danach wird die Königin ein Weilchen in Frieden leben können. Oder wir laufen davon, verkriechen uns und stecken sie für alle Ewigkeit in den Tower.«

Die Ruderer – alle achtzehn – sitzen im Boot und starren sie verdattert an, als Dee den jungen Thomas Digges auf den Sessel Ihrer Majestät in der Kajüte setzt. Da ihnen einer der Spiegel im Weg steht, sehen sie es nicht, doch Dee hat den Sessel so verschoben, dass er gar nicht mehr nach vorne weist, sondern in Richtung Backbord.

»Stellt Euch hinter den Spiegel und folgt meinen Anweisungen, Walsingham.«

Walsingham tut wie geheißen und beobachtet Dee dabei, wie er den Weg zum gut fünfzig Schritt entfernten Palast hinaufgeht. Als er dessen Mauern erreicht hat, dreht er sich um und blickt zurück zum Boot.

»Walsingham, seid so nett und schiebt den Spiegel in der Kajüte etwas nach links!«, ruft er.

»Gütiger Himmel, Dee!«

Sobald der Spiegel richtig steht, kommt Dee zurück. Mit einem Kreidestein, den er in der Tasche hatte, markiert er die jeweilige Position der Rahmen und die der Gegenstücke auf der anderen Seite.

»Dee, was treibt Ihr da?«, ruft Walsingham, als der andere plötzlich die Spiegelrahmen verschiebt.

»Stellt Euch dort auf, wo ich vorhin war, und schaut zurück!«

Als Walsingham aus dem Boot klettert, hört er, wie

Dee den jungen Thomas Digges auffordert, eine Haltung wie eine Königin anzunehmen.

Im Gehen kann Walsingham einmal mehr die Königin hinter ihrem Fenster sehen. Dann erreicht er die Stelle, an der Dee gerade erst gestanden hat. Er dreht sich um und späht zum Boot.

»Mein Gott«, murmelt er. »Mein Gott.«

In der Hütte der alten Frau kniet James Hamilton tief im Schmutz. Die Hände ineinander verhakt, spricht er sein letztes Gebet, sein letztes Amen, dann steht er auf. Heute betet er schon, seit sich der erste rosa Schimmer der Morgenröte durch das von ihm gebohrte Loch in der Wand getastet hat. Jetzt stellt er sich dahinter und späht auf die aufgewühlten grünen Wassermassen der Themse hinaus.

Es ist ein herrlicher Tag. Auf dem Fluss schaukeln zahlreiche kleine Boote und eine mit Stoffen beladene Karavelle, die jetzt vor Anker liegt, damit sie bei Ebbe nicht aufs Meer hinausgezogen wird. Am Ufer gegenüber steht eine Kirche mit Spitzturm, in der einst die Messe gelesen wurde. Weiter macht er eine Windmühle aus, eine Steinmauer, drei schlammbedeckte Kühe im Fluss und einen Jungen auf einem Karren. Dahinter geht eine Handvoll Fischer ihrem Gewerbe nach. Aber was wollen sie in dieser Brühe voller menschlicher Abfälle fangen?

Hamilton bückt sich nach seiner Waffe, die er zum Schutz vor Feuchtigkeit und Schmutz mit Rosenöl eingefettet und in Sackleinen gewickelt hat. Daneben liegt die Kugel, die er benutzen wird. Eine hat er schon verloren. Er muss sie im Stall des Gasthauses bei den Pferden liegen gelassen haben, als er in Panik geraten und davongerannt ist. Ihm ist klar, dass er nicht lange genug leben wird, um sie zurückzufordern.

Das Schwarzpulver hat er wieder ins Horn gegeben. Es ist glatt gerieselt wie der Sand in einer Sanduhr. Das Werg für die Zündschnur hat er ebenfalls in Rosenöl getränkt und bewahrt es sicher auf. Den Putzstock und das Gestell, das seine Hakenbüchse stützen wird, hat er schon vorher an die Wand gelehnt.

Er richtet sich auf. Sein Herz hämmert zum Zerspringen, doch als er die Hände ausstreckt, sind sie vollkommen ruhig.

Als Erstes wird er essen.

Und danach wird er bereit sein.

Sie sprechen ihre Gebete als Hofstaat, als Vertreter ihrer Nation, und knien genau dort, wo die Königin der Darbietung von Thomas Tallis' »Lamentations« gelauscht hat. Als die Zeremonie vorbei ist, erheben sie sich schweigend und sammeln sich innerlich.

Die Königin nimmt Abschied, und ihre Höflinge stehen mit bleichen Gesichtern Spalier. Einige Frauen weinen, als würde Elizabeth jetzt gleich das Schafott besteigen, so wie ihre Mutter vor all den Jahren.

Mit wütend funkelnden Augen ballt Smith unablässig die Hände zu Fäusten und öffnet sie wieder.

Von Burghley oder Leicester ist nichts zu sehen.

Mithilfe des Kommandanten geht die Königin an Bord ihres Boots.

»Sitze ich hier? In Fahrtrichtung?«

»Ja, Eure Majestät.«

Es ist nicht viel Platz. Verschwunden sind die üblichen Kammerfrauen. An ihrer Stelle sind es acht Leibgardisten, die sich in die Düsternis der von Vorhängen verdunkelten Kajüte hinter den zweiten Spiegel gezwängt haben, allesamt Scharfschützen, die die Lunten ihrer Hakenbüchsen am Glimmen halten. In ihrer Mitte sitzt der kleine Thomas Digges mit seinem einsatzbereiten optischen Glas. Und auch Francis Walsingham ist da, blass und besorgt wie eh und je.

»Wo ist John Dee?«, fragt die Königin.

»Hier, Eure Majestät.«

Er steht, verborgen hinter dem ersten Spiegel, mit dem Rücken zu den Ruderern in der Mitte des Boots.

»Seid Ihr Euch wirklich sicher?«, fragt sie.

Eine lange Pause tritt ein, in der er versucht, seine Gedanken zu ordnen.

»Ziemlich, Eure Majestät.«

Sie bringt ein Lachen zuwege, das Erinnerungen an ihre gemeinsame Zeit im Tower weckt, als ihrer beider Leben an einem seiden Faden hing, doch das vermag ihn in keiner Weise zu erweichen. Sie ist die Frau, die seinen Tod wollte. Und doch, und doch …

Der Schiffer steht am Steuerruder. Er blickt Dr. Dee mit skeptischer Miene an. »Seid Ihr *sicher*?«

Dee ist es nicht. Jetzt starren ihn alle an: die Menschen im Boot und sämtliche Schaulustige am Ufer.

Dee wendet sich an die Königin. *Bereit?* Als sie nickt, dreht er sich zum Schiffer um und nickt seinerseits. Dieser greift zu seiner Pfeife und stößt einen schrillen Pfiff aus. Daraufhin lösen die Knaben am Ufer die Taue, während drei Männer das Boot mit langen Stangen in den Fluss hinausbugsieren.

»Ruder eintauchen!«

Am Ufer ertönt ein vielstimmiges Stöhnen, als das Boot jäh ruckt und einen Moment lang dahintreibt. Dann legen sich die Ruderer in die Riemen, und das Gefährt gleitet in die Strömung.

»Stetig!«, befiehlt der Schiffer.

Einen Moment später finden die Männer einen gemeinsamen Rhythmus und lenken das Boot zügig nordwärts. Zu ihrer Rechten befindet sich die Isle of Dogs, doch da die Vorhänge der Kajüte zugezogen sind, können die Schützen sie nicht sehen. Links, wo die Königin sitzt, gleitet Deptford vorbei. Ihr nimmt kein Vorhang die Sicht.

Es geht eine sanfte Brise, hoch über ihnen kreischen Möwen, und der Tag verspricht, einer von jenen zu werden, die einen zu dem Trugschluss verleiten, der ganze Winter würde so sein. Das Wasser klatscht gegen den Rumpf. Die Luft ist einigermaßen frisch, wenn auch durchzogen von einem Hauch von Fäulnis und feuchter Erde.

Kein Wort fällt, bis die Königin endlich zu sprechen beginnt. »John, warum seid Ihr mir so böse?«

Dee starrt sie benommen an, doch dann bricht er in Lachen aus. »Weil Ihr mich töten lassen wolltet?«

Die Königin fährt zu ihm herum.

»Bitte, Eure Majestät, Ihr müsst geradeaus nach vorne schauen.«

Sie sind jetzt in der Mitte der Themse, zu beiden

Ufern sind es etwa fünfzig Schritt. Da sie sich gegen die schnelle Strömung behaupten müssen, wird den Ruderern Schwerstarbeit abverlangt. Allerdings sind sie im Gegensatz zu den meisten Fährenschiffern kräftig und gut genährt, und das Knarzen der Ruder in den Dollen klingt regelmäßig.

»Wie kommt Ihr darauf, dass ich Euch töten lassen wollte?«

»Habt Ihr das denn nicht versucht?«

»Nein.« Die Königin schüttelt den Kopf, als wollte sie ihn frei bekommen. Was für ein Gespräch sie da nur führen … »Warum sollte ich Euren Tod wollen?«

»Ihr habt diesem verrückten Holländer geschrieben, ich sei ein notorischer Papist. Ich sei ein Häretiker und Verräter, ausgesandt vom Papst, um Euch zu töten. Und außerdem sei es Euer Wunsch, dass er – der Holländer – dafür sorge, dass ich die Heimfahrt von Frankreich nicht überlebe. – Bitte! Ihr müsst Euch die ganze Zeit zum Südufer hindrehen.«

»Aber, John, so etwas habe ich nie geschrieben!«

»Ich habe ihn. Ich bin im Besitz des Briefes.«

»Das ist mir egal. Um der Liebe Gottes willen, John! Ich würde nie … weshalb sollte ich so etwas wünschen?«

»Wenn Ihr es glaubtet?«

»Wenn ich es glaubte? Wenn ich Euch für einen Papisten hielte, der den Auftrag hätte, mich zu töten, dann müsste Euer Kopf rollen. Aber das glaube ich nicht. Und selbst wenn, dann hätte ich Euch nie … dann hätte ich Euch nie ins Meer werfen oder an irgendeinem französischen Strand ermorden lassen.«

Die Ruderer haben immer mehr Schwung, und das Boot rauscht der Stadt entgegen. Walsingham steht angespannt in der Mitte. Aufmerksam lauscht er dem Gespräch, während sein Blick auf das Ufer rechts von ihm gerichtet ist. Thomas Digges späht mit seinem optischen Glas in die gleiche Richtung. Sie passieren ein entgegenkommendes Boot. Kurz senkt es zum Gruß das Segel, während die Besatzungsmitglieder jubelnd ihre Kappen schwenken.

Doch die Königin bleibt mit versteinerter Miene sitzen.

Sie hat recht, sagt sich Dee jetzt. Bestimmt hätte sie ihn durch die Straßen schleifen, kurz aufhängen, gleich wieder vom Galgen herunternehmen und bei lebendigem Leib ausweiden lassen. Seine Innereien und Genitalien hätte sie vor ihm über einem offenen Feuer geröstet, damit er das noch roch. Dann hätte sie ihn köpfen und sein Haupt auf der London Bridge – an einer Stange aufgespießt – ausstellen lassen, während man seinen Körper in grausige Fleischstücke zerhackte und als warnendes Beispiel an Torpfosten in und um Mortlake herum nagelte. Und damit hätte sie völlig recht gehabt.

»Aber ich habe beide Briefe«, beharrt er.

»Wenn Ihr die habt, handelt es sich um eine Fälschung, denn das ist nicht meine Handschrift.«

»Er ist von derselben Hand geschrieben worden wie der andere Brief, den Ihr van Treslong geschickt habt.«

»Ich habe van Treslong nie geschrieben.«

»Ihr habt ihm eine Nachricht geschickt, dass ich an jenem Strand in der Normandie aufgelesen werden soll. Und dann sollte ich getötet werden.«

»Bei der Liebe Jesu Christi, Dee!«, blafft Walsingham. »Lasst uns das ein andermal klären.«

Zwar verstellen ihm die Spiegel in der Kajüte die Sicht auf die Königin, doch immerhin erlaubt ihm der an Deck gelegentlich einen Blick auf das Nordufer: Warenlager mit kahlen Fassaden, armselige Hütten, Kräne mit massiven Haken, Schiffsmaste und Spieren mitsamt davon herabhängenden Seilen. Ein paar Männer – Lastenträger – halten inne, um zuzusehen und zu winken, als das Boot der Königin vorbeigleitet.

Die Sonne steht jetzt hinter ihnen und wirft blasse Schatten auf den Bug, allerdings verschwinden sie nach und nach, als das Boot der Flussbiegung folgt.

»Haltet das Boot in der Mitte, Master!«, ruft Dee dem Steuermann zu.

Sie sind unmittelbar davor, in den Pool of London einzufahren. Es ist der Abschnitt, wo die Themse – abgesehen von der Stelle direkt unter Brücke – am schmalsten ist.

»Ich habe beide Briefe«, erklärt Dee mit Nachdruck. »Ich habe sie dabei.«

»Ich würde sie gern sehen.«

»Limehouse Steuerbord voraus!«, meldet der Schiffer.

In einem ersten Schritt schiebt er mithilfe eines Stabs ein mit Öl getränktes Tuchstück durch den Lauf. Anschließend lässt er das Schießpulver aus einem Füllhorn auf die Zündpfanne rieseln. Wieder wird ein Tuchstück durch den Lauf gezogen, ehe Schießpulver hineinkommt, das er mit dem Ladestock feststopft. Dann folgt die Kugel.

Zwar kann er die Inschrift nicht lesen, doch er weiß, dass sie aus dem Buch Jeremia stammt: … *der Gott der Vergeltung, der Herr, zahlt es ihnen heim …*

Die Kugel gleitet in den Lauf und rollt glatt hinunter. Nun ist zum dritten und letzten Mal das geölte Tuch an der Reihe. Nachdem er Ladung und Kugel festgeklopft hat, legt er den Ladestock beiseite.

Abschließend füllt er das Loch zwischen Pfanne und Ladung mit noch mehr Pulver. Dann greift er zu einem Tuchfetzen und zur Zunderbüchse, die aus Feuerstein und Stahl besteht. Damit schlägt er mehrere Funken, die auf das Leintuch überspringen, das er nun an die Lunte hält, bis sie zu glühen beginnt. Mit heftigem Wedeln gelingt es ihm, zugleich das Leintuch zu löschen und das Glühen der Zündschnur zu verstärken.

Der Geruch nach Verbranntem überdeckt den Verwesungsgestank.

Als alle Vorbereitungen getroffen sind, bringt er die Zündschnur am Abzugshahn seiner Waffe an und atmet mehrmals tief durch.

Langsam pflügt sich das Boot durch den Fluss.

Dee reicht der Königin beide Briefe, doch er warnt sie davor, sie anzuschauen. »Bitte, Eure Majestät, blickt geradeaus nach vorne.«

Sie gehorcht und entfaltet den ersten auf dem Schoß, ohne den Blick darauf zu senken.

Niemand spricht ein Wort. Niemand wagt zu atmen. Niemand weiß, was er erwarten soll.

Die Wächter in der Kajüte halten den Blick auf Dee

gerichtet, bereit, seinen Anweisungen zu folgen, während der kleine Thomas Digges mit seinem optischen Glas jeden einzelnen Schatten am Flussufer untersucht.

Walsingham ignoriert sie alle. Er ist angespannt und hält die Augen geschlossen. Nachdenklich kneift er sich in die Nase.

Dee kauert auf dem Boden und wartet. Unablässig starrt er in den Spiegel und berechnet die Flussbiegung im Verhältnis zu den völlig ungeordneten Dachlinien der Gebäude am Nordufer.

Sie nähern sich Limehouse und der Mündung des Flüsschens Lea in die Themse. Die Schultern hochgezogen, die Augen fest geschlossen, thront die Königin auf ihrem Stuhl.

Heiliger Himmel, was, wenn er sich getäuscht hat?

Soeben senkt die Königin den Blick auf den Brief. Ihre Miene verdüstert sich.

Nun, da das Boot dem Flusslauf westwärts folgt, werden die Schatten an der Steuerbordseite tiefer.

»Dee?«

Doch Dee hört nicht. Ein Gedanke lässt ihn nicht mehr los: *Ich habe mich getäuscht.*

Er hat seinen Traum falsch gedeutet.

Gerade will er den Kopf heben und sich dafür entschuldigen, dass er einen solchen Aufruhr verursacht und sie alle gestört hat, dass er sie dazu gedrängt hat, das Boot der Königin zu durchsuchen, und dass er diesen absurden Spiegelrahmen hat bauen lassen, als plötzlich – wie aus dem Nichts – ein Loch im Spiegel über ihm erscheint. Die Königin schnappt nach Luft und schlägt sich erschrocken die Hand vor den Mund. Einen Moment später erschallt vom Ufer ein dumpfer Knall.

»Dort!«, ruft Thomas Digges und zeigt in Richtung des Geräuschs. Doch die Arkebusiere haben das Mündungsfeuer oder den Rauch bereits entdeckt.

Schon sind die Vorhänge zur Seite gerissen, und die Zündschnüre glühen. Keinen Moment zu früh presst sich die Königin die Hände auf die Ohren, denn schon beginnt ein fürchterliches Donnern. Das Boot gerät ins Torkeln, dichte Rauchschwaden hüllen die Kajüte ein, und alle schreien wild durcheinander. Eine Holzhütte wird über das Wasser hinweg von mehreren Kugeln getroffen, und Splitter schießen in die Luft.

Dee und Walsingham beschließen gleichzeitig, die Königin zu schützen, und stoßen bei dem Versuch, sich über sie zu werfen, mit den Köpfen zusammen.

»Zum Ufer!«, schreit Walsingham dem Bootsführer zu. Er wird übertönt vom Donnern der Schüsse und kann sich selbst nicht mehr hören. Doch der Schiffer lehnt sich ohnehin bereits gegen die Pinne. Das Boot macht einen Schwenk zu den am Nordufer vor Anker liegenden Schiffen. Jetzt ruft der Schiffer etwas, worauf die Ruderer an Steuerbord ihre Riemen heben und das Boot mit einem dumpfen Knall einen Fischerkutter rammt. Die Wucht des Aufpralls schleudert den Schiffsjungen auf die Knie. Starke Arme umklammern das Dollbord und beruhigen das schwankende Gefährt.

Jetzt lassen die Arkebusiere ihre Schusswaffen fallen, strömen aus der Kajüte, springen von Bord des königlichen Boots und schwärmen an Deck des Fischkutters aus.

Walsingham bleibt, über die Königin gebeugt, stehen. Er wagt es nicht, sie zu berühren.

»Eure Majestät?«

Sie hebt den Kopf. An ihren Händen klebt Blut.

Walsingham schnappt nach Luft.

»Nur ein Kratzer. Von einer Glasscherbe. Die anderen werden mich bewachen. Los, los! Lauft und schnappt ihn!«

Das lassen sich Dee und Walsingham nicht zweimal sagen. Eilig klettern sie über das Dollbord und springen auf den Fischkutter, dessen Besatzungsmitglieder sie mit offenem Mund anstarren.

»Alle bereithalten – wir fahren weiter!«, hört Dee den Schiffer rufen.

Dee lässt sich nicht beirren. Ein Satz, und er erreicht das Ufer. Der Schlamm – er ist grobkörnig und grau – stinkt nach Fäkalien und Metzgereiabfällen. Plötzlich entdeckt Dee das Haus, das er in seinen Träumen gesehen hat, ein Loch im Putzwerk, die Holzverschalung von Kugeln zertrümmert. Es steht auf der anderen Seite eines Bachs, der hier in die Themse mündet.

Verdammt!

Er klettert die Böschung hinauf, überwindet einen gewaltigen Haufen aus Austernschalen und erreicht das Kopfsteinpflaster des Kais.

»Dee!«

Hinter ihm ist Walsingham ausgerutscht und gestürzt. Dee hilft ihm auf. Mitten im Schlamm sehen sie jetzt eine dunkle Lache: Blut.

»Schnell! Weiter!«

Sie rennen den Kai hinunter und jagen weiter zur Brücke, über die bereits die Arkebusiere mit gezückten Schwertern stürmen. Männer, Frauen, Kinder, Gänse und sogar Schweine stieben vor ihnen davon. Endlich überqueren nun auch Dee und Walsingham die Brücke über die Lea und biegen in die Gasse ein, an deren Ende die Hütte steht, die die Schützen vom Boot aus unter Beschuss genommen haben. Die Arkebusiere sind schon dort. Als geschlossene Front rennen sie gegen die Tür und brechen durch.

Dee und Walsingham sind ihnen nun dicht auf den Fersen.

Die Hütte ist sehr klein, sodass nicht alle Arkebusiere hineinpassen. Als Dee und Walsingham sie erreichen, kommen ihnen die Männer schon wieder entgegen und eilen zurück in die Gasse.

»Da entlang!« Walsingham deutet nach Osten. »Durchsucht jedes Gebäude! Überall! Er darf nicht entkommen!«

Dee tritt in die Dunkelheit und den Gestank der Hütte. Bis auf einen Kochstein und eine tote Frau ist sie leer. Fliegen schwirren mit lautem Gesumme durch die Lichtstrahlen, noch mehr strömen durch die vielen Einschusslöcher in der Wand.

Walsingham, der Dee gefolgt ist, würgt bereits.

Dee durchquert den Raum und geht zur Wand gegenüber. Unter einem großen Loch befindet sich ein kleineres, auf dem Boden davor eine Blutpfütze.

Er entdeckt das Stativ für die Hakenbüchse. Es ist umgefallen und liegt auf dem Boden. Von der Schusswaffe selbst oder dem Ladestock ist nichts zu sehen, ebenso wenig kann er einen lebenden Menschen ausmachen.

Hamilton watet leise durchs Wasser. Die Soldaten sind verschwunden, aber jetzt sind zwei Männer dort oben. Sie bewegen sich langsam, scheinen aber zu wissen, was sie wollen. Ist es am Ende Walsingham selbst?

Beim Blut der Heiligen Jungfrau!, schießt es ihm durch den Kopf. *Was für eine Vorstellung, sowohl Elizabeth als auch ihren obersten Spion, diese Ausgeburt der Hölle, am selben Tag töten zu können!*

Ein jäher Schmerz zuckt durch seinen Unterleib und reißt ihn aus seinen Gedanken. Er weiß, dass er sterben wird, doch er hat seine Mission erfüllt. Schließlich hat er genau gesehen, wie die Kugel die Königin getroffen hat, und zwar unmittelbar über dem Ohr. Es war ganz gewiss ein tödlicher Schuss. Überrascht hat ihn nur, dass sie anscheinend gar nicht zusammengezuckt ist. Doch dieser Gedanke wurde sogleich verdrängt, als er verblüfft die Salve von Schüssen registrierte, die plötzlich aus der Hütte abgefeuert wurde. Wie zu erwarten war, sind die Kugeln fast alle ins Leere gegangen. Dass eine ihn dann doch am Unterleib getroffen hat, muss wohl die Strafe Gottes für die Unvollkommenheit Seines Dieners sein.

Dem Schmerz zum Trotz packt er die Hakenbüchse am Schaft. Er muss sie wieder laden. Gelingt ihm das nicht, kann er sie genauso gut in den Schlamm werfen.

»Los, Dee, weiter«, knurrt Walsingham. »Er wird uns inzwischen meilenweit voraus sein.«

Doch Dee verharrt regungslos.

Es ist Flut, und das Wasser plätschert bereits gegen das Fundament der Hütte, aber Dee beunruhigt etwas ganz anderes – der Geruch. Er beugt sich über den Feuerstein: Er ist kalt. Gleichwohl hängt über dem süßlichen Verwesungsgeruch, der von der Toten ausgeht, eine Note von Verbranntem.

Schon will er Walsingham zu sich rufen, doch dann beißt er sich auf die Zunge und deutet stumm nach draußen. Sie verlassen die Hütte.

»Was ist, Dee?«

»Kommt mit.«

Die zwei Männer gehen wieder in Richtung des Flusses.

»Himmelherrgott, Dee! Noch einmal steige ich nicht dort hinunter.«

Unten erwartet sie doch nur der stinkende grüngraue Schlamm, und Walsinghams Bein blutet stark.

»Also gut«, sagt Dee. »Hört mir gut zu, Walsingham. Ihr sollt Folgendes tun: Zählt langsam bis sechzig, und geht dann in die Hütte zurück.«

»Warum?«

Dee hält es für besser, es ihm nicht zu erklären. »Tut einfach, was ich Euch sage, Walsingham. Zählt bis sechzig, und dann zurück in die Hütte.«

Trotz aller Zweifel ist Walsingham dazu bereit.

Dee steigt wieder hinab in den Schlamm. Die Kälte und die Kraft, mit der er an ihm saugt, erinnern ihn eindringlich an das Watt beim Mont-Saint-Michel. Mit einiger Anstrengung zieht er die Füße aus dem Schlick und watet durch das Wasser unter der Kaimauer, das ihm bis zu den Oberschenkeln reicht. Weiter vorne erstreckt sich das offene Wasser der Themse.

Er lässt die Kaimauer hinter sich und findet sich am Fuß der auf Pfählen erbauten Hütten wieder. Festen Halt kann er hier nicht erwarten – alles ist mit tückischem Seetang bedeckt. Zwischen zwei Balken eingeklemmt, sieht er etwas, was ein Hundekadaver sein könnte. Überall schwimmen stinkende Binsen, und Dee ist sich sicher, aus nächster Nähe das Quietschen von Ratten zu hören. Lautlos zählend geht er weiter.

Zwanzig.

Hier ist das Wasser tiefer; der Schlamm am Boden wurde von der nun stärkeren Strömung der Themse abgetragen. Er späht an den aus dem Wasser ragenden Pfählen vorbei. Dort, zwanzig Yards vor ihm: feiner Rauch, der von einer Zündschnur aufsteigt. Genau, wie er es erwartet hat.

Er steigt tiefer ins Wasser, bis es ihm ans Kinn reicht. Die Kälte wirkt belebend – gar nicht mal so schlimm. Aber, Herrgott, was für ein Gestank!

Dreißig.

Er krault durchs Wasser. Mit kalten, klammen, grünen Klauen zieht es an ihm.

Jetzt kann er den Oberkörper des Mannes sehen, die linke Schulter, das Leinenhemd. Offenbar führt er irgendeine geheime Operation aus. Da, er lädt seine Hakenbüchse! An seiner Schulter hängt eine Ledertasche. Einen Moment lang scheint er zu zögern. Offenbar sucht er für seinen Ladestock eine trockene Stelle, an der er nicht versinken kann.

Vierzig.

Dee schlängelt sich durch das Flechtwerk von Pfählen. Über ihm gähnen Latrinenabflüsse. Wenn ausgerechnet jetzt jemand sein Geschäft verrichtet… Dee sieht, wie der Mann den Gurt seiner Schultertasche verknotet, damit sie ihm nicht verrutscht. Die Büchse hält er jetzt senkrecht nach oben. Er wartet, den Kopf nach hinten gekippt, die Augen weit geöffnet. Er hat gute Zähne.

Fünfzig.

Die Büchse des Mannes hat einen langen Lauf, und die Mündung berührt fast den Boden des Pfahlbaus über ihm. Kein Wunder, dass ihm der Schuss auf die Königin so gut gelungen ist. Dee hat den Mann jetzt deutlich im Blick: groß, bärenstark, knotige, mit Muskeln bepackte Arme.

Fünfundfünfzig.

Mit einem Mal scheint der Mann etwas zu merken. Er blickt zu der Stelle, wo Dee eben noch war, und runzelt die Stirn. Doch dann wandert sein Blick nach oben. Er muss etwas gehört haben. Irgendein Geräusch an der Hüttentür. Ein Kratzen. Er späht angestrengt, dann packt er die Hakenbüchse fester, einen Daumen über der Zündpfanne.

Sechzig.

Oben betritt Walsingham die Hütte.

Der Mann richtet die Waffe empor, und die Mündung folgt Walsinghams Schritten. Dabei kehrt er Dee langsam den Rücken zu. Aber dann wendet er abrupt den Kopf. Und als wäre es vorherbestimmt, starren Dee und er sich einen kurzen Moment lang in die Augen.

Dann stürzt Dee jäh nach vorne. Er erwischt den Kerl noch von hinten und schlingt beide Arme um ihn. Die Hakenbüchse weist nach oben, als der Mann unwillkürlich den Abzugshahn drückt. Ein Funke fällt in die Pulverpfanne, und das Schießpulver flammt auf. Feucht, wie es ist, zerfetzt es den Lauf. Dee presst sein Gesicht gegen den Nacken des Mannes, als ihn ein dröhnender Feuerball umhüllt. Zugleich schnellt der Kopf des Mannes zurück – mitten in Dees Gesicht, sodass dieser rückwärts ins Wasser kippt und fast untergeht.

Der Mann steht immer noch aufrecht und umklammert nach wie vor den Kolben der kaputten Büchse, doch jetzt ist überall Blut. Irgendetwas stimmt nicht.

Dann sackt der Mann rücklings ins Wasser, versinkt aber nicht, sondern treibt mit dem Gesicht nach oben. Etwas fehlt allerdings: Kiefer und Wangen sind verschwunden, die Nase ist ein blutendes Loch, die Augengegend eine formlose Fleischmasse, und Stirn und Kopfhaut wurden von den Metallfetzen, die bei der Explosion in alle Richtungen geflogen sind, abgeschnitten. Aus den Wunden sprudelt Blut, ein sich ausbreitender Teppich auf dem Wasser.

Dee klammert sich an einen der Pfähle. Sein Gesicht brennt, und er ist am ganzen Körper mit Blut bedeckt: an den Armen, den Händen, überall. Nun dreht sich der Mann langsam in der Strömung. Nach einer Weile schubst Dee ihn von sich weg in Richtung Flussmitte. Er merkt, dass seine Kräfte schwinden. Ihm dreht sich der Kopf, dann wird ihm schwarz vor Augen. Mühsam klammert er sich an den von Seetang und anderen Dingen schlüpfrigen Pfahl. Er presst die Wange dagegen, spürt, wie sie nach unten rutscht, wie der Pfahl immer kälter wird, je tiefer er sinkt. Schon umspült ihn das Wasser.

»Dee! Dee!«

Es ist Walsingham, der sein Gesicht an das obere Ende des Abortlochs presst.

»Bleibt wach! Bleibt wach, Dee!«

Doch er fällt, und die Welt entgleitet ihm.

17

Im White Tower, London, 17. Oktober 1572

Alle möglichen Leiden könnten einen Mann befallen, wenn sein Fleisch von Stahlfragmenten zerfetzt worden ist, die vorher den Körper eines anderen Mannes durchbohrt haben, und er nach dem Treffer bewusstlos in der Themse versunken ist. Aber nachdem Dr. John Dee ein oder zwei Pint Blut abgenommen und er mit diversen Abführ- und Brechmitteln abgefüllt worden ist, bis er sich vor Schmerzen krümmte und schwach war wie ein neugeborenes Kätzchen, lässt man ihn mehrere Tage unter einem Stapel Wolldecken im Bett liegen, bis ihm der Schweiß aus allen Poren strömt, alle Krankheitserreger und Schmutzstoffe fortgeschwemmt und seine Körpersäfte wieder ins richtige Gleichgewicht gebracht sind.

Er träumt die ganze Zeit, und zwar immer wieder dasselbe: von jenem Mädchen, das ein Teil seines Bewusstseins für Rose Cochet hält, wohingegen der andere – der rationalere – diese Möglichkeit ausschließt. In seinen Visionen spielt sie auf einer breiten Rasenfläche mit einer zerfledderten Strohpuppe, die sie über alles liebt. Einmal mehr ist sie hübsch gekleidet, hat frische, rosige Wangen und ist umgeben von anderen Kindern. Er hört Gesang und die Klänge einer Rohrflöte, zusätzlich sorgt das goldene Licht einer tief stehenden Sonne für eine warme Atmosphäre. Dann erscheint Isobel Cochet und ruft nach ihrer Tochter.

Als er endlich erwacht und zu sich kommt, wird Dee bewusst, dass er sich nicht rühren kann.

»Bewegt Euch nicht«, sagt die Königin.

»Das kann ich ja gar nicht«, antwortet er.

Er wird niedergedrückt von all den Decken und Verbänden an Gesicht, Händen und Armen.

»Meine Ärzte sagen, dass Ihr großes Glück hattet.«

Glück?

Er hat einen eingeschränkten Blick auf das Zimmer. Ein Arzt hält ein Glas mit einer Flüssigkeit in das durchs Fenster hereinfallende Licht. Das kann nur Dees Urin sein. Die Königin sitzt am Rande des Betts auf einem Stuhl mit hoher Lehne. Sie scheint aus perlmuttartigem Material zu bestehen und trägt einen Kragen, der ihren schlanken Hals und ihre hübschen Ohren umrahmt.

Staubflocken wirbeln im Licht.

»Wie lange sitzt Ihr schon hier?«, fragt er.

Sie lächelt. »Höchstens eine Woche.«

Er lacht, worauf ihm Schleim in die Kehle steigt. Sie hat Tränen in den Augen.

Irgendwann merkt er, dass sie seine Hand hält und er ihre; sie umklammern einander. Es ist die Geste zweier

Menschen, die einander geliebt und verloren und nun wieder zu lieben gelernt haben.

Nach langem Schweigen öffnet er erneut den Mund.

»Rose Cochet«, sagt er.

Die Königin schaut weg, hat aber offenbar nicht die Absicht, ihm die Hand zu entziehen. Im Gegenteil, ihr Griff wird noch fester. Nur allzu deutlich zeigen sich ihre Schuldgefühle.

»Es tut mir leid«, flüstert sie. »Ich habe es nicht gewusst. Aber ich muss die Verantwortung für den Tod ihrer Mutter übernehmen. Und ich *werde* sie übernehmen. Isobel Cochet ist *für mich* gestorben, das habe ich jetzt begriffen. Und für ihre Tochter. Und ich werde … ich werde mein Möglichstes tun, um das wiedergutzumachen. Bitte glaubt mir.«

Das tut er.

Später besucht ihn Walsingham zusammen mit einem Mann, den Dee als Master Beale erkennt. Die Königin ist nicht zugegen.

Walsingham stellt Dee ein paar Fragen, obwohl er die Antworten bereits kennt oder sie sich erschließen kann – und obwohl sie ihm ohnehin egal sind.

Er sieht müde aus, denkt Dee.

»Die Königin hat die Briefe geprüft«, lässt ihn Walsingham wissen.

Da fällt es ihm wieder ein. Die zwei Schreiben, die er van Treslong gestohlen hat. Er hat sie der Königin unmittelbar vor den Schüssen auf den Spiegel gegeben.

»Und?«

»Nun, wir hatten recht mit der Vermutung, dass die Briefe von der gleichen Hand stammen.«

Resigniert schließt Dee beide Augen, bis mit Macht eine lebhafte Erinnerung daran zurückkehrt, wie sie diese Briefe auf dem Schiff umklammert.

»Aber … wartet. Sie hat doch gesagt … Hat sie nicht gesagt, dass sie … keinen davon geschrieben hat?«

Walsingham schüttelt den Kopf.

»Wer war es dann?«, fragt Dee.

18

Hill Hall, Essex, 25. Oktober 1572

Sie alle sind schon einmal im Epping Forest gewesen: Dee auf der Suche nach Orten, von denen er sich eine Erweiterung seines Wissens über die Rituale der Druiden versprach; Walsingham, um die Königin in dem hässlichen Jagdschloss ihres Vaters aufzusuchen, und Beale zusammen mit einer Frau, die mit dem Großmeister der Maler-und-Färber-Gilde verheiratet war.

»Es soll ein ergiebiges Jagdgebiet sein«, erklärt Beale.

Dee erwidert nichts darauf. Ob ergiebig oder nicht, er hat kein Interesse an der Jagd. Auch Walsingham, der neben ihm in der Kutsche sitzt, äußert sich nicht dazu.

Dee ist in einen schweren Kammgarn-Mantel mit Marderpelz an Handgelenken und Kragen gehüllt, dazu trägt er weiche Lederstiefel ... alles Geschenke der Königin im Namen einer dankbaren Nation. Er fühlt sich noch immer schwach, und obwohl die Wunden gut verheilt sind, zieht sich über seine Wange eine Narbe in einem zarten Rosa, das ganz und gar nicht zu seiner Hautfarbe passt. An dieser Stelle wird nie wieder ein Bart wachsen.

Er blickt durchs Fenster ins Freie, wo ein leichter Nebel die Eichen und Birken in einem weicheren Licht erscheinen lässt, die Blätter allmählich welken und ein leichter Pilzgeruch in der Luft hängt. Unter den Bäumen wühlen rostbraune Schweine in den Eicheln.

Bald ist Sankt Martin, und sie sind mit einem Trupp der königlichen Garde unterwegs, um Sir Thomas Smith in Hill Hall zu verhaften.

Aufgrund von Margaret Formbys Aussage steht er unter dringendem Verdacht, an einer Verschwörung beteiligt gewesen zu sein, die Dees Ermordung zum Ziel hatte. Walsingham meinte dazu, hätte Smith sich jemanden anders als Opfer ausgesucht, wäre die Königin wohl sehr viel zurückhaltender gewesen, ihn wegen der Fälschung ihrer Unterschrift und des Missbrauchs ihres Siegels zu belangen. Aber wie Walsingham anerkannt hat, besteht zwischen Dee und der Königin nun einmal ein besonderes Verhältnis. Eines, das er nicht wirklich ergründen kann. Jedenfalls hat es Dee sehr gefreut, das zu hören.

»Weiß er denn, dass wir kommen?«, fragt er.

Walsingham schüttelt den Kopf. »Vielleicht ist er nicht einmal zu Hause«, mutmaßt er, und wie sich herausstellen wird, hat er recht. Als sie das Gut Hill Hall am Vormittag erreichen, halten sie nicht vor der Loge, die direkt an der Straße gelegen ist, sondern reiten gleich weiter zum Anwesen. Es ist im neuen Stil erbaut, passt – ebenso wie Smiths Siedlung in Irland – nicht in die Landschaft und ist höchst unwillkommen.

Ein verängstigter Pferdeknecht empfängt sie auf den Stufen. Entsetzt starrt er den Trupp Soldaten an – und besonders Walsingham.

»Nein, Master Walsingham, Sir«, sagt er. »Sir Thomas ist nach Norden geritten, um sich … um auf seinem Anwesen die Vorräte aufzustocken. Nur Master Gethyn ist da.«

Dee fragt sich, warum der Mann gerade jetzt seine Vorräte aufstocken will.

Walsingham stößt einen Fluch aus.

»Führt uns in sein Kontor«, befiehlt Dee dem Pferdeknecht. Er vermutet, dass es dort Dokumente und dergleichen geben wird. »Und lasst Master Gethyn herbeirufen.«

Gethyn ist schon da. Bei ihrem Eintreffen steht er am Pult von Thomas' Kontor, einem prächtigen Raum mit vielen Fenstern, die das Tageslicht hereinlassen und einen herrlichen Blick auf einen abschüssigen Garten erlauben, dessen Mittelpunkt ein trefflich gezimmerter Taubenschlag darstellt. Die Wände des Kontors zieren statt der üblichen Tapeten Gemälde aus dem Leben des Nebukadnezar, und den Boden bedeckt ein türkischer Teppich, der anderswo vermutlich einen Ehrenplatz als Wandbehang über dem Kamin bekäme.

Ihr Eintreffen scheint Gethyn in keiner Weise zu überraschen.

»Gott segne Euch, Master Gethyn«, beginnt Walsingham. »Sagt, wisst Ihr, wann Sir Thomas zurückerwartet wird?«

»Erst nächste Woche«, antwortet Gethyn. »Er ist wieder im Norden unterwegs.«

»Er hat wohl etwas Dringendes zu erledigen?«, bemerkt Beale trocken.

Gethyn stößt ein Lachen aus. »Ohne Zweifel.«

Was daran lustig sein soll, weiß Gethyn offenbar selbst nicht. Auf Dee, der ihn mag, wirkt er eher traurig und resigniert.

»Aber wenn ich mich nicht täusche«, fährt Gethyn fort, »ist es gar nicht Sir Thomas, den Ihr sucht, Master Walsingham.«

»Ach nein?«

Gethyn ist in altmodische, dunkle Gewänder gehüllt und hält drei oder vier Dokumente in den leicht zitternden Händen.

Walsingham wird auf einmal ganz ruhig. Den Kopf schief gelegt, mustert er Gethyn mit zusammengekniffenen Augen. So, als stelle Gethyn kein Hindernis mehr auf seinem Weg dar, sondern vielmehr ein Ziel, das durchaus Aufmerksamkeit verdient.

»Gibt es etwas, was Ihr uns mitteilen möchtet, Master Gethyn?«

Statt zu antworten, hält Gethyn eines seiner Dokumente hoch. Unschwer lässt sich erkennen, dass etwas herausgeschnitten wurde.

Walsingham erreicht ihn mit wenigen Schritten und nimmt es ihm aus der Hand. Es ist eine Landzuweisung an Sir Thomas Smith, die erst vor wenigen Monaten von der Königin ausgestellt wurde. Dabei handelt es sich um ein Anwesen in Ulster mit einer Fläche von fünfhundertachtzig Morgen. Allerdings fehlt das Siegel, und rechts unten wurde ein Stück abgetrennt.

Walsingham mustert Gethyn scharf. »Smith?«

Gethyn schüttelt den Kopf.

»*Ihr?*«, fragt Walsingham ungläubig.

Gethyn nickt. Auf seinen nun aschfahlen Wangen zeichnen sich fieberrote Flecken ab. Seine Augen sind glasig und starr, als hätte er soeben einen fürchterlichen Schreck bekommen.

»Warum?«, fragt Walsingham fassungslos.

Gethyn zuckt fast unmerklich mit den Schultern. »Ich gehöre dem wahren Glauben an«, sagt er in einem Ton, als wäre damit alles erklärt.

Walsingham schüttelt den Kopf. »Aber … nein. Doch nicht Ihr, Gethyn. Ihr seid …«

Gethyn verzerrt die Lippen zu einem Lächeln, das genauso starr ist wie sein Blick.

»Vernünftig?«, schlägt er vor.

»Ja.«

Sprachlos dreht sich Walsingham zu Dee um.

Dee fühlt sich völlig leer. Der Mann, dem er gegenübersteht, hat soeben gebeichtet, dass er versucht hat, ihn töten zu lassen, und doch bringt er es einfach nicht über sich, Hass zu empfinden. Das liegt nicht nur daran, dass Gethyn gar nicht wie ein mörderischer Aufwiegler aussieht, sondern auch daran …

Ja, woran eigentlich? Dee vermag es nicht zu erklären. Nur in einem ist er sich sicher: dass hier irgendetwas nicht zu passen scheint. Auch Walsingham spürt das.

Er wendet sich wieder an Gethyn.

»Also, als die Königin am drittletzten Tag im August dieses Jahres hierherkam, hat Sie Euch da gebeten, in

Ihrem Namen an Master Raleigh von der *Pelican* zu schreiben und ihn anzuweisen, den Mann neben mir, Dr. John Dee, an der Küste der Normandie aufzulesen?«, fragt er lauernd.

Gethyn blickt mit aufflackerndem Interesse zu Dee hinüber. Hätten sie unter anderen Umständen ihre Zeit mit einem ruhigen Meinungsaustausch über die Weltläufe verbracht? Nun, warum nicht?

»Es tut mir leid«, murmelt er.

»Es gibt nichts, was Euch leidtun müsste«, erwidert Dee. »Es ist der nächste Brief, den ich …« Er sucht nach dem richtigen Ausdruck, findet aber keinen. »… verstörend fand.«

Gethyn akzeptiert diesen Einwand mit einem Nicken.

Wir sind gar keine Feinde, denkt Dee.

»Diesen Brief habt also Ihr geschrieben?«, setzt Walsingham das Verhör fort.

»Richtig. Sie wollte ihn selbst schreiben, aber weil sie zwei Tage zu Pferde unterwegs gewesen war, habe ich es für sie getan und dabei versucht, ihrer Handschrift so nahe wie möglich zu kommen.«

»Wieso? Warum wolltet Ihr sie imitieren?«

Erneut zuckt Gethyn mit den Schultern. »Ich wollte ihr einen Gefallen tun und zeigen, dass ich es kann. Außerdem hatte ich eine Vorlage.« Er deutet auf die Übereignungsurkunde mit der fehlenden Ecke unten rechts.

»Ihr habt ihr also den Brief gezeigt, und sie hat unterschrieben. Ist das ihre Unterschrift auf dem ersten Brief?«

»Ja. Und ihr Siegel. Sie saß dort drüben, als sie es angebracht hat.« Er deutet auf eine Bank.

»Und Smith hat dabei zugesehen?«

»O ja.«

»Und dann?«

»Master Walsingham … Bevor ich fortfahre, möchte ich, dass Ihr alles erfahrt, was geschehen ist: alles, was ich getan habe, und alles, was ich nicht getan habe. Denn ich bin kein tapferer Mann. Ihr könntet mich in einen Raum mit der Streckbank oder dem Richtrad sperren, und ich würde Euch alles sagen, was Ihr wissen müsst. Aber Ihr sollt auch wissen, dass ich schweigen würde wie ein Grab, wenn ich vor Gericht stünde.«

»Gericht? *Gericht?* Wie kommt Ihr darauf, dass Euch ein Prozess gemacht wird?«

Auf Gethyns Miene zeichnet sich nacktes Entsetzen ab.

»Bitte, Master Gethyn«, mischt sich Dee ein. »Sprecht weiter. Über den zweiten Brief.«

Für einen Moment tritt eine Stille ein, die es Gethyn erlaubt, sich wieder etwas zu fassen.

»Der zweite Brief«, murmelt er. »Der zweite Brief. Ja. Ich habe natürlich nicht alles verstanden, was da im Gange war, aber ich wusste, dass die Königin gerade von einem Besuch bei Euch zurückgekehrt war, Doktor, im Tower. Während sie das Siegel anbrachte, hat sie Sir Thomas erklärt, dass das Schicksal der Nation jetzt von Euch abhänge. Sir Thomas hat ihr allerdings widersprochen. Nun ja, er ist nicht unbedingt der Klügste. Ihr werdet mir doch hoffentlich vergeben, wenn ich das offen sage?«

Walsingham nickt, Dee ebenso. Und Beale brummt, dass er schon immer dieser Meinung gewesen sei.

»Was hat Euch nun also dazu gebracht, den zweiten Brief zu schreiben? Ging es Euch einfach nur darum, Dee als Agenten Ihrer Majestät loszuwerden?«

Zum ersten Mal zögert Gethyn. Beale zieht nun einen Bogen Papier, eine Feder und ein Fass Tinte aus seiner Tasche. Er wird Protokoll führen.

»Ich wusste, dass der Doktor den Auftrag hatte, mehrere Dokumente zurückzuholen, die dem Kardinal von Lothringen in die Hände gefallen waren.«

Das ist keine richtige Antwort, denkt Dee, *sondern ein Köder.*

Und Walsingham stürzt sich darauf wie ein Falke.

»War es Smith, der Euch das gesagt hat?«, fragt er scharf.

Gethyn schüttelt den Kopf, sehr langsam.

»Wer dann?«

»Ein Mann in Reims«, antwortet Gethyn. »Einer, der im Sold des Kardinals steht.«

Tiefe Stille.

»Ihr verkehrt also mit dem Kardinal von Lothringen?«

Wieder dauert es eine Weile, ehe Gethyn sehr langsam nickt.

Das ist alles, was sie brauchen, denkt Dee. Ihm graut schon, wenn er sich nur vorstellt, was nun mit Gethyn geschehen wird.

»Fahrt fort«, befiehlt Walsingham.

»Ein Engländer«, erklärt Gethyn seufzend.

»Namens?«

»Edmund Campion.«

Mit einem winzigen Achselzucken streicht Beale eine

erste Notiz durch und schreibt diesen Namen darüber, den keiner von ihnen je gehört hat.

»Aber immer noch fehlt der Grund«, drängt Dee. »Warum wolltet Ihr meinen Tod?«

Das ist die eigentliche Frage.

Gethyn öffnet und schließt den Mund. Dann beginnt er wieder einmal zu husten, heftig und anhaltend, allerdings in sein Taschentuch. Am Ende schüttelt ihn der Anfall am ganzen Körper. Sein Gesicht läuft rot an, seine Adern treten hervor, und aus seinen Augen strömen Tränen. Es ist, als sähe man jemandem dabei zu, wie er sich selbst zerreißt. Als der Anfall endlich vorüber ist, verbirgt er sein Taschentuch.

Dee mustert ihn eingehend. Gethyns Blick weicht in einem fort aus und lässt sich einfach nicht festhalten. Irgendetwas stimmt hier nicht. Fast könnte man meinen, Gethyn hätte keine Ahnung, warum er Dees Tod wollte. Hat er ihn überhaupt gewollt? Je länger Dee ihn betrachtet, desto sicherer ist er sich, dass Gethyn ihm gar nicht nach dem Leben getrachtet hat. Aber welche Gründe gab es dann für den Anschlag auf Dee?

Er denkt an jene Tage, nachdem van Treslongs Leute auf den Mann des Kardinals in Nez Bayard geschossen hatten. Daran, wie er sich durch die Normandie und die Picardie schlug, unter Hecken schlief und von süßem Cidre und grünen Äpfeln lebte. Daran, wie er nach und nach erkannte, dass Boulogne, Calais und auch Dünkirchen beobachtet wurden, wie er nordwärts durch ein Gebiet ziehen musste, in dem es von spanischen und französischen Soldaten wimmelte, bis er schließlich eine

Überfahrt an Bord jenes Handelsschiffs aus Damme ergatterte. Jeder einzelne Moment eines jeden Tages war geprägt von Wut und Verwirrung – aber auch von lähmenden Schuldgefühlen, weil er Isobel Cochet in den Tod geführt hatte. Immer noch hat er den bitteren Geschmack des Grolls im Mund, der durch ihn sickerte, ihn von innen befleckte.

Dass all das die Schuld dieses Mannes hier sein soll – nein, das zu glauben ist schlicht unmöglich.

Nach einem langen Moment hat sich Gethyn so weit gefasst, dass er wieder sprechen kann.

»Als ich davon hörte, was Ihr entdeckt hattet – die Lage der Mündung der Meerenge von Anian –, dachte ich … da war ich davon überzeugt, dass es eine Sünde gegen Gott wäre, wenn eine protestantische Nation Zugang zu den Reichtümern von Cathay bekäme.«

Er spricht in einem Tonfall, als hätte er das eingeübt.

Und er wechselt schon wieder das Thema, denkt Dee. *Er will sich nicht darüber äußern, aus welchem Grund er sich meinen Tod wünschte – weil er einen solchen Grund nicht hat!*

Während Dee mittlerweile von Gethyns Unschuld überzeugt ist, beißt sich Walsingham an dem Köder fest.

»Was habt Ihr dann getan?«, fragt er.

»Ich habe eine Methode ersonnen, um Isobel Cochet dazu zu bewegen, die Dokumente, die Ihr Admiral da Silva gestohlen hattet, wieder an sich zu bringen.«

Eine nette Art, es auszudrücken, denkt Dee.

Er will schon mit einer weiteren Frage nachhaken, als sie in der Ferne eine Frauenstimme einen Namen rufen hören, den Dee nicht versteht. Doch der Klang führt ihn fort von diesem Ort und zurück zu seinem Traum. Er überquert den türkischen Teppich und stellt sich unter einen breiten Lichtstrahl, der durchs Fenster hereinfällt. Draußen spielen Kinder auf dem Rasen eines Gartens, der dem Ihrer Majestät in Greenwich nicht unähnlich ist, nur dass es hier einen recht hübschen Taubenschlag auf einem Holzpfosten gibt. Die Kleinen werden von zwei Kinderfrauen und einem lässig auf einen Langbogen gestützten Mann beaufsichtigt. Sie scheinen etwas zu feiern, und ihr Spiel kommt Dee irgendwie bekannt vor. Er überlegt, wie es heißen könnte. Blinde Kuh? Ja, das muss es wohl sein. Einem der Kinder werden die Augen verbunden, während die anderen um es herumspringen.

Gethyn gesellt sich zu Dee, und Schulter an Schulter sehen sie den Kindern zu, während Walsingham in ihrem Rücken steht. Es ist eine wirklich reizende Szene.

»Sind das alles Smith' Kinder?«, fragt Dee.

»Kein einziges«, antwortet Gethyn, die Augen auf die Kinder gerichtet. »Smith hatte einen Jungen, George. Er wurde vor einem Jahr in Ulster umgebracht.«

»Eure eigenen?«

»Größtenteils«, bestätigt Gethyn lächelnd und wendet sich wieder Dee zu. Er scheint eine weitere Frage zu erwarten, doch Dee wirft noch einmal einen Blick auf die Kleinen. Sein Blick verweilt auf einem der Mädchen. Die Kleine hat Grübchen in den Wangen, trägt ein hübsches Kleid. Gerade bindet ihr eine etwas größere Spielkameradin die Augen zu.

»Seht Ihr, Dr. Dee?«, murmelt Gethyn. »Ihr ist kein Leid geschehen.«

Die Leibwache der Königin führt Gethyn in den Tower ab, während Dee, Walsingham und Beale darüber beratschlagen, was nun mit Rose Cochet geschehen soll.

»Lasst sie doch bei Gethyns Familie«, schlägt Dee vor. »Hier ist sie glücklich, fürs Erste zumindest. Ich werde ihren Großvater aufsuchen. Er muss seine Trauer um den vermeintlichen Tod seiner Enkelin gegen die um den sehr realen Tod seiner Tochter tauschen.«

Walsingham besitzt genug Anstand, um einen Gesichtsausdruck anzunehmen, der von Schuldgefühlen zeugt.

Sie reiten durch den Wald zurück. Die Kutsche haben sie Gethyn und zwei Wachmännern überlassen. Dee kann sich vor Müdigkeit kaum noch im Sattel halten, sodass sie oft rasten müssen. Walsingham und Beale sind niedergeschlagen, weil es nicht Smith ist, der in den Tower gebracht wird.

»Gethyn kam mir immer so anständig vor«, meint Beale.

Er spricht von ihm bereits in der Vergangenheit.

»Vielleicht ist er das ja auch«, mutmaßt Dee. »Kann es sein, dass er eigentlich Gutes tun will?«

»Immerhin hat er versucht, Euch töten zu lassen«, gibt Beale zu bedenken.

»Gewiss«, räumt Dee ein. »Das war schlimm. Aber er hat es aus Gründen getan, die er für gut hielt. Bei Euch verhält es sich doch ähnlich. Ihr seid nicht anders als er: Ihr wart bereit, Isobel Cochet zu opfern, und hattet dafür Gründe, die in Euren Augen gut waren. Aber was, wenn sie in Wahrheit schlecht waren?«

Während Dee das sagt, fragt er sich, ob das wirklich stimmt. Glaubt Gethyn tatsächlich, moralisch auf der richtigen Seite zu stehen? Wie ein Eiferer kommt er ihm eigentlich gar nicht vor.

Und warum hat er sich zu seiner Schuld bekannt? Er hätte doch ohne Weiteres fliehen können. Er hätte sich ein Pferd nehmen und zum Hafen von Tilbury reiten können. Dort hätte er die freie Wahl gehabt: ein Schiff nach Spanien oder eines nach Frankreich. Kinderleicht.

Warum also ist er geblieben und hat die Schuld auf sich genommen?

Plötzlich fällt ihm wieder ein, dass der Mann Blut gehustet hat.

Aber natürlich!

Er wird so oder so sterben.

19

Westminster Hall, Westminster, 30. Oktober 1572

Dee nimmt persönlich am Prozess teil. Da er sich immer noch schwach fühlt, wird ihm ein Stuhl gebracht. Wer über ihn Bescheid weiß, behandelt ihn mit einem gewissen Respekt. Was er sich von diesem Verfahren erhofft, sind Antworten auf seine Fragen, und die erhält er auch. Aber sie erfolgen – oder eher: *sie erfolgt*, denn es ist immer dieselbe große Antwort auf eine Fülle von Fragen – nicht wie erwartet in Form von Worten, sondern bestehen in Schweigen.

Gethyn weigert sich zu sprechen. Stattdessen tupft er sich unentwegt den Mund mit einem Tuch ab.

Das ist es also, denkt Dee. *Er wird so oder so sterben.*

»Wisst Ihr, was Ihr auf Euch herabbeschwört?«, fragt Leicester.

Gethyn schweigt.

»Verachtung«, spuckt Leicester.

Gethyn lässt seinen Blick stumm auf Smith ruhen. Dieser weicht ihm aus und beginnt, mit irgendeinem Gegenstand auf seinem Schoß zu spielen.

Verspätet trifft Walsingham ein und nimmt neben Dee Platz. Er wirkt irgendwie aufgeregt.

»Was hat er gesagt?«

»Nichts.«

»Ich wusste es«, murmelt Walsingham. »Das Ganze ist reiner Unsinn.«

»Und das bedeutet?«

»Es bedeutet, er wird unter *peine forte et dure* sterben, aber niemanden mit hineinziehen, versteht Ihr? *Und* es bedeutet, dass die Krone seine Güter nicht konfiszieren wird. Mit anderen Worten: Seine Kinder werden alles erben können. Für ihr Auskommen wird gesorgt sein.«

Erneut mustert Dee den angeklagten Gethyn, den armen, dem Tode geweihten Gethyn. Er tut das alles aus Liebe. Aus Liebe zu seinem Gott, aus Liebe zu seiner Frau und zu seinen Kindern, aus Liebe zu Romilly, der verwelkten Schönen. Aber auch für Smith? Das ist jedenfalls der Mann, auf den sie jetzt achten müssen.

»Warum habt Ihr ihm keine Daumenschrauben angelegt, Walsingham?«, fragt Dee. »Warum habt Ihr auf das Geständnis verzichtet, dass er das alles tut, um Smith zu decken?«

Walsingham funkelt Dee an. »Glaubt Ihr, dass ich das nicht wollte?«

»Ich wundere mich darüber, dass Ihr es nicht wolltet.«

Walsingham schnaubt. »Die Königin hat es mir nicht genehmigt«, gibt er zu. »Smith hat …«

Mit einer Geste deutet er an, dass die Königin auf Smith hört.

»Ich bin froh, dass Gethyn einigermaßen verschont bleiben wird.«

Walsingham nickt. »Ich auch – irgendwie.«

Die Vorstellung, Gethyn auf die Streckbank zu spannen, ist in der Tat grässlich. Dee hört schon fast die Knorpel knirschen, die Sehnen reißen und die Knochen brechen. Und alles nur, weil Gethyn ein liebender Vater ist.

»Aber Smith?«

Walsingham schweigt, und Dee begreift, was das bedeutet: Was Smith betrifft, sind ihnen die Hände gebunden, fürs Erste zumindest.

Burghley hat ohnehin keine Wahl, aber trotzdem bereitet es ihm eine gewisse Freude, die Todesstrafe zu verkünden. Als er das Urteil hört, presst Gethyn die Augen zu, öffnet sie dann wieder und nickt knapp, schließlich war es nicht anders zu erwarten.

Die Wächter fassen ihn behutsam an. Er dreht sich um und nickt Dee und sogar Walsingham zu.

Smith sitzt reglos da und starrt zu Boden.

Zwei Tage später stirbt Gethyn auf der Hinrichtungsstätte von Smithfield. Es ist der letzte schöne Tag des Jahres. Eine lebhafte Menschenmenge hat sich eingefunden, denn solche Ereignisse werden nicht allzu oft geboten. Die Stimmung bei diesem Anlass erinnert Francis Walsingham an jenen Tag in Paris vor all den Wochen, als die Feiernden tanzend durch die von Blut bedeckten Straßen zogen.

Dee hat sich geweigert zu erscheinen.

»Nein. Diese ganze stinkende Angelegenheit hängt mir zum Hals heraus, Walsingham«, hat er zur Begründung gesagt. »So wie Ihr.«

Walsingham brachte ein Lachen zuwege. »Ihr seid jetzt also vollständig genesen, was, Dee? Wieder ganz der Alte?«

»Leckt mich am Arsch, Walsingham.«

So sind nur Walsingham und Beale gekommen, um Gethyn sterben zu sehen. Als Würdenträger vom Königshof stehen sie abseits der Menge in einem mit Seilen abgetrennten Bereich und verfolgen, wie Gethyn gefesselt auf einem Ochsenkarren durch die Giltspur Street vom Newgate-Gefängnis bis hierher gezogen wird. Nachdem die Wächter ihn losgebunden und ihm auf die Füße geholfen haben, reibt er sich die Handgelenke, scheint aber die Tortur unverletzt überstanden zu haben. Allerdings haben ihn die Leute auf dem Weg hierher mit allen möglichen Exkrementen beworfen.

Er erklimmt die Stufen zum Schafott. Oben reicht ihm der Scharfrichter die Hand. Danach blickt Gethyn sich um; er sucht offenbar einen Priester, der seiner eigenen Glaubensrichtung angehört, entdeckt aber nur einen Pfarrer des neuen Glaubens, der ihn mit grimmiger Miene anstarrt. Dieser rezitiert einen Bibelspruch, doch seine Stimme geht im Lärm der Menge unter, obwohl er am Ende fast schreit.

Walsingham folgt Gethyns Blick, der vorbei am Priester zu den Steinen wandert, die am hinteren Rand der Plattform wie Schiffsballast aufeinandergestapelt worden sind. Der Scharfrichter hat zwei Gehilfen und einen Lehrling, der eine Holzplanke bringt. Nun reicht Gethyn dem Scharfrichter sein Wams und schenkt nach ein wenig gutem Zureden dem Lehrling auch sein Hemd, das an dem schmächtigen Bürschchen allerdings herunterhängen wird wie ein Sack.

Dann kniet er sich hin und spricht seine Gebete. Das ist der Moment, in dem die Menge in Johlen ausbrechen und ihn mit Abfällen aller Arten bewerfen könnte, doch Gethyn hat etwas an sich, das ihre Häme im Keim erstickt. So beruhigen sich die Leute und schauen mit offenen Mündern zu ihm auf. Nur noch die Stimme des Pfarrers ist zu hören.

»…Du bist ein Land, das nicht beregnet ist, das nicht benetzt wurde zur Zeit des Zorns, dessen Fürsten in seiner Mitte sind wie brüllende Löwen, wenn sie rauben; sie fressen Menschen, reißen Gut und Geld an sich und machen viele zu Witwen im Lande…«

Nachdem Gethyn sich bekreuzigt hat, steht er auf und nickt dem Scharfrichter zu. Dieser führt ihn behutsam zum Schafott, auf das er sich rücklings legt. Welch eine merkwürdige Vorstellung, dass er nie wieder von dort aufstehen wird. Und nicht minder sonderbar mutet das fürsorgliche Gebaren des Scharfrichters an.

»Herrgott noch mal, bring ihm doch gleich ein Kissen!«, brüllt ein Neunmalkluger.

Der Scharfrichter befiehlt seinen Lehrling zu sich, der ihm sogleich das Brett reicht. Es ist so lang wie der Scharfrichter groß, jedoch zu kurz für Gethyn. Als es auf dem Verurteilten liegt, ragen Kopf und Füße hervor, was die Menge ungemein belustigt. Erneut vergewissert der Scharfrichter sich, dass es Gethyn nicht allzu sehr drückt, und wieder brechen die Leute in Lachen aus. Doch all seine Fürsorglichkeit hindert den Scharfrichter nicht daran, eine erste Schicht Steine auf dem Brett zu platzieren. Walsingham schätzt, dass sie so viel wiegen wie zwei kräftige Männer. Unter ihrem Gewicht läuft Gethyn rot an und beginnt zu keuchen. Auf die erste Schicht wird eine zweite gehäuft, worauf sich Gethyns Gesicht lila färbt. Angestrengt saugt er die Luft ein und stößt sie hechelnd heraus.

»Was genau tötet ihn?«, erkundigt sich Beale.

»Der Druck auf die Lunge, nehme ich an«, antwortet Walsingham. »Oder vielleicht das Herz? Es kann nicht schlagen, wenn es so …« Er presst die Hände gegeneinander.

Die dritte Schicht Steine wird aufgeladen.

Gethyn schwitzt Blut. Seine Augen sind auf einmal dunkelrot. Und dann ein Knacken, vielleicht sein Brustkorb. Es ist vorbei. Das Brett zerbirst, und Blut schäumt aus sämtlichen Körperöffnungen. Die Zuschauer brechen in Jubel aus. Die Gehilfen des Scharfrichters stürzen auf den Toten zu, um zu verhindern, dass die Steine in alle Richtungen purzeln.

»Was für eine Narretei!«, kommentiert jemand.

Walsingham sieht das ebenso. Übeltäter gehören gehängt, ausgeweidet, Organ für Organ verbrannt und am Ende zerstückelt. Sie sollen ruhig in ihrem eigenen Blut baden. Das – und nichts anderes! – wollen die Leute.

»Tja«, murmelt Beale. »Ein Märtyrertod. Das war wohl sein Wunsch.«

Walsingham nickt. »Ein Märtyrer ist er gewiss – fragt sich nur: ein Märtyrer für wen?«

An diesem Abend speist Walsingham allein mit seiner Gemahlin und hört sich an, was sie ihm zu erzählen hat: über die älteste Tochter Frances, die es in Sachen Verstand mit jedem Jungen aufnehmen kann, und über Mary, die Kleinste, die zum Glück für alle einen gesegneten Schlaf hat.

Doch Walsingham ist nicht ganz bei der Sache. Etwas an der Angelegenheit mit Gethyn lässt ihm keine Ruhe.

Plötzlich fällt es ihm wie Schuppen von den Augen. Herr im Himmel, er war unschuldig! Er hat sich für jemand anders geopfert und hat dessen Strafe der Zukunft seiner Familie zuliebe auf sich genommen.

Dieser verfluchte Smith! Dieser verfluchte Smith und auch sein verfluchter Irlandplan!

Aber wie können sie ihn kriegen? Wie können sie ihn nun noch überführen, da Gethyn tot ist und seine Geheimnisse mit ins Grab genommen hat?

In Sheffield beobachtet Königin Mary, wie die Sonne ein letztes Mal über die Hügel westlich der Burg blinzelt. Sie denkt dabei an die weiten Flächen und das endlose schwarze Meer, über das Quesadas Flotte jetzt fährt, wie sie kürzlich erfahren hat.

Es ist schon fast dunkel, als sie Mistress Seton mit einer Kerze in der Hand die Stufen heraufkommen hört. Sie dreht sich um und sieht den hübschen, kleinen Kopf ihrer Zofe im Schatten auftauchen. Aus irgendeinem Grund empfindet sie eine Art Zuneigung für diese Frau.

»Wie lange kenne ich dich schon, Mary?«

»Fünfundzwanzig Jahre, Euer Gnaden.«

»Wir sind alte Freundinnen.«

»Das hoffe ich.«

»Heute bin ich melancholisch«, gesteht die Königin.

»Ihr seid erschöpft nach der anstrengenden Jagd.«

»Vielleicht«, bestätigt Ihre Majestät seufzend.

Es folgt eine peinliche Pause. Sie weiß, dass Mary Seton erwartet hat, sie würde vor Wut toben, nachdem sie auf dem üblichen Weg von Sir Thomas erfahren hat, dass Gethyn verhaftet und getötet wurde. Doch sie ist nicht wütend, sondern traurig. Über diesen Nicholas Gethyn weiß sie nicht das Geringste, nimmt aber an, dass er einer von diesen vielen hübschen jungen Kerlen war, die aus Liebe zu ihr nur allzu bereit sind, aus dieser Welt zu scheiden.

Möglicherweise ist ihr diesmal etwas misslungen, und Master Walsingham war erfolgreich. Aber im Zweifelsfall kann sie hundert Mal scheitern, wohingegen Walsingham nur ein einziges Mal zu versagen braucht.

Und dann wird sie die Königin beider Länder sein.

»Ein neues Mädchen soll kommen?«, erkundigt sie sich.

»Ja, Eure Hoheit. Aus Paris.«

»Also keine von Walsinghams Huren? Da bin ich froh.«

»Sie ist sittsam wie eine Taube«, versichert ihr Mary Seton mit einem klirrenden, leicht nervösen Lachen.

Ein neuer Gedanke kommt Königin Mary in den Sinn. »Eine Jungfrau?«

Mary Seton schnapp unmerklich nach Luft. »Selbstverständlich, Eure Hoheit.«

Königin Marys Blut – dick und kalt, wie es ist – regt sich.

John Dee und Thomas Digges sind wieder in Dees Garten und vermessen einmal mehr die Bewegungen der Sterne, diesmal mit Digges' optischem Glas.

»Nichts«, murmelt Dee.

»Er wird eindeutig blässer, Herr Doktor«, sagt Digges.

»Ich denke, das stimmt, Thomas. Aber was hat das zu bedeuten?«

Digges schweigt für einen langen Moment.

»Ich frage mich, ob die Sterne, die wir in der Nacht sehen, nicht vielleicht nur ein kleiner Teil all derer sind, die tatsächlich existieren«, sagt er schließlich. »Vielleicht gibt es Millionen mehr, als wir uns vorstellen können, und sie schwirren bis in alle Ewigkeit durch das All?«

In dieser Nacht träumt Dee von Tauben in einem Taubenschlag und davon, dass Gethyn laut lacht, als Beale scherzt, Smith sei in den Norden des Landes gereist, um etwas Wichtiges zu erledigen. Und dann erscheint ihm auch noch Sir Thomas Smith selbst im Schlaf, doch das geschieht bereits im Morgengrauen – und bevor er sich noch einen Reim auf all das machen kann, weckt ihn ein dröhnendes Pochen an der Tür.

»John Dee! Aufmachen! Wir wissen, dass Ihr da seid! Ihr seid verhaftet. Der Grund sind Eure Schulden beim

Bischof von Bath und Wells in Höhe von fünf Mark, acht Shilling und sechs Pence. Plus Zinsen.«

Später bestellt die Königin Master Francis Walsingham an den Hampton Court Palace. Heute trägt sie ein Seidenkleid in der Farbe von Alabaster mit hellblauem Kragen. Das Haar ist mit juwelenbesetzten Nadeln hochgesteckt, die an Nägel erinnern, wie man sie an der Tür zu einer Sakristei erwarten würde.

»Ich hatte erwartet, Euch fröhlicher zu sehen, Master Walsingham«, beschwert sie sich. »Schließlich ist Euer Vorhaben fast zur Gänze gelungen, oder?«

Fast, denkt Walsingham.

Nun, immerhin hat er es vermocht, Quesadas Flotte von ihrem Kurs abzulenken und James Hamiltons Anschlag auf die Königin zu vereiteln. Und schließlich war er es, der – wenn auch zu spät – herausgefunden hat, wie Königin Mary ihre Botschaften an die Welt draußen sandte. Doch weder hat er ihren Code für die Geheimschrift zu sehen bekommen, noch hat er herausgefunden, auf welchen Wegen sie ihre Nachrichten erhielt.

Warum nur?, fragt er sich. Warum nur hat er Nicholas Gethyn nicht auf die Streckbank gespannt?

Er vermag es nicht zu sagen. Oder nein, im Grunde weiß er es sehr wohl. Dee hat ihm die Antwort darauf gegeben, als sie gemeinsam in Epping Rast machten: weil Gethyn geglaubt hat, Gutes zu tun.

Hätte Gethyn Rose Cochet auch nur ein Härchen gekrümmt, hätte Walsingham den Mann eigenhändig gefoltert. Aber das Mädchen war ganz offenbar glücklich, wurde geliebt und inmitten von Gethyns kinderreicher Familie gehegt und gepflegt. Romilly Gethyn schien durchaus liebevoll für sie zu sorgen.

Es ist eine Schande, das Mädchen zu seinem Großvater zurückzuschicken, denkt er. Aber dann sagt er sich, dass die Trauer nun natürlich auch im kleinen Paradies der Gethyns Einzug gehalten hat.

Und nun wartet die Königin auf seine Antwort.

»Ja, Eure Majestät, es ist fast zur Gänze gelungen.«

Sie wartet.

»Dieses Mal«, schließt er.

Sie nickt. »Gott sei's gedankt«, sagt sie. »Und John Dee.«

Walsingham lacht. »Und John Dee«, wiederholt er.

Bei Gott, dieser Schurke ist ihm fast ans Herz gewachsen.

»Doch wie geht es weiter?«, sinniert er laut. »Wir können nicht so tun, als hätten sich unsere Feinde in Luft aufgelöst.«

»Admiral Quesada hat das getan«, stellt sie lachend richtig.

»Er schon«, gibt er zu. »Aber Ihr wisst selbst, wie viele Männer seines Schlags es in Frankreich und Spanien gibt. Und wenn sie anrücken … Wir haben weder die Soldaten, um sie auf dem Schlachtfeld zu schlagen, noch seetüchtige Schiffe.«

»Ich kann die Steuern nicht noch weiter erhöhen, Master Walsingham. Meine Barone quietschen jetzt schon wie die Schweine beim Metzger, und der Wollhandel liegt wegen der Niederländischen Kriege am Boden.«

Walsingham nickt. Das ist altbekannt. »Wir bräuchten eine neuartige Waffe.«

»Wie ... zum Beispiel?«

»Wir bräuchten eine Gesellschaft oder eine Gilde von Männern und womöglich Frauen, die Erkenntnisse sammelt und Operationen durchführt, und zwar unbeaufsichtigt und außerhalb der sonst üblichen Vorschriften. Natürlich gegen einen festgesetzten Sold.«

Die Königin blinzelt ihn verwirrt an. »Sprecht weiter«, fordert sie ihn auf.

»Diese Männer und Frauen wären in bestimmten Fällen verpflichtet, präzise festgelegte und für das Land kritische Aufgaben auszuführen, ohne untergeordnete Konsequenzen berücksichtigen zu müssen.«

»Ich ... verstehe.«

»Das müssen Leute sein, die Eurer Majestät treu ergeben sind, deren Handlungen aber nie mit Euch in Verbindung gebracht werden können. Leute, die im Schatten wirken, in der Unterwelt. Die ihr Werk unangekündigt und unbemerkt verrichten, die unseren Kampf ins Land des Feindes tragen, mitten in sein Herz.«

Darüber denkt die Königin eine Weile nach. Schließlich nickt sie. »Ein geheimer Dienst«, sagt sie.

»Ja«, stimmt ihr Walsingham zu. »Der Geheimdienst Eurer Majestät.

»Das klingt gut.«

Walsingham räuspert sich. »Ich habe mir die Freiheit genommen, eine Liste mit den Namen all jener zusammenzustellen, die meiner Meinung nach mit ihren besonderen Fähigkeiten dazu beitragen könnten.«

Er hat ein Buch mitgebracht, einen in Stoff gebundenen Folianten von der Art, wie sie jeder Wollhändler für seine Geschäftsbilanzen benutzen würde. Er blättert es durch, bis er eine Seite aufschlägt, auf der eine kurze Liste mit Namen und Zahlen steht.

»Wer ist das?«, fragt die Königin und deutet auf den Namen Christopher Marlowe.

»Er ist noch etwas jung«, entgegnet Walsingham, »aber sehr vielversprechend. Ein Theaterdichter.«

Die Königin schnaubt. »Und Master Raleigh, zuletzt Kapitän der *Pelican* – den kenne ich. Jetzt müsste er an der Universität von Cambridge sein, wenn ich mich nicht irre. Und hier: 006 – Francis Drake. War er nicht zusammen mit Hawkins unterwegs? In Neu-Spanien?«

Walsingham gibt ihr recht und ergänzt: »Ich schlage vor, dass wir ihre Identität für uns behalten und sie nur anhand der Nummern nennen, wie sie in meinem Verzeichnis stehen.«

»Null-Null-Eins, Null-Null-Zwei«, murmelt die Königin und lässt den Zeigefinger über die Einträge gleiten. »Ja, ich glaube, das gefällt mir. Aber hier stehen nur sechs Namen. Sagt mir: Wo ist John? John Dee. Warum ist er hier nicht aufgeführt?«

Walsingham seufzt. »Er … er hat einige Skrupel. Diese Angelegenheit mit Isobel Cochet … und Willem van Treslong … und natürlich auch mit Hamilton … Das alles hat ihn etwas … empfindlich werden lassen.«

»Das überrascht mich nicht«, erwidert die Königin.

Sie wirft noch einmal einen Blick auf Walsinghams Verzeichnis.

»Tragt ihn trotzdem ein«, fordert sie dann. »Er ist ein Mann von einzigartigen Talenten. Mir graut allein schon bei der Vorstellung, wo wir ohne ihn wären.«

Als Walsingham zögert, stößt die Königin einen Seufzer aus und verlangt mit einem Fingerschnipsen nach der Schreibfeder in Walsinghams Hand. Dann taucht sie die Feder ins Tintenfass und notiert schwungvoll: *007 – Dr. John Dee.*

»So«, sagt sie.

Danksagung

Vielen, vielen Dank an

- Jake Mitchie, einen Piraten allererster Güte, und an Toby Clements, einen fantastischen, magischen Wortdrechsler. Beide waren meine kreativen Partner bei der Aufgabe, John Dees Geschichte lebendig werden zu lassen.

- mein großartiges Redaktionsteam, Rakesh Satyal und Joan Le, und alle anderen bei Atria für ihre Unterstützung. Vor allem an Libby McGuire, Lindsay Sagnette, Jason Chappell, Kyoko Watanabe, James Iacobelli – was für eine unglaubliche Jacke du hast –, Nicole Bond, Gena Lanzi und Isabel DaSilva.

- meine Beraterin Lisa Gallagher. Du bist die größte Agentin, und ich bin dir und den Sternen dankbar, die uns gelenkt haben. Unsere Partnerschaft ist etwas Wunderschönes, legendär, der reine Wahnsinn – danke!

- Judith Kerr: von Anfang an hast du an Leopoldo & Co. geglaubt.

- Gigi Pritzker und Rachel Shane für den entfesselten Mexikaner.

- meine Familie und Freunde … ich liebe euch.

Kurze Übersicht über die englischen und schottischen Monarchen

England:

Henry VIII. 1509–1547
Edward VI. 1547–1553
Mary I. (Mary Tudor) 1553–1558
Elizabeth I. 1558–1603

Schottland:

Mary I. (Mary Stuart) 1542–1567
James Stewart (schottischer Regent) 1557–1570
James VI. 1567–1625, ab 1603 auch James I. von England

Anmerkungen zu den historischen Persönlichkeiten

Beale, Robert (1541–1601)
Der englische Diplomat begegnete Walsingham in Paris, wo er sich auch in der Bartholomäusnacht aufhielt. Eine Zeit lang war er Walsinghams Sekretär, später hoher Beamter in England, teilweise auch Walsinghams Stellvertreter als Staatssekretär. Privat waren die beiden Männer ebenfalls verbunden, und Beale heiratete Walsinghams Schwägerin.

Cecil, William, First Baron Burghley (1521–1598)
William Cecil wurde von Elizabeth als Lord Burghley in den Adelsstand erhoben und zum Staatssekretär ernannt. 1572 stieg er zum Lordschatzmeister auf. Cecil trug erheblich zur Neuordnung der anglikanischen Kirche bei. Obwohl er kein fanatischer Gegner des Katholizismus war, befürwortete er früh die Hinrichtung Mary Stuarts.

De Coligny, Gaspard (1519–1572)
Der französische Admiral und Staatsmann war eines der ersten Opfer der Bartholomäusnacht, einem Massaker an den französischen Hugenotten in der Nacht vom 23. auf den 24. August 1572. Äußerer Anlass war die Hochzeit des protestantischen Prinzen Henri von Navarra mit der Schwester von Admiral de Coligny. Nach Bekanntwerden der Morde ließ Papst Gregor XIII. ein Te Deum singen.

Dee, John (1527–1607 oder 1608)
Der englische Mathematiker, Geograf, Astronom, Astrologe, Mystiker und Experte für Navigation bildete spätere Entdeckungsreisende aus, die unter anderem nach der Nordwestpassage suchten. Dee soll die größte Bibliothek Englands besessen haben und wurde in der Zeit der Regentschaft von Mary Tudor wegen angeblicher schwarzer Magie und Verschwörung verhaftet, allerdings kam er später wieder frei. Unter Elizabeth I. wurde er zum königlichen Berater.

De Lorraine-Guise, Kardinal Charles (1524–1574)
Der Onkel von Mary Stuart wurde schon als Vierzehnjähriger zum Bischof von Reims ernannt und neun Jahre später in den Kardinalsstand erhoben. Unter seinem Einfluss verfolgte Frankreich eine antiprotestantische Politik.

Digges, Thomas (1546–1595)
Der englischer Astronom, Mathematiker und Militäringenieur war Schüler von John Dee. 1573 veröffentlichte er einen Bericht über eine Supernova, die ein Jahr zuvor beobachtet worden war und für erhebliches Aufsehen gesorgt hatte.

Dudley, Robert, First Earl of Leicester (1532–1588)
Als Günstling von Königin Elizabeth war er Oberstallmeister (eine besondere Ehre) und hoher Staatsmann.

Hamilton, James of Bothwellhaugh (Geburtsdatum unbekannt; gestorben zwischen 1581 und 1585)
Auch nach Mary Stuarts Rücktritt blieb er ihr fanatischer Anhänger. Als sie gegen ihren Halbbruder mit einem eilig aufgestellten Heer in die Schlacht zog und vernichtend geschlagen wurde, kämpfte er auf ihrer Seite. 1570 verübte er das Attentat auf den schottischen Regenten und floh daraufhin nach Frankreich, wo sich seine Spur verlor.

Sidney, Sir Philip (1554–1586)
Der englische Höfling, Soldat und Schriftsteller war ein Freund und Mitarbeiter von Walsingham; später wurde er sein Schwiegersohn.

Smith, Sir Thomas (1513–1577)
Der Akademiker (Altphilologe und Jurist) verlor unter Mary Tudor alle Posten, wurde dann aber von Elizabeth als Minister eingesetzt und in den Kronrat berufen. In Elizabeths Auftrag versuchte er, Irland mit der Ansiedlung von Protestanten stärker unter englische Kontrolle zu bringen, scheiterte aber am massiven Widerstand der Iren.

Stanley, Edward, Third Earl of Derby (1509–1572)
Von Henry VIII. aufgezogen, bekleidete er unter Elizabeth hohe Ämter und wurde Mitglied des Kronrats.

Stuart, Mary (1542–1587)
Königin von Schottland. Da Henry VII. ihr Urgroßvater und Elizabeths Großvater war, war sie eine Großcousine von Elizabeth.

Die Katholikin verbrachte einen großen Teil ihrer Kindheit in Frankreich, wo sie im Alter von siebzehn Jahren mit dem Thronfolger François II. verheiratet wurde, und war bis zu dessen frühem Tod Königin des Landes. Als Witwe kehrte sie nach Schottland zurück, wo sie Lord Darnley heiratete. Nach seiner Ermordung, derer sie verdächtigt wurde, musste sie zugunsten ihres minderjährigen Sohnes James abdanken. 1568 ging sie nach England ins Exil, wo sie zwar festgesetzt und überwacht wurde, jedoch ein materiell privilegiertes Leben führen konnte. Als sie Ansprüche auf den englischen Thron erhob und ihre in Geheimschrift geführte Korrespondenz entschlüsselt wurde, konnte ihr nachgewiesen werden, dass sie den Sturz von Königin Elizabeth plante. 1587 wurde sie wegen Hochverrats hingerichtet.

Mary Stuarts Männer:

François II. von Frankreich (1544–1560)
Beide waren Kinder, als sie miteinander verheiratet wurden. Als François starb, war Mary gerade siebzehn Jahre alt.

Stuart Henry, Lord Darnley (1545–1567)
Er war der Vater von Marys Sohn James. 1567 starb er bei einer Explosion – vermutlich handelte es sich dabei um einen Mordanschlag.

Hepburn, James, Fourth Earl of Boswell (1534–1578)
James Hepburn war Mary Stuarts dritter und letzter Mann. Die Hochzeit mit Mary war in Schottland höchst umstritten. Er floh vor einer Rebellion nach Skandinavien und verbrachte den Rest seines Lebens in Dänemark.

Marys Sohn:

Stuart, James (1566–1625)
Schon als Kleinkind wurde er nach Marys Abdankung zum König gekrönt und nannte sich James VI. von Schottland. Nach Elizabeths Tod folgte er ihr 1603 als James I. auf dem Thron von England nach. Unter ihm wurden die zwei Reiche erstmals vereint.

Marys Halbbruder:

Stewart, James, First Earl of Moray (1531–1570)
Der illegitime Sohn von König James V. von Schottland war Marys Halbbruder und übernahm 1567 nach Marys Abdankung für ihren einjährigen Sohn und Nachfolger, James VI. von Schottland, die Regentschaft. 1570 wurde er von James Hamilton aus dem Hinterhalt erschossen.

Zu den uneinheitlichen Schreibweisen von »Stuart« und »Stewart«: Im sechzehnten Jahrhundert war die Orthografie alles andere als einheitlich. Mary bevorzugte für sich das im Französischen beliebtere Stuart. Immerhin helfen die unterschiedlichen Versionen, Marys Sohn von ihrem Halbbruder zu unterscheiden.

Talbot, Lady Elizabeth (1527–1608) und
Talbot, Sir George, Sixth Earl of Shrewsbury (1528–1590)
Die beiden betreuten und überwachten Mary Stuart, als diese in Sheffield unter Hausarrest stand.

Tudor, Elizabeth (1533–1603; Königin von 1559–1603)
Die Tochter von Henry VIII. und dessen zweiter Frau, Anne Boleyn, war die Halbschwester von Mary der Blutigen und Edward.

Die Protestantin wurde nach Henrys Tod von Königin Mary erst im Tower und danach in Woodstock, Oxfordshire, unter Hausarrest gestellt. Nach dem Tod von Mary der Blutigen wurde sie 1559 zur

Königin gekrönt. In der Zeit ihrer Herrschaft erlebte England eine kulturelle Blüte und stieg zur Seemacht auf. Sie vollzog die Trennung von der katholischen Kirche und erhob den Protestantismus zur Staatsreligion, tolerierte aber den Katholizismus.

Tudor, Mary (1526–1558; Königin von England und Irland: 1553–1558)
Mary war die Tochter von Henry VIII. und Katharina von Aragón. Nach dem Tod ihres Halbbruders Edward wurde sie Königin und versuchte, nachdem ihr Vater mit der römischen Kirche gebrochen hatte, den Katholizismus wieder als Staatsreligion durchzusetzen. Unter ihrer Herrschaft wurden beinahe dreihundert Protestanten hingerichtet. Daher führte sie auch die Beinamen »die Blutige« und »die Katholische«. 1554 heiratete sie den spanischen Thronfolger Philipp, schloss aber im Ehevertrag die Möglichkeit aus, dass England nach ihrem Tod an die spanische Krone fallen würde. Obwohl sie strenge Katholikin war, bestimmte sie die Protestantin Elizabeth zu ihrer Nachfolgerin.

Van Treslong, Willem Bloys (1529–1594)
Der Abkömmling einer niederländischen Adelsfamilie zeichnete sich im Krieg gegen Spanien aus. Nachdem er an der Eroberung von Den Briel teilgenommen hatte, wurde er zum Admiral ernannt.

Im Roman wird er als Seebettler bezeichnet. Die Wassergeusen waren niederländische Kaperfahrer, die im Achtzigjährigen Krieg gegen Spanien kämpften. Beim Volk galten sie nicht als Piraten, sondern als Befreier.

Walsingham, Francis (1532–1590)
Der Protestant verbrachte die Zeit von Mary Tudors Regentschaft auf dem europäischen Festland. Als Elizabeth Königin wurde, kehrte er zurück und baute in ihren Diensten einen Geheimdienst auf. Walsingham verfasste systematisch Nachrichten in Geheimschrift, fing Botschaften ab, dechiffrierte sie und fälschte Dokumente. Be-

reits früh erkannte er die Gefahr, die von Mary von Schottland ausging, und infiltrierte deren Umgebung mit eigenen Agenten. So konnte Marys Geheimschrift entschlüsselt werden, und es gelang, ihre Putschpläne zu vereiteln.